LE MURDER CLUB DU JEUDI

Né en 1970, Richard Osman est un animateur, producteur et réalisateur de télévision anglais. *Le Murder Club du jeudi*, son premier roman, a été un véritable phénomène international à sa sortie.

W0264417

RICHARD OSMAN

Le Murder Club du jeudi

TRADUIT DE L'ANGLAIS (ROYAUME-UNI)
PAR SOPHIE ALIBERT

ÉDITIONS DU MASQUE

Titre original :

THE THURSDAY MURDER CLUB
Publié par Viking, un département de Penguin Random House
(Royaume-Uni).

© Richard Osman, 2020.
© Éditions du Masque, un département des éditions Jean-Claude Lattès, 2020,
pour la traduction française.
ISBN : 978-2-253-10765-1 – 1re publication LGF

À ma mère, « la dernière des Brenda »,
avec tout mon amour

Tuer quelqu'un n'est pas difficile.
C'est au moment de cacher le corps que les choses se compliquent.
C'est là qu'on peut se faire coincer.

Mais moi, j'ai eu la chance de tomber sur le bon endroit.
Le lieu idéal, vraiment.

J'y reviens de temps en temps,
juste pour m'assurer que tout est toujours sous contrôle.
Je n'ai jamais de mauvaise surprise,
et je suppose qu'il en sera toujours ainsi.

Parfois j'allume une cigarette,
je sais que je ne devrais pas, mais c'est mon unique vice.

I

Rencontrer de nouvelles personnes, essayer de nouvelles choses

1

Joyce

Et si nous commencions par Elizabeth, voulez-vous ? Essayons et nous verrons où cela nous mène.

Évidemment, je savais qui était Elizabeth ; ici, tout le monde la connaît. Elle occupe l'un des appartements de trois chambres à Larkin Court. Celui à l'angle, avec une terrasse, vous voyez ? En plus de cela, il se trouve que j'ai fait partie de l'équipe de Stephen un jour, lors d'un quiz. Stephen, pour différentes raisons, est le troisième mari d'Elizabeth.

J'étais attablée pour le déjeuner, il y a deux ou trois mois de cela, et ce devait être un lundi, parce que c'était le jour du hachis d'agneau. Elizabeth s'est excusée de me déranger pendant mon repas. Elle souhaitait, si cela ne me gênait pas, bien entendu, me poser une question à propos des blessures à l'arme blanche.

Je lui ai répondu, « Vous ne me dérangez pas du tout. Je vous en prie, dites-moi de quoi il s'agit », ou quelque chose dans ce genre. Autant vous le dire dès maintenant, je ne me souviendrai pas toujours de tout à la perfection. Elle a alors ouvert sa chemise cartonnée et j'ai aperçu quelques pages dactylographiées et la bordure de ce qui semblait être de vieilles photographies. Puis elle est entrée dans le vif du sujet.

Elizabeth m'a demandé d'imaginer qu'une fille avait été poignardée avec un couteau. Quelle sorte de couteau ? ai-je voulu savoir. Et Elizabeth a répondu qu'il s'agissait sans doute d'un banal couteau de cuisine. Un John Lewis, donc. Ce n'est pas ce qu'elle a dit, mais c'est ce que je me suis représenté mentalement. Puis elle m'a dit de me figurer que cette fille avait reçu trois ou quatre coups de couteau juste sous le sternum. Le couteau serait rentré, sorti, rentré encore, sorti de nouveau, quelque chose de très moche, mais sans qu'aucune artère soit sectionnée. Elizabeth m'a exposé tout cela assez discrètement, car les gens autour de nous étaient tout de même en plein repas, et que c'est une femme qui sait ne pas dépasser les bornes.

J'étais donc là, occupée à visualiser des blessures au couteau, lorsque Elizabeth m'a demandé en combien de temps la fille serait saignée à mort.

Au fait, je réalise que j'aurais dû préciser une chose : pendant de nombreuses années, j'ai exercé le métier d'infirmière. Si je ne l'indique pas, tout ceci n'aura aucun sens pour vous. Elizabeth avait dû pêcher cette information quelque part, car Elizabeth sait toujours tout. Quoi qu'il en soit, voilà ce qui explique qu'elle m'ait posé la question. Vous avez dû vous demander ce que je racontais. Je vais me concentrer pour écrire ces lignes comme il convient, c'est promis.

Je me souviens d'avoir tamponné mes lèvres avec un coin de serviette avant de répondre, comme on le voit parfois à la télé. Cela vous donne un air bien plus intelligent, je vous conseille d'essayer. J'ai demandé le poids de la fille.

Elizabeth a déniché l'information dans son dossier et lu à voix haute que la fille pesait « quarante-six kilos ». Cela nous a toutes deux décontenancées, car ni elle ni moi n'étions sûres de ce que représentait quarante-six kilos en « vrai » poids. Je me disais que cela devait faire environ vingt-trois *stone*[1]. Deux kilos pour une stone, c'était là mon raisonnement. Mais tout en pensant cela, je me doutais que je confondais avec les pouces et les centimètres.

Elizabeth m'a fait savoir que la fille ne pesait certainement pas vingt-trois *stone*, car elle avait une photo de son cadavre dans le dossier. Dossier avec lequel elle m'a tapoté gentiment la main, avant de reporter son attention vers la salle et de dire : « Quelqu'un peut-il demander à Bernard combien font quarante-six kilos ? »

Bernard s'assoit toujours tout seul, à l'une des petites tables situées le plus près du patio. La sienne, c'est la 8. Ce qui n'a pas le moindre intérêt pour vous, mais je vais vous en dire davantage à son sujet.

À mon arrivée à Coopers Chase, Bernard Cottle s'est montré très gentil avec moi. Il m'a offert une bouture de clématite et m'a expliqué comment s'organisait

1. La stone est une unité de mesure employée dans certaines régions anglo-saxonnes. 1 stone équivaut à 6,35 kilogrammes environ. (*Toutes les notes sont de la traductrice.*)

le recyclage. Ils ont des poubelles de quatre couleurs différentes ici. Quatre ! Grâce à Bernard, je sais que la verte est pour le verre, et la bleue pour le carton et le papier. Mais pour la rouge et la noire, en revanche, j'en sais aussi peu que vous. J'ai vu toutes sortes de choses en me baladant. Un jour quelqu'un a mis un télécopieur dans l'une de ces poubelles.

Bernard était professeur, dans un domaine lié à la science, et il a travaillé partout dans le monde. Il est même allé à Dubaï avant que quiconque ait entendu parler de cet endroit. Ce jour-là, fidèle à ses habitudes, il portait costume et cravate pour déjeuner, mais était, malgré cela, occupé à lire le *Daily Express*. Mary, de Ruskin Court, était installée à la table voisine. Après lui avoir adressé un petit signe, elle lui a demandé combien faisaient quarante-six kilos une fois convertis dans notre mesure.

Bernard a hoché la tête et lancé à Elizabeth :

— Sept *stone* trois et des poussières.

Et voilà, c'était Bernard, pour vous servir.

Elizabeth l'a remercié et a dit que cela semblait correct, et Bernard s'est replongé dans ses mots croisés. J'ai vérifié la conversion de quarante-six centimètres en pouces après coup, et j'avais au moins raison sur ce point.

Elizabeth m'a reposé sa question. Combien de temps pourrait survivre la fille poignardée avec le couteau de cuisine ? J'ai estimé que, si personne ne lui portait secours, elle mourrait probablement dans les quarante-cinq minutes.

— Fort bien, Joyce, a-t-elle dit, avant qu'une autre question lui vienne à l'esprit. Et si la fille avait reçu des soins ? Pas de la part d'un médecin, mais d'une personne capable de rafistoler une blessure. Quelqu'un qui aurait été dans l'armée, peut-être. Une personne comme ça.

J'ai vu un tas de blessures au couteau lorsque j'étais infirmière, je n'ai pas fait que traiter des chevilles foulées. Donc j'ai répondu que, eh bien, elle ne serait pas morte. Ce qui était la pure vérité. Cela n'aurait pas été drôle pour elle, mais il aurait été facile de la remettre sur pied.

Elizabeth a hoché la tête et indiqué que c'était précisément ce qu'elle avait dit à Ibrahim, même si, moi, à ce moment-là, je ne connaissais pas Ibrahim. Comme je le dis, tout cela a eu lieu il y a quelques mois.

Cette histoire n'avait pas du tout semblé normale à Elizabeth et son avis était que le petit ami avait tué la fille. Je sais que c'est encore souvent le cas. On lit des histoires comme celle-là dans les journaux.

Je crois qu'avant mon installation ici j'aurais pu trouver cette conversation étrange, mais c'est plutôt dans l'ordre des choses une fois qu'on apprend à connaître tout le monde, ici. La semaine dernière, j'ai rencontré l'inventeur – du moins, c'est ce qu'il prétend – de la glace à la menthe et aux pépites de chocolat. Je ne peux pas vraiment vérifier s'il dit vrai.

J'étais heureuse d'avoir aidé Elizabeth avec mes petits moyens et je me suis dit que je pourrais en profiter pour lui demander une faveur. Je lui ai donc posé ma question. Serait-il envisageable que je jette un coup d'œil à la photo du cadavre ? Par pur intérêt professionnel, bien sûr.

Le visage d'Elizabeth est brusquement devenu radieux. Aussi radieux que celui des résidents quand on demande à voir les photos de la remise des diplômes de leurs petits-enfants. Elle a sorti une photocopie A4 de son dossier, l'a posée, face cachée, devant moi et m'a dit que je pouvais la garder, parce qu'ils en avaient tous un exemplaire.

Je lui ai dit que c'était très aimable de sa part, et elle m'a répondu que c'était tout à fait normal. Mais elle se demandait si elle pouvait se permettre une toute dernière question.

— Bien entendu, ai-je répondu.

Alors elle a dit : « Vous êtes libre le jeudi ? »

Eh bien, croyez-le ou non, c'était la première fois que j'entendais parler des jeudis.

2

L'agente de police Donna De Freitas aimerait avoir un flingue. Elle aimerait pourchasser des serial killers dans des entrepôts désaffectés, faire son boulot avec une détermination sans faille tout en se riant d'une récente blessure par balle à l'épaule. Peut-être même prendre goût au whisky et avoir une liaison avec son coéquipier.

Mais pour l'heure, alors qu'à vingt-six ans elle s'attable pour le déjeuner à 11 h 45 en compagnie de quatre retraités fraîchement rencontrés, Donna prend conscience qu'il lui faudra gravir les échelons avant d'y parvenir. Et, de plus, elle doit reconnaître qu'elle a passé plutôt plaisamment l'heure qui vient de s'écouler.

Donna a déjà exposé les « Conseils pratiques pour la sécurité à domicile » de nombreuses fois. L'assemblée de personnes âgées du jour n'était pas différente des précédentes : des genoux bien abrités sous des couvertures, une distribution gratuite de biscuits, et, dans le fond de la salle, une poignée d'amateurs de sieste s'en donnant à cœur joie. À chaque session, Donna prodigue les mêmes conseils. L'importance extrême, primordiale, d'installer des verrous de fenêtre, de vérifier les pièces d'identité et de ne jamais livrer d'informations personnelles aux démarcheurs téléphoniques. Mais ce qui compte avant tout, c'est la présence rassurante qu'elle est censée incarner dans ce monde terrifiant. Donna le comprend très bien, et puisque c'est aussi pour elle l'occasion de s'extirper du poste de police et de la paperasse, elle se porte volontaire. Le poste de police de Fairhaven est plus paisible que ce à quoi elle est habituée.

Mais là, elle s'était retrouvée au village de retraite de Coopers Chase. Un endroit en apparence des plus inoffensifs. Un lieu luxueux, serein et calme, et sur la route, à l'aller, elle avait remarqué un pub sympathique où s'arrêter pour déjeuner au retour. Pour ce qui était de faire des cravates à des tueurs en série sur des hors-bord, il faudrait donc encore patienter.

— La sécurité, avait lancé Donna pour introduire son propos.

Mais son esprit était en vérité fixé sur autre chose. Devrait-elle se faire tatouer ? Un dauphin dans le bas du dos ? Un peu trop cliché, non ? Et serait-ce douloureux ? Probablement, mais n'était-elle pas fonctionnaire de police, tout de même ?

— Qu'entendons-nous par le terme « sécurité » ? Eh bien, sa signification diffère selon les…

Au premier rang, une main avait brusquement jailli dans les airs. Ce n'était pas comme cela que les choses se passaient normalement, mais puisqu'il en était ainsi, autant accompagner le mouvement. Une octogénaire tirée à quatre épingles avait une remarque à faire.

— Chère amie, je crois que nous espérons tous que votre intervention ne portera pas sur les verrous de fenêtre.

La femme avait jeté des regards autour d'elle, récoltant au passage des murmures d'approbation. Un monsieur coincé dans un déambulateur, au deuxième rang, avait pris la parole à son tour.

— Et pas les pièces d'identité, par pitié, on sait déjà tout sur les pièces d'identité. « Qui êtes-vous ? Un véritable employé de la compagnie du gaz ou un cambrioleur ? » On a bien compris, c'est promis.

Une mêlée générale avait débuté.

— Ce n'est plus la compagnie du gaz. C'est Centrica, avait déclaré un homme vêtu d'un très beau costume trois-pièces.

La personne assise à côté de lui, qui portait un short, des tongs et un maillot de football de West Ham United, avait saisi l'occasion pour se lever et pointer vigoureusement son doigt dans une direction indéterminée.

— C'est à cause de Thatcher ça, Ibrahim. Avant, ça nous appartenait.

— Oh, veux-tu bien te rasseoir Ron, avait lancé l'élégante dame puis elle avait tourné la tête vers Donna. Veuillez excuser Ron, avait-elle ajouté en balançant doucement la tête.

Les commentaires avaient continué à fuser.

— Et de toute façon, quel criminel ne serait pas capable de créer une fausse pièce d'identité ?

— Moi j'ai la cataracte. Vous me montreriez votre carte de bibliothèque que je vous laisserais entrer.

— Ils ne relèvent même plus les compteurs maintenant. Tout est sur Internet.

— Vous voulez dire sur « le cloud », cher ami.

— Moi, je ferais bon accueil à un cambrioleur. Un peu de visite, ce serait bien agréable.

Il y avait eu une courte accalmie. Une symphonie atonale de sifflements s'était déchaînée au moment où certains appareils auditifs voyaient leur volume monté tandis que d'autres se faisaient éteindre. La femme au premier rang avait de nouveau pris les choses en main.

— Donc… – mon nom est Elizabeth, au fait – pas d'histoire de verrous de fenêtre, s'il vous plaît, ni de pièces d'identité. Et pas la peine de nous dire que nous ne devons pas donner notre code secret par téléphone à des Nigérians. S'il m'est encore permis d'employer le mot « Nigérian », bien sûr.

Donna De Freitas s'était ressaisie mais elle avait conscience que toute idée de déjeuner au pub ou de tatouages avait quitté ses pensées – ce qui lui venait à présent à l'esprit était une session de formation antiémeute de la bonne vieille époque, dans les quartiers sud de Londres.

— Eh bien, de quoi devrions-nous parler alors ? avait demandé Donna. Ma présentation doit durer au moins quarante-cinq minutes, faute de quoi je n'obtiens pas le temps de congé auquel j'ai droit en compensation.

— Sexisme institutionnel dans les forces de l'ordre ? s'était enquise Elizabeth.

— J'aimerais parler des tirs illégaux ayant entraîné la mort de Mark Duggan, sanctionnés par l'État et…

— Ron, rassieds-toi !

Les choses s'étaient donc poursuivies, de manière conviviale et plaisante, jusqu'à ce que l'heure arrive à son terme, après quoi Donna avait été gratifiée de chaleureux remerciements. On lui avait montré des photos de petits-enfants et elle avait été conviée à déjeuner sur place.

Et la voici donc, picorant sa salade, entre les murs de ce que la carte décrit comme un « restaurant haut de gamme contemporain ». Midi moins le quart c'est un peu tôt pour déjeuner mais refuser l'invitation eût été impoli. Elle remarque que ses quatre hôtes ne se contentent pas de se régaler de déjeuners complets, mais qu'ils ont également débouché une bouteille de vin rouge.

— C'était vraiment fantastique, Donna, la félicite Elizabeth. Nous avons énormément apprécié votre présentation.

Elizabeth apparaît aux yeux de Donna comme le genre d'enseignante qui vous terrifie toute l'année mais vous accorde une excellente note et pleure quand vous partez, une fois l'année finie. C'est peut-être la veste en tweed qui veut ça.

— C'était éblouissant, Donna, renchérit Ron. Je peux vous appeler Donna, ma jolie ?

— Vous pouvez m'appeler Donna, mais certainement pas « ma jolie », répond Donna.

— Vous avez bien raison, chérie, reconnaît Ron. C'est noté. Et cette histoire, vraiment ! Celle de l'Ukrainien avec le ticket de stationnement et la tronçonneuse ? Vous devriez faire des animations d'après dîner, il y a de l'argent à se faire. Je connais quelqu'un, ça vous dirait que je vous donne son numéro ?

Cette salade est excellente, songe Donna, et ce n'est pas souvent qu'elle pense une chose pareille.

— J'aurais fait un formidable trafiquant d'héroïne, je crois.

C'est Ibrahim qui vient de parler, l'homme qui, plus tôt, avait soulevé le sujet de Centrica.

— Ce n'est qu'une question de logistique, n'est-ce pas ? Il y a toute la partie pesage également, que j'aimerais beaucoup, c'est très précis. Et ils ont des machines pour compter l'argent. Tout le confort moderne. Avez-vous déjà arrêté un trafiquant d'héroïne, agente De Freitas ?

— Non, jamais, concède Donna. Cela figure toutefois sur ma liste.

— Mais je ne fais pas erreur, n'est-ce pas ? Ils ont bien des machines pour compter l'argent ? demande Ibrahim.

— C'est exact, oui, dit Donna.

— Fantastique, se réjouit Ibrahim avant de vider son verre de vin.

— Nous nous ennuyons facilement, ajoute Elizabeth, en finissant elle aussi son verre. Que Dieu nous garde des verrous de fenêtre, WPC[1] De Freitas.

— On ne dit plus « WPC » mais simplement « agente » maintenant, dit Donna.

— Je vois, dit Elizabeth en pinçant les lèvres. Et que se passera-t-il si je décide de continuer de dire

1. *Woman Police Constable* : agent de police femme. Ce terme n'est plus en vigueur depuis 1999.

« WPC » ? Un mandat sera-t-il émis en vue de mon arrestation ?

— Non, mais j'aurai un peu moins d'estime pour vous, répond Donna. Parce que ce n'est vraiment pas difficile à faire et que cela est plus respectueux envers moi.

— Mince ! Échec et mat. C'est d'accord, concède Elizabeth, desserrant les lèvres.

— Je vous remercie, dit Donna.

— Quel âge me donnez-vous ? la défie Ibrahim.

Donna hésite. Ibrahim porte un beau costume et il a une peau superbe. Il sent délicieusement bon. Une pochette est artistiquement pliée dans sa poche de poitrine. Ses cheveux, bien que clairsemés, sont toujours présents. Pas de bedaine, ni de double menton. Et pourtant, si l'on met tout cela de côté ? Humm, voyons un peu. Donna jette un coup d'œil aux mains d'Ibrahim. L'imparable indice révélateur.

— Quatre-vingts ? se risque-t-elle.

Elle voit alors la poitrine d'Ibrahim se gonfler de fierté.

— Oui, en plein dans le mille ! Mais j'ai l'air plus jeune. J'ai l'air d'avoir à peu près soixante-quatorze ans.

Tout le monde acquiesce.

— Le secret, c'est le Pilates.

— Et vous, Joyce, quelle est votre histoire ? demande Donna à la quatrième membre du groupe, une petite femme aux cheveux blancs vêtue d'un chemisier lavande et d'un cardigan mauve.

Elle se tient là, assise, l'air joyeux, et ne perd rien de ce qui se passe autour d'elle. Sa bouche est muette mais ses yeux brillent. Comme un oiseau paisible constamment à l'affût de quelque chose qui scintille sous le soleil.

— Moi ? s'étonne Joyce. Je n'ai pas d'histoire. J'ai été infirmière, maman, puis de nouveau infirmière. J'ai bien peur que les choses ne se résument à cela.

Elizabeth laisse échapper un petit grognement.

— Ne vous laissez pas leurrer par Joyce, agente De Freitas. Elle est du genre qui « aime que les choses avancent ».

— Je suis organisée, voilà tout, dit Joyce. C'est passé de mode. Si je dis que je vais au cours de zumba, je vais au cours de zumba. Cela n'engage que moi. Ma fille est la personne la plus intéressante de la famille. Elle dirige un « hedge fund ». Vous savez peut-être ce que c'est ?

— Pas vraiment, concède Donna.

— Moi non plus, reconnaît Joyce.

— La zumba a lieu avant le Pilates, dit Ibrahim. Je n'aime pas pratiquer les deux disciplines. C'est contre-intuitif pour vos principaux groupes musculaires.

Une question n'a cessé de tourmenter Donna durant le déjeuner.

— Eh bien, si ce n'est pas indiscret, je sais que vous vivez tous à Coopers Chase, mais comment êtes-vous devenus amis tous les quatre ?

— Amis ? réagit Elizabeth, l'air visiblement amusé. Oh, nous ne sommes pas amis, très chère.

Ron se met à glousser.

— Bon sang, ma belle, non, nous ne sommes pas amis. Je te ressers, Liz ?

Elizabeth fait un petit signe de tête et Ron verse le vin. Ils en sont à leur seconde bouteille. Il est 12 h 15.

Ibrahim est d'accord.

— Je ne crois pas que « amis » soit le mot juste. Nous ne ferions pas le choix de nous fréquenter, nous avons des centres d'intérêt très différents. J'aime bien Ron, je crois, mais il peut être très difficile à vivre.

Ron opine du chef.

— Je suis très difficile à vivre.

— Et l'attitude d'Elizabeth est rebutante.

Elizabeth acquiesce.

— C'est bien vrai, je le crains. J'ai toujours été une personne qu'on met du temps à apprécier. C'est ainsi depuis l'école.

— J'aime bien Joyce, je crois. Je pense que nous aimons tous bien Joyce, dit Ibrahim.

Ron et Elizabeth hochent une nouvelle fois la tête pour signifier leur approbation.

— Merci, je n'en doute pas, fait Joyce tout en pourchassant les petits pois autour de son assiette. Ne pensez-vous pas que quelqu'un devrait inventer les petits pois plats ?

Donna tente de dissiper sa confusion.

— Et si vous n'êtes pas amis, qu'êtes-vous donc ?

Elle voit Joyce relever la tête et adresser un petit signe de tête aux autres, à cette bande improbable.

— Eh bien, dit Joyce. Tout d'abord nous *sommes* amis, bien entendu ; ils sont juste un peu lents à comprendre. Et ensuite, si cela n'était pas précisé sur votre invitation, agente De Freitas, pardonnez mon oubli. Nous sommes le Murder Club du jeudi.

Les yeux d'Elizabeth deviennent vitreux en raison du vin rouge, Ron gratte le tatouage « West Ham » sur son cou et Ibrahim lustre un bouton de manchette déjà lustré.

Autour d'eux le restaurant se remplit peu à peu et, comme d'autres visiteurs de Coopers Chase avant elle, Donna se dit qu'il y aurait pire endroit pour vivre. Elle tuerait pour boire un verre de vin et disposer librement de son après-midi.

— Et aussi, je nage tous les jours, conclut Ibrahim. Cela garde la peau ferme.

Mais, bon sang, quel est donc cet endroit ?

3

Si jamais il vous vient l'envie d'emprunter la A21 à la sortie de Fairhaven et de plonger vers le cœur du Weald du Kent, vous dépasserez assez vite une vieille cabine téléphonique, toujours en service, dans un virage à gauche plutôt serré. Continuez pendant une centaine de mètres à peu près jusqu'à apercevoir le panneau indiquant « Whitechurch, Abbots Hatch et Lents Hill » puis tournez à droite. Traversez Lents Hill, passez devant le Blue Dragon et la petite boutique de produits de la ferme avec le grand œuf à l'extérieur, puis roulez jusqu'à arriver au petit pont de pierre qui enjambe la Robertsmere. Officiellement la Robertsmere est une rivière mais ne vous méprenez pas et n'attendez rien de grandiose.

Empruntez la route à une voie partant sur la droite, juste après le pont. Vous penserez vous tromper de chemin, mais passer par là est plus rapide que suivre la route indiquée par la brochure officielle, et c'est également pittoresque si vous aimez les haies tachetées. La route finit par s'élargir, et, en lorgnant entre les grands arbres, vous commencerez à voir apparaître des traces de vie sur le terrain vallonné s'élevant à votre gauche. Droit devant vous, vous apercevrez un minuscule abribus habillé de bois, lui aussi toujours en service, si l'on considère qu'un seul passage par jour dans l'une et l'autre directions peut vouloir dire qu'un bus est en service. Juste avant d'atteindre l'arrêt en question vous découvrirez le panneau indiquant l'entrée de Coopers Chase sur votre gauche.

Les travaux de Coopers Chase ont débuté il y a dix ans environ, au moment où l'Église catholique a vendu les terres. Trois ans plus tard, les premiers résidents, dont Ron, y ont emménagé. L'endroit était présenté comme le « Premier village de retraite de luxe de Grande-Bretagne » bien que, d'après Ibrahim, qui avait vérifié cette information, il se soit en fait agi du septième. À l'heure actuelle l'établissement accueille près de trois cents résidents. Seuls les plus de soixante-cinq ans peuvent y vivre et les camionnettes de livraison du supermarché Waitrose font tinter bouteilles de vin et renouvellements de prescriptions médicales toutes les fois qu'elles roulent sur les grilles qui, au sol, empêchent le bétail de passer.

La silhouette du vieux couvent domine Coopers Chase, avec ses trois ensembles résidentiels modernes qui se déploient en spirale à partir de ce point central. Pendant plus de cent ans le couvent a été un bâtiment à l'atmosphère feutrée, empli de la sobre frénésie des habitudes et de la tranquille certitude qu'offraient les prières, qu'elles soient émises ou exaucées. Leurs pas résonnant dans les sombres couloirs, vous auriez trouvé des femmes tout à leur sérénité, des femmes effrayées par un monde qui allait de plus en plus vite, des femmes qui se cachaient, des femmes voulant prouver quelque chose de confus et d'oublié depuis longtemps, des femmes prenant plaisir à servir un but plus élevé. Vous auriez trouvé des lits à une place, répartis en dortoirs ; des tables longues et basses où prendre les repas ; une chapelle si sombre et paisible que vous auriez pu jurer y avoir entendu le souffle de Dieu. Pour résumer, vous auriez trouvé les sœurs de la Sainte Église, une armée qui ne vous abandonnerait jamais, qui vous nourrirait et vous vêtirait et qui ne cesserait d'avoir besoin de vous et de vous apprécier. Tout ce qu'elle demandait en retour était une vie entière de dévouement, et, étant donné qu'il se trouvera toujours quelqu'un pour requérir cela, il y avait toujours des volontaires. Et puis, un jour, vous auriez fait le court trajet vers le haut de la colline, en passant à travers le tunnel formé par les deux rangées d'arbres, pour gagner le Jardin du repos éternel – les grilles en fer forgé et les murets de pierre du jardin donnant sur le couvent et, au-delà, la beauté infinie de la partie du Haut Weald abritée par le Kent, votre corps reposant sur une autre couche à une place, sous une simple pierre, aux côtés des sœurs Margaret et des sœurs Mary des générations vous ayant précédé. Si vous aviez un jour eu des rêves ils pouvaient désormais s'ébattre sur les vertes collines et si vous aviez des secrets alors ils étaient gardés à l'abri des quatre murs du couvent pour l'éternité.

Enfin, plus précisément, les trois murs, car le côté du couvent orienté vers l'ouest est à présent entièrement vitré pour accueillir le complexe aquatique destiné aux résidents. Il surplombe le terrain de boules sur gazon, ainsi qu'un peu plus bas le parking des visiteurs, dont les permis sont rationnés dans de telles proportions que le Comité du stationnement constitue la cabale la plus puissante de Coopers Chase.

À côté de la piscine se trouve un petit « bassin thérapeutique anti-arthrite » qui ressemble à un Jacuzzi, en grande partie parce qu'il s'agit d'un Jacuzzi. Toute personne bénéficiant d'une visite complète orchestrée par le propriétaire, Ian Ventham, se voyait ensuite conduit vers le sauna. Ian entrouvrait toujours sa porte et disait « Mince alors ! On se croirait vraiment dans un sauna, là-dedans ». C'était du Ian tout craché.

Prenez ensuite l'ascenseur pour atteindre l'étage et les salles de loisirs. Le gymnase et la salle d'exercices où les résidents pouvaient joyeusement pratiquer la Zumba au milieu des fantômes des lits simples. Il y a ensuite la Salle des puzzles pour les activités plus calmes et les associations. Il y a la bibliothèque, ainsi que le salon, destiné aux réunions de comités accueillant plus de monde et portant sur des sujets plus polémiques, ou au visionnage de matchs de football sur la télévision à écran plat. Puis l'on regagne le rez-de-chaussée où les longues tables basses du réfectoire du couvent ont cédé la place au « restaurant haut de gamme contemporain ».

En plein cœur du village, reliée au couvent, se trouve la chapelle d'origine. Son extérieur en stuc aux tons crème pâle lui donne un air presque méditerranéen qui contraste avec la ténébreuse et farouche silhouette gothique du couvent. La chapelle est demeurée intacte et inchangée, c'était l'un des rares engagements contractuels sur lesquels avaient insisté les exécuteurs testamentaires des Sœurs de la Sainte Église quand ils avaient vendu dix ans plus tôt. Les résidents aiment utiliser la chapelle. C'est là que se trouvent les fantômes, là que la frénésie des habitudes continue à emplir l'espace et là que les murmures se sont figés dans la pierre. C'est un lieu propre à vous donner le sentiment d'appartenir à quelque chose de plus lent, quelque chose de plus doux. Ian Ventham étudie les failles du contrat qui pourraient lui permettre de réaménager la chapelle en huit appartements supplémentaires.

Relié à l'autre côté du couvent – la raison même de l'existence du lieu – se trouve Willows. Willows est à présent l'établissement de soins du village. L'endroit avait été fondé par les sœurs en 1841 en tant qu'hôpital bénévole, pour prendre en charge charitablement des malades et des blessés quand il n'existait pas d'autre possibilité. Dans la seconde partie du siècle dernier, il était devenu une maison de soins jusqu'à ce que la législation, dans les années 1980, ait conduit finalement à sa fermeture. Le couvent s'est alors simplement mué en salle d'attente, et lorsque la dernière nonne a rendu l'âme en 2005, l'Église n'a pas perdu une seconde pour vendre l'endroit comme un lot d'articles divers.

L'ensemble se déploie sur un site de près de six hectares offrant des bois et un magnifique terrain dégagé à flanc de colline. Il y a deux petits lacs, l'un naturel, et l'autre créé par Tony Curran, l'entrepreneur en construction avec lequel travaillent Ian Ventham, et son équipe. Les nombreux canards et oies qui ont élu domicile à Coopers Chase semblent de loin préférer le lac artificiel. Un élevage de moutons existe toujours tout en haut de la colline, à l'endroit où prend fin la zone boisée, et dans les pâturages près du lac vit un troupeau de vingt lamas. Ian Ventham en avait acheté deux pour apporter un peu d'originalité aux photos promotionnelles et les choses avaient échappé à tout contrôle, comme toujours dans ce genre de cas.

Voilà, en quelques mots, ce qu'est cet endroit.

4

Joyce

La première fois que j'ai tenu un journal, c'était il y a plusieurs années de cela. Je l'ai relu et je ne pense pas qu'il présenterait le moindre intérêt pour vous. À moins que vous ne soyez intéressé par ce qu'était la ville de Haywards Heath dans les années 1970, mais je vais partir du principe que ce n'est pas le cas. Sans vouloir évidemment me montrer désobligeante à l'égard de Haywards Heath ou des années 1970, que j'ai toutes deux bien aimées à l'époque.

Mais il y a quelques jours, après avoir fait la connaissance d'Elizabeth, j'ai participé à ma toute première réunion du Murder Club du jeudi et je me suis dit qu'il serait peut-être intéressant d'écrire sur le sujet. Comme l'a fait celui qui a rédigé ce journal à propos de Holmes et Watson, vous voyez ? Les gens aiment les histoires de meurtre, quoi qu'ils puissent en dire publiquement, alors je vais tenter le coup.

Je savais que le Murder Club du jeudi aurait pour membres Elizabeth, Ibrahim Arif, qui habite à Wordsworth, et qui a un balcon panoramique, et Ron Ritchie. Oui, *ce* Ron Ritchie. Voilà qui représentait donc un autre point excitant. À présent que je le connais un peu mieux, l'éclat a légèrement pâli, mais c'est quelque chose, tout de même.

Penny Gray a également fait partie du club mais elle se trouve à présent à Willows, c'est l'établissement de soins. En y pensant maintenant, j'étais faite pour intégrer le groupe. Je suppose qu'il y avait une place à prendre et que je suis devenue la nouvelle Penny.

J'étais nerveuse sur le moment, je m'en souviens. J'avais pris avec moi une bonne bouteille de vin (à 8,99 livres, pour vous donner une petite idée), et quand je suis entrée, tous les trois se trouvaient déjà dans la Salle des puzzles, occupés à étaler des photos sur la table.

Elizabeth avait créé le Murder Club du jeudi avec Penny. Penny avait été inspectrice dans la police du Kent pendant de nombreuses années et elle apportait les dossiers d'affaires de meurtre non résolues. Elle n'était pas vraiment censée être en possession de ces dossiers, mais qui le saurait jamais ? Passé un certain âge, vous pouvez pratiquement faire tout ce qui vous chante. Personne ne vous réprimande, à part vos médecins et vos enfants.

Je ne suis pas censée dire ce qu'Elizabeth faisait dans la vie, même si elle en parle elle-même longuement quelquefois. Disons seulement que les crimes et les enquêtes, et que sais-je encore, n'étaient pas un domaine qui lui était inconnu.

Elizabeth et Penny épluchaient chaque dossier, ligne par ligne, étudiaient chaque cliché, lisaient chaque déposition de témoin, juste pour rechercher la moindre chose à côté de laquelle on avait pu passer. Elles n'aimaient pas penser que des coupables continuaient joyeusement à vaquer à leurs occupations. Qu'ils soient assis dans leur jardin, avec une grille de sudoku, en sachant qu'ils avaient tué impunément.

Je pense aussi que, tout simplement, Penny et Elizabeth adoraient cela. Quelques verres de vin et un mystère à résoudre. Très convivial mais aussi sanglant. C'est très amusant.

Elles se retrouvaient chaque jeudi (c'est comme cela que le nom leur était venu). C'était ce jour-là parce qu'il y avait un créneau de deux heures disponibles pour utiliser la Salle des puzzles, entre « Histoire de l'art » et « Français pour converser ». La salle était réservée, et l'est encore aujourd'hui, sous l'intitulé « Opéra japonais – débat », ce qui garantissait qu'on les laissait toujours tranquilles.

Toutes deux étaient en mesure de demander certains services, pour différentes raisons, et au fil des ans toutes sortes de personnes avaient été appelées à les retrouver pour une petite discussion amicale. Des agents de la police scientifique, des comptables et des juges, des arboriculteurs, des éleveurs de chevaux, des souffleurs de verre – tous étaient venus dans la Salle des puzzles. N'importe qui du moment qu'Elizabeth et Penny pensaient qu'il pourrait les aider à répondre à telle ou telle question.

Ibrahim était bientôt venu rejoindre le groupe. Il jouait alors au bridge avec Penny et il leur avait donné un coup de main une fois ou deux pour des bricoles. Il est psychiatre. Ou était psychiatre. Ou il l'est toujours, je ne sais pas trop. Quand on le rencontre la première fois on ne s'en rend pas du tout compte, mais dès qu'on commence à le connaître, cela semble logique, d'une certaine façon. Je ne suivrai jamais de thérapie, car qui a envie de défaire toutes ces mailles tricotées ? Cela ne vaut pas la peine de courir le risque, non merci. Ma fille, Joanna, a un thérapeute, même si vous seriez bien en peine de savoir pourquoi si vous voyiez la taille de sa maison. Quoi qu'il en soit, Ibrahim ne joue plus au bridge, ce qui est dommage, selon moi.

Ron s'était pratiquement invité, ce qui ne vous surprendra pas. Il ne croyait pas un instant à cette histoire d'Opéra japonais et avait fait irruption dans la Salle des puzzles un jeudi, avec la ferme intention de savoir ce qui se tramait. Elizabeth apprécie plus que tout les esprits suspicieux et elle a invité Ron à feuilleter le dossier d'un chef scout mort brûlé vif en 1982, dans une forêt à deux pas de l'A27. Elle a rapidement détecté le point fort de Ron, qui est le suivant : jamais il ne croit le moindre mot sortant de la bouche de quiconque. Elizabeth dit à présent que lire des dossiers de police avec la certitude que la police vous ment est étonnamment efficace.

À propos, la pièce est baptisée Salle des puzzles, parce que c'est là que sont assemblés les plus grands puzzles, sur une table de bois située au centre et au plateau légèrement en pente. La première fois que j'y suis entrée, il y avait un puzzle de 2 000 pièces représentant le port de Whitstable, auquel il ne manquait qu'une bande de ciel. Je suis allée à Whitstable un jour, juste pour la journée, mais j'ai eu du mal à saisir pourquoi il y avait tant de tapage autour de cet endroit. Une fois qu'on a goûté les huîtres, il n'y a pas de véritables boutiques à proprement parler.

Quoi qu'il en soit, Ibrahim avait placé un épais panneau de plexiglas sur le puzzle, et c'est là que lui, Elizabeth et Ron étalaient les photos de l'autopsie de la pauvre fille. Celle dont Elizabeth pensait qu'elle avait été tuée par son petit ami. Le petit ami en question était amer d'avoir été réformé de l'armée, mais on peut toujours trouver une raison, n'est-ce pas ? Nous avons tous une histoire triste dans nos cartons, mais nous ne partons pas tous tuer des gens.

Elizabeth m'a demandé de fermer la porte derrière moi et de venir jeter un œil à quelques photos.

Ibrahim s'est présenté, m'a serré la main et m'a indiqué qu'ils avaient des biscuits. Il m'a expliqué qu'il y avait deux étages dans la boîte, mais qu'ils essayaient de finir celui du dessus avant de commencer celui du dessous. Je lui ai répondu qu'il prêchait là une convertie.

Ron a pris ma bouteille de vin et l'a posée à côté des biscuits. Il a eu un petit signe de tête appréciateur en voyant l'étiquette et a formulé une remarque quant au fait qu'il s'agissait d'un vin blanc. Il a ensuite déposé un baiser sur ma joue, ce qui m'a donné à réfléchir.

Je sais que vous pensez peut-être qu'un baiser sur la joue est une chose normale mais, de la part d'un septuagénaire, ce ne l'est pas. Les seuls hommes qui vous embrassent sur la joue sont les gendres ou des personnes de ce genre. J'ai donc tout de suite considéré Ron comme quelqu'un qui allait vite en besogne.

J'ai découvert que le célèbre leader syndical Ron Ritchie habitait le village lorsque lui et le mari de Penny,

John, ont soigné et guéri un renard blessé et l'ont baptisé Scargill comme Arthur Scargill, le syndicaliste bien connu. L'histoire avait figuré dans le bulletin d'informations du village au moment de mon arrivée ici. Sachant que John avait été vétérinaire et que Ron était, eh bien, Ron, j'ai suspecté que John s'était chargé des soins et que Ron n'avait eu pour tâche que de trouver le nom.

Le bulletin d'informations, soit dit en passant, est baptisé *Droit au but*.

Nous nous sommes tous rassemblés autour des clichés de l'autopsie. Pauvre petite, et cette blessure qui n'aurait jamais dû causer sa mort, même à cette époque-là ! Le petit ami s'était enfui de la voiture de la brigade de Penny sur le chemin qui le menait à un interrogatoire et n'avait plus été revu depuis. Il avait aussi fait sa fête à Penny, pour sa peine. Rien d'étonnant à cela. Quand on est habitué à cogner les femmes, on ne s'arrête pas.

Même s'il n'avait pas filé, je suppose qu'il s'en serait tiré à bon compte. Je sais qu'on lit encore des articles à propos de ce genre d'histoires tout le temps, mais c'était encore pire à l'époque.

Le Murder Club du jeudi n'allait pas le livrer à la justice comme par magie ; je pense que personne n'était dupe. Penny et Elizabeth avaient résolu toutes sortes d'affaires pour leur propre satisfaction, mais c'était la limite au-delà de laquelle elles ne pouvaient aller.

J'imagine donc qu'on pourrait dire que les souhaits de Penny et d'Elizabeth ne se sont jamais vraiment réalisés. Tous ces meurtriers sont restés impunis, toujours dans la nature, à écouter la météo marine quelque part. Ils s'en étaient tirés, comme c'est hélas le cas pour certaines personnes. Plus vous vieillissez, plus c'est une chose qu'il vous faut accepter.

Bref, ces quelques mots ne sont que philosophie de ma part, cela ne nous mènera nulle part.

Jeudi dernier, pour la première fois, nous nous sommes retrouvés tous les quatre. Elizabeth, Ibrahim, Ron et moi. Et, comme je l'ai dit, cela semblait très naturel. C'était comme si je venais remplacer la pièce qui manquait à leur puzzle.

Je vais m'arrêter là pour l'instant. Une grande réunion doit avoir lieu demain au village. J'aide à disposer les chaises pour ce genre d'événements. Je me porte volontaire parce que (a) cela me fait passer pour quelqu'un de serviable et (b) je suis « prems » pour les rafraîchissements.

La réunion est une concertation à propos d'un nouvel ensemble résidentiel à Coopers Chase. Ian Ventham, le grand patron, vient nous en parler. J'essaye de me montrer franche lorsque cela est possible, j'espère que vous ne m'en voudrez donc pas de dire que je ne l'aime pas. Il représente tout ce qui peut aller de travers lorsqu'on laisse un homme agir comme bon lui semble.

La perspective de ces nouvelles constructions a suscité un raffut impressionnant, car ils vont abattre des arbres et déplacer un cimetière, et, selon une rumeur, il est également question d'éoliennes. Ron est impatient de semer un peu le désordre et je suis impatiente de le regarder faire.

À partir de maintenant je promets d'essayer d'écrire un peu chaque jour. Je vais croiser les doigts pour qu'il se passe quelque chose.

5

Le supermarché Waitrose de Tunbridge Wells abrite un café. Ian Ventham gare sa Range Rover à l'extérieur, sur le dernier emplacement de parking réservé aux personnes handicapées. Non parce qu'il souffre d'un quelconque handicap, mais parce que c'est plus près de la porte.

En entrant dans le café il repère Bogdan près de la fenêtre. Ian doit 4 000 livres sterling à Bogdan. Il a temporisé pendant un certain temps, dans l'espoir que Bogdan se fasse expulser du pays, mais jusqu'ici la chance ne s'est pas manifestée. Quoi qu'il en soit, il a à présent un véritable travail à lui proposer, on peut donc dire que tout s'est arrangé au mieux. Il fait un signe de la main au Polonais et s'approche du comptoir. Il parcourt l'ardoise du regard, à la recherche d'un café.

— Tous vos cafés sont issus du commerce équitable ?

— Oui, tous, répond en souriant la jeune femme chargée du service.

— Dommage, rétorque Ian.

Il n'a pas la moindre envie de payer 15 pence de plus pour aider quelqu'un qu'il ne rencontrera jamais et qui vit dans un pays où il ne mettra jamais les pieds.

— Une tasse de thé, s'il vous plaît. Avec du lait d'amande.

Bogdan n'est pas la plus grande source de tracas d'Ian en ce jour. Si au bout du compte il doit le payer, eh bien, tant pis, il le fera. La plus grosse inquiétude d'Ian, c'est de se faire tuer par Tony Curran.

Ian prend sa tasse de thé et gagne la table en notant chemin faisant la présence de toute personne ayant dépassé la soixantaine. Ainsi, certains ont plus de soixante ans et de l'argent à dépenser chez Waitrose ? Qu'ils attendent un peu de voir dans dix ans, se dit-il. Il regrette de ne pas avoir emporté quelques brochures avec lui.

Ian s'occupera de Tony Curran comme et quand il le faudra, mais pour l'instant il doit s'occuper de Bogdan. La bonne nouvelle, c'est que Bogdan ne veut pas le tuer. Ian s'assoit.

— C'est quoi toute cette histoire pour 2 000 livres, Bogdan ? demande Ian.

Bogdan boit au goulot d'une bouteille de deux litres de Lilt qu'il a passée en douce dans le café.

— Quatre mille. Je sais pas si vous savez mais c'est pas trop cher pour recarreler une piscine.

— Pas cher seulement si on fait du bon boulot, Bogdan, rétorque Ian. Les joints ont jauni. Regarde. J'avais demandé un blanc corail.

Ian sort son téléphone, fait défiler l'écran jusqu'à trouver une photo de sa nouvelle piscine et la montre à Bogdan.

— Non, c'est filtre, enlevons filtre.

Bogdan appuie sur une touche et l'image s'éclaircit instantanément.

— Blanc corail. Vous savez bien.

Ian acquiesce d'un signe de tête. Il aura au moins essayé. Parfois il faut savoir quand est venu le moment de payer.

Ian extrait une enveloppe de sa poche.

— D'accord, Bogdan, ce n'est que justice. Voici trois mille. Qu'en penses-tu ?

Bogdan semble las.

— Trois mille, OK.

Ian lui remet l'enveloppe.

— En fait, c'est deux mille huit cents, mais c'est presque pareil, entre amis. Bon, je voulais te demander quelque chose.

— Pas de problème, dit Bogdan en empochant l'argent.

— Tu as l'air d'être un gars intelligent, Bogdan, pas vrai ?

Bogdan hausse les épaules.

— Eh bien, je parle polonais parfaitement.

— Chaque fois que je te demande de faire quelque chose, c'est fait, et c'est plutôt bien fait, et pour pas trop cher, dit Ian.

— Merci, dit Bogdan.

— Bon, je me pose juste une question. Penses-tu être prêt pour quelque chose de plus gros ?

— Bien sûr, répond Bogdan.

— De beaucoup plus gros, tu vois ? fait Ian.

— Bien sûr, dit Bogdan. Gros, c'est pareil que petit. C'est juste qu'il y en a plus.

— Tu es un type bien, dit Ian avant de vider sa tasse de thé. Je suis sur le point de congédier Tony Curran. Et j'ai besoin de quelqu'un pour prendre sa place. Ça te plairait ?

Bogdan laisse échapper un petit sifflement.

— C'est trop pour toi ? demande Ian.

Bogdan secoue la tête.

— Non, c'est pas trop pour moi, je peux faire le boulot. Je pense juste que si vous virez Tony, peut-être il va vous tuer.

Ian opine de la tête.

— Je sais. Mais laisse-moi me soucier de cette question. Et demain le boulot sera à toi.

— Si vous êtes vivant, pas de problème, dit Bogdan.

Il est temps de partir. Ian échange une poignée de main avec Bogdan puis se concentre sur autre chose. Annoncer la mauvaise nouvelle à Tony Curran.

Une réunion de concertation a lieu à Coopers Chase, et il doit aller écouter ce que toutes ces vieilles personnes ont à dire. Hocher poliment la tête, porter une cravate, les appeler par leur prénom. Les gens adorent ce genre de choses. Il a invité Tony à la réunion, pour pouvoir le virer juste après. Dehors, à l'air libre, avec des témoins à proximité.

Il y a 10 % de chances pour que Tony le tue sur-le-champ. Mais cela veut dire qu'il existe 90 % de chances pour qu'il ne le fasse pas, et étant donné le paquet d'argent que cela va rapporter à Ian, il se sent à l'aise avec cette probabilité. Risques et bénéfices.

Au moment où Ian gagne l'extérieur, il entend un signal sonore et aperçoit une femme sur un scooter de mobilité qui, l'air furieux, pointe sa canne en direction de sa Range Rover.

J'étais là le premier, chérie, pense Ian, tandis qu'il pénètre dans sa voiture. Mais qu'est-ce qui peut bien clocher chez certains, sans blague ?

Tandis qu'il conduit, Ian écoute un livre audio destiné à stimuler la motivation. Il est intitulé *Tuer ou être tué – Utiliser les leçons du champ de bataille en salle de réunion.* Apparemment il a été rédigé par un membre des forces spéciales israéliennes, et il lui a été conseillé par l'un des entraîneurs personnels du club de sport Virgin Active de Tunbridge Wells. Ian n'est pas certain que l'entraîneur personnel soit lui-même israélien, mais il a l'air de venir de là-bas ou des environs.

Tandis que le soleil de midi échoue à percer les vitres illégalement teintées de la Range Rover, Ian recommence à songer à Tony Curran. Ils avaient très bien fonctionné ensemble pendant des années, lui et Tony. Ian rachetait de vieilles maisons délabrées et vétustes, de grosses maisons. Tony détruisait l'intérieur, les divisait, installait des plans inclinés et des rampes puis ils passaient à la suivante. Le business des maisons de soins a explosé et Ian a bâti sa fortune. Il en gardait quelques-unes, en vendait quelques-unes, en achetait quelques autres.

Ian sort un smoothie de la glacière de la Range Rover. La glacière ne faisait pas partie de l'équipement standard. Un garagiste de Faversham l'avait installée pour lui, en même temps qu'il réalisait l'habillage plaqué or de la boîte à gants. Il s'agit du smoothie habituel d'Ian. Une barquette de framboises, une poignée d'épinards, du yaourt islandais (ou finlandais, s'il n'y a plus d'islandais), de la spiruline, de l'herbe de blé, de la poudre d'acérola, de la chlorelle, du varech, de l'extrait d'açaï, du grué de cacao, du zinc, de l'extrait de betterave, des graines de chia, un zeste de mangue et du gingembre. Il s'agit de sa propre invention et il l'a baptisée « Restons simples ».

Il jette un coup d'œil à sa montre. Dans près de dix minutes il sera arrivé à Coopers Chase. Il doit en finir avec la réunion puis annoncer la nouvelle à Tony. Ce matin il avait tapé dans Google « gilet pare-lame » mais il était impossible de se faire livrer dans la journée. Fallait-il essayer avec Amazon Prime ? Ils le prendraient sans doute pour un crétin.

Il est certain cependant que tout se passera bien. Et que Bogdan soit d'accord pour prendre le relais est une excellente nouvelle. Une transition en douceur. Et avec moins de dépenses en perspective, bien sûr, c'est là tout l'intérêt.

Ian avait compris très tôt qu'il lui fallait monter en gamme son affaire s'il voulait gagner beaucoup d'argent. Le pire était lorsque les clients mouraient. Il y avait de la paperasse, les chambres ne rapportaient plus rien tant qu'on n'avait pas trouvé de nouveaux clients et, pire que tout, il fallait gérer les familles. Aujourd'hui, plus les clients étaient riches, plus ils vivaient longtemps, en général. Et puis aussi, plus ils étaient riches, moins les visites étaient fréquentes, dans la mesure où les familles vivaient bien souvent à Londres, New York ou

Santiago. Ian était donc monté en gamme, transformant son entreprise, « Maisons de soins Soleil d'automne », en « Comme chez soi – village retraite », se concentrant sur des établissements moins nombreux, de plus grande taille. Tony Curran n'avait pas sourcillé. Ce que Tony ne connaissait pas, il l'apprenait rapidement, et aucune pièce d'eau, aucune carte-clé électronique, ni la moindre fosse à barbecue collective n'était de nature à l'impressionner. C'était dommage de se séparer de lui, vraiment, mais il en était ainsi.

Ian dépasse l'arrêt de bus en bois sur sa droite et tourne pour gagner l'entrée de Coopers Chase. Comme c'est souvent le cas, il suit une camionnette de livraison au moment de franchir la grille au sol et se retrouve coincé derrière elle durant toute la montée de la longue allée. Chemin faisant il apprécie la vue et ne peut s'empêcher de secouer la tête. Tous ces lamas… Dans la vie, on ne cesse jamais d'apprendre.

Ian se gare et s'assure que son permis de stationnement est exposé correctement et visiblement sur la gauche de son pare-brise, avec le numéro et la date de validité clairement en vue. Ian s'est trouvé confronté à tout un tas d'ennuis avec tout un tas d'autorités au fil des ans, et les deux seuls à l'avoir jamais vraiment déstabilisé sont l'Autorité de vérification des droits d'importation russe et le Comité du stationnement de Coopers Chase. Mais cela en vaut la peine. Quels que soient les montants qu'il avait pu gagner précédemment, Coopers Chase l'avait fait entrer dans une nouvelle dimension. Ian et Tony le savaient tous deux.

Une cascade d'argent. Ce qui, bien entendu, était la source du problème qu'il rencontrait aujourd'hui.

Coopers Chase. Près de six hectares de magnifique campagne, assortis de la permission de construire jusqu'à quatre cents appartements pour des retraités. Il n'y avait rien d'autre sur place qu'un couvent vide et des moutons appartenant à quelqu'un en haut de la colline. Un de ses vieux amis avait acheté les terres à un prêtre quelques années plus tôt, puis avait eu soudain besoin d'argent rapidement pour lutter contre une procédure d'extradition due à un malentendu. Ian avait fait le calcul et s'était rendu compte que c'était un grand saut qu'il valait la peine d'effectuer. Mais Tony aussi avait fait ses comptes et avait décidé qu'il voulait également faire le grand saut. C'était la raison pour laquelle Tony Curran possédait à présent 25 % de tout ce qu'il construisait à Coopers Chase. Ian s'était senti obligé d'accepter les termes de cet accord parce que Tony s'était toujours montré loyal envers lui, et aussi parce qu'il lui avait clairement indiqué qu'il lui briserait les deux bras s'il refusait. Ian avait déjà vu Tony casser des bras, ainsi, ils étaient à présent associés.

Plus pour longtemps, toutefois. Tony devait certainement savoir que cela ne pouvait pas durer, pas vrai ? N'importe qui peut construire un appartement de luxe, vraiment – se mettre torse nu, écouter Magic FM, creuser des fondations ou engueuler un maçon, ça, c'est facile. Mais tout le monde n'a pas la vision nécessaire pour *superviser* quelqu'un qui construit des appartements de luxe. Avec la nouvelle phase de construction qui allait bientôt être lancée, le moment n'était-il pas idéal pour apprendre à Tony sa vraie valeur ?

Ian Ventham se sent raffermi dans sa détermination. Tuer ou être tué.

Il sort de sa voiture, et au moment où il cligne des yeux sous l'éclat du soleil, il est soudain rattrapé par l'arrière-goût de l'extrait de betterave, l'un des obstacles majeurs à son projet de lancement commercial de « Restons simples ». Il pourrait retirer l'extrait de betterave de la recette, mais cet ingrédient est essentiel à la bonne santé du pancréas.

Il enfile ses lunettes de soleil. Et maintenant, au travail. Ian n'a pas l'intention de mourir aujourd'hui.

6

Ron Ritchie, comme si souvent, ne veut rien entendre. Il pointe un doigt exercé en direction d'un exemplaire de son bail. Il sait que cela produit son petit effet, comme toujours, mais Ron peut sentir que son doigt tremble et que le document tremble également. Il agite les feuilles dans les airs pour dissimuler les tressaillements. Sa voix, toutefois, n'a rien perdu de sa puissance.

— Et maintenant, une citation. Et ce sont vos mots, monsieur Ventham, pas les miens. « Coopers Chase Holding Investments se réserve le droit de créer des structures résidentielles supplémentaires sur le site en *concertation* avec les résidents en place. »

La grande carrure de Ron laisse entrevoir la force physique qui a dû un jour l'habiter. La carrosserie est encore bien visible, comme un vieux camion rouillant dans un champ. Son visage, large et ouvert, est prêt à se montrer à tout moment indigné ou incrédule, ou à afficher toute autre expression potentiellement nécessaire. N'importe quoi, pourvu que ça soit utile.

— C'est bien ce dont il s'agit, dit Ian Ventham, comme s'il s'adressait à un enfant. Ceci est la réunion de concertation. Et vous êtes les résidents. Concertez-vous autant que vous le souhaitez, pendant les vingt prochaines minutes.

Ventham est assis derrière une table à tréteaux à une extrémité du Salon des résidents. Son bronzage évoque la teinte du bois de teck, il est détendu et porte ses lunettes de soleil relevées sur ses cheveux de mannequin de catalogue des années 1980. Il arbore un polo de prix et une montre si grosse qu'elle pourrait aussi bien faire office d'horloge. Il a l'air de quelqu'un qui sent très bon, mais dont vous n'auriez pas vraiment envie de vous approcher pour en avoir la certitude.

Ventham est flanqué d'une femme d'environ quinze ans sa cadette et d'un homme tatoué vêtu d'un gilet sans manches et occupé à faire défiler l'écran de son téléphone. La femme est l'architecte du complexe résidentiel ; l'homme tatoué est Tony Curran. Ron l'a déjà vu, il a aussi entendu parler de lui. Ibrahim note tout ce qui est dit tandis que Ron continue de pointer son doigt en direction de Ventham.

— Je ne me laisserai pas avoir par vos vieux mensonges, Ventham. Ceci n'a rien d'une concertation, c'est un traquenard.

Joyce décide d'intervenir.

— Bravo, Ron, continue !

C'est bien ce que Ron compte faire.

— Merci, Joyce. Vous appelez ça « The Woodlands », une forêt, donc, alors même que vous allez couper tous les arbres. C'est un peu fort, fiston. Vous avez vos jolies petites images conçues par ordinateur, toutes pimpantes, avec un soleil éclatant, des nuages cotonneux et des petits canards qui barbotent sur les étangs. On peut démontrer n'importe quoi avec des ordinateurs, mon garçon ; nous, ce qu'on voulait, c'était une vraie maquette. Avec des arbres miniatures et de petits personnages.

Ces derniers mots déclenchent une cascade d'applaudissements. Les résidents avaient été nombreux à vouloir qu'on leur montre une maquette, mais d'après Ian Ventham ce n'était pas ce qui se faisait aujourd'hui. Ron poursuit.

— Et vous avez choisi, choisi de manière délibérée, une femme comme architecte pour que je n'aie pas le droit de crier.

— Et pourtant, c'est bien ce que tu fais, Ron, intervient Elizabeth, installée à deux sièges de lui, le nez plongé dans un journal.

— Ne me dis pas que je crie, Elizabeth, vocifère Ron. Ce gars le saura quand je crierai. Regardez-le, habillé comme Tony Blair. Pourquoi ne pas bombarder les Irakiens, pendant que vous y êtes, Ventham ?

Super réplique, se dit Ron, tandis qu'Ibrahim en prend consciencieusement note pour mémoire.

Dans les années où il apparaissait dans les journaux, on le surnommait « Ron le Rouge », même si à cette époque tout le monde était affublé du surnom « le Rouge ». La photo de Ron figurait rarement dans la presse sans être accompagnée de la légende « les pourparlers entre les deux parties se sont soldés par un échec tard hier soir ». Vieil habitué des piquets de grève et des cellules de garde à vue, des briseurs de grève, des listes noires et des altercations, des ralentissements d'activité et des « sit-in », des grèves sauvages et des débrayages, Ron avait été là, réchauffant ses mains au-dessus d'un brasero, avec la bonne vieille équipe devant les usines de British Leyland. Ron avait vu, de ses propres yeux, la fin des dockers. Ron avait manifesté devant la nouvelle imprimerie de Wapping tout en assistant à la victoire de Rupert Murdoch et à l'échec des imprimeurs. Ron avait mené les mineurs du Kent sur l'A1 et avait été arrêté à la cokerie d'Orgreave au moment où la dernière résistance de l'industrie minière était écrasée. Dans les faits, un homme moins infatigable que Ron aurait pu se dire qu'il portait la poisse. Mais c'était là la destinée de ceux qui font face à l'adversité et Ron adorait tout simplement être du côté des opprimés. Si jamais il se trouvait dans une situation où il n'était pas l'opprimé, il tordait, transformait, bousculait les choses jusqu'à ce qu'il ait convaincu tout le monde qu'il l'était. Mais Ron avait toujours agi selon les principes qu'il prêchait. Il avait toujours offert une aide discrète à quiconque avait besoin d'un coup de pouce, de quelques billets en plus à Noël, d'un costume ou d'un avocat pour aller au tribunal. Quiconque avait eu besoin, pour quelque raison que ce soit, de quelqu'un pour le défendre s'était toujours retrouvé en sécurité entre les bras tatoués de Ron.

À présent, les tatouages s'estompent, ses mains tremblent, mais le feu brûle encore.

— Vous savez où vous pouvez vous fourrer ce bail, n'est-ce pas, Ventham ?

— Sentez-vous libre de m'éclairer sur ce point, réplique Ian Ventham.

Ron s'apprête alors à lancer une remarque à propos de David Cameron et du référendum sur l'Union européenne mais il perd le fil de sa pensée. Ibrahim pose la main sur son coude. Ron hoche la tête à la manière d'un homme satisfait d'avoir accompli son devoir et s'assoit, les genoux crépitant comme des coups de feu.

Il est heureux. Et il remarque que ses tremblements se sont arrêtés, juste à ce moment-là. Reprendre le combat. Il n'y a rien de tel.

7

Au moment où le père Matthew Mackie se glisse au fond du salon, un homme imposant vêtu d'un maillot de West Ham est occupé à crier quelque chose à propos de Tony Blair. Comme il l'avait espéré, les participants sont nombreux. C'est bien utile, toutes ces objections au projet résidentiel « Woodlands ». Il n'y avait pas de voiture bar dans le train qui l'a amené ici depuis Bexhill et il est donc heureux de voir que des biscuits sont proposés.

Il en attrape une poignée au moment où personne ne regarde, choisit une chaise de plastique bleu au dernier rang et prend place. L'homme avec le maillot de football trop serré semble à présent à bout de souffle et, tandis qu'il se rassoit, d'autres mains se lèvent. Avec un peu de chance il a fait le déplacement pour rien, mais mieux vaut prévenir que guérir. Le père Mackie est nerveux, il s'en rend compte. Il ajuste son col romain, passe la main dans sa tignasse blanche comme la neige, puis la plonge dans sa poche pour saisir un sablé rectangulaire. Si personne ne pose de questions à propos du cimetière, peut-être devra-t-il le faire. Juste se montrer courageux. Se souvenir qu'il a une mission à accomplir.

Comme il est étrange de se retrouver dans cette pièce ! Il frissonne. Simplement à cause du froid, sûrement.

8

Une fois la concertation terminée, Ron se retrouve assis aux côtés de Joyce près du terrain de boules, en compagnie de bouteilles de bière fraîche qui scintillent sous le soleil. En cet instant précis il se voit dérangé par un dénommé Dennis Edmonds, bijoutier manchot et retraité résidant à Ruskin Court.

Dennis, à qui Ron n'a jamais parlé jusqu'alors, souhaite le féliciter à propos des points capitaux qu'il a soulevés au cours de la réunion de concertation.

— C'était très inspirant, Ron, très inspirant. Une foule de choses à méditer dans cette intervention.

Ron remercie Dennis pour ses aimables paroles et attend ce qu'il sait être la prochaine étape. Celle qui finit toujours par arriver.

— Et ce doit être votre fils, n'est-ce pas ? demande Dennis en se tournant vers Jason Ritchie, lui aussi une bière à la main. Le champion !

Jason sourit et hoche la tête, aussi poli qu'à l'accoutumée. Dennis tend son bras vers lui.

— Je suis Dennis. Un ami de votre père.

Jason serre la main de l'homme.

— Jason. Comment allez-vous, Dennis ?

Dennis le fixe un moment, attendant que Jason lance la conversation, puis secoue la tête d'un air enthousiaste.

— Eh bien, c'était un plaisir de vous rencontrer. Je suis un grand fan, j'ai vu tous vos combats. J'espère que nous vous reverrons bientôt ?

Jason hoche de nouveau poliment la tête et Dennis reprend sa promenade, oubliant même de faire semblant d'adresser un « au revoir » à Ron. Père et fils, rompus à ce genre d'interruptions, reprennent leur conversation avec Joyce.

— Voilà, l'émission s'appelle « Famous Family Trees », dit Jason. Ils ont fait des recherches sur la famille et ils veulent m'emmener dans différents endroits, m'apprendre quelques trucs, vous voyez, sur l'histoire familiale. Dans le genre, mamie faisait le trottoir, et tout le toutim.

— Jamais vu ce programme, réagit Ron. C'est sur quelle chaîne ? La BBC ?

— C'est sur ITV ; et c'est vraiment très bien, dit Joyce. J'ai regardé un numéro il n'y a pas longtemps. L'avez-vous vu, Jason ? C'était avec cet acteur. Celui qui joue le docteur dans *Holby City*, mais je l'ai aussi vu dans un épisode de *Poirot*.

— Non, je ne l'ai pas vu, Joyce, répond Jason.

— C'était très intéressant. Il se trouve que son grand-père a assassiné l'objet de son amour. Un homme, dois-je préciser. Son visage ressemblait à une peinture. Oh, vous devriez le faire, Jason !

Joyce bat des mains d'excitation.

— Imaginez un peu si Ron avait un grand-père gay. J'adorerais ça.

Jason acquiesce d'un hochement de tête.

— Ils voudront aussi parler avec toi, papa. Ce sera filmé. Ils m'ont demandé si tu serais partant et je leur ai souhaité bonne chance pour te faire taire.

Ron éclate de rire.

— Mais tu vas aussi réellement participer à ce truc, « Celebrity Ice Dance » ?

— Je me suis dit que ça pourrait être amusant.

— Ça, je suis d'accord, fait Joyce, qui termine sa bière et tend la main pour en saisir une autre.

— Tu en fais beaucoup en ce moment, fiston, dit Ron. Joyce dit qu'elle t'a vu dans « MasterChef ».

— Tu as raison, papa, répond Jason dans un haussement d'épaules. Je devrais reprendre la boxe.

— Je n'arrive pas à croire que vous n'ayez jamais confectionné de macarons avant cette émission, Jason, s'enthousiasme Joyce.

Ron avale un peu de bière puis désigne avec sa bouteille quelque chose sur sa gauche.

— Là-bas, à côté de la BMW, Jase – ne regarde pas maintenant –, c'est Ventham, celui dont je t'ai parlé. Je lui ai bien montré qu'il ne faisait pas le poids, pas vrai, Joyce ?

— Il ne savait plus où il en était, Ron, confirme Joyce.

Jason se laisse aller contre le dossier de son siège et s'étire tout en glissant négligemment un regard vers sa gauche. Joyce déplace sa chaise pour avoir une meilleure vue.

— Bravo, Joyce, chic et subtil, dit Ron. C'est Curran avec lui, Jase, l'entrepreneur. Tu l'as déjà croisé en ville ?

— Une ou deux fois, répond Jason.

Ron jette un nouveau coup d'œil à la scène. La conversation entre les deux hommes semble tendue. Ils parlent vite et à voix basse, leurs mains trahissant des attitudes d'attaque et de défense, mais leurs réactions restent néanmoins contenues.

— Tu crois qu'ils ont une prise de bec ? demande-t-il.

Jason boit une petite gorgée de bière et balaye une nouvelle fois le parking du regard, prêtant toute l'attention nécessaire aux deux hommes.

— On dirait un couple en plein rendez-vous, qui fait tout pour ne pas montrer qu'il se dispute, dit Joyce. Dans un Pizza express.

— C'est exactement ça, Joyce, approuve Jason tout en se retournant vers son père et en finissant sa bière.

— Une petite partie de billard cet après-midi, fiston ? propose Ron. Ou est-ce que tu files déjà ?

— J'aimerais beaucoup rester, Papa, mais j'ai une petite course à faire.

— Besoin d'aide ?

Jason fait non de la tête.

— C'est quelque chose d'ennuyeux, ça ne me prendra pas longtemps.

Il se lève et s'étire.

— Aucun journaliste ne t'a passé de coup de fil aujourd'hui ?

— J'aurais dû recevoir des appels ? demande Ron. Il se passe quelque chose ?

— Non, mais tu connais les journalistes. Tu n'as eu ni appel, ni courrier, ni rien d'autre ?

— J'ai reçu un catalogue de baignoires à porte, dit Ron. Tu veux me dire pourquoi tu me poses cette question ?

— Tu connais ma vie, papa, ils cherchent toujours quelque chose.

— Comme c'est excitant ! se réjouit Joyce.

— À bientôt, vous deux, dit Jason. Ne vous saoulez pas et ne cassez pas tout.

Jason s'en va. Joyce tourne son visage en direction du soleil et ferme les yeux.

— Eh bien, n'est-ce pas merveilleux, Ron ? J'ai toujours ignoré que j'aimais la bière. Imagine si j'étais morte à soixante-dix ans ? Je ne l'aurais jamais su.

— Trinquons à cela, Joyce, dit Ron avant de finir sa boisson. Que passe-t-il d'après toi avec Jason ?

— Sans doute une histoire de femme, dit Joyce. Tu sais comment nous sommes.

Ron opine du chef.

— Tu as sans doute raison.

Il regarde son fils s'éloigner. Il est inquiet. Mais à vrai dire, que Jason ait été sur le ring ou pas, il n'y a jamais eu une seule journée où Ron n'ait pas ressenti d'inquiétude pour son fils.

9

La concertation s'est bien passée. Les inquiétudes d'Ian Ventham à propos du projet « Woodlands » se sont envolées ; c'est une affaire réglée. Ce type qui s'est mis à brailler pendant la réunion ? Il le connaît. Laissons-le se calmer tout seul. Il avait aussi remarqué la présence d'un prêtre au fond de la salle. Qu'est-ce qui avait pu l'amener par ici ? Le cimetière, sans doute, mais tout était en règle, il avait les autorisations. Qu'ils essayent de l'arrêter si ça les amusait.

Le renvoi de Tony Curran ? Eh bien, il n'était pas content, mais il ne l'avait pas tué non plus. Avantage Ian.

Ian Ventham pense donc déjà à la suite. Une fois que le complexe « Woodlands » sera opérationnel, il y aura une autre phase de développement résidentiel, la dernière, « Hillcrest ». Il vient de rouler cinq minutes sur le sentier accidenté qui s'élance depuis Coopers Chase et il est à présent assis dans la cuisine rustique de Karen Playfair. Son père, Gordon, possède les terres agricoles qui, en haut de la colline, jouxtent Coopers Chase et il ne semble pas être d'humeur à vendre. C'est sans importance, Ian a ses propres méthodes.

— J'ai bien peur que la situation ne soit toujours la même, Ian, dit Karen Playfair. Mon père ne vendra pas et je ne peux pas l'y obliger.

— Je comprends, dit Ian. Il faut plus d'argent.

— Non, je pense…, répond Karen, et je crois que vous le savez déjà – je pense qu'il ne vous aime pas, voilà tout.

Gordon Playfair avait jeté un regard à Ian Ventham avant de disparaître à l'étage. Ian pouvait l'entendre trépigner, visiblement dans le but de prouver quelque chose. Mais qui s'en souciait ? Parfois les gens n'aimaient pas Ian. Il n'a jamais compris pourquoi, mais au fil du temps il a appris à faire avec. C'était leur problème, cela ne faisait pas l'ombre d'un doute dans son esprit. Gordon Playfair n'était qu'un individu de plus dans la longue file de personnes qui ne le comprenaient pas.

— Écoutez, laissez-moi m'en occuper, dit Karen. Je trouverai un moyen. Cela conviendra à tout le monde.

Karen Playfair comprend Ian. Il lui a expliqué le genre de montant qu'elle pouvait espérer si elle persuadait son père de vendre. Sa sœur et son beau-frère possèdent leur propre affaire, une entreprise de raisins secs bios à Brighton, et Ian a déjà essayé de faire valoir cet argument auprès d'eux. Mais sans succès. Karen Playfair représente une bien meilleure option. Elle vit seule dans un cottage sur la propriété et elle travaille dans l'informatique, ce que l'on peut deviner rien qu'en la regardant. Elle se maquille, mais d'une manière si subtile, si discrète, qu'Ian n'en voit franchement pas l'utilité.

Ian se demande à quel moment exactement Karen a renoncé à l'existence et commencé à porter des baskets et des pulls longs et trop amples. C'est le genre de femme, étant donné qu'elle travaille dans l'informatique, qu'on pourrait imaginer taper « Botox » dans la barre de recherches de Google. Elle doit avoir cinquante ans, se dit Ian, le même âge que lui. Mais c'est différent, pour les femmes.

Ian est inscrit à un grand nombre d'applications de rencontres et il fixe une limite supérieure d'âge stricte : vingt-cinq ans. Il trouve les applications de rencontres utiles parce qu'il peut être difficile de rencontrer le type de femmes qui conviennent parfaitement de nos jours. Il faut qu'elles comprennent que le temps dont il dispose est limité, que son travail l'accapare, et que l'engagement est une chose compliquée pour lui. Les femmes de plus de vingt-cinq ans semblent ne pas saisir cela, d'après son expérience. Que leur arrive-t-il ? se demande-t-il. Il tente d'imaginer les raisons pour lesquelles quelqu'un choisirait de sortir avec Karen Playfair, mais il n'en trouve aucune. Le plaisir de la conversation ? Cela ne dure pas très longtemps, non ? Elle sera bientôt riche, bien sûr, une fois qu'Ian aura acheté les terres. Cela l'aidera.

Hillcrest changera vraiment la vie d'Ian également. Quand le projet sera achevé, la taille de Coopers Chase doublera, tout comme les profits d'Ian. Des profits qu'il n'aura plus à partager avec Tony Curran. Si cela veut dire qu'il lui faut flirter avec une quinquagénaire pendant quelques semaines, eh bien, qu'il en soit ainsi.

Pour ses rendez-vous, Ian dispose d'un matériel qui a fait ses preuves. Il impressionne les jeunes femmes avec des photos de sa piscine, et il raconte qu'il a une fois fait l'objet d'une interview télévisée qui est passée dans *Kent Tonight.* Il avait déjà montré à Karen une photo de sa piscine, on ne sait jamais, mais elle s'était contentée de sourire poliment et de hocher la tête. Pas étonnant qu'elle soit célibataire.

Il pourrait faire affaire avec elle, cependant. Elle sait quels sont les points positifs dans ce deal, et elle connaît les difficultés à surmonter. Ils terminent leur conversation avec une poignée de main et un plan d'action. Tandis qu'il serre la main de Karen, Ian se dit qu'enduire sa peau d'un peu de crème une fois de temps en temps ne ferait pas de mal à cette femme. Cinquante ans ! Voilà une chose qu'il ne souhaiterait à personne.

Pendant un bref instant, Ian songe que l'unique femme de plus de vingt-cinq ans avec laquelle il passe un peu de temps est son épouse.

Enfin, bon, il est temps d'y aller. Il a des trucs à faire.

10

Tony Curran a pris sa décision. Il stoppe sa BMW X7 dans l'allée surchauffée par le soleil. Il y a une arme enterrée sous le sycomore dans le jardin, à l'arrière de sa maison. Ou est-ce sous le hêtre ? L'un ou l'autre, mais quoi qu'il en soit il peut réfléchir à tout cela en savourant une bonne tasse de thé. Et il pourra tenter de se rappeler où se trouve sa bêche par la même occasion.

Tony Curran va tuer Ian Ventham. C'est à présent chose certaine. Sans doute qu'Ian le sait lui aussi, non ? Il y a des limites à ce que l'on peut se permettre, et une fois qu'elles sont dépassées, même le plus calme et sensé des hommes craque.

Tony sifflote un air entendu dans une publicité et se dirige vers l'intérieur de la maison.

Il a emménagé il y a à peu près dix-huit mois, grâce aux premiers vrais profits tirés de Coopers Chase. C'était le genre de maison dont il avait toujours rêvé. Une maison édifiée grâce à un dur labeur, des choix appropriés, des économies bien ciblées et le concours de son propre talent. Un monument érigé à la gloire de ce qu'il avait accompli, fait de briques, de verre et de noyer tempéré.

Tony entre et entreprend de couper l'alarme. Ventham avait envoyé des gars de son équipe l'installer la semaine précédente. Des Polonais, tous autant qu'ils étaient, mais qui n'était pas polonais de nos jours ? Tony parvient à composer le bon code à quatre chiffres à la troisième tentative. Un nouveau record pour lui.

Tony Curran a toujours pris sa sécurité très au sérieux. Pendant de nombreuses années, l'entreprise de construction de Tony n'avait fait que servir de couverture au commerce de drogue auquel il se livrait. Elle avait été une manière de justifier ses revenus. Une manière de laver son argent sale. Mais son affaire de construction avait lentement pris de l'ampleur, occupant de plus en plus son temps, rapportant de plus en plus d'argent. Si vous aviez dit à Tony quand il était jeune qu'il finirait par vivre dans cette maison, il n'aurait pas été surpris le moins du monde. Si vous lui aviez dit qu'il l'achèterait avec de l'argent gagné de façon légale, il serait tombé dans les pommes sur-le-champ.

Sa femme, Debbie, n'est pas rentrée, mais cela lui convient parfaitement dans l'immédiat. Cela lui donne du temps pour se concentrer, pour bien réfléchir à tout ça.

Tony se remémore sa querelle avec Ian Ventham, et la fureur recommence à monter en lui.

Ainsi, Ian l'évince du projet « Woodlands » ? Juste comme ça ? Après quelques paroles échangées en le raccompagnant jusqu'à sa voiture ? Au grand air, au cas où il aurait pris à Tony l'envie de lui balancer son poing dans la figure. Il aurait adoré le gifler séance tenante, mais ça, c'est ce qu'aurait fait l'ancien Tony. Ils ont donc eu une petite querelle, sans coup d'éclat visible. Il est impossible que quiconque l'ait remarquée, et c'est une bonne chose pour Tony. Quand on découvrira le cadavre de Ventham, personne ne pourra dire qu'il a vu Tony Curran et Ian Ventham en pleine altercation. Tout reste propre et net, en apparence.

Tony s'assoit sur un tabouret de bar, l'approche de l'îlot installé dans sa vaste cuisine et ouvre un tiroir. Il a besoin de coucher un plan sur le papier.

Tony ne croit pas à la chance, il croit au dur labeur. Qui échoue à se préparer se prépare à échouer. Un vieux professeur d'anglais l'a dit un jour à Tony et il ne l'a jamais oublié. L'année suivante, il avait incendié la voiture de l'enseignant en question, à la suite d'une querelle à propos d'un match de foot, mais Tony continuait de rendre justice à ce gars. Qui échoue à se préparer se prépare à échouer.

Il se trouve qu'il n'y a pas de papier dans le tiroir, alors Tony décide de mettre le plan au point dans sa tête.

Rien ne l'oblige à agir dès ce soir. Il va laisser le monde poursuivre sa course un moment encore, laisser les oiseaux chanter dans le jardin, laisser Ventham penser qu'il a gagné. Et puis frapper. Pourquoi certains cherchaient-ils des noises à Tony Curran ? Quand cela s'était-il révélé payant pour quiconque ?

Tony entend le bruit une seconde trop tard. Il se retourne et voit la clé anglaise au moment où elle s'apprête à s'abattre sur lui. Et c'est une grosse clé, un vrai truc à l'ancienne. Il est impossible d'éviter le coup, et au cours du bref instant où il réalise ce qu'il se passe,

Tony Curran comprend. On ne peut pas toujours gagner, Tony. C'est de bonne guerre, se dit-il, de bonne guerre.

Le coup atteint Tony à la tempe gauche et il s'effondre sur le sol de marbre. Dans le jardin les oiseaux suspendent leur chant l'espace d'un instant avant de reprendre leur joyeuse mélodie. Tout en haut du sycomore. Ou est-ce du hêtre ?

Le tueur dépose une photographie sur le plan de travail, tandis que le sang frais de Tony Curran commence à former une douve autour de son îlot de cuisine en bois de noyer.

11

Coopers Chase se réveille toujours tôt. Tandis que les renards terminent leur ronde nocturne et que les oiseaux commencent à faire entendre leur chant, les premières bouilloires se mettent à siffler et des lumières tamisées apparaissent peu à peu derrière les fenêtres garnies de rideaux. Les articulations reviennent à la vie à coups de craquements matinaux.

Personne ici n'attrape de toast au vol avant de sauter dans le premier train pour aller au bureau, ni ne prépare une boîte repas avant de sortir les enfants du lit, mais il y a beaucoup à faire, malgré tout. Fut un temps, tout le monde ici se levait tôt parce qu'il y avait tellement à faire et si peu d'heures dans une journée. À présent ils se lèvent tôt car il y a tellement à faire et si peu de journées avant la fin.

Ibrahim se lève toujours à 6 heures du matin. La piscine n'ouvre pas avant 7 heures, pour des raisons d'hygiène et de sécurité. Il a soutenu, sans succès, que le risque de mourir par noyade lors d'une baignade non surveillée est éclipsé par le risque de mourir d'une maladie cardio-vasculaire ou de troubles respiratoires ou circulatoires causés par un manque d'exercice physique régulier. Il a même présenté un algorithme prouvant que garder la piscine ouverte vingt-quatre heures sur vingt-quatre ferait que les résidents seraient 31,7 % plus en sécurité que si elle est fermée durant la nuit. Le Comité des installations de loisirs et d'activités récréatives y est resté insensible. Ibrahim voyait bien qu'ils avaient les mains liées par diverses directives et ne leur en a pas tenu rigueur. L'algorithme fut soigneusement archivé au cas où il pourrait se révéler utile à l'avenir. Il y avait toujours beaucoup à faire.

— J'ai un travail pour toi, Ibrahim, dit Elizabeth en avalant une petite gorgée de thé à la menthe. Plus exactement, un travail pour Ron et toi, mais je t'en confie la responsabilité.

— Très sage décision, répond Ibrahim en hochant la tête. Si je peux me permettre.

Elizabeth lui avait téléphoné la veille au soir pour lui apprendre la nouvelle au sujet de Tony Curran. Elle l'avait apprise de Ron, qui l'avait apprise de Jason, qui l'avait apprise d'une source qui restait à vérifier. Mort dans sa cuisine, traumatisme contondant à la tête, retrouvé par sa femme.

Ibrahim aime généralement consacrer cette heure de la journée à consulter de vieux dossiers et parfois même de nouveaux. Il a encore quelques patients et, si jamais ils en ont besoin, ils feront le déplacement jusqu'à Coopers Chase et s'assoiront dans le siège fatigué placé sous la toile montrant un voilier, qui tous deux le suivent partout depuis près de quarante ans maintenant. La veille, Ibrahim avait lu les notes concernant l'un de ses anciens patients, un directeur de la Midland Bank venu de Godalming qui recueillait des chiens errants et s'est tué un jour de Noël. Mais c'est peine perdue, ce matin, se dit Ibrahim. Elizabeth était arrivée avec l'aube. Il trouve stimulante cette rupture dans sa routine habituelle.

— Tout ce que vous avez à faire, c'est mentir à un officier de police supérieur, dit Elizabeth. Je peux te faire confiance pour te charger de cela ?

— En quelle occasion ai-je trahi ta confiance, Elizabeth ? demande Ibrahim. Quand t'ai-je laissée tomber ?

— Eh bien, jamais, Ibrahim, reconnaît Elizabeth. C'est la raison pour laquelle j'aime bien te garder près de moi. Sans oublier que tu prépares un très bon thé.

Ibrahim sait qu'il est une personne fiable. Au fil des ans, il a sauvé des vies et sauvé des âmes. Il était doué dans son domaine, et c'est la raison pour laquelle, même à présent, certaines personnes roulent pendant des kilomètres, passent devant la vieille cabine téléphonique et la boutique de produits de la ferme, tournent à droite juste après le pont et à gauche près de l'abribus en bois, dans le seul but de parler à un psychiatre de quatre-vingts ans, depuis longtemps retraité.

Parfois, il échoue – mais à qui cela n'arrive-t-il pas, en ce bas monde ? – et ce sont ces dossiers qu'Ibrahim reprend en ces petits matins. Le directeur de banque qui s'est assis dans le siège fatigué, a pleuré, pleuré, et ne pouvait pas être sauvé.

Mais ce matin, les priorités sont différentes, il le comprend bien. Ce matin le Murder Club du jeudi est en présence d'un cas bien réel. Il ne s'agit plus de simples feuilles jaunissantes à l'écriture difficilement lisible tout droit sorties d'une autre époque. Une véritable affaire, un véritable cadavre et, là, quelque part dans la nature, un véritable assassin.

Ce matin on a besoin d'Ibrahim. Et c'est sa raison de vivre.

12

L'agente de police Donna De Freitas, plateau en main, apporte le thé dans la salle des opérations. Un entrepreneur local, Tony quelque chose, a été assassiné, et à en juger par la taille de l'équipe assemblée il s'agit là d'une grosse affaire. Donna se demande pourquoi. Si elle prend son temps avec le thé, peut-être pourra-t-elle le découvrir.

L'inspecteur en chef Chris Hudson s'adresse à l'équipe. Il se montre toujours assez aimable. Un jour il a ouvert une porte à double battant pour Donna sans donner l'impression de vouloir recevoir une médaille pour son geste.

— Il y a des caméras installées sur la propriété, beaucoup, même. Procurez-vous les images. Tony Curran a quitté Coopers Chase à 14 heures et il est mort à 15 h 32, d'après son bracelet connecté Fitbit. Cela ne laisse qu'une petite fenêtre de temps sur laquelle centrer nos recherches.

Donna a posé le plateau du thé sur un bureau pour pouvoir se baisser et renouer son lacet. Elle entend le nom de Coopers Chase, ce qui est intéressant.

— Il y a également des caméras sur l'A214, à environ quatre cents mètres au sud de la maison de Curran, et à un demi-mile au nord, alors mettons aussi la main sur ces vidéos. Vous connaissez la plage horaire.

Chris s'interrompt pendant un instant et regarde l'endroit où Donna De Freitas se tient accroupie.

— Tout va bien ? demande-t-il.

Donna se redresse.

— Oui, monsieur, je renoue juste mes lacets. Je ne voudrais pas trébucher avec un plateau de thé en main.

— Très judicieux, reconnaît Chris. Merci pour le thé. Nous allons vous laisser reprendre votre travail à présent.

— Merci, monsieur, lance Donna avant de se diriger vers la porte.

Elle prend conscience que Chris – un enquêteur, bien sûr – a dû remarquer que ses chaussures n'ont pas de lacets. Mais il ne reprocherait certainement pas à une jeune agente de témoigner d'un peu de saine curiosité, n'est-ce pas ?

Tandis qu'elle ouvre la porte pour quitter la pièce elle entend Chris Hudson qui poursuit.

— En attendant que nous ayons tout cela, la piste la plus importante est la photo que le tueur a laissée près du corps. Jetons-y un œil.

Donna ne peut résister à la tentation. Elle se retourne et voit, projetée sur le mur, une vieille photographie montrant trois hommes dans un pub, riant et partageant des verres. Leur table est recouverte de billets de banque. Elle n'a qu'un instant pour capter l'image, mais elle reconnaît instantanément l'un des hommes.

Les choses seraient très différentes si Donna faisait partie d'une brigade criminelle. Oui, très différentes. Fini de visiter les écoles primaires pour inscrire des numéros de série à l'encre invisible sur des vélos. Fini de rappeler gentiment aux commerçants locaux que trop remplir les poubelles constitue une infraction pé…

— Excusez-moi, lance Chris, arrachant Donna à ses pensées.

Donna détache ses yeux du cliché et les pose sur Chris. Fermement, mais gentiment, il lui indique d'un signe de main qu'elle peut partir. Donna sourit à Chris et hoche la tête.

— Je rêvassais. Désolée, monsieur.

Elle ouvre la porte et sort de la pièce, prête à retrouver l'ennui.

Elle fait un effort pour capter les derniers mots prononcés avant que la porte ne finisse de se fermer.

— Donc, trois hommes, que nous connaissons tous bien sûr très bien. On les passe en revue un par un ?

La porte se referme dans un claquement. Donna lâche un soupir.

13

Joyce

J'espère que vous me pardonnerez de prendre la plume dans la matinée, mais Tony Curran est mort.

Tony Curran est l'entrepreneur qui a bâti cet endroit. Peut-être est-ce même lui qui a posé les briques dans ma cheminée ? Qui sait ? Enfin, ce n'est certainement pas le cas, à dire vrai. Il avait sûrement quelqu'un d'autre dans son équipe pour faire ça pour lui, non ? Et puis les plâtres, et tout le reste. J'imagine qu'il n'a fait que superviser les choses. Mais je parie que ses empreintes digitales se trouvent quelque part ici. Ce qui est très excitant.

Elizabeth m'a téléphoné hier soir pour m'apprendre la nouvelle. Il ne me viendrait jamais à l'esprit de décrire Elizabeth comme quelqu'un de fébrile, mais, franchement, elle n'était pas loin de l'être.

Tony Curran a été frappé, peut-on croire une chose pareille, par un ou des inconnus. Je lui ai raconté ce que j'avais vu avec Ron et Jason, la dispute entre Curran et Ian Ventham. Elle m'a dit qu'elle le savait déjà, elle a donc dû parler à Ron avant de m'appeler, mais elle a eu la politesse de m'écouter exposer mon point de vue. Je lui ai demandé si elle en prenait note et elle m'a dit qu'elle s'en souviendrait.

Quoi qu'il en soit, Elizabeth semble avoir une sorte de plan. Elle a indiqué qu'elle voyait Ibrahim ce matin.

Je lui ai demandé si je pourrais aider d'une manière ou d'une autre et elle m'a dit qu'il y avait une chose que je pourrais faire. Je me suis donc enquise de savoir ce que cela pourrait être et elle m'a répondu que si j'attendais un peu, je le découvrirais très vite.

J'imagine donc que je dois m'asseoir et attendre les instructions ? Je vais prendre le minibus pour aller à Fairhaven tout à l'heure, mais je garderai mon portable allumé, au cas où.

Je suis devenue une personne qui doit garder son portable allumé.

14

— Alors, qui est coupable du meurtre de Tony Curran, et comment allons-nous le coincer ? demande Elizabeth. Je sais que je devrais dire « le ou la coincer », mais il s'agit probablement d'un homme. Quel genre de femme frapperait quelqu'un de la sorte ? Une Russe, sans doute, mais c'est à peu près l'unique option.

Après avoir transmis à Ibrahim ses instructions pour la journée, Elizabeth était venue directement jusqu'ici pour avoir cette conversation. Elle a pris place sur sa chaise habituelle.

— Il a absolument tout d'un type à avoir des ennemis. Gilet sans manches, grosse maison, plus de tatouages que Ron, et tout à l'avenant. La police va rapidement établir une liste de suspects et il faudra que l'on mette la main dessus. Mais nous ne l'avons pas, alors pourquoi ne pas tenter de savoir si Ian Ventham a tué Tony Curran ? Tu te souviens d'Ian Ventham ? Le gars à l'after-shave ? Ventham et Tony Curran ont eu une petite dispute. Ron les a vus, comme de bien entendu – n'y a-t-il donc jamais rien qui lui échappe ?

Et Joyce a dit quelque chose à propos d'un Pizza Express, mais j'ai bien compris ce qu'elle voulait dire.

Elizabeth essaye de mentionner Joyce plus souvent ces derniers temps, car à quoi bon se voiler la face ?

— Et si nous élaborions quelques hypothèses raisonnables ? Disons que Ventham est mécontent de Curran, ou que Curran est mécontent de Ventham ? Peu importe le cas de figure. Ils doivent se parler, et pourtant ils se retrouvent dans un lieu public, ce qui est étrange.

Elizabeth regarde l'heure à sa montre. Elle agit avec discrétion, malgré la situation.

— Donc, imaginons que juste après la réunion de concertation, Ventham ait eu de mauvaises nouvelles à annoncer. Il redoute tellement la réaction de Curran qu'il le retrouve à la vue de tout le monde. Il espère l'apaiser. Mais d'après Ron, il « n'a pas réussi ». Je reprends là les mots de Ron.

Il y a un petit cube d'éponge fixé au bout d'une tige près du lit. Elizabeth le plonge dans un pichet d'eau et humecte les lèvres desséchées de Penny. Le gazouillis métallique du moniteur cardiaque de Penny emplit le silence.

— Quelle serait donc la réaction de Ventham, dans ce scénario, Penny ? Affronter un Curran plein de rancœur ? Passer au plan B ? Suivre Curran jusque chez lui ? « Laisse-moi entrer, allez, parlons tranquillement de tout ça, peut-être que j'ai agi trop précipitamment » ? Et puis, hop, *raclée* ! Pas plus compliqué que ça, tu ne crois pas ? Il tue Curran avant que ce ne soit Curran qui le tue ?

Elizabeth cherche son sac des yeux. Elle plaque ses mains sur les accoudoirs, prête à partir.

— Mais pourquoi ? Je sais que c'est cette question que tu poserais. Je vais essayer de jeter un œil à leur relation financière. Suivre la piste de l'argent. Il y a un homme à Genève qui a une dette envers moi, nous devrions donc être en mesure d'obtenir les dossiers financiers de Ventham d'ici à ce soir. Quoi qu'il en soit, cela peut être amusant, n'est-ce pas ? Ce sera une sorte d'aventure. Et je crois que nous aurons quelques ficelles que la police n'aura pas. Je suis sûre qu'elle apprécierait un peu d'aide, et c'est la mission de ma matinée.

Elizabeth quitte son siège et avance vers le côté du lit.

— Un vrai meurtre sur lequel enquêter, Penny. Je promets que je ne te laisserai pas en perdre une miette.

Elle dépose un baiser sur le front de sa meilleure amie. Elle se tourne vers le fauteuil situé de l'autre côté du lit et un petit sourire se dessine sur son visage.

— Comment vas-tu, John ?

Le mari de Penny repose son livre et lève la tête.

— Oh, tu sais…

— Oui, je sais. Tu sais toujours où me trouver John, en cas de besoin.

D'après les infirmières, Penny Gray ne peut rien entendre, mais qui peut en être certain ? John ne s'adresse jamais à Penny quand Elizabeth est présente. Il rejoint Willows à 7 heures chaque matin et en repart à 21 heures chaque soir, pour regagner l'appartement où Penny et lui ont vécu ensemble. Pour retrouver les babioles rapportées de vacances, les vieilles photographies et les souvenirs que Penny et lui ont partagés pendant cinquante ans. Elle sait qu'il parle à Penny quand elle n'est pas là. Et chaque fois qu'elle entre dans la pièce, toujours après avoir frappé, elle remarque, s'estompant sur la main de Penny, les empreintes blanches laissées par la main de John. La main de ce dernier est de nouveau posée sur son livre, bien qu'il semble toujours en être à la même page.

Elizabeth laisse les deux amoureux en tête à tête.

15

Joyce

Tous les mercredis je prends le minibus des résidents pour aller à Fairhaven faire les magasins. Les lundis il se rend à Tunbridge Wells, à une demi-heure de route dans la direction opposée, mais j'aime l'atmosphère plus jeune de Fairhaven. J'aime voir comment les gens s'habillent et j'aime entendre les mouettes. Le chauffeur a pour nom Carlito et on considère généralement qu'il est espagnol, mais j'ai discuté plusieurs fois avec lui et il s'avère en fin de compte qu'il est portugais. Il est très doué dans son travail toutefois.

Il y a un café végan, à deux pas du front de mer, que j'ai trouvé il y a quelques mois et j'ai déjà hâte d'aller y déguster un bon thé à la menthe et un brownie à la farine d'amande. Je ne suis pas végane et n'ai aucune intention de le devenir un jour, mais j'ai tout de même l'impression que c'est une chose qui devrait être encouragée. J'ai lu que si l'humanité n'arrête pas de manger de la viande, une famine généralisée aura lieu d'ici 2050. Sauf votre respect, j'approche les quatre-vingts ans et tout cela ne sera donc pas mon problème, mais j'espère vraiment qu'ils vont régler ce problème. Ma fille Joanna est végétarienne et un jour je l'emmènerai là-bas. Nous nous arrêterons simplement en passant, comme si le fait que je mette les pieds dans un café végan était la chose la plus naturelle au monde.

Le même petit groupe se retrouve toujours à bord du bus. Il y a les habitués, Peter et Carol, un gentil couple de Ruskin, ils prennent le minibus pour rendre visite à leur fille qui vit sur le front de mer. Je sais qu'il n'y a pas de petits-enfants, mais elle semble être chez elle durant la journée. Il y a très certainement une histoire à découvrir là-dessous. Il y a aussi sir Nicholas, qui vient juste pour flâner sans but à présent qu'on ne le laisse plus prendre le volant. Il y a Naomi avec sa hanche dont on ne parvient pas à percer les mystères, et une femme de Wordsworth dont je n'ai jamais vraiment retenu le prénom. Et maintenant je suis trop gênée pour le lui demander. Elle est assez sympathique, pourtant (est-ce Elaine ?).

Je sais que Bernard occupera sa place habituelle au fond du minibus. Je me dis toujours que j'aimerais bien m'asseoir à ses côtés, c'est un joyeux compagnon quand il le veut bien. Mais je sais qu'il se rend à Fairhaven en mémoire de sa défunte épouse, alors je le laisse tranquille. C'est là qu'ils se sont rencontrés et qu'ils ont vécu avant de venir s'installer à Coopers Chase. Il m'a dit que depuis son décès il se rendait à l'hôtel Adelphi, où elle a travaillé, et qu'il vidait quelques verres de vin, en regardant la mer en contrebas. Pour être honnête c'est comme cela que j'ai découvert l'existence du minibus, donc à quelque chose malheur est bon.

Ils ont transformé l'Adelphi en un Travelodge l'an dernier, aussi, Bernard s'assoit maintenant sur la jetée. L'endroit est moins désolé qu'il n'y paraît, ils l'ont récemment réaménagé et il a remporté un certain nombre de prix.

Peut-être que j'irai simplement m'asseoir près de lui à l'arrière du bus un jour. Qu'attends-je donc pour le faire ?

J'ai hâte de déguster mon thé et mon brownie, mais j'ai aussi hâte de trouver un peu de paix et de tranquillité. Les commérages vont toujours bon train dans tout Coopers Chase au sujet du pauvre Tony Curran. Nous côtoyons beaucoup la mort, ici, mais tout de même. Cela n'arrive pas à tout le monde de se faire frapper comme cela, n'est-ce pas ?

Eh oui, c'est ainsi que je suis. S'il se passe quoi que ce soit, je vous le raconterai.

16

Au moment où le minibus s'apprête à partir, les portes s'ouvrent une dernière fois pour laisser entrer Elizabeth. Elle s'installe sur le siège à côté de Joyce.

— Bonjour, Joyce, dit-elle en souriant.

— Eh bien, c'est une première ! se réjouit Joyce. Quel plaisir !

— J'ai apporté un livre, si tu ne veux pas parler pendant le trajet, dit Elizabeth.

— Oh non, surtout pas, bavardons toutes les deux, répond Joyce.

Carlito démarre avec sa délicatesse habituelle.

— Formidable ! lance Elizabeth. Je n'ai pas apporté de livre, à dire vrai.

Elizabeth et Joyce engagent la conversation. Elles prennent bien soin de ne pas parler de l'affaire Tony Curran. L'une des premières choses que l'on apprend à Coopers Chase est que certains sont encore tout à fait en capacité d'entendre. Au lieu de cela, Elizabeth raconte à Joyce son dernier passage à Fairhaven, un événement remontant aux années 1960 et en rapport avec une pièce d'équipement retrouvée échouée sur la plage. Elizabeth refuse de se laisser entraîner dans les détails mais elle indique à Joyce qu'il s'agit sûrement désormais d'une affaire de notoriété publique et qu'elle trouvera sans doute des infos quelque part si le sujet l'intéresse. Le trajet se déroule de façon très plaisante. Le soleil brille haut, le ciel est bleu et il y a du crime dans l'air.

Comme à son habitude, Carlito arrête le minibus devant la papeterie Ryman.

Tout le monde sait que c'est à cet endroit qu'ils devront se retrouver trois heures plus tard. Cela fait à présent deux ans que Carlito occupe cet emploi et jamais personne n'a été en retard. À l'exception de Malcolm Weekes, dont il s'était avéré qu'il était tombé raide mort dans l'allée des ampoules du magasin Robert Dyas.

Joyce et Elizabeth laissent les autres sortir avant elles, permettant ainsi à leur parcours d'obstacles mêlant plans inclinés, cannes et déambulateurs de se dérouler jusqu'à son terme. Bernard salue les deux dames en soulevant son chapeau au moment où il descend et elles le regardent partir d'un pas traînant en direction du front de mer, son *Daily Express* coincé sous le bras.

Tandis qu'elles quittent le bus et qu'Elizabeth remercie Carlito dans un portugais parfait pour sa conduite attentionnée, Joyce songe pour la première fois à demander ce qu'Elizabeth compte faire à Fairhaven.

— La même chose que toi, ma chère. On y va ?

Elizabeth commence à s'éloigner du front de mer et Joyce choisit de la suivre, animée du désir de vivre une aventure, mais espérant toujours avoir le temps de savourer son thé et son brownie.

À quelques pas de là se trouvent Western Road et les larges marches de pierre du poste de police de Fairhaven. Elizabeth se tourne vers Joyce au moment où les portes automatiques s'ouvrent devant elle.

— Voici comment je vois les choses, Joyce. Si nous enquêtons sur ce meurtre…

— Nous allons enquêter sur le meurtre ? interroge Joyce.

— Bien entendu, Joyce, dit Elizabeth. Qui mieux que nous pour s'en charger ? Mais nous n'avons accès à aucun dossier concernant l'affaire, à aucune déposition, à aucune expertise médico-légale, et il va nous falloir changer cela. C'est la raison pour laquelle nous sommes ici. Je sais que je n'ai pas besoin de le préciser, Joyce, mais je compte sur ton soutien, quoi qu'il arrive.

Joyce opine de la tête tout en disant : « Bien sûr, bien sûr. » Elles entrent.

Une fois à l'intérieur, les deux dames sonnent pour ouvrir une porte de sécurité qui les mène à l'espace dédié à l'accueil du public. C'est la première fois que Joyce met les pieds dans un poste de police, mais elle a, en revanche, visionné tous les documentaires passant sur ITV et se voit déçue de constater que personne n'est plaqué au sol et traîné jusqu'à une cellule, dans une bordée de grossièretés masquées, pour le frisson, par des « bip » sonores. Au lieu de cela il n'y a qu'un jeune sergent d'accueil qui feint de ne pas jouer à la réussite sur l'ordinateur que le ministère de l'Intérieur a mis à sa disposition.

— Que puis-je pour vous, mesdames ? demande-t-il.

Elizabeth se met à fondre en larmes. Joyce est stupéfaite mais réussit à n'en rien montrer.

— Quelqu'un vient de voler mon sac. Juste devant Holland & Barrett, sanglote Elizabeth.

Voilà donc pourquoi elle n'avait pas emporté de sac à main avec elle, se dit Joyce. Cela l'avait turlupinée, dans le minibus. Joyce entoure de son bras les épaules de son amie.

— C'était atroce.

— Laissez-moi appeler un officier de police pour recueillir votre déposition puis nous verrons ce que nous pouvons faire.

Le sergent d'accueil appuie sur un bouton situé sur le mur à sa gauche et quelques secondes plus tard un jeune agent entre par une autre porte de sécurité placée derrière lui.

— Mark, cette dame vient tout juste de se faire voler son sac à main dans Queens Road. Peux-tu prendre sa déposition ? Je vais préparer du thé pour tout le monde.

— Bien sûr, madame, vous voulez bien m'accompagner ?

Elizabeth tient bon et refuse de bouger. Elle secoue la tête, les joues désormais trempées de larmes.

— Je veux parler à une agente femme.

— Je suis certain que Mark peut régler la question qui vous occupe, dit le sergent d'accueil.

— Je vous en prie ! s'écrie Elizabeth.

Joyce décide que le moment est venu de prêter main-forte à son amie.

— Mon amie est nonne, sergent.

— Nonne ? dit le sergent d'accueil.

— Oui, nonne, soutient Joyce. Et je suis sûre que je n'ai nul besoin de vous dire ce que cela implique, n'est-ce pas ?

Le sergent d'accueil saisit qu'il s'agit d'une discussion qui pourrait prendre un tour fâcheux de nombreuses façons et fait le choix de se simplifier la vie.

— Si vous voulez bien m'accorder un instant, madame, je vais trouver quelqu'un pour vous recevoir.

Il suit Mark qui ouvre de nouveau la porte de sécurité par laquelle il est entré, et Elizabeth et Joyce se retrouvent seules quelques instants. Elizabeth ferme les vannes et lance un regard à Joyce.

— Une nonne ? C'était une excellente idée.

— Je n'ai pas eu beaucoup de temps pour réfléchir, répond Joyce.

— S'il avait insisté, j'étais prête à dire que quelqu'un m'avait touchée, fait Elizabeth. Tu sais à quel point ce genre de sujet suscite l'intérêt de nos jours. Mais une nonne, c'est bien plus amusant.

— Pourquoi veux-tu voir une policière ?

Nombre d'autres questions se pressent à présent dans l'esprit de Joyce, mais celle-là est la première sur sa liste.

— Et bravo, au fait, pour ne pas avoir employé le terme « WPC », je suis fière de toi.

— Merci, Joyce. J'ai juste pensé que, comme le bus allait de toute façon à Fairhaven, nous devrions passer voir l'agente De Freitas.

Joyce hoche lentement la tête. Dans le monde d'Elizabeth c'est tout à fait le genre de choses qui semble sensé.

— Mais que se passera-t-il si elle n'est pas de service ? Ou, si jamais elle l'est, mais que d'autres policières sont aussi présentes ?

— T'aurais-je amenée ici si je n'avais pas déjà vérifié toutes ces questions, Joyce ?

— Comment as-tu pu vérifier les…

La porte de sécurité s'ouvre et Donna De Freitas en franchit le seuil.

— Eh bien, mesdames, comment puis-je…

Donna enregistre qui sont les personnes face à elle. Ses yeux passent d'Elizabeth à Joyce, puis de Joyce à Elizabeth.

— … vous aider ?

17

Le dossier concernant Tony Curran qui a été transmis à l'inspecteur en chef Chris Hudson est si volumineux qu'il fait résonner un plaisant bruit mat quand on le laisse choir sur un bureau. Un geste que l'inspecteur en chef vient d'accomplir à l'instant.

Chris prend une lampée de Coca-Cola Light. Parfois il s'inquiète d'être « accro » à cette boisson. Un jour il avait vu dans la presse un titre à propos du Coca Light qui était si inquiétant qu'il avait décidé de ne pas lire l'article.

Il ouvre le dossier. La plupart des faits qui ont mis en relation Tony Curran et la police du Kent datent d'une époque où Chris n'était pas encore à Fairhaven. Des plaintes pour agression quand il avait une vingtaine d'années, des condamnations mineures liées à la drogue, une conduite automobile dangereuse, la possession d'un chien dangereux, celle d'une arme illégale. Une infraction liée à la vignette automobile. Il est également noté qu'il a uriné sur la voie publique.

Vient ensuite la véritable histoire. Chris ouvre un sandwich à la composition indéterminée dont il a fait l'acquisition à la station-service. Il y a des transcriptions d'un certain nombre d'interrogatoires menés avec Tony Curran au fil des ans, le dernier ayant eu lieu après un coup de feu tiré dans un pub, le Black Bridge, qui a causé la mort d'un jeune revendeur de drogue. Un témoin a identifié Tony Curran comme l'auteur du tir fatal et le CID, la police criminelle de Fairhaven, a convoqué Curran pour l'interroger.

Tony Curran s'était trouvé au centre de tout ce qui se passait à cette époque. Si vous posiez la question autour de vous, tout le monde vous le dirait. Tony était à la tête du trafic de drogue à Fairhaven, et de bien d'autres choses par ailleurs. Il se faisait beaucoup d'argent.

Chris lit la litanie, tellement familière qu'elle en est déprimante, des « pas de commentaires » de la transcription de l'interrogatoire ayant suivi les événements du Black Bridge. Il apprend que le témoin, un chauffeur de taxi de la ville, avait disparu peu après. La peur l'avait fait fuir, ou bien la réalité était-elle pire encore ? Tony Curran, entrepreneur local, avait quitté le poste sans être inquiété.

De quoi était-il donc question ? D'un mort ? Deux ? Le revendeur de drogue abattu au Black Bridge et, peut-être, le pauvre chauffeur de taxi ayant assisté à la scène ?

Depuis 2000, toutefois, plus rien. Mis à part une amende pour excès de vitesse, promptement payée, en 2009.

Chris examine la photographie laissée par le tueur près du corps. Trois hommes. Tony Curran, mort désormais. Celui qui entourait de son bras les épaules de

Tony était un dealer local de l'époque, Bobby Tanner. Embauché pour jouer les gros bras. Ses faits et gestes étaient actuellement inconnus, mais on le retrouverait bientôt. Et le troisième homme, dont les faits et gestes sont des plus connus. L'ancien boxeur Jason Ritchie. Chris se demande combien les journaux payeraient pour ce cliché. Il a entendu parler de policiers qui se livrent à ce genre de pratiques. La lie de la lie, aux yeux de Chris. Il examine les sourires, les billets de banque et les bières. C'était probablement aux environs de l'an 2000, à l'époque où le garçon avait été abattu au Black Bridge. C'est drôle de penser à l'an 2000 comme à de l'histoire ancienne.

Pendant qu'il étudie les détails de la photo, Chris déchire l'emballage d'un Twix. Sa visite médicale annuelle a lieu dans deux mois et chaque lundi il se convainc qu'est enfin arrivée la semaine où il va retrouver la ligne, où il va enfin dire adieu aux six kilos et quelques qui l'empêchent d'avancer. Aux six kilos et quelques qui lui donnent des crampes. Aux six kilos et quelques qui l'amènent à ne plus acheter de nouveaux vêtements, au cas où, et à ne plus avoir de rendez-vous amoureux, parce que, qui pourrait bien vouloir de cela ? Les six kilos environ qui se dressent entre lui et le monde. Enfin, douze kilos pour être vraiment honnête.

Les lundis sont généralement de bonnes journées. Le lundi, Chris ne prend pas l'ascenseur. Le lundi, Chris apporte un repas qu'il a préparé chez lui. Le lundi, Chris fait des exercices pour ses abdominaux dans son lit. Mais quand arrive le mardi, ou, dans les bonnes semaines, le mercredi, la réalité revient en force, les escaliers lui semblent trop difficiles à grimper, et Chris perd toute foi en son projet. Il sait bien que c'est lui, le projet, et cela l'enfonce encore davantage. C'est alors que reviennent les friands et les chips, le déjeuner acheté à la station-service, le petit verre consommé après le travail, le plat préparé acheté sur le chemin du retour, le chocolat avalé après avoir récupéré le dîner à emporter et avant de regagner l'appartement. Manger, ressentir l'engourdissement, la libération, la honte et recommencer.

Mais il y avait toujours un autre lundi et l'un de ces lundis serait celui de la délivrance. La moitié de ces kilos en trop s'envolerait, suivie par l'autre moitié qui restait tapie. La visite médicale ne lui coûterait presque aucun effort, il serait l'athlète qu'il avait toujours secrètement su qu'il était. Il enverrait un texto avec un pouce levé à la nouvelle petite amie qu'il aurait rencontrée sur Internet.

Il termine son Twix et regarde autour de lui, en quête de ses chips.

Chris Hudson devine que les événements du Black Bridge avaient causé la prise de conscience dont Tony Curran avait eu besoin. Cela en avait tout l'air. Il avait commencé à travailler avec un promoteur immobilier local nommé Ian Ventham à peu près à cette époque, et il avait peut-être décidé que la vie serait plus simple s'il rentrait dans le droit chemin. Il y avait beaucoup d'argent à gagner dans ce secteur, même si cela n'avait rien à voir avec ce dont il avait l'habitude. Tony avait dû se rendre compte qu'il ne pouvait continuellement se fier à sa chance.

Chris ouvre le paquet de chips et regarde sa montre. Il a rendez-vous et devrait sans doute se mettre en route. Quelqu'un a vu Tony Curran se disputer juste avant sa mort, et ce quelqu'un insiste pour lui parler personnellement. Ce n'est pas loin. Il s'agit de la communauté de retraités où Curran a travaillé.

Chris regarde une nouvelle fois la photo. Les trois hommes, cette joyeuse bande. Tony Curran et Bobby Tanner, chacun entourant l'autre d'un bras. Et, sur le côté, avec une bouteille en main et ce beau nez cassé, deux années peut-être après que ses talents avaient connu leur apogée, Jason Ritchie.

Trois amis, buvant une bière, à une table recouverte d'argent. Pourquoi laisser ce cliché près du corps ? S'agissait-il d'un avertissement adressé par Bobby Tanner ou Jason Ritchie ? Ou d'un avertissement destiné *à* ces deux hommes ? Vous êtes les prochains ? Plus certainement une manœuvre de diversion ou une fausse piste. Personne ne serait stupide à ce point.

Dans tous les cas, Chris devra avoir une conversation avec Jason Ritchie. Et, avec un peu de chance, son équipe retrouverait l'homme manquant à l'appel, Bobby Tanner.

En fait, il n'est pas seul à manquer à l'appel, se dit Chris en faisant tomber la dernière chips dans sa bouche.

Car, à vrai dire, qui avait bien pu prendre cette photographie ?

18

Donna invite ses deux visiteuses à s'asseoir. Elles se trouvent dans la salle d'interrogatoire B, une pièce carrée et dépourvue de fenêtre, équipée d'une table en bois vissée au sol. Joyce regarde autour d'elle avec l'excitation d'une touriste. Elizabeth a l'air d'un poisson dans l'eau. Donna a les yeux rivés sur la lourde porte dont elle attend qu'elle se referme. Dès qu'elle entend le petit « clic » annonçant que c'est le cas, elle se tourne franchement vers Elizabeth.

— Alors, vous êtes nonne maintenant, Elizabeth ?

Elizabeth lui adresse un bref signe de tête, tout en levant un doigt pour reconnaître qu'il s'agit d'une bonne question.

— Donna, comme toute femme moderne, je suis un certain nombre de choses, quand le besoin s'en fait sentir. Nous devons être des caméléons, n'est-ce pas vrai ?

Elle sort un bloc-notes et un stylo d'une poche intérieure de son manteau et les pose sur la table.

— Mais c'est à Joyce qu'il faut attribuer le mérite de cette idée.

Joyce est toujours occupée à détailler la pièce.

— C'est exactement comme à la télé, agente De Freitas. C'est fantastique ! Cela doit être tellement amusant de travailler ici.

Donna ne partage pas ce sentiment d'émerveillement.

— Alors Elizabeth, vous a-t-on volé votre sac ?

— Non, très chère, dit Elizabeth. Et je souhaite bonne chance à quiconque essayerait de me le voler. Vous pouvez imaginer une chose pareille ?

— Puis-je par conséquent vous demander ce que vous faites toutes les deux ici ? J'ai du travail à finir.

Elizabeth hoche la tête.

— Bien sûr, c'est une question des plus sensées. Eh bien, je suis ici parce que je voulais vous parler de quelque chose. Et Joyce est venue pour faire les magasins, j'imagine. Joyce ? Je ne lui ai même pas demandé.

— J'aime bien aller à Anything with a Pulse[1], le café végan. Vous le connaissez, peut-être ?

Donna consulte sa montre puis se penche en avant.

— Bon, je suis là. Si vous voulez parler, allez-y. Je vous accorde deux minutes et ensuite je retourne attraper des criminels.

Elizabeth la gratifie d'un discret applaudissement.

— Excellent ! Eh bien, pour commencer, je dirai ceci. Cessez d'agir comme si vous n'étiez pas contente de nous revoir, parce que je sais que cela vous fait plaisir. Et nous sommes ravies de vous revoir également. Tout sera bien plus amusant si nous acceptons simplement toutes les trois qu'il en est ainsi.

---

1. « Tout ce qui bouge ».

Donna ne répond pas. Joyce se penche vers le magnétophone posé sur la table.

— Pour le besoin de l'enregistrement, je précise que l'agente De Freitas refuse de répondre mais tente de dissimuler un léger sourire.

— Deuxièmement, mais en lien avec ma précédente remarque, poursuit Elizabeth, quelle que soit la chose que nous vous empêchons de faire, si j'ai bien une certitude, c'est qu'il ne s'agit pas de capture de criminels. Mais plutôt de quelque chose de barbant.

— Sans commentaires, réplique Donna, l'air impassible.

— D'où êtes-vous, Donna ? Puis-je vous appeler Donna ?

— Vous le pouvez. Je viens des quartiers sud de Londres.

— Vous avez été transférée de la Met[1] ?

Donna acquiesce d'un signe de tête. Elizabeth inscrit quelque chose dans son bloc.

— Vous prenez des notes ? questionne Donna.

Elizabeth hoche la tête et enchaîne.

— Pourquoi cela ? Et pourquoi être venue à Fairhaven ?

— Cette histoire attendra un autre jour. Vous avez droit à une question supplémentaire avant que je ne quitte la pièce. Si amusant que tout cela puisse être.

— Entendu, répond Elizabeth.

Elle referme son bloc-notes et ajuste ses lunettes.

— Eh bien, c'est plutôt une déclaration que je souhaite faire mais je promets qu'elle se termine par une question.

---

1. Abréviation de Metropolitan Police Service.

Donna tourne ses paumes vers Elizabeth, dans un geste l'invitant à poursuivre.

— Voici comment je vois les choses et je sais que vous m'arrêterez si je me trompe. Vous êtes âgée de vingt-cinq ans environ, vous donnez l'impression d'être maligne et intuitive. Vous avez également l'air d'être très gentille, et néanmoins très douée pour intervenir en cas de bagarre. Pour des raisons sur lesquelles nous ferons la lumière, très probablement une relation amoureuse vouée à l'échec, vous avez quitté Londres, alors que j'aurais pensé que la vie et le travail là-bas vous auraient convenu à merveille. Vous vous retrouvez ici, à Fairhaven, où la criminalité est faible et les délinquants, minables. Et vous arpentez les rues. Peut-être qu'un drogué a volé une bicyclette, Donna ; peut-être que quelqu'un est reparti de la station-service sans payer ; ou peut-être y a-t-il eu une bagarre, à cause d'une fille, dans un pub. Bon sang, quelle barbe ! Pour des raisons qui n'ont pas la moindre importance, j'ai autrefois travaillé dans un bar en ex-Yougoslavie pendant trois mois et mon cerveau criait à l'aide tant il avait besoin d'un peu d'excitation, de stimulation, tant il voulait que quelque chose d'extraordinaire se produise. Cela vous rappelle-t-il quelque chose ? Vous êtes célibataire, vous louez l'appartement dans lequel vous vivez, vous avez trouvé qu'il n'était pas facile de se faire des amis dans cette ville. Au poste, la plupart de vos collègues sont un peu âgés pour vous. Je suis sûre que ce jeune agent de police, Mark, vous a proposé de sortir avec lui, mais aucune chance qu'il soit capable de gérer une fille des quartiers sud de Londres. Vous avez donc dû lui dire non. Vous continuez tous deux à trouver cette situation gênante. Le pauvre garçon. Votre amour-propre ne vous laissera pas retourner à la Met avant un bon bout de temps et vous vous retrouvez donc coincée ici pour le moment. Vous êtes encore la petite nouvelle, donc toute idée de promotion demeure une perspective assez lointaine, ce qui s'ajoute au fait que vous n'êtes pas si populaire que cela parce que, en leur for intérieur, toutes les personnes autour de vous peuvent voir que vous avez commis une erreur et que vous n'appréciez pas d'être là. Vous ne pouvez même pas démissionner. Car pourquoi mettre au rebut ces années passées dans la police, les années difficiles, juste à cause d'un mauvais virage ? Alors, vous enfilez votre uniforme et vous vous présentez ici, service après service, mâchoires serrées, attendant juste que quelque chose d'extraordinaire se produise. Comme, peut-être, une femme qui n'est pas nonne et qui fait croire qu'on lui a volé son sac à main.

Elizabeth lance un regard interrogatif en direction de Donna, dans l'attente d'une réponse. Donna, complètement impassible, ne semble pas impressionnée le moins du monde.

— J'attends toujours la question, Elizabeth.

Elizabeth hoche la tête et ouvre de nouveau son bloc-notes.

— Ma question est la suivante. N'aimeriez-vous pas enquêter sur le meurtre de Tony Curran ?

Le silence règne tandis que Donna entrelace lentement ses doigts et vient faire reposer son menton sur ses mains jointes. Elle regarde Elizabeth très attentivement avant de prendre la parole.

— Il y a déjà une équipe qui enquête sur le meurtre de Tony Curran, Elizabeth. Une brigade criminelle hautement qualifiée. Je lui ai récemment apporté un plateau de thé. Ils n'ont pas vraiment de poste vacant pour un agent qui soupire à chaque fois qu'on lui demande de faire des photocopies. Vous est-il déjà venu à l'idée qu'il soit possible que vous ne compreniez pas vraiment comment fonctionne la police ?

Elizabeth prend note de cette remarque et parle tout en écrivant.

— Mmm, c'est possible. Combien tout cela doit-il être compliqué. Mais ce doit être aussi très amusant, j'imagine ?

— Je l'imagine également, reconnaît Donna.

— On dit qu'il a été frappé, dit Elizabeth. Avec une grosse clé anglaise. Vous pourriez confirmer cela ?

— Sans commentaires, Elizabeth, répond Donna.

Elizabeth arrête d'écrire et lève de nouveau la tête.

— Ça ne vous plairait pas de faire partie de tout cela, Donna ?

Donna commence à faire jouer ses doigts sur le bureau.

— OK. Supposons juste que j'aimerais prendre part à l'enquête criminelle…

— Oui, très bien, faisons cette supposition. Commençons par là et voyons où cela nous mène.

— Vous comprenez comment fonctionne la police criminelle, n'est-ce pas, Elizabeth ? Je ne peux pas simplement demander à être affectée à une enquête précise.

Elizabeth sourit.

— Dieu du ciel ! Ne vous inquiétez donc pas pour cela, Donna ; nous pouvons nous en charger.

— Vous pouvez vous en charger ?

— Je pense que c'est effectivement le cas, oui.

— De quelle manière ? demande Donna.

— Eh bien, il existe toujours un moyen, n'est-ce pas ? Mais cela vous intéresserait ? Si nous pouvions le rendre possible ?

Donna pose de nouveau les yeux sur la lourde porte, à présent bien refermée.

— Quand pourriez-vous rendre cela possible, Elizabeth ?

Elizabeth regarde sa montre et hausse légèrement les épaules.

— Dans une heure, peut-être ?

— Et personne n'entendra parler de cette conversation ?

Elizabeth pose un doigt sur ses lèvres.

— Alors, j'aimerais que ce soit le cas. Oui, s'il vous plaît.

Donna lève les mains dans un geste franc et honnête.

— J'aimerais vraiment, vraiment, pourchasser des meurtriers.

Elizabeth sourit et range son bloc-notes dans sa poche.

— Eh bien, c'est formidable, je pensais bien avoir analysé correctement la situation.

— Qu'avez-vous à y gagner ? demande Donna.

— Rien, à part le plaisir de faire une faveur à une nouvelle amie. Et nous pourrions avoir à vous poser une question ou deux, par-ci, par-là, au sujet de l'enquête. Dans le seul but de satisfaire notre curiosité.

— Vous savez que je ne pourrai rien vous dire de confidentiel, n'est-ce pas ? Ce n'est pas un marché que je peux accepter.

— Rien qui vous fasse sortir du cadre de vos obligations professionnelles, je vous en fais le serment.

Elizabeth se signe.

— En tant que servante du Seigneur.

— Et dans une heure, dites-vous ?

Elizabeth consulte sa montre.

— Je dirais une heure environ. Tout dépendra de la circulation.

Donna opine du chef, comme si cela était parfaitement sensé.

— Au sujet de votre petit discours, cependant, Elizabeth. Je ne sais pas s'il était destiné à m'impressionner, ou à frimer devant Joyce, mais ce n'étaient que des informations plutôt évidentes.

Elizabeth admet qu'elle n'a pas tort.

— C'était évident mais correct, ma chère.

— Presque correct, mais vous n'y êtes pas tout à fait, Miss Marple. Qu'en dites-vous, Joyce ?

Joyce intervient.

— Oh, oui, ce garçon, Mark, est gay, Elizabeth. Il faudrait vraiment être aveugle pour ne pas s'en apercevoir.

Un sourire apparaît sur le visage de Donna.

— Une chance que votre amie soit à vos côtés, ma sœur.

Il lui plaît de constater qu'Elizabeth tente de dissimuler le sourire qui naît sur ses lèvres.

— Au fait, j'aurai besoin de votre numéro de téléphone portable, Donna, dit Elizabeth. Je n'ai pas vraiment envie d'avoir à inventer un crime à chaque fois que j'aurai besoin de vous voir.

Donna fait glisser une carte de visite sur la table.

— J'espère que ce numéro est personnel et non professionnel, fait Elizabeth. Il serait agréable de disposer d'un peu d'intimité.

Donna fixe Elizabeth, secoue la tête et soupire. Elle inscrit un autre numéro sur la carte.

— Parfait, dit Elizabeth. J'ai comme l'impression qu'entre nous nous pouvons découvrir qui a tué Tony Curran. Ce doit être un défi à hauteur d'homme. Ou plutôt de femme.

Donna se lève de sa chaise.

— Devrais-je vous demander par quel moyen vous pouvez me faire entrer dans l'équipe chargée de l'enquête, Elizabeth, ou vaut-il mieux que je l'ignore ?

Elizabeth jette un regard à sa montre.

— Il n'y a rien dont vous ayez à vous inquiéter. Ron et Ibrahim devraient être en train de se charger de cela en ce moment même.

Joyce attend qu'Elizabeth se lève à son tour, puis se penche une nouvelle fois vers le magnétophone.

— Fin de l'interrogatoire, 12 h 47.

19

L'inspecteur en chef Chris Hudson engage sa Ford Focus dans la longue et large allée menant à Coopers Chase. La circulation n'était pas chargée et il espère que sa visite ne prendra pas trop de temps.

Tandis qu'il découvre les lieux, Chris se demande pourquoi cet endroit nécessite la présence d'autant de lamas. Il ne reste pas de place libre dans le parking réservé aux visiteurs, alors il gare en douceur la Focus sur un bas-côté herbeux puis sort sous le soleil du Kent.

Chris s'est déjà rendu dans des communautés de retraités et cet endroit ne ressemble pas du tout à ce à quoi il s'était attendu. C'est un village entier. Tout en flânant, il passe à proximité d'une partie de boules, des bouteilles de vin restant bien au frais dans des glacières placées à chaque extrémité du terrain. L'un des joueurs est une femme très âgée qui fume la pipe. Il suit un sentier sinueux qui le mène à travers un parfait jardin anglais, bordé d'appartements répartis sur trois étages. Il y a des personnes occupées à bavarder sur les terrasses et les balcons, et qui profitent des rayons du soleil. Des amis sont assis sur des bancs, des abeilles bourdonnent autour des buissons, et les glaçons tintent dans les verres. Chris trouve tout cela profondément exaspérant. C'est un homme qui aime la pluie et le vent, un homme qui se sent heureux dès qu'il lui faut relever le col de son pardessus. Si Chris pouvait choisir, il hibernerait pendant l'été. La dernière fois qu'il a revêtu un short, c'était en 1987.

Chris traverse un parking réservé aux résidents, passe à côté d'une boîte à lettres rouge digne d'un livre d'images, ce qui ne fait qu'accentuer son irritation, et trouve Wordsworth Court.

Il appuie sur la sonnette correspondant à l'appartement 11 : *M. Ibrahim Arif.*

Il est invité à monter et après avoir traversé un couloir somptueusement moquetté, grimpé un escalier somptueusement moquetté et frappé à une porte de chêne massif, Chris se retrouve dans l'appartement de ce Ibrahim Arif, assis en face de l'homme en personne ainsi que de Ron Ritchie.

Ron Ritchie. Eh bien, n'est-ce pas quelque chose, tout de même ? Chris s'est trouvé décontenancé au moment des présentations. C'était le père d'un homme sur lequel il enquêtait – qu'était-ce donc que cela ? De la chance ? Quelque chose de plus sinistre ? Chris décide qu'il va juste laisser faire les choses. Il ne doute pas que si jamais un angle d'attaque existe, il le repérera.

Étrange toutefois que ce soit ici que « Ron le Rouge » ait fini par se retrouver. La plaie des patrons, la Bête de British Leyland, et de British Steel, et de tous les autres British quelque chose que vous vouliez ? Vivant au milieu des chèvrefeuilles et des Audi de Coopers

Chase ? En toute honnêteté Chris aurait eu du mal à le reconnaître. Ron Ritchie porte une veste de survêtement ouverte sur un pyjama dépareillé. Le tout avec des chaussures habillées. Il jette des regards tout autour de lui, l'air absent, bouche ouverte. C'est une épave et Chris se sent mal à l'aise, comme s'il venait s'incruster dans une réunion privée.

Ibrahim explique la situation à l'inspecteur en chef Chris Hudson.

— Il peut être très stressant pour des personnes âgées de parler à des officiers de police. Vous ne devez pas penser que c'est votre faute. C'est la raison pour laquelle j'ai proposé que vous réalisiez l'entretien ici.

Chris hoche la tête gentiment, parce qu'il a suivi la formation.

— Je peux vous assurer que M. Ritchie n'a aucun problème, mais s'il possède, comme vous l'avez dit, des informations, j'aurai besoin de lui poser quelques questions.

Ibrahim se tourne vers Ron.

— Ron, il veut juste te poser des questions à propos de la dispute à laquelle tu as assisté. Tu te souviens que nous en avons parlé ?

Ibrahim se tourne de nouveau vers Chris.

— Il oublie les choses. Il est très âgé, inspecteur. C'cst un très, très vieil homme.

— Ça va aller, Ibrahim, intervient Ron.

Ibrahim tapote la main de Ron et lui parle lentement.

— Je crois que c'est sans danger, Ron. Nous avons vu le mandat de ce monsieur. J'ai appelé le numéro qui y était inscrit, et j'ai cherché son nom dans Google. Tu te souviens ?

— Je crois juste… je crois juste que je ne peux pas le faire, dit Ron. Je ne veux pas avoir d'ennuis.

— Il n'y aura aucun problème, monsieur Ritchie, dit Chris. Je vous l'assure. Seulement, vous pourriez détenir d'importantes informations.

« Ron le Rouge » n'est plus que l'ombre de l'homme qu'il a été et Chris est très conscient de devoir manœuvrer avec précaution. Certainement ne pas mentionner Jason pour l'instant. La possibilité de déjeuner dans un pub lui semble aussi s'évanouir à vue d'œil.

— M. Arif a raison, vous pouvez tout me raconter.

Ron jette un regard à Chris avant de reposer les yeux sur Ibrahim en quête de signes de réassurance. Ibrahim presse le bras de son ami et Ron regarde une nouvelle fois Chris, puis se penche vers lui.

— Je crois que je préférerais parler à la demoiselle.

Chris avale la première gorgée du thé à la menthe qu'Ibrahim a préparé pour lui.

— La demoiselle ?

Il pose les yeux sur Ron puis sur Ibrahim.

Ibrahim vole à son secours.

— Quelle demoiselle, Ron ?

— La demoiselle, Ib. Celle qui vient nous parler. La femme flic.

— Oh, oui ! s'enthousiasme Ibrahim. L'agente De Freitas ! Elle vient souvent nous parler, inspecteur. Les verrous de fenêtre ! Vous la connaissez ?

— Bien sûr. Oui. Elle est dans mon équipe.

Chris tente de se souvenir si cette agente, cette jeune femme, avec les lacets fantômes était bien Donna De Freitas. Il était pratiquement sûr que c'était elle. Elle était venue de la Met et personne ne savait pourquoi.

— Nous collaborons très étroitement tous les deux.

— Alors comme cela, elle participe à l'enquête ? Quelle excellente nouvelle ! s'exclame Ibrahim, le visage rayonnant. Ici, nous aimons beaucoup l'agente De Freitas.

— Eh bien, elle ne fait pas officiellement partie de l'équipe chargée de l'enquête, monsieur Arif, dit Chris. Elle se consacre à d'autres tâches importantes. Attraper des criminels et… tout ça.

Ron et Ibrahim ne prononcent pas un mot, ils se contentent de fixer Chris, le regard plein d'espoir.

— Mais c'est une idée formidable. J'aimerais vraiment qu'elle soit dans l'équipe, poursuit Chris, tout en essayant de trouver à qui il lui faudrait parler pour cela.

Il y avait bien quelqu'un qui lui devait une faveur, non ?

— C'est un excellent officier, dit Ibrahim. Elle vous fait honneur.

Ibrahim reprend un air sérieux et se tourne vers Ron.

— Donc, si le séduisant inspecteur ici présent et notre amie l'agente De Freitas venaient tous les deux te parler, serais-tu content, Ron ?

Ron prend sa toute première gorgée de thé.

— Ce serait parfait Ib. J'aimerais beaucoup ça. Je parlerai à Jason aussi.

— Jason ? demande Chris, sur le qui-vive.

— Vous aimez la boxe, fiston ? questionne Ron.

Chris hoche la tête.

— Énormément, monsieur Ritchie.

— Mon fils est boxeur. Il s'appelle Jason.

— Je sais, monsieur, fait Chris. Vous devez être très fier.

— C'est que, vous voyez, il était avec moi ce jour-là, il devrait donc être présent. Lui aussi a vu la dispute.

Chris acquiesce d'un hochement de tête. Eh bien, tout cela est très intéressant. Il n'a pas fait le déplacement pour rien.

— Fort bien, je peux sans aucun doute revenir ici et parler avec vous deux.

— Et vous amènerez l'agente De Freitas avec vous ? Comme c'est merveilleux ! s'exclame Ibrahim.

— Bien entendu, répond Chris. Si c'est cela qui peut nous mener à la vérité…

20

Joyce

Il semble donc que nous enquêtions sur un meurtre. Et, mieux encore, j'ai été dans une salle d'interrogatoire de la police. Ce journal me porte chance.

C'était intéressant de regarder Elizabeth en action. Elle est très impressionnante. Très calme. Je me demande si nous nous serions entendues si nous avions fait connaissance il y a trente ans. Probablement pas, nous venons de deux mondes différents. Mais cet endroit rapproche les gens.

J'espère de tout cœur que je serai de quelque utilité à Elizabeth au cours de cette enquête. Que j'aiderai à attraper l'assassin de Tony Curran. Peut-être que c'est ce que je ferai, à ma manière.

Je pense que si j'ai un talent particulier, c'est celui d'être souvent négligée. Est-ce le bon mot ? Sous-estimée est peut-être plus juste.

Coopers Chase accueille le gratin en grand nombre, des gens qui ont réussi d'une façon ou d'une autre dans la vie. C'est vraiment très amusant. Il y a quelqu'un qui a participé à la conception du tunnel sous la Manche, quelqu'un qui a donné son nom à une maladie et quelqu'un qui était ambassadeur au Paraguay ou en Uruguay. Vous voyez le genre.

Et moi ? Joyce Meadowcroft ? Je me demande ce qu'ils pensent de moi. Que je suis inoffensive, sûrement. Pipelette ? Il me faut plaider coupable, je le crains.

Mais je pense qu'ils savent, tout au fond d'eux, que je ne suis pas des leurs. Je suis infirmière, pas médecin, même si personne ne me le dira jamais en face. Ils savent que Joanna a acheté mon appartement ici. Joanna est de leur monde. Mais moi, pas vraiment.

Et pourtant, si une dispute éclate au sein du Comité restauration, ou s'il y a un problème avec le système de pompage du lac ou si, comme cela s'est produit très récemment, le chien d'un résident en féconde un autre et que ça part en vrille, alors qui est là pour tout arranger ? Joyce Meadowcroft.

Je suis très heureuse d'écouter les paroles grandiloquentes, de regarder les poitrines se gonfler, d'entendre les menaces furieuses de poursuites judiciaires et d'attendre qu'ils finissent par retrouver un peu leur calme. Alors j'interviens et je suggère qu'il y a peut-être une issue, et que sans doute on peut trouver un compromis, et que sans doute les chiens seront toujours ainsi. Personne ici ne se sent menacé par moi, personne ne me voit comme une rivale, je suis juste Joyce, la douce et bavarde Joyce, celle qui met son nez partout.

Et donc tout le monde s'apaise grâce à moi. Joyce, si calme, si raisonnable. Plus personne ne crie et le problème est réglé, le plus souvent d'une manière qui me profite. Un point que personne ne semble jamais remarquer.

Je suis donc très heureuse que l'on ne fasse pas attention à moi et je l'ai toujours été. Et je pense vraiment que cela sera peut-être utile au cours de cette enquête. Tout le monde n'a qu'à regarder Elizabeth, pendant ce temps, moi, je continuerai à être moi.

Le nom « Meadowcroft », à propos, me vient de mon défunt mari, Gerry, et je l'ai toujours bien aimé. J'avais de nombreuses raisons d'épouser Gerry et son nom de famille en était une à ajouter à une longue liste. Une de mes amies rencontrées au travail a épousé un Bumstead[1]. Barbara Bumstead, voilà son nom. Je crois que j'aurais sans doute trouvé une excuse et tout arrêté net.

Quelle journée ! Je pense que je vais regarder un vieil épisode de « Suspect n° 1 » et filer au lit.

Elizabeth pourra bien me demander de faire ce qu'elle veut pour la suite, je serai prête.

---

1. « Meadowcroft » évoque une petite ferme dans une prairie, alors que le « Bum » de « Bumstead » peut signifier, par exemple, « le bon à rien » ou « le derrière ».

21

Encore une splendide matinée.

Bogdan Jankowski est assis sur une balancelle sur le patio d'Ian Ventham et il s'accorde un peu de temps pour réfléchir.

Tony Curran a été assassiné. Quelqu'un est entré par effraction chez lui et l'a tué. Les suspects ne manquaient pas et, dans sa tête, Bogdan en passe quelques-uns en revue. Il pense aux raisons qu'ils auraient pu avoir de vouloir que Tony Curran meure.

Tout le monde semble choqué par la mort de Tony mais rien ne surprend Bogdan. Les gens meurent tout le temps, pour toutes sortes de raisons. Son père était tombé d'un barrage, près de Cracovie, quand Bogdan était enfant. Ou bien il avait sauté, ou avait été poussé, c'était sans importance. Cela ne changeait rien au fait qu'il était mort. On se fait toujours avoir par quelque chose, au bout du compte.

Le jardin d'Ian n'est pas au goût de Bogdan. La pelouse, qui s'étend jusqu'à une rangée d'arbres au loin, est soignée, anglaise et rayée. En descendant vers les arbres, sur la gauche, il y a un étang. Ian Ventham lui donne le nom de lac, mais Bogdan sait fort bien ce qu'est un véritable lac. Un petit pont de bois vient enjamber la partie où il se rétrécit, à son extrémité. Les enfants l'adoreraient mais Bogdan n'a jamais vu le moindre bambin dans ce jardin.

Ian avait fait l'acquisition d'une famille de canards, mais les renards avaient tué les canards et donc un gars que Bogdan avait rencontré au pub avait tué les renards. Ian n'a plus acheté de canards après cela, parce que, c'est vrai, à quoi cela rimerait-il ? Il y aura toujours des renards. Parfois des canards sauvages s'aventuraient encore en ces lieux. Bonne chance à eux. C'était l'avis de Bogdan sur la question.

La piscine se trouve juste sur la droite de Bogdan. Vous n'auriez qu'à descendre de quelques pas depuis le patio pour plonger directement dans ses eaux. Bogdan avait carrelé la piscine. Bogdan avait peint le petit pont en bleu vert et Bogdan avait posé le sol du patio sur lequel il était assis.

Ian avait concrétisé sa proposition et lui avait demandé de superviser la construction du complexe résidentiel « Woodlands ». Il prenait donc le relais de Tony, ce que certains verraient peut-être à présent comme une malchance, un truc qui pourrait lui porter la poisse, pourquoi pas. Mais aux yeux de Bogdan ces choses-là arrivaient, et il s'acquitterait de sa tâche aussi bien qu'il le pourrait. Il y a beaucoup d'argent à la clé. L'argent n'intéresse pas réellement Bogdan, mais relever le défi, oui. Et il aime bien aller dans le village, il aime bien les gens là-bas.

Bogdan avait vu tous les plans à présent, il avait tout étudié. Il les avait trouvés compliqués au début, mais une fois qu'on avait compris les différents schémas, c'était plutôt simple. Bogdan avait aimé travailler sur des projets moins importants pour Ian Ventham, il les avait appréciés pour ce qu'ils étaient, mais il comprend que la situation change et qu'il lui faut passer à la vitesse supérieure.

La mère de Bogdan était décédée quand il avait dix-neuf ans. Elle avait touché de l'argent à la mort du père de Bogdan. Il n'en connaissait pas la provenance, et n'avait pas trouvé le moment d'entrer dans les détails. L'argent avait payé l'inscription de Bogdan à l'Université technique de Cracovie, afin qu'il étudie l'ingénierie. Et c'était là qu'il était lorsque sa mère avait été victime d'un AVC et s'était effondrée chez elle. S'il s'était encore trouvé chez lui il l'aurait sauvée, mais il n'y était pas et, donc, il ne l'avait pas fait.

Bogdan était rentré à la maison, avait enterré sa mère et le lendemain partait pour l'Angleterre. Presque vingt ans plus tard il se retrouve à contempler une stupide pelouse.

Bogdan se dit qu'il va peut-être fermer les yeux pendant un instant lorsque, depuis l'autre côté de la maison, résonne le son grave du carillon de la porte d'entrée. Les visiteurs sont rares dans cette grande maison silencieuse et cette visite est la raison pour laquelle Ian a demandé à Bogdan d'être présent en cette journée. Ian fait coulisser la porte de son bureau donnant sur le patio.

— Bogdan. La porte.

— Oui, bien sûr.

Bogdan se lève. Il entre dans la maison en passant par la véranda qu'il a conçue, puis s'engage dans la salle de musique qu'il a insonorisée et dans le couloir qu'il a un jour poncé en sous-vêtements à l'occasion de la journée la plus chaude de l'année.

Quoi que vous ayez besoin qu'il fasse, il répond présent.

Le père Matthew Mackie regrette d'avoir demandé au chauffeur du taxi de le déposer au bas de l'allée. Il avait eu un sacré bout de chemin à parcourir pour gagner la porte d'entrée depuis le portail. Il s'évente un peu avec son dossier, puis utilise rapidement l'appareil photo de son téléphone pour vérifier que son col romain est bien droit et appuie sur la sonnette. Il est rassuré d'entendre du bruit à l'intérieur de la maison, parce qu'on ne sait jamais, même si l'on a pris les dispositions nécessaires. Il est heureux que la rencontre ait lieu dans cet endroit ; cela facilite les choses à tout le monde.

Il entend des pas résonner sur un parquet avant que la porte ne soit ouverte par un homme à la large carrure et au crâne rasé. Il porte un T-shirt blanc moulant, une croix tatouée sur l'un de ses avant-bras et trois noms sur l'autre.

— Mon père, le salue l'homme.

Un catholique, bonne nouvelle. Et, à en juger par son accent, un Polonais.

— *Dzień dobry*, dit le père Mackie.

L'homme lui sourit en retour.

— *Dzień dobry, dzień dobry.*

— J'ai rendez-vous avec M. Ventham. Je suis Matthew Mackie.

L'homme lui serre la main qu'il lui a tendue.

— Bogdan Jankowski. Je vous en prie, entrez, mon père.

— Nous comprenons, croyez-moi, qu'aucun impératif légal ne vous impose de nous aider, dit le père Matthew Mackie. Nous sommes en désaccord avec la décision du conseil, bien entendu, mais il nous faut l'accepter.

Mike Griffin du Comité d'urbanisme avait bien fait son travail, songe Ian. N'hésite pas à déterrer ce qu'il y a dans le cimetière, Ian, avait-il dit, fais-toi plaisir. Mike Griffin souffre d'une addiction aux casinos en ligne et Ian prie pour que cela ne cesse pas avant longtemps.

— Toutefois, je pense vraiment que vous avez l'obligation morale de laisser le Jardin du repos éternel, le cimetière, à l'emplacement exact qu'il occupe actuellement, poursuit le père Mackie. Et je souhaitais vous rencontrer en personne, d'homme à homme, pour voir si nous pouvions trouver un compromis.

Ian Ventham écoute attentivement, mais, en toute honnêteté, la seule chose à laquelle il pense réellement est à quel point il est intelligent. Il est la personne la plus intelligente qu'il connaisse, ça, c'est sûr. C'est grâce à cela qu'il obtient ce qu'il veut. Cela semble presque injuste parfois. Ce n'est même pas qu'il possède une longueur d'avance sur vous, c'est qu'il marche sur un chemin entièrement différent.

Avec Karen Playfair les choses avaient été faciles. S'il n'arrive pas à convaincre Gordon Playfair de vendre ses terres, il sait qu'elle y parviendra. Les pères et leurs filles… Et elle verrait une partie de cet argent, n'est-ce pas ? Un vieil homme ne peut éternellement refuser un montant à sept chiffres pour l'achat d'une grande colline. Ian trouvait toujours un moyen.

Mais le père Mackie est un cas plus difficile à traiter que celui de Karen Playfair, il s'en rend bien compte. Les prêtres et les divorcées tout juste quinquagénaires qui ne souffriraient pas d'une légère perte de poids, ce n'était pas la même chose, n'est-ce pas ? Vous deviez faire semblant d'éprouver un certain respect pour eux, et peut-être deviez-vous réellement ressentir un certain respect à leur égard. Car, après tout, s'ils avaient raison ? L'ouverture d'esprit. Voilà un autre exemple de l'utilité de l'intelligence.

C'est pour cette raison qu'Ian a demandé à Bogdan de se joindre à eux. Il sait que ces gens-là aiment se serrer les coudes, et cela ne le dérange pas, qui pourrait leur en vouloir ?

Il se rend compte qu'il devrait probablement prendre la parole.

— Nous ne faisons que déplacer les corps, mon père, dit Ian. Cela sera réalisé avec le plus grand soin et le plus grand respect.

Ian sait que ce n'est pas strictement exact. Conformément à la loi, il avait dû lancer une procédure d'appel d'offres pour effectuer ce travail. Trois propositions avaient atterri sur son bureau. L'une provenait du Département d'anthropologie médico-légale de l'Université du Kent, qui s'acquitterait sans aucun doute de la tâche avec le plus grand soin et le plus grand respect possibles. Une autre émanait d'une société de « Spécialistes des cimetières », à Rye, qui avait récemment déplacé trente tombes situées sur le site d'un nouveau magasin pour animaux Pets at Home ; leur dossier comprenait des photographies d'hommes et de femmes à l'air solennel vêtus de combinaisons bleu foncé et déterrant des tombes à la main. La dernière avait été faite par une société montée deux mois plus tôt par Ian lui-même, avec un entrepreneur de pompes funèbres de Brighton qu'il avait rencontré en jouant au golf, et Sue Banbury, du village d'Ian, qui s'était chargée de la location des pelleteuses. La dernière des propositions commerciales était extrêmement avantageuse et elle avait remporté le marché. Ian s'était penché sur le sujet de l'excavation de cimetières en parcourant Internet et cela n'avait rien de sorcier.

— Certaines de ces tombes ont près de cent cinquante ans, monsieur Ventham, dit le père Mackie.

— Appelez-moi Ian, fait Ian.

Ian n'avait pas besoin au sens strict de rencontrer cet homme, mais il a le sentiment qu'il vaut mieux prévenir que guérir. Beaucoup de résidents peuvent se montrer un peu « bigots » quand ça les arrange et il ne voudrait pas que le père Mackie crée des problèmes. Les gens deviennent bizarres quand il est question de dépouilles mortuaires. Son plan est le suivant : écouter ce que le gars a à dire, le rassurer, le renvoyer gentiment chez lui. Faire un don ? C'est une idée à garder sous le coude.

— La société que vous avez embauchée pour transférer le cimetière, dit Mackie en regardant dans son dossier, « Anges en transit – Les spécialistes de l'extraction de tombes », ils sont au courant de ce qu'ils vont trouver, j'espère ? Il n'y aura pas beaucoup de cercueils intacts, Ian, juste des os. Et pas des squelettes ; des os en vrac, cassés, éparpillés, à moitié pourris, enfoncés dans la terre. Et le moindre fragment de chacun de ces os, dans chacune des tombes, doit être trouvé, il faudra attester son appartenance et il faudra le traiter avec respect. C'est une question de décence élémentaire, mais n'oubliez pas qu'il s'agit aussi de la loi.

Ian hoche la tête, mais ce qu'il a réellement à l'esprit, c'est une question. Est-il possible de peindre une pelleteuse en noir ? Sue le saura.

— Je suis ici aujourd'hui, poursuit le père Mackie, pour vous demander de réfléchir de nouveau, de laisser ces dames là où elles sont, de les laisser en paix. D'homme à homme. J'ignore ce que cela vous coûterait d'agir de la sorte, cela vous regarde. Mais vous devez comprendre qu'en tant qu'homme d'Église cela me regarde également. Je ne veux pas que ces femmes soient déplacées.

— Matthew, j'apprécie que vous soyez venu nous voir, dit Ian. Et j'entends bien ce que vous me dites au sujet des anges. Des âmes tourmentées, et cetera. C'est bien cela, pas vrai ? Mais vous l'avez dit vous-même, tout ce que nous allons trouver à présent ce sont des os. C'est tout ce qu'il y a. Et vous pouvez choisir de vous montrer superstitieux, ou religieux, dans votre cas, mais, moi, j'ai le droit de ne pas l'être. Cela étant dit, nous allons prendre soin des os, et je serais ravi que vous soyez présent et que vous regardiez ce qui se passe si cela vous chante. Mais je veux déplacer le cimetière, je suis autorisé à déplacer le cimetière et je vais déplacer le cimetière. Je me fiche complètement de ce que l'on dira de moi. Les os n'ont rien à faire de l'endroit où ils se trouvent.

— Si je ne réussis pas à vous faire changer d'avis, je ferai tout ce qui est en mon pouvoir pour vous rendre les choses aussi difficiles que possible. Je tiens à ce que vous le sachiez, dit le père Mackie

— Prenez votre tour dans la file, mon père, rétorque Ian. J'ai la SPA sur le pied de guerre à cause des blaireaux. J'ai le « Je ne sais quoi des Forêts du Kent » qui me bassine à propos des arbres protégés. Avec vous, c'est les nonnes. Je dois respecter les réglementations de l'Union européenne sur les émissions de chaleur, la pollution lumineuse, les installations sanitaires et une centaine d'autres choses, même si je crois bien me souvenir que nous avons voté pour quitter l'UE.

« J'ai des résidents qui se plaignent des bancs, j'ai le service chargé de la protection du patrimoine qui me dit que mes briques ne peuvent pas être considérées comme durables et le cimentier le moins cher de tout le sud de l'Angleterre vient juste de partir en prison pour fraude à la TVA. Vous n'êtes pas mon plus gros problème, mon père, loin de là.

Ian reprend enfin sa respiration.

— Et aussi, Tony est mort, alors moment difficile pour tout le monde, ajoute Bogdan en se signant.

— C'est ça, c'est ça. Et aussi Tony est mort. Moment difficile, confirme Ian.

Le père Mackie se tourne vers Bogdan à présent qu'il s'est exprimé.

— Et vous, mon fils, qu'en pensez-vous ? Du déplacement du Jardin du repos éternel ? Vous ne croyez pas que nous dérangeons les âmes ? Vous ne croyez pas qu'une punition viendra sanctionner cette action ?

— Mon père, je crois Dieu veille sur tout et juge tout, dit Bogdan. Mais je crois que les os, c'est des os.

22

Joyce se fait couper les cheveux.

Anthony vient à Coopers Chase tous les jeudis et vendredis et les rendez-vous pour son salon mobile sont très recherchés. Joyce réserve toujours la première place de la journée, parce que c'est à ce moment-là que l'on récolte les meilleures histoires.

Elizabeth le sait et elle s'est donc assise à l'extérieur près de la porte ouverte. Elle attend et écoute. Elle pourrait tout simplement entrer mais attendre et tendre l'oreille sont de vieilles habitudes dont elle ne parvient pas à se défaire. Au cours d'une vie entière passée à écouter, on recueille toutes sortes de choses. Elle consulte sa montre. Si Joyce n'est pas sortie dans cinq minutes, elle signalera sa présence.

— Un de ces jours, Joyce, je vais teindre tout ça, dit Anthony. Vous ressortirez d'ici en rose vif.

Joyce pouffe de rire.

— Vous ressembleriez à Nicki Minaj. Vous connaissez Nicki Minaj, Joyce ?

— Non, mais j'aime bien ce que j'entends dire d'elle, dit Joyce.

— Et que pensons-nous de ce gars qui a été tué, questionne Anthony. Ce Curran ? Je l'ai déjà vu traîner par ici.

— Eh bien, c'est très triste, évidemment, dit Joyce.

— On lui a tiré dessus, d'après ce que j'ai entendu, poursuit Anthony. Je me demande bien ce qu'il avait pu faire.

— Je pense qu'il a été frappé à mort, Anthony, dit Joyce.

— On lui a tapé dessus, vraiment ? Vous avez réellement de beaux cheveux, Joyce. Vous devez me promettre que vous me les léguerez dans votre testament.

À l'extérieur, Elizabeth lève les yeux au ciel.

— J'ai entendu dire qu'ils lui ont tiré dessus sur le front de mer, poursuit Anthony. Trois gars à moto.

— Non, il s'est juste fait assommer dans sa cuisine, apparemment, fait Joyce. Pas de motos dans l'affaire.

— Qui ferait une chose pareille ? Assommer quelqu'un dans sa cuisine ?

Effectivement, qui ferait ça ? se demande Elizabeth avant de consulter de nouveau sa montre.

— Je parie qu'il avait une jolie cuisine, en plus, ajoute Anthony. Quel dommage. J'ai toujours eu un petit faible pour lui. C'était comme si on voyait bien que c'était un sale type mais que cela ne changeait rien, non ?

— Eh bien, nous sommes d'accord sur ce point, Anthony, concède Joyce.

— J'espère qu'ils attraperont celui qui a fait ça.

— Je suis certaine qu'ils y parviendront, répond Joyce avant de boire une gorgée de thé.

Elizabeth décide que cela commence à bien faire. Elle se lève et pénètre dans la pièce. Anthony se retourne et l'aperçoit.

— Oh, regardez qui voilà. Dusty Springfield !

— Bonjour, Anthony. Malheureusement, il va vous falloir rendre sa liberté à Joyce. J'ai besoin d'elle.

Joyce bat des mains.

23

Joyce

Eh bien, je ne m'attendais pas à vivre une telle journée ce matin en mangeant mon muesli. D'abord l'affaire des nonnes et maintenant cela ?

Si vous pensez que je prends du muesli tous les matins vous faites fausse route, mais ce matin c'est ce que j'ai fait, et étant donné la façon dont les choses se sont passées, j'ai été contente de bénéficier de cette énergie. Il est à présent 22 heures passées et ce n'est que maintenant que je retrouve le calme. Encore heureux que j'aie fait un petit somme dans le train du retour.

Anthony était occupé à couper les cheveux ce matin. Nous en avions presque terminé et nous bavardions gentiment quand qui avons-nous vu arriver ? Elizabeth. Avec un sac fourre-tout et une gourde isotherme, deux accessoires des plus inhabituels. Elle m'a dit qu'un taxi était en route et que je devais me tenir prête pour une journée à l'extérieur. J'ai appris à être spontanée depuis que je me suis installée à Coopers Chase, donc je n'ai pas cillé. Je lui ai demandé où nous allions, pour avoir une idée de la météo que nous rencontrerions, etc., et elle a dit Londres, ce qui m'a surprise, mais a expliqué la présence de la gourde. Je sais parfaitement combien il peut faire froid à Londres, j'ai donc fait un saut chez moi et j'ai passé un bon manteau.

Et heureusement que je l'ai fait !

Nous utilisons encore les taxis de Robertsbridge, même s'ils ont un jour déposé la petite-fille de Ron à la mauvaise gare. À leur décharge, ils se sont améliorés, depuis. Le chauffeur, Hamed, était somalien, et la Somalie a l'air d'être un très bel endroit. Devinez quoi ? Elizabeth est allée dans ce pays et ils ont donc eu une bonne conversation. Hamed a six enfants et l'aîné est médecin généraliste à Chislehurst, voyez-vous. Un jour je suis allée là-bas pour un vide-greniers, ce qui m'a permis de participer au moins un peu à la discussion.

Pendant tout ce temps Elizabeth attendait que je lui demande où nous nous rendions, mais j'ai tenu bon. Elle aime bien être aux commandes et, ne vous méprenez pas, j'aime bien moi aussi qu'elle prenne les choses en main, mais cela ne fait pas de mal de rappeler qu'on est là de temps à autre. Je crois qu'elle déteint sur moi, d'une façon positive. Je n'ai jamais réellement pensé que j'étais quelqu'un qui se laisse facilement faire, mais plus je passe de temps en compagnie d'Elizabeth, plus je crois que c'est probablement ce que je suis. Peut-être que si j'avais eu le caractère d'Elizabeth, je me serais aussi rendue en Somalie ? Ceci n'est qu'un exemple pour illustrer ce que je veux dire.

Nous sommes montées dans le train (l'omnibus de 9 h 51) à la gare de Robertsbridge et elle a craqué avant

Tunbridge Wells et m'a tout dit. Nous étions en route pour rendre visite à Joanna.

Joanna ! Ma petite fille ! Vous pouvez imaginer mes questions. Elizabeth m'avait amenée exactement là où elle le voulait.

Pour quelle raison allions-nous donc voir Joanna ? Eh bien, voici ce qu'il semble s'être passé.

Elizabeth m'a expliqué, à sa manière bien à elle qui fait que tout semble toujours si sensé, que nous en savions autant que la police à propos de nombreux éléments de cette affaire, ce qui était très bien pour tout le monde. Il serait toutefois également bien qu'il y ait des sujets sur lesquels nous en sachions davantage que la police. Au cas où nous aurions à « faire du troc » à un moment donné. Cela pourrait être utile d'après Elizabeth, parce que Donna est, malheureusement, un petit peu trop prudente pour tout nous dire. Après tout, qui sommes-nous donc pour qu'elle nous parle ?

Le gros point d'interrogation, à en croire Elizabeth, concernait les états financiers des sociétés d'Ian Ventham. Pourrait-on y trouver un lien entre Ventham et Tony Curran qui nous soit utile ? Une raison pour expliquer leur querelle ? Un mobile pour un meurtre ? Il était important que nous en ayons le cœur net.

Pour ce faire, Elizabeth s'était, bien entendu, procuré les états financiers détaillés des sociétés d'Ian Ventham. De gré ou, plus probablement, de force. Tout cela se trouvait dans un gros dossier bleu, ce qui expliquait le sac fourre-tout, qu'elle avait déposé sur le siège vide à côté d'elle. Je ne l'ai pas encore mentionné mais nous voyagions en première classe. Je n'ai cessé d'espérer que quelqu'un demande à voir mon ticket, mais personne ne l'a fait.

Elizabeth avait jeté un œil dans toutes les paperasses financières et était incapable d'en comprendre quoi que ce soit. Elle avait besoin que quelqu'un examine tout ça et lui dise à quoi correspondaient les chiffres. Y avait-il quoi que ce soit d'inhabituel ? Quoi que ce soit dans lequel nous pourrions fourrer notre nez à l'occasion ? Dissimulées au milieu de ces documents, il y aurait des pistes, Elizabeth en était certaine. Mais à quel endroit se cachaient-elles ?

J'ai demandé si la personne qui, à l'origine, lui avait trouvé les papiers ne pourrait pas être l'homme de la situation ? Elizabeth a répondu que malheureusement cette personne avait une dette envers elle, pas deux. Elle a aussi indiqué qu'elle était surprise que j'aie dit « l'homme » de la situation, étant donné mes convictions. Elle avait raison, il ne s'agissait pas d'un comportement exemplaire mais je lui ai dit que je pariais tout de même qu'il s'agissait d'un homme et elle a confirmé que c'était bien le cas.

Quelque part aux environs d'Orpington, j'ai craqué à mon tour et demandé : « Pourquoi faire appel à Joanna ? » Eh bien, Elizabeth a exposé ses raisons. Nous avions besoin de quelqu'un qui soit à la page concernant la comptabilité d'entreprise actuelle et qui sache évaluer des sociétés, ce qui, apparemment, est le cas de Joanna. Ventham avait-il des ennuis ? Devait-il de l'argent à quelqu'un ?

Y a-t-il d'autres projets de développement immobilier à l'horizon ? Leur financement est-il bouclé ? Nous avions besoin d'une personne en qui nous puissions avoir une confiance absolue et, sur ce point, Elizabeth visait droit dans le mille concernant Joanna. Joanna est bien des choses mais jamais elle ne trahira l'un de vos secrets. Enfin, nous avions besoin de quelqu'un avec qui nous pouvions être en contact rapidement et qui nous devait quelque chose. J'ai demandé à Elizabeth de quoi Joanna nous était redevable et elle a répondu qu'elle était porteuse d'une culpabilité universelle, celle d'une enfant qui ne vient pas voir sa maman assez souvent. Elle l'avait bien cernée également sur ce point.

Cela se résumait, a dit Elizabeth, à avoir besoin de quelqu'un de « méticuleux, loyal et proche ».

Bref, elle avait envoyé un e-mail à Joanna et n'avait accepté aucun refus. Elle avait dit à Joanna de ne pas m'en parler, pour que ce soit une belle surprise, et voilà, nous étions dans le train.

Tout cela semble convaincant quand on le voit écrit, mais Elizabeth a toujours le chic pour avoir l'air convaincant. Toutefois, je n'y ai pas cru un seul instant. Je n'ai pas le moindre doute qu'elle aurait pu trouver beaucoup d'autres personnes bien plus qualifiées pour cette tâche. Vous voulez la vérité ? Je crois qu'Elizabeth voulait simplement faire la connaissance de Joanna.

Ce qui, soit dit en passant, me convenait fort bien. Cela m'offrait une chance de voir ma fille et une occasion de la présenter à Elizabeth. Et tout cela sans l'embarras qu'aurait représenté le fait d'essayer d'organiser les choses moi-même. D'une façon ou d'une autre, si c'est moi qui organise, je fais toujours un truc de travers et Joanna finit excédée.

Et puis, pendant cette journée, je ne parlerais pas à Joanna de son travail ou de son nouveau petit ami ou encore de sa nouvelle maison (elle se trouve à Putney ; je n'y suis pas allée, mais elle m'a envoyé des photos et une possible visite à Noël est dans l'air). Je lui parlerais d'un crime. Essayer de se comporter comme un ado cool alors que quelqu'un vient d'être assassiné, voilà ce qui m'attendait. Bonne chance, chérie, comme ils disent.

Nous sommes arrivées à Charing Cross avec quatorze minutes de retard en raison d'un « ralentissement sur la voie », information qui a arraché force marmonnements à Elizabeth. Je n'ai pas eu besoin d'utiliser les toilettes dans le train, ce qui était une bénédiction. La dernière fois que je suis allée à Londres c'était pour assister à une comédie musicale, *Jersey Boys*, avec la bande et cela remonte à longtemps maintenant. Si cela était possible, nous y allions trois ou quatre fois par an. Nous étions quatre. Nous assistions à un spectacle en matinée et nous remontions dans le train avant l'heure de pointe. Chez Marks & Spencer ils ont un gin tonic en canette, vous en avez déjà bu peut-être ? Nous en buvions dans le train qui nous ramenait chez nous et nous rigolions comme de petites folles. La bande n'existe plus à présent. Deux cancers et un AVC. Nous ignorions que *Jersey Boys* serait l'occasion de notre dernier voyage. On sait toujours quand il s'agit d'une première fois, pas vrai ? Mais on sait rarement quand c'est la dernière. Quoi qu'il en soit, je regrette de ne pas avoir gardé le programme.

Nous avons pris un taxi noir (évidemment !) et nous sommes parties pour Mayfair. Une fois dans Curzon Street, Elizabeth m'a montré l'emplacement d'un bureau où elle a travaillé. L'endroit avait été fermé dans les années 1980 par souci d'économies.

Je me suis déjà rendue dans les bureaux de Joanna au moment de leur emménagement, mais ils ont été redécorés depuis. Il y a une table de ping-pong et des boissons que l'on peut se servir librement. Il y a aussi un ascenseur où il suffit de prononcer le numéro de l'étage au lieu de presser un bouton. Ce genre de choses n'est pas pour moi, mais c'est tout de même très classe. Je sais que je parle parfois longuement d'elle, mais vraiment, c'était si agréable de voir Joanna. Elle m'a même véritablement serrée dans ses bras pour me dire bonjour, parce que nous n'étions pas seules. Elizabeth nous a alors demandé de l'excuser car elle devait se rendre aux toilettes (moi, j'y étais allée à Charing Cross, au cas où vous croiriez que je suis surhumaine). Dès l'instant où elle a été hors de portée de voix, Joanna s'est mise à rayonner.

— Maman ! Un meurtre ? a-t-elle dit.

Ou une phrase du même genre. Son attitude m'a rappelé l'enfant que j'ai connue il y a bien longtemps.

— Il a été frappé à mort, Jojo. Va-t'en savoir pourquoi, ai-je répondu.

Ce sont mes mots exacts et je crois que le fait qu'elle n'ait pas immédiatement grimacé et demandé que je ne l'appelle pas « Jojo » en dit long. (Petite parenthèse, je pouvais sentir et voir qu'elle était un peu trop mince, je ne crois donc pas que le nouvel homme dans sa vie soit bon pour elle. J'ai failli profiter du moment et dire quelque chose, mais j'ai pensé, ne pousse pas le bouchon trop loin, Joyce.)

Nous étions dans une salle de réunion et la table était faite à partir de l'aile d'un avion. Je savais qu'il ne fallait pas en faire tout un plat devant Joanna, mais c'était vraiment quelque chose. Je me suis assise là comme si je voyais des tables en avion tous les jours de la semaine.

Elizabeth avait envoyé tous les dossiers par e-mail et Joanna les avait tous donnés à Cornelius, qui travaille pour elle. Cornelius est américain, au fait, au cas où son prénom vous intriguerait. Il a demandé à Elizabeth où elle avait obtenu les documents et elle a répondu au Registre du commerce et des sociétés, et il a dit que ce n'était pas le genre de documents que l'on pouvait y trouver et elle a dit que, eh bien, elle n'était pas au courant de ce genre de choses car elle n'était qu'une simple femme de soixante-seize ans.

Mes explications sont bien trop longues. L'essentiel à retenir de tout cela, c'était que les sociétés de Ventham étaient en très bonne santé. Il savait ce qu'il faisait. Bien que Cornelius ait trouvé deux choses très intéressantes, que nous raconterons à la police quand elle viendra nous rendre visite. Ils ont ajouté tout cela dans le gros dossier bleu d'Elizabeth.

Joanna était drôle, et enjouée, et intéressante et toutes ces choses que j'avais craint qu'elle ait perdues. Elles étaient toutes là. Peut-être n'était-ce qu'avec moi qu'elle les avait perdues ?

J'ai déjà parlé de Joanna à Elizabeth. Combien j'ai la sensation que nous ne sommes pas aussi proches que nous devrions l'être, comme semblent l'être les autres mères et leurs filles. Elizabeth sait comment vous donner envie de dire la vérité. Elle savait que je m'étais sentie un peu triste. Je n'y avais pas pensé jusqu'à maintenant, mais à présent je me demande si tout ce voyage n'avait pas été organisé dans le but de me faire plaisir. Soyons francs, un sacré paquet de personnes aurait pu nous apprendre ce que Cornelius nous a dit. Alors, peut-être que c'est bien ce qui s'est passé ? Je ne sais pas.

Au moment où nous allions partir, Joanna a dit qu'il faudrait qu'elle vienne me voir le week-end prochain pour que nous prenions le temps de papoter. Je lui ai dit que cela me plairait beaucoup et que nous pourrions faire un tour à Fairhaven. Et elle a dit qu'elle adorerait ça. Je lui demandé si son nouveau petit ami viendrait aussi, elle a eu un petit rire et elle m'a dit non. Bravo, ma fille.

Nous aurions pu trouver un autre taxi noir pour repartir directement à la gare, mais Elizabeth avait envie de se promener et c'est donc ce que nous avons fait. Je ne sais pas si vous connaissez Mayfair – il n'y a aucun magasin dans lequel vous achèteriez vraiment quelque chose, mais c'était très plaisant. Nous avons fait une pause-café dans un café Costa. Il se trouvait dans un magnifique bâtiment dont Elizabeth a dit qu'il s'agissait autrefois d'un pub dans lequel elle et nombre de ses collègues allaient boire des verres. Nous sommes restées là pendant un certain temps et nous avons parlé de ce que nous avions appris.

Si elle doit ressembler à ce qui s'est passé aujourd'hui, toute cette enquête à propos du meurtre sera le plus fantastique des amusements. La journée a été longue, et quant à savoir si elle nous a permis d'avancer dans notre projet d'attraper le tueur de Tony Curran, je vous laisse en décider.

Je pense que Joanna a vu une autre facette de ma personnalité aujourd'hui. Ou peut-être est-ce moi qui me suis vue différemment à travers ses yeux. Quoi qu'il en soit, c'était très agréable. Et puis aussi, la prochaine fois, je vous parlerai de Cornelius, que nous avons bien aimé.

Le village est à présent presque entièrement plongé dans l'obscurité. Dans la vie il faut apprendre à compter les bonnes journées. Vous devez les glisser dans votre poche et les emporter partout avec vous. Alors je mets la journée d'aujourd'hui dans ma poche et je file me coucher.

Je finirai juste en disant que, une fois de retour à Charing Cross, j'ai fait un saut chez Marks & Spencer et j'ai acheté deux canettes de gin tonic. Elizabeth et moi les avons bues dans le train du retour.

24

Tandis que les lumières s'éteignent à travers le village, Elizabeth ouvre son agenda et s'attaque à la question du jour.

« QUEL ÉTAIT LE NUMÉRO D'IMMATRICULATION DE LA NOUVELLE VOITURE DE LA BELLE-FILLE DE GWEN TALBOT ? »

La question la satisfait. Pas la marque de la voiture, c'était trop facile. Pas la couleur, cela pouvait se deviner et deviner ne prouvait rien, mais le numéro d'immatriculation, ça, c'était quelque chose. Une chose qui nécessitait de faire vraiment appel à sa mémoire.

Comme elle l'a déjà fait si souvent, dans une autre vie, la plupart du temps dans un autre pays et au cours d'un autre siècle, Elizabeth ferme les yeux et effectue un zoom avant mental. Elle voit la réponse immédiatement. Ou peut-être l'entend-elle ? C'est les deux à la fois, son cerveau lui dit ce qu'elle voit.

JL17 BCH

Elle fait glisser son doigt vers le bas de la page et lit la bonne réponse. En plein dans le mille. Elizabeth referme l'agenda. Elle écrira la prochaine question plus tard, elle a déjà une idée intéressante en tête.

Pour information, la voiture était une Lexus bleue, la belle-fille de Gwen Talbot ayant bien réussi en proposant des solutions sur mesure pour assurer des yachts. Quant au nom de la bru, eh bien, cela restait un mystère. Elizabeth ne lui avait été présentée qu'une seule fois et n'avait pas vraiment saisi comment elle s'appelait. Elle ne doutait pas qu'il s'agissait simplement d'un problème d'audition et non d'un problème de mémoire.

La mémoire, voilà bien le croque-mitaine qui harcelait les résidents de Coopers Chase. Les oublis, les étourderies, les noms que l'on confondait.

« Pourquoi m'être installé ici ? » Les petits-enfants se moqueraient de vous. Les fils et les filles plaisanteraient également mais garderaient un œil vigilant sur la question. De temps à autre, vous vous réveilleriez la nuit, glacé d'effroi. Parmi toutes les choses à perdre, comment imaginer que ce soit l'esprit que le sort désigne ? Qu'on prenne une jambe ou un poumon, qu'on prenne tout avant ça. Avant de devenir « Pauvre Rosemary » ou « Pauvre Franck », saisissant les dernières lueurs du soleil et les voyant comme telles. Avant qu'il n'y ait plus de voyages, plus de jeux, plus de « murder clubs ». Avant qu'il n'y ait plus de « vous ».

Vous avez très certainement confondu le nom de votre fille et celui de votre petite-fille parce que vous aviez l'esprit ailleurs mais comment en être certain ? Vous vous trouviez sur la corde raide.

Par conséquent, chaque jour, Elizabeth ouvre son agenda. Elle compte deux semaines à partir de la date du jour et s'écrit une question. Et chaque jour elle répond à une question qu'elle a mise au point pour elle-même deux semaines plus tôt. C'est son système d'alerte précoce. C'est son équipe de scientifiques scrutant les courbes sismologiques. Si un séisme doit avoir lieu, Elizabeth sera la première à en être avertie.

Elizabeth entre dans le salon. Se souvenir d'une plaque minéralogique, après une quinzaine de jours, constitue un véritable test et elle est contente d'elle. Stephen est assis dans le canapé, perdu dans sa concentration. Ce matin, avant son escapade à Londres avec Joyce, ils avaient parlé de la fille de Stephen, Emily. Stephen s'inquiète pour elle et pense qu'elle devient trop maigre. Elizabeth lui a dit qu'elle ne partageait pas son avis mais cela n'empêchait pas Stephen de regretter qu'Emily ne vienne pas leur rendre visite plus souvent, juste pour qu'ils puissent garder un œil sur elle. Elizabeth a admis que c'était judicieux et dit qu'elle parlerait à Emily.

Emily, cependant, n'est pas la fille de Stephen. Stephen n'a pas d'enfant. Emily était la première épouse de Stephen et son décès remonte à près de vingt-cinq ans.

Stephen est expert en art du Moyen-Orient. Il est peut-être même *l'expert* si l'on considère le milieu des universitaires britanniques. Il avait vécu à Téhéran et à Beyrouth dans les années 1960 et 1970 et y était retourné de nombreuses années plus tard, pour retrouver des chefs-d'œuvre pillés pour des exilés de l'Ouest londonien autrefois fortunés. Elizabeth avait brièvement séjourné à Beyrouth au début des années 1970 mais leurs routes ne s'étaient pas vraiment croisées avant 2004, lorsque Stephen avait ramassé un gant qu'elle avait fait tomber devant une librairie de Chipping Norton. Six mois plus tard ils étaient mariés.

Elizabeth met la bouilloire en marche. Stephen écrit encore tous les jours, parfois pendant des heures. Il a un agent pour ses travaux universitaires à Londres dont il dit qu'il doit bientôt aller le voir. Stephen garde ses écrits enfermés à clé, en sécurité, mais, bien entendu, rien ne peut être enfermé à clé, en sécurité, hors de portée d'Elizabeth et elle les lit de temps à autre. Parfois il ne s'agit que d'un article copié dans son journal, répété encore et encore, la plupart du temps, cependant, ce sont des histoires à propos d'Emily, ou à son intention. Tout cela rédigé avec la plus belle des écritures manuscrites.

Il n'y aura plus de trains vers Londres pour Stephen, afin de déjeuner en compagnie de son agent ou de visiter des expositions, ou juste de rechercher une petite bricole à la British Library. Stephen est au bord du gouffre. Il a même déjà basculé de l'autre côté, si Elizabeth se résout à regarder les choses en face. Elle a fait le choix de gérer la situation. Elle traite son cas avec des médicaments aussi bien qu'elle le peut. Il s'agit de sédation, pour être honnête. Avec ses pilules et celles de son épouse, Stephen n'ouvre jamais l'œil durant la nuit.

L'eau bout dans la bouilloire, Elizabeth prépare deux tasses de thé. L'agente De Freitas et son inspecteur en chef vont bientôt arriver pour les voir. Tout a très bien marché, mais il y a encore des choses auxquelles il lui faut réfléchir. Après la sortie du jour avec Joyce, elle possède des informations à transmettre à la police et, en échange, elle aimerait qu'ils lui apprennent ce qu'ils savent. Ils vont vraiment devoir faire un numéro à Donna et à son patron, toutefois. Elle a déjà quelques idées.

Stephen ne cuisine jamais, Elizabeth sait donc que l'appartement ne sera pas incendié en son absence. Il ne va jamais à la boutique, au restaurant ou à la piscine, il n'y aura donc pas d'incident. Parfois elle rentre à la maison et décèle les signes d'une inondation mal dissimulée et parfois des choses doivent être lavées en urgence, mais cela n'a pas d'importance.

Elizabeth garde Stephen pour elle aussi longtemps qu'elle le peut. Tôt ou tard, il fera une chute, ou crachera du sang, et il se trouvera face à un docteur qui ne se laissera pas berner, ce sera alors terminé et il devra partir.

Elizabeth écrase le témazepam dans la tasse de thé de Stephen. Puis elle ajoute le lait. Sa mère aurait établi des règles pour ce protocole. Le témazepam avant le lait, ou le lait avant le témazepam ? Elle sourit, c'est une plaisanterie que Stephen aurait appréciée. Ibrahim l'aurait-il aimée ? Et Joyce ? Elle s'était dit que personne n'aimerait cette blague.

Parfois ils continuent à jouer aux échecs. Elizabeth a passé autrefois un mois dans une planque quelque part près de la frontière séparant la Pologne de l'Allemagne de l'Ouest, à jouer les baby-sitters pour le grand maître des échecs russe, et futur transfuge, Yuri Tsetovich. Elle se souvient des larmes de joie qu'il a versées en voyant à quel point elle jouait bien. Elizabeth n'a rien perdu de ses talents mais Stephen la bat à chaque fois, et avec une élégance qui la fait se pâmer. Même si elle s’aperçoit qu’ils jouent de moins en moins souvent à présent. Peut-être ont-ils déjà joué leur dernière partie ? Stephen a-t-il capturé son dernier roi ? Je vous en prie, faites que non.

Elizabeth donne sa tasse de thé à Stephen et l’embrasse sur le front. Il la remercie.

Elizabeth reprend son agenda et tourne les pages pour inscrire la question du jour à une date éloignée de deux semaines, il s’agit d’un fait qu’elle a appris le jour même de la bouche de Joanna et Cornelius.

COMBIEN D’ARGENT LA MORT DE TONY CURRAN A-T-ELLE FAIT GAGNER À IAN VENTHAM ?

Elle inscrit la réponse un peu plus bas dans la page, 12,25 MILLIONS DE LIVRES STERLING, et referme son agenda jusqu’à une prochaine fois.

25

L'agente Donna De Freitas avait reçu l'information la veille au matin. Présentez-vous au CID. Elizabeth allait vite en besogne.

Elle avait été affectée à l'affaire Tony Curran en qualité d'« ombre » de Chris Hudson. Une nouvelle initiative de la police du Kent. Quelque chose en rapport avec l'inclusion, ou le mentorat, ou la diversité, ou toute autre chose qu'avait bien pu mentionner le type du service des ressources humaines de Maidstone quand il lui avait téléphoné. Quoi que cela ait bien pu être, cela signifiait qu'elle se trouvait assise sur un banc, occupée à regarder la Manche pendant que l'inspecteur en chef Chris Hudson mangeait une crème glacée.

Chris lui avait donné le dossier concernant Tony Curran pour qu'elle rattrape son retard. Elle ne pouvait pas croire à sa chance. Donna avait été vraiment ravie de se plonger dans ces documents au début. Elle avait l'impression de s'atteler à un véritable travail de police. Cela faisait remonter à son esprit toutes les choses qu'elle aimait à propos des quartiers sud de Londres. Le crime, les affaires de drogue, ceux qui, pour couper court, réussissaient à lancer « pas de commentaires » avec un peu de panache. En effectuant sa lecture, elle avait eu la certitude qu'elle tomberait sur un minuscule indice qui viendrait résoudre une affaire vieille de plusieurs décennies. Elle avait joué cette scène dans sa tête. « Monsieur, j'ai fait quelques recherches et il s'avère que le 29 mai 1997 était un jour férié, ce qui vient quelque peu anéantir l'alibi de Tony Curran, vous ne croyez pas ? » Chris Hudson paraîtrait sceptique, impossible que cette novice ait résolu l'affaire, et elle, l'air sérieux, dirait : « J'ai fait analyser son écriture par des experts, monsieur. Et devinez quoi ? » Chris feindrait une forme d'indifférence, mais elle saurait qu'elle le tenait. « Il se trouve que Tony Curran était en fait gaucher depuis le début. » Chris aurait l'air un peu dépassé. Il ne lui resterait plus qu'à lui tirer son chapeau.

Rien de tout cela ne s'était produit. Donna avait simplement lu exactement la même chose que Chris, l'histoire résumée d'un homme qui avait commis un meurtre resté impuni avant d'être assassiné à son tour. Pas de preuves irréfutables, pas d'incohérences, rien à creuser. Mais elle avait malgré tout apprécié l'exercice.

— C'est quelque chose que vous n'avez pas dans le sud de Londres, pas vrai ? dit Chris en pointant son cône glacé vers l'étendue d'eau face à eux.

— La mer ? demande Donna, pour vérifier qu'elle a bien compris sa question.

— Oui, la mer, confirme Chris.

— Eh bien, oui, vous avez raison, monsieur. Il y a les étangs de Streatham mais ce n'est pas pareil.

Chris Hudson la traite avec une gentillesse dont elle sent qu'elle est sincère et avec un respect qui ne peut qu'aller de pair avec le fait d'être doué pour son job. Si jamais elle devait travailler pour Chris de façon permanente, il faudrait vraiment qu'elle fasse quelque chose à propos de sa manière de se vêtir, mais il s'agit là d'une étape qui pourrait être franchie en temps voulu. Il prend l'expression « tenue civile » au sérieux. Où pouvait-on même acheter des chaussures pareilles ? Existait-il un catalogue ?

— Ça vous dirait de faire un petit tour, histoire d'aller voir Ian Ventham ? lance à présent Chris. Pour une petite discussion au sujet de sa dispute avec Tony Curran ?

Elizabeth s'était bien débrouillée une fois encore. Elle avait téléphoné à Donna et lui avait donné quelques détails supplémentaires à propos de la dispute dont Ron, Joyce et Jason avaient été témoins. Ils auraient tout de même besoin d'aller le rencontrer en personne, mais c'était déjà cela.

— Oui, s'il vous plaît, répond Donna. Ce n'est pas très « cool » de dire « s'il vous plaît » quand on travaille à la police criminelle, si ?

Chris hausse les épaules.

— Je ne suis pas vraiment la personne à qui demander si quelque chose est « cool », agente De Freitas.

— Peut-on appuyer sur la touche « avance rapide » pour arriver au moment où vous commencez à m'appeler Donna ?

Chris la regarde puis hoche la tête.

— OK, je vais essayer, mais je ne peux rien promettre.

— Qu’allons-nous tenter d’obtenir de Ventham ? demande Donna. Un mobile ?

— Exactement. Il ne nous le servira pas sur un plateau mais ouvrir nos yeux et nos oreilles pourrait nous suffire à glaner une chose ou deux. En revanche, laissez-moi le soin de poser les questions.

— Bien sûr, dit Donna.

Chris termine son cône glacé.

— À moins que vous n’ayez réellement envie de poser une question.

— Entendu, répond Donna en hochant la tête. Je voudrai probablement lui en poser une. Juste pour que vous le sachiez.

— Très bien.

Chris fait un petit signe de tête et se lève.

— On y va ?

26

Joyce

« Qui ne tente rien n'a rien. » C'est bien ce qu'on dit, n'est-ce pas ? C'est pour cela que j'ai invité Bernard pour le déjeuner.

J'ai cuisiné de l'agneau avec du riz. La viande venait de Waitrose, mais le riz de Lidl. C'est comme cela que je fais. Honnêtement, on ne remarque pas la différence avec les produits de base. On voit de plus en plus de camionnettes Lidl ici ces derniers temps à mesure que les gens commencent à le comprendre.

De toute façon, Bernard n'est pas du genre à faire la différence. Je sais qu'il mange au restaurant tous les jours. Ce qu'il prend pour le petit déjeuner ? Je l'ignore. Mais qui sait réellement ce que chacun préfère consommer à cette occasion ? Moi c'est un thé et des toasts que je prends, tout en écoutant la radio locale. Je sais que certains optent pour des fruits, pas vrai ? J'ignore quand cette idée a vu le jour, mais elle n'est pas pour moi.

Avec Bernard, il ne s'agissait pas d'un rendez-vous galant, n'allez pas vous mettre pareille idée en tête. Mais j'ai tout de même demandé à Elizabeth de ne pas en parler à Ron et à Ibrahim car ils s'en seraient donné à cœur joie. Si cela avait été un « rencard », ce que ce n'était pas, je dirais ceci. Bernard est un homme qui aime parler abondamment de sa défunte épouse. Voilà une chose qui ne me dérange pas, et que je comprends fort bien, mais qui m'a tout de même demandé de gros efforts. Quoi qu'il en soit, je ne devrais pas m'en plaindre, je le sais.

Peut-être me sens-je coupable parce que je ne parle pas vraiment de Gerry. J'imagine que c'est simplement parce que ce n'est pas ma façon de gérer les choses. Je garde Gerry dans un joli petit ballon rien que pour moi. Je me dis que si je le libérais maintenant, cela me submergerait, et j'ai peur qu'il puisse tout simplement être emporté dans les airs. Je sais bien que c'est stupide. Gerry aurait aimé Coopers Chase. Tous les comités. Cela paraît injuste qu'il ait raté cela.

Bref, voilà exactement ce que je voulais dire, je sens les larmes qui me piquent les yeux, et ce n'est ni le moment, ni l'endroit. Je suis censée écrire.

L'épouse de Bernard était indienne, ce qui devait être très inhabituel à l'époque, et ils ont été mariés pendant quarante-sept ans. Ils se sont installés ici ensemble, mais elle a eu une attaque et s'est retrouvée à Willows six mois après leur arrivée. Elle est morte il y a à peu près dix-huit mois, avant ma venue. D'après ce que j'ai entendu dire d'elle, je regrette de ne pas l'avoir connue.

Ils ont une fille, nommée Sufi. Pas Sophie. Elle vit à Vancouver avec son compagnon et ils viennent ici deux ou trois fois par an. Je me demande ce qui se passerait si Joanna déménageait à Vancouver. Cela ne m'étonnerait absolument pas d'elle, une chose pareille.

Nous avons aussi abordé d'autres sujets, je ne veux pas que vous vous fassiez de fausses idées. Nous avons parlé du pauvre Tony Curran. J'ai dit à Bernard à quel point j'étais excitée à l'idée de savoir que Tony Curran avait été assassiné. Il m'a regardée d'un œil désapprobateur, d'une manière qui m'a fait me souvenir que je ne peux pas m'adresser à tout le monde de la même façon qu'à Elizabeth, à Ibrahim et à Ron. Mais, entre vous et moi, Bernard a l'air plutôt séduisant avec un air désapprobateur sur le visage.

Il a un peu parlé de son travail, même si, pour être honnête, je ne suis toujours pas plus avancée. Si vous savez ce qu'est un ingénieur chimiste, eh bien, vous valez mieux que moi. Ne vous méprenez pas, je sais ce qu'est un ingénieur et je sais ce que sont les produits chimiques, mais c'est que je ne parviens pas à faire le lien entre les deux. J'ai un peu parlé de mon travail et j'ai raconté des histoires amusantes à propos de certains patients. Il a ri et, quand j'ai évoqué une anecdote à propos d'un jeune médecin qui avait eu ses organes génitaux piégés dans une buse d'aspirateur, j'ai vu une petite étincelle dans son œil, ce qui m'a incitée à l'optimisme. C'était agréable, je n'irais pas plus loin que ça, mais j'ai senti qu'il y avait encore davantage à apprendre à propos de Bernard, qu'il y avait un fossé à franchir. Je connais la différence entre « être seul » et

« se sentir seul » et c'est le deuxième cas qui s'applique à Bernard. Il existe un remède à cela.

J'ai une attirance pour les gens un peu à part, Gerry était comme cela ; je l'ai su dès notre rencontre. Il faisait toujours des blagues, il se montrait toujours brillant, mais il était toujours un peu perdu, il avait besoin d'un foyer. C'est ce que je lui ai offert, et il m'a donné tellement plus en retour. Oh, Joyce, cet endroit aurait si parfaitement convenu à cet homme si charmant.

Je radote un peu comme Bernard, non ? Allons, veux-tu bien te taire, Joyce. Voilà des larmes stupides, de vraies larmes à présent. Je vais les laisser couler. Si vous ne pleurez pas de temps en temps, vous finirez par pleurer tout le temps.

Elizabeth a invité Donna et son chef à venir nous voir plus tard. Elle a prévu de leur donner les informations que nous avons apprises de Joanna et Cornelius et de voir ce que nous pourrions obtenir en échange.

Comme nous ne sommes pas jeudi, Elizabeth m'a demandé si nous pourrions utiliser mon salon pour les rencontrer. Je lui ai dit que la pièce serait trop petite pour tous nous accueillir et elle a répondu que cela servait son but à la perfection. Mettre l'inspecteur en chef dans une situation inconfortable pour qu'il révèle peut-être quelque chose. Voilà son plan. Elle dit que c'est une vieille ruse qu'elle utilisait dans son travail, même si elle n'a plus à présent accès à tout le matériel qu'elle utilisait avant. Ses instructions étaient claires : « Personne ne quitte la pièce avant que nous ayons obtenu de l'inspecteur en chef Hudson quelque chose qui puisse nous servir. »

Elle m'a demandé de préparer un gâteau. Je fais un moelleux au citron, mais aussi un gâteau au café et aux noix, car on ne sait jamais. J'ai utilisé de la farine d'amande parce qu'ils en ont une excellente chez Anything with a Pulse et que j'attendais une occasion de m'en servir. Je vois bien qu'Ibrahim est tenté par l'idée d'être intolérant au gluten et cela va venir déjouer ses projets.

Je me demande si je ne devrais pas faire un petit somme ? Il est 15 h 15 et mon heure limite pour une sieste est 15 heures en général, sinon j'ai du mal à m'endormir le soir. Mais comme les derniers jours ont été chargés, peut-être ai-je gagné le droit de changer légèrement les règles ?

Quoi qu'il en soit, j'ajouterai simplement que le gâteau au café et aux noix est le préféré de Bernard, mais n'essayez surtout pas d'en conclure quoi que ce soit.

27

Donna regarde par la fenêtre de la Ford Focus. Qu'est-ce que les gens peuvent bien trouver aux arbres ? Il y en a tellement. Un tronc, des branches, des feuilles, un tronc, des branches, des feuilles, c'est bon, on a compris. Ses pensées vagabondent.

Chris lui a montré la photographie laissée près du corps. Mais il doit certainement s'agir d'une manœuvre de diversion. Impossible qu'il en soit autrement, non ? Si vous étiez Jason Ritchie, ou Bobby Tanner, ou quiconque ayant pris ce cliché, ce serait chercher bien trop d'ennuis. Il aurait été idiot que l'un de ces hommes ait laissé la photo à côté du corps. Une centaine de personnes différentes pouvaient avoir assassiné Tony Curran ; pourquoi faire le travail de la police à sa place et réduire la liste à seulement trois individus ?

Quelqu'un d'autre a donc dû mettre la main sur un exemplaire de la photo ?

Mais comment ?

Peut-être Tony Curran en avait-il eu une copie ? Cela ne serait pas insensé. Et peut-être Ian Ventham l'avait-il vue un jour ? Tony en train de frimer ? Ian avait repéré la photo puis l'avait cachée pour pouvoir s'en servir plus tard ? Pour semer une petite pincée de fausse piste dans le but d'embrouiller ces incompétents de flics ? D'après ce qu'a lu Donna, il semble tout à fait du genre à tenter ce genre de choses.

Ils traversent un village, un vrai répit pour Donna après tous ces arbres, mais il n'y a pas encore suffisamment de béton pour elle. Peut-être apprendra-t-elle à aimer ça ? Peut-être existe-t-il autre chose dans la vie que les quartiers sud de Londres ?

— À quoi pensez-vous ? demande Chris tout en dirigeant ses regards vers la gauche pour tenter de trouver le bon panneau indicateur.

— Je pense au restaurant Atlanta Fried Chicken sur Balham High Road. Et je pense au fait que nous devrions montrer la photo à Ian Ventham, répond Donna. Lui demander s'il l'a déjà vue.

— Et le regarder droit dans les yeux quand il nous dira que ce n'est pas le cas ? demande Chris, qui, après avoir mis son clignotant, tourne à gauche sur un étroit chemin de campagne. Très bon plan.

— Je pense aussi à autre chose. Pourquoi ne repassez-vous jamais vos chemises ? fait Donna.

— Alors, c'est à cela que les choses ressemblent lorsqu'on a une « ombre » ? demande Chris. Eh bien, j'avais l'habitude de repasser seulement le devant de mes chemises parce que le reste était toujours caché par une veste. Et puis j'ai pensé, bon, je porte aussi une cravate, alors pourquoi vouloir se donner cette peine ? Quelqu'un s'en rend-il vraiment compte ?

— Bien sûr que ça se remarque, dit Donna. Moi, je m'en rends compte.

— Oui, mais vous êtes fonctionnaire de police, Donna, réplique Chris. Je commencerai à repasser mes chemises le jour où j'aurai une petite amie.

— Vous n'aurez pas de petite amie tant que vous ne repasserez pas vos chemises, rétorque Donna.

— Une situation sans issue, c'est certain, dit Chris, qui tourne pour emprunter une longue allée. En tout cas, il m'a toujours semblé que, d'une certaine façon, les chemises se repassent toutes seules quand on les porte.

— Tiens donc, vous m'en direz tant ! fait Donna tandis qu'ils se garent devant la maison d'Ian Ventham.

28

— On peut retenir son souffle trois minutes si on se concentre vraiment, explique Ian Ventham. Tout repose sur le contrôle du diaphragme. Le corps n'a pas besoin d'autant d'oxygène qu'on le dit. Regardez les chamois s'il vous faut une preuve.

— Ça se tient, en effet, monsieur Ventham, dit Chris. Mais peut-être pouvons-nous revenir à la photographie ?

Ian Ventham jette de nouveau un coup d'œil au cliché et secoue une nouvelle fois la tête.

— Non, j'en suis certain, je ne l'ai jamais vue. Je reconnais Tony, bien sûr, Dieu ait son âme, et ça, c'est le boxeur, n'est-ce pas ?

— Jason Ritchie, dit Chris.

— Mon entraîneur de boxe dit que j'aurais pu devenir pro, dit Ian. Le physique plus le mental. Il y a certaines choses qui ne s'apprennent pas.

Chris hoche de nouveau la tête. Donna parcourt du regard le salon d'Ian Ventham. C'est l'une des pièces les plus extraordinaires qu'elle ait jamais vues. Il y a un piano à queue rouge vif avec des touches en or. Le tabouret du piano est fait d'ébène et de peau de zèbre.

— J'imagine que Tony et vous n'avez pas eu de désaccord, monsieur Ventham ? demande Chris. Avant sa mort ?

— Un désaccord ? s'étonne Ian.

— Mmm, marmonne Chris.

— Moi et Tony ? insiste Ian.

— Mmm, répète Chris.

— Nous ne nous sommes jamais disputés, soutient Ian. Les disputes sont très mauvaises pour votre bien-être. Regardez les recherches à ce sujet, ça fluidifie le sang. Sang plus fluide, énergie en baisse. Énergie en baisse, pente glissante.

Donna écoute le moindre des mots prononcés, absorbant tout de l'échange, mais ses yeux ne cessent de balayer la pièce. Il y a une grande peinture à l'huile entourée d'un immense cadre doré au-dessus de la cheminée. Il s'agit d'une toile représentant Ian, une épée à la main. Juste en face se trouve un aigle empaillé. Ailes déployées.

— Eh bien, nous pouvons tous en convenir effectivement, dit Chris. Mais que se passerait-il si je vous disais que nous avons trois témoins qui vous ont vus vous disputer tous les deux avant son assassinat ?

Donna observe Ian se pencher lentement en avant, poser ses coudes sur ses cuisses et venir appuyer son menton sur ses mains jointes.

Il donne tout à fait l'impression de faire semblant de réfléchir.

— Bon, écoutez, commence Ian, décollant ses coudes de ses cuisses et tendant ses mains devant lui. Nous nous sommes disputés, c'est exact, parfois il le faut, pas vrai ? Rien que pour libérer les toxines. Je suppose que cela expliquerait ce qu'ils ont vu.

— D'accord, très bien, ce serait une explication en effet, admet Chris. Mais puis-je vous demander sur quoi portait cette dispute ?

— Bien sûr, bien sûr, répond Ian. C'est une question légitime et je vous remercie de la poser, parce que, au bout du compte, Tony est mort.

— En fait, Tony a été assassiné. Peu de temps après la dispute, dit Donna, les yeux rivés sur un crâne incrusté d'émeraudes et lassée de garder le silence.

Ian lui adresse un petit signe de tête.

— Exact, oui, c'est bien ce qui lui est arrivé. Un avenir radieux s'ouvre à vous. Eh bien, dites-moi, que savez-vous des systèmes automatiques d'extinction d'incendie ?

— Autant que le commun des mortels, répond Chris.

— Je veux en installer dans tous les nouveaux appartements ; Tony ne voulait pas dépenser de l'argent pour ça. Pour moi – et écoutez, cela ne concerne que moi, il ne s'agit que de la façon dont moi, je travaille –, la sécurité de mes clients est primordiale. Je dis bien primordiale. Je l'ai donc dit à Tony, qui est plus laxiste sur ces questions, tout mon contraire donc, et nous, je ne vais pas dire que nous nous sommes « disputés », je vais dire que nous nous sommes « chamaillés ».

— Et c'est tout ? demande Chris.

— Et c'est tout, réplique Ian. Rien qu'une histoire de gicleurs d'eau. Si vous voulez me déclarer coupable de quelque chose, déclarez-moi coupable d'aller plus haut, plus loin, en matière de sécurité des bâtiments.

Chris hoche la tête puis se tourne vers Donna.

— Je crois que nous en avons fini pour l'instant, monsieur Ventham. À moins que ma collègue n'ait des questions ?

Donna veut demander à Ventham pourquoi il ment à propos de la dispute, mais c'est sans doute un peu excessif. Quelle question devrait-elle poser ? Quel point Chris voudrait-il lui voir soulever ?

— Juste une question, Ian, dit Donna.

Elle ne veut pas l'appeler M. Ventham.

— Où êtes-vous allé après avoir quitté Coopers Chase ce jour-là ? Vous êtes rentré chez vous ? Ou vous avez peut-être rendu visite à Tony Curran ? Pour poursuivre votre discussion sur les systèmes d'extinction automatique ?

— Je n'ai fait ni l'un, ni l'autre, répond Ian, qui semble en terrain sûr. J'ai pris ma voiture et j'ai roulé jusqu'en haut de la colline pour aller voir Karen et Gordon Playfair, ce sont eux qui possèdent les terres là-bas. Ils attesteront que j'y étais, j'en suis certain. Tout du moins, Karen le fera.

Chris la regarde et lui adresse un signe de tête. Sa question était bonne.

— Vous êtes très belle, au fait, dit Ian à Donna. Pour une fonctionnaire de police.

— Vous verrez comme je suis belle si jamais je dois venir vous arrêter, réplique Donna, tout en se rappelant, un peu trop tard, que lever les yeux au ciel n'était sans doute pas une réaction des plus professionnelles.

— En fait, vous n'êtes pas belle, ajoute Ventham. Mais suffisamment séduisante pour le coin.

— Merci pour votre temps, monsieur Ventham, lance Chris en se mettant debout. Nous vous recontacterons si jamais nous avons d'autres questions. Et si vous éprouvez à un moment donné le besoin de me dire que je suis beau, vous avez mon numéro.

Au moment où elle se redresse, Donna balaye une dernière fois la pièce du regard.

L'ultime chose qu'elle remarque est l'aquarium d'Ian Ventham. Au fond du bac se trouve une réplique exacte, à l'échelle, de la maison d'Ian Ventham. Un poisson-clown sort d'une fenêtre située à l'étage alors que Donna et Chris quittent la pièce.

Le téléphone de Donna émet un petit signal sonore au moment où elle atteint la voiture en compagnie de Chris. C'est un texto d'Elizabeth. Ce qui, aux yeux de Donna, paraît tout à fait anormal. Incontestablement, un message d'Elizabeth ne devrait-il pas parvenir sous la forme d'un message codé en morse ou d'une série complexe de drapeaux ?

Cette idée fait sourire Donna, elle ouvre le texto.

— C'est le Murder Club du jeudi, ils demandent si nous pourrions nous rendre à Coopers Chase, monsieur. Ils ont des informations.

— Le Murder Club du jeudi ? s'étonne Chris.

— C'est ainsi qu'ils se nomment eux-mêmes. Ils sont quatre, une petite bande.

Chris hoche la tête.

— J'ai rencontré Ibrahim et ce pauvre vieux Ron Ritchie. Font-ils partie de ce groupe ?

Donna acquiesce. Elle ignore totalement pourquoi il a dit « ce pauvre » Ron Ritchie, mais il ne fait aucun doute qu'Elizabeth doit être derrière tout cela, d'une façon ou d'une autre.

— Devons-nous aller les voir ? Elizabeth dit que Jason Ritchie sera présent.

— Elizabeth ? s'étonne Chris.

— Elle est leur…

Donna marque un temps de réflexion.

— Je ne sais pas comment on appellerait cela. Ce qu'était Marlon Brando dans *Le Parrain*, quoi que ç'ait bien pu être.

— La dernière fois que je suis allé à Coopers Chase, quelqu'un a bloqué la Ford Focus avec un sabot, dit Chris. Un retraité avec un gilet fluo et une clé à molette m'a demandé 150 livres pour l'enlever. Répondez à Elizabeth et dites-lui que nous leur rendrons visite quand nous le voudrons, ce n'est pas à elle de décider. Nous sommes la police.

— Je ne suis pas sûre qu'Elizabeth tolérera un refus, dit Donna.

— Eh bien, il le faudra, Donna, réplique Chris. Je suis dans le métier depuis près de trente ans et je ne vais pas me laisser intimider par quatre retraités.

— D'accord, dit Donna. Je lui dirai.

29

Il s'avéra que Chris s'était trompé et que Donna avait vu juste.

Chris Hudson se retrouve inconfortablement coincé sur un canapé, avec Ibrahim, qu'il a déjà rencontré, d'un côté, et Joyce, sa taille minuscule, son air enjoué et ses cheveux blancs, de l'autre. Très clairement ce canapé ne compte que deux places et demie et quand il a été offert à Chris de s'y installer il s'est exécuté en supposant qu'il ne le partagerait qu'avec une seule personne.

Mais ensuite, avec une grâce et une vélocité auxquelles il ne s'était pas attendu de la part de deux personnes percevant une pension de retraite depuis si longtemps, Ibrahim et Joyce s'étaient glissés de part et d'autre de lui, ce qui l'avait conduit à la situation présente. S'il avait su, il aurait décliné la proposition et pris l'un des fauteuils désormais occupés par Ron Ritchie, qui paraît plus alerte que la dernière fois qu'il l'a vu, et par la terrifiante Elizabeth. Dont on peut vraiment dire qu'elle ne tolère aucun refus.

Plus exactement, il aurait pu choisir ce fauteuil inclinable IKEA qui a l'air des plus accueillants dans lequel

Donna est pratiquement pelotonnée, les pieds repliés sous elle, sans se soucier de rien.

Pouvait-il s'installer ailleurs ? Il y a un autre siège, une chaise à dossier dur, mais Joyce et Ibrahim en prendraient certainement ombrage, n'est-ce pas ? Ils semblent ne pas avoir conscience de son inconfort et la dernière chose dont il a envie est de paraître grossier. Il est assis là où il est assis parce qu'ils font preuve de gentillesse et parce qu'il est le centre de l'attention. Il le comprend et l'apprécie. Il y a toute une psychologie concernant l'attribution des places assises que tout bon officier de police apprend au fil des ans. Il sait qu'ils ont fait de leur mieux pour qu'il se sente important et qu'ils seraient horrifiés d'apprendre que le résultat est en réalité l'extrême opposé.

Chris vient de se voir offrir une tasse de thé posée sur une soucoupe, mais il lui est si difficile de bouger qu'une crainte l'étreint : il se pourrait qu'il soit dans l'impossibilité physique d'avaler ce liquide. Le voici donc là, bel et bien coincé, mais en bon professionnel, il va s'accommoder au mieux de la situation. Regardez Donna toutefois, elle dispose même d'une table basse pour poser sa tasse. C'est incroyable. Ils n'auraient pas pu rendre les choses plus embarrassantes pour lui s'ils l'avaient voulu. Quoi qu'il en soit, il faut rester professionnel.

— Et si nous commencions ? propose Chris.

Il tente de déplacer son poids vers l'avant mais, sans qu'il en ait conscience, Ibrahim a son coude niché contre sa hanche et Chris est contraint de reprendre sa place initiale. Sa tasse de thé est trop remplie pour pouvoir être tenue sans danger d'une seule main, et le liquide trop brûlant pour être bu. Il pourrait ressentir de l'agacement, mais l'expression aimable et attentive que reflètent les visages des quatre résidents rendent tout agacement impossible.

— Comme vous le savez, l'agente De Freitas, ici présente, qui prend ses aises dans ce fauteuil, et moi-même enquêtons sur le meurtre de Tony Curran. C'est un homme que vous connaissez un peu, je crois, un entrepreneur local et promoteur immobilier. Comme vous le savez également, M. Curran est décédé tragiquement la semaine dernière, et nous avons certaines questions se rapportant à cet événement.

Chris considère son auditoire. Ils hochent la tête d'un air si innocent, tout en buvant ses paroles. Il se réjouit d'avoir adopté une façon de parler légèrement plus formelle. Dire « se rapportant » avait été un bon choix. Il tente de boire une gorgée de thé, mais il est encore brûlant et s'il s'aventurait à souffler sur le liquide une vague serait projetée par-dessus le rebord. Cela laisserait en outre entendre à quiconque avait préparé le thé qu'il l'aurait préféré moins chaud, ce qui paraîtrait grossier.

Joyce a une autre mauvaise nouvelle pour lui.

— Nous avons oublié nos bonnes manières, inspecteur en chef. Nous ne vous avons pas proposé de gâteau.

Elle présente alors un moelleux au citron, déjà coupé en tranches, et en offre aux personnes assemblées.

Chris, dans l'incapacité de lever une main pour signifier « non, merci », articule : « Ce sera sans moi, mon déjeuner a été copieux. » Mais c'est peine perdue.

— Prenez donc juste une tranche. Je l'ai fait spécialement pour l'occasion, dit Joyce, d'une voix si pleine de fierté que Chris n'a d'autre choix que d'accepter.

— Allez-y alors, dit-il juste avant que Joyce ne vienne poser une part de gâteau en équilibre sur sa soucoupe.

— Eh bien, peut-être disposez-vous d'un suspect à cette heure ? s'enquiert Elizabeth. Ou bien ne vous intéressez-vous qu'à Ventham ?

— Ibrahim dit qu'il est meilleur que le moelleux au citron de Marks & Spencer, fait Joyce.

— Il aura sans aucun doute un certain nombre de suspects, dit Ibrahim. Si je ne fais pas erreur à propos de l'inspecteur en chef Hudson. Il est très consciencieux.

— Si vous notez quelque chose d'inhabituel, c'est la farine d'amande, intervient Joyce.

— C'est bien vrai ça, fiston ? Vous avez des suspects ? demande Ron à Chris.

— Eh bien, ce ne serait pas…

— Et vous êtes en train d'affiner la liste. Je parie que vous avez ramené la police scientifique, pas vrai ? dit Ron Ritchie. Je regarde toujours *Les Experts* avec Jason. Il va adorer tout ça. Qu'est-ce que vous avez ? Empreintes ? ADN ?

Chris se souvient d'un Ron plus confus que cela la dernière fois qu'il l'a vu.

— Eh bien, c'est pour cette raison que je suis ici, comme vous le savez. Je sais que vous et Joyce preniez un verre avec votre fils, monsieur Ritchie, et je crois qu'il va peut-être se joindre à nous, c'est cela ? Ce serait une bonne chose de lui parler également.

— Il vient de m'envoyer un texto, rebondit Ron. Il sera là dans dix minutes.

— Je suis sûre qu'il adorerait connaître tout le contexte, dit Elizabeth.

— Il adorerait ça, confirme Ron.

— Eh bien, une fois encore, ce n'est pas vraiment dans mes…, commence Chris.

— Le moelleux au citron de Marks & Spencer est bien trop sucré, inspecteur, si vous voulez mon opinion, l'interrompt Ibrahim. Et je ne suis pas le seul à le penser, à en croire les forums de discussion.

Chris se débat encore davantage à présent, parce que la tranche de gâteau est un peu trop grosse pour tenir dans l'espace entre la base de la tasse et le bord de la soucoupe et que la garder en équilibre lui demande de déployer tous les efforts imaginables. Cependant, sa longue carrière a été émaillée d'interrogatoires de tueurs, de psychopathes, d'escrocs et de menteurs de toutes sortes, il persévère donc malgré l'adversité.

— Nous avons juste besoin de parler à M. Ritchie et à son fils – et vous, Joyce, je crois que vous avez également vu…

— La série *Les Experts* est trop américaine pour moi, interrompt Joyce. Je préfère *Inspecteur Lewis*. C'est sur ITV3. Je leur ai fait le remettre sur mon bouquet Sky Plus. Je pense être la seule du village qui peut recevoir Sky Plus.

— J'aime bien lire les enquêtes de l'inspecteur Rebus, ajoute Ibrahim. L'auteur est Ian Rankin. Vous connaissez ? Rebus vient d'Écosse et, fichtre, il lui arrive bien des misères.

— Moi, c'est Patricia Highsmith, dit Elizabeth.

— Mais ça ne surpassera jamais *The Sweeney* et j'ai lu tous les livres de Mark Billingham, fait Ron Ritchie, une fois encore avec plus d'assurance que dans le souvenir de Chris.

Elizabeth, pendant ce temps, a ouvert une bouteille de vin. Elle remplit les verres qui sont soudainement apparus entre les mains de ses amis.

Chris ne peut même pas tenter de déguster son thé à présent, car rapprocher soucoupe et tasse de ses lèvres déséquilibrerait le gâteau et décoller la tasse de la soucoupe ferait glisser le gâteau au centre de la soucoupe ce qui l'empêcherait d'y reposer ensuite la tasse. Il sent des gouttes de sueur commencer à ruisseler le long de son dos. Cela lui rappelle la fois où il a interrogé un homme de main des Hell's Angels qui pesait cent soixante kilos et avait « TUEUR DE FLICS » tatoué autour du cou.

Par chance, Elizabeth est disponible pour l'aider.

— Vous m'avez l'air un peu à l'étroit sur ce canapé, inspecteur en chef.

— Nous nous retrouvons normalement dans la Salle des puzzles, voyez-vous, dit Joyce. Mais nous ne sommes pas jeudi et la salle est prise par « Causette et crochet ».

— « Causette et crochet » est un groupe assez récent, inspecteur en chef, intervient Ibrahim. Créé par des membres qui ont été déçus par « Tricot et papotage ». Trop de papotage et pas assez de tricot, apparemment.

— Et le salon principal est zone interdite, dit Ron. Le Club de boules tient une audience disciplinaire.

— En rapport avec Colin Clemence et sa prise de position en faveur du cannabis à usage médical, fait Joyce.

— Et si nous vous installions confortablement, dit Elizabeth, pour que vous puissiez nous expliquer toute l'affaire ?

— Oh, oui ! s'exclame Joyce. Parlez lentement parce que tout cela n'est pas vraiment notre domaine, mais ce serait adorable de votre part. Et il y a un gâteau au café et aux noix qui vient du même endroit que le moelleux au citron.

Chris regarde Donna. Elle se contente de hausser les épaules et de tendre ses paumes devant elle, l'air désarmée.

30

Le père Matthew Mackie remonte lentement la colline en empruntant l'allée bordée d'arbres.

Il avait espéré que la mort de Tony Curran puisse marquer la fin de tout cela. Qu'aucune autre action de sa part ne soit nécessaire. Mais il avait rendu visite à Ian Ventham pour exposer ses arguments et il avait été déçu. Le projet « Woodlands » se poursuivait comme prévu. Le cimetière allait être déplacé.

Le temps était venu de faire émerger un plan B. Et vite.

Tandis que le chemin s'incurve vers la gauche avant de dessiner une ligne droite, le Jardin du repos éternel apparaît, plus loin et plus haut sur le sentier. De là le père Mackie peut voir les grilles en fer forgé, suffisamment larges pour laisser passer un véhicule, fixées au mur de briques rouges. Les grilles paraissent anciennes, le mur, lui, semble neuf. Devant le portail s'étend un espace utilisé autrefois par les corbillards et aujourd'hui par les véhicules d'entretien pour effectuer des demi-tours.

Il atteint les grilles et les ouvre en poussant. Il y a une allée centrale avec, à son extrémité, une grande statue du Christ en croix. Il marche en silence en direction du Christ, traversant l'océan des âmes. Au-delà de la statue, au-delà du jardin, se trouvent de grands hêtres, qui se déploient encore davantage vers le haut de la colline, jusqu'aux terres agricoles. Le père Mackie se signe près du socle, aux pieds du Christ. Pas question pour lui cependant de s'agenouiller ces temps-ci, arthrite et catholicisme allant difficilement de pair.

Matthew Mackie se retourne et balaye du regard le jardin, plissant les yeux sous l'éclat du soleil. De part et d'autre de l'allée se dressent les pierres tombales, disposées de façon nette, ordonnée, symétrique, et se déployant en ordre chronologique vers les grilles de fer. Les tombes les plus anciennes sont les plus proches de la statue du Christ, tandis que les plus récentes sont venues prendre leur place dans l'alignement quand leur heure avait sonné. Il y a près de deux cents corps là-haut, sur la colline, un lieu si beau, si paisible, si parfait que Mackie se dit qu'il pourrait presque l'amener à croire en Dieu.

La première tombe porte la date de 1874 et le nom d'une certaine sœur Margaret Bernadette, et c'est à cet endroit que Mackie finit par tourner les talons pour prendre le chemin du retour d'un pas lent.

Les pierres tombales les plus anciennes sont plus ouvragées, plus tape-à-l'œil. Les dates de décès se succèdent lentement, avançant peu à peu dans le temps, tandis qu'il progresse. Il y a les femmes de l'époque victorienne toutes parfaitement alignées, que le ministre Palmerston ou les Boers avaient certainement rendues furieuses. Puis ce sont les femmes du couvent qui ont entendu parler des frères Wright et de leurs avions pour la première fois. Puis les femmes qui ont soigné les aveugles et les blessés arrivés en masse au couvent, tout en priant pour que leurs frères rentrent sains et saufs d'Europe. Puis il y avait des femmes médecins, des femmes qui avaient voté et des femmes qui avaient conduit, des femmes qui avaient connu les deux guerres et néanmoins gardé la foi, les inscriptions sur les pierres devenant plus aisées à lire désormais. Était ensuite venu le temps de la télévision, du rock and roll, des supermarchés, des autoroutes et des alunissages. Le père Mackie quitte l'allée quelque part aux alentours des années 1970, les pierres tombales sont simples, aisées à déchiffrer désormais. Il longe la rangée, tout en regardant les noms inscrits. Le monde pouvait connaître les plus extraordinaires changements, les rangées restaient toujours nettes et ordonnées et les noms demeuraient toujours les mêmes. Il atteint le mur latéral du jardin, qui lui arrive au niveau de la taille et qui est bien plus vieux que le mur situé à l'entrée. Il admire la vue qui n'a pas changé depuis 1874. Les arbres, les champs, les oiseaux, des choses permanentes, immuables. Il retourne vers l'allée, chassant une feuille tombée sur l'une des pierres tombales au passage.

Le père Mackie continue de marcher, jusqu'à atteindre la dernière des pierres tombales. Sœur Mary Byrne, 14 juillet 2005. Mary Byrne aurait eu tant à raconter à sœur Margaret Bernadette, dont la tombe n'est qu'à une centaine de mètres, un peu plus haut dans l'allée. Tant de choses avaient changé, pourtant, ici du moins, tant de choses étaient restées identiques.

Au-delà du tombeau de Mary Byrne il reste de la place pour beaucoup d'autres tombes, mais on n'en avait pas eu besoin. Sœur Mary était la dernière de la rangée. Et c'est donc ici qu'elles gisent toutes, toutes les femmes de cette communauté religieuse, toujours entourées de ces murs, l'azur du ciel au-dessus de leur tête, leurs pierres tombales accueillant perpétuellement les feuilles tombées des arbres.

Que pouvait-il faire ?

Au moment de franchir les grilles, Mackie se retourne pour jeter un dernier regard au cimetière. Il entame ensuite le trajet vers le bas de la colline, regagnant la large allée bordée d'arbres qui mène à Coopers Chase.

Un homme en costume-cravate est assis sur un banc situé juste au bord du chemin, lui aussi profite de la vue que le père Mackie vient de contempler. Cette vue qui n'a jamais changé. Cette vue que n'ont altérée ni les guerres, ni les morts, ni les voitures et les avions, ni la naissance du Wifi ou toute autre nouveauté figurant dans les journaux du jour. Il y avait sans doute à dire à propos de tout cela.

— Mon père, le salue l'homme, un exemplaire replié du *Daily Express* à côté de lui.

Matthew Mackie lui adresse un signe de tête en retour, il poursuit sa marche et poursuit sa réflexion.

31

Chris dispose de sa propre chaise et de sa propre table d'appoint et il se sent à présent comme le roi du monde. Il oublie parfois l'effet qu'un officier de police peut produire sur le public. Le groupe assis face à lui le regarde avec dans les yeux quelque chose qui frise l'admiration. C'est agréable d'être pris au sérieux de temps à autre et il est heureux de les faire profiter de son savoir.

— Toute la maison est équipée de caméras, et il s'agit de matériel dernier cri, mais nous n'avons rien obtenu. Le système dysfonctionne. Comme cela arrive souvent.

Elizabeth hoche la tête avec intérêt.

— Mais vous vous attendiez à voir quelqu'un en particulier ? Vous avez des suspects ? demande Elizabeth.

— Eh bien, voyez-vous, il ne s'agit pas d'un sujet dont je peux vraiment parler, dit Chris.

— Vous avez donc un suspect ? C'est formidable ! Que pensez-vous du gâteau au café et aux noix ? demande Joyce.

Chris approche une part du gâteau de sa bouche et mord dedans. Celui-là aussi est meilleur que celui de Marks & Spencer. Cette Joyce, quelle magicienne !

En outre, et il s'agit là d'un fait bien connu, les gâteaux maison ne contiennent pas la moindre calorie.

— C'est délicieux, et écoutez-moi bien, je n'ai pas dit que nous avions un suspect, mais nous avons identifié des personnes qui présentent un intérêt particulier, ce qui est tout à fait normal.

— « Des personnes qui présentent un intérêt particulier », répète Joyce. J'adore quand ils disent ça.

— Il y a plus d'une personne, alors ? questionne Elizabeth. Ian Ventham n'est donc pas le seul ? Je suppose qu'il ne serait pas possible que vous nous le disiez ?

— Il ne pourrait pas le dire, vous avez raison, intervient Donna, décidant que tout cela a assez duré. Maintenant, laissez ce pauvre homme tranquille, Elizabeth.

Chris éclate de rire.

— Je ne pense pas que la situation nécessite qu'on me protège, Donna.

Ibrahim se tourne vers Donna.

— L'inspecteur en chef Hudson est un très bon enquêteur, agente De Freitas. Vous avez de la chance d'avoir un aussi bon patron.

— Oh oui, c'est un pro, confirme Donna.

Elizabeth frappe dans ses mains.

— Eh bien, j'ai comme l'impression que vous nous avez apporté beaucoup lors cette rencontre et que nous vous avons offert bien peu en échange. Vous vous êtes montré très généreux, Chris. Puis-je vous appeler Chris ?

— À vrai dire, j'ai probablement partagé avec vous plus de choses que je ne l'avais prévu, mais je me réjouis que cela ait été intéressant, dit Chris.

— Ça l'a été. Et je crois que nous vous devons une faveur en retour. Vous aimerez sans doute jeter un œil à ceci.

Elizabeth remet à Chris un dossier bleu vif de près de trente centimètres d'épaisseur.

— Ce sont quelques données financières concernant Ian Ventham. Des précisions au sujet de cet endroit, des détails sur la relation qui le liait à Tony Curran. Tout cela n'a probablement aucun sens mais je vous laisserai en juger.

On sonne à l'interphone de Joyce et elle se lève pour répondre, tandis que Chris soupèse le classeur.

— Eh bien, nous pouvons certainement jeter un coup d'œil à ce…

— Je m'en occuperai, ne paniquez pas, dit Donna avant de lancer à Elizabeth un regard rassurant.

La porte s'ouvre et Joyce revient dans la pièce en compagnie de Jason Ritchie en personne. Les tatouages, ce nez, ces avant-bras.

— Monsieur Ritchie, dit Chris. Nous faisons enfin connaissance.

32

Chris avait demandé à Jason s'il verrait un inconvénient à sortir pour faire une photo. Ainsi, ils pourraient profiter de la lumière naturelle, lui avait-il dit.

Donna se charge du cliché. Les deux hommes sourient joyeusement, chacun entourant d'un bras les épaules de l'autre, et ils ont pris appui contre une fontaine décorative en forme de dauphin.

Pauvre Chris, ils lui avaient réellement fait un sacré numéro. Donna se demande si Chris se rend vraiment compte qu'il fait partie de la bande à présent.

Tout cela cependant s'était révélé utile. Ils avaient parlé à Ron et à Jason, ainsi qu'à Joyce, de ce qu'ils avaient vu. Une chose était claire, une dispute avait bien eu lieu. Aucun d'eux ne pouvait leur fournir beaucoup d'éclaircissements quant au sujet de la dispute, mais ils avaient tous estimé qu'elle n'était pas anodine et comme Ron et Jason étaient des hommes habitués aux combats, Chris et Donna leur avaient prêté une oreille attentive.

Ron était très fier de son fils, cela ne faisait pas le moindre doute. C'était naturel, bien sûr, mais c'était un point auquel ils devraient être attentifs. Juste au cas où la photographie laissée près du corps n'aurait pas été une tentative de diversion.

Donna demande à Chris de se déplacer un peu vers la gauche.

— C'est très gentil à vous, Jason, on doit souvent vous demander ce genre de choses, dit Chris tout en se décalant légèrement comme demandé.

— Le prix de la célébrité, pas vrai ? reconnaît Jason.

Donna a fait ses recherches sur Jason Ritchie. Elle n'a pas eu besoin d'en faire beaucoup, pour être honnête, car son père était un fan de boxe.

Jason est célèbre depuis la fin des années 1980 et, apparemment, il le resterait désormais pour toujours. Il avait joué le héros, quelquefois le mauvais garçon, dans une série de combats emblématiques qui avaient captivé le pays tout entier. Nigel Benn, Chris Eubank, Michael Watson, Steve Collins et Jason Ritchie. La boxe prenait alors des airs de « soap opera ». Parfois Jason était J.R. Ewing et parfois il était Bobby.

Le public aimait Jason Ritchie. Le bagarreur, le cogneur, avec ses tatouages dévalant le long de ses deux bras, bien avant que cela ne devienne une exigence impérative pour tout sportif professionnel. Il était charmant, avec une beauté conventionnelle, qui était devenue de moins en moins conventionnelle à mesure que sa carrière avait laissé ses traces. Et, bien sûr, il avait son célèbre agitateur de père, « Ron le Rouge », toujours doué pour décocher un commentaire. Les talk-shows aussi aimaient Jason. Il avait accidentellement mis K.-O. Terry Wogan en lui montrant comment il avait terrassé

Steve Collins. Donna avait lu que cette vidéo lui rapportait toujours régulièrement des royalties.

Rien n'a surpassé le troisième combat Benn vs Ritchie. Le corps était un peu plus lent, les réflexes s'étaient émoussés. Des faits sans importance tant qu'il combattait encore contre des gars vieillissant en même temps que lui, mais un à un, ceux-ci avaient commencé à prendre leur retraite. Jason avait découvert, de nombreuses années plus tard, qu'il avait gagné moins d'argent que la plupart d'entre eux. Des problèmes avec son manager. Aujourd'hui encore, une grande partie de son argent se trouvait en Estonie. Les adversaires ont rajeuni, les payes sont devenues moins grasses et les entraînements plus ardus, jusqu'à ce que lors d'une soirée à Atlantic City en 1998, à l'occasion d'un combat contre un remplaçant de dernière minute venu tout droit du Venezuela, Jason Ritchie s'effondre sur le ring pour la toute dernière fois.

Quelques années loin des projecteurs ont suivi. Quelques années qui n'étaient jamais évoquées dans les portraits que Donna avait lus dans les journaux. Quelques années durant lesquelles Jason a gagné son argent de manière très différente. Une période au cours de laquelle il a été photographié en compagnie de Tony Curran et Bobby Tanner. Les années qui intéressaient Donna et Chris.

La traversée du désert n'a pas duré, toutefois. À l'aube d'un nouveau siècle, les sollicitations étaient quasiment infinies pour un homme sachant distiller charme et menace à parts égales. Depuis les magazines pour hommes jusqu'aux réalisateurs de films voulant se donner des airs cockney en passant par la téléréalité et les publicités pour des sociétés spécialisées dans les jeux d'argent, cet intérêt manifeste a permis à Jason de gagner plus d'argent qu'il n'en avait jamais reçu en montant sur le ring. Il a terminé troisième de l'émission de téléréalité « I'm a Celebrity », il est sorti avec Alice Watts, de la série *EastEnders*, il est apparu dans un film aux côtés de John Travolta, dans le rôle d'un boxeur fini, et dans un autre aux côtés de Scarlett Johansson, également dans la peau d'un boxeur fini.

Cette nouvelle carrière a toutefois assez rapidement suivi la trajectoire de celle qu'il a vécue en jouant de ses poings. On ne restait jamais longtemps tout en haut de l'affiche. Ces derniers temps il n'y avait pas de projet de film, les publicités se faisaient plus rares, et on le voyait apparaître dans toutes sortes de choses.

Mais tout cela importe peu, Jason Ritchie est désormais célèbre pour toujours et il semble aussi être reconnaissant. Le sourire qu'il affiche, alors qu'il se tient devant la fontaine en forme de dauphin, semble, aux yeux de Donna, parfaitement sincère.

Donna pose le gros dossier bleu qu'Elizabeth lui a donné et lève son téléphone devant son visage pour prendre la photo.

— Dites « *cheese* », ou n'importe quoi d'autre qui convienne à deux hommes.

— J'esquive et je plonge, commence Jason.

Chris se joint alors à lui pour crier « et je survis toujours ! ».

Les deux hommes fendent tous deux instinctivement l'air d'un coup de poing donné de leur bras libre et Donna prend le cliché.

— C'était sa devise, explique Chris à Donna. J'esquive et je plonge et je survis toujours !

Donna range son téléphone dans sa poche.

— Tout le monde survit toujours jusqu'à l'instant de sa mort. Cela n'a aucun sens.

Elle a songé ajouter que Rodolfo Mendoza avait mis Jason K.-O. au cours du troisième round sur la côte Est et que, donc, il n'avait pas tout à fait survécu à ce moment-là. Mais pourquoi contrarier deux hommes d'âge mûr si cela n'était pas nécessaire ?

— Ils vont adorer ça, à Fairhaven, Jason ; merci, mon vieux.

— Avec plaisir. J'espère que mon paternel s'est montré utile.

Donna sait que Chris ne montrera jamais la photo à aucun de ses collègues. Il dispose déjà d'un cliché bien plus intéressant de Jason Ritchie.

— Très utile, dit Chris. D'ailleurs, qu'en pensez-vous, Jason ? De ce qui est arrivé à Tony Curran ? Vous avez dû le connaître un peu, à l'époque où vous étiez à Fairhaven ?

— Un peu, ouais. Je savais qui c'était. Mais pas plus que ça. Il avait un tas d'ennemis.

Chris hoche la tête puis jette un coup d'œil discret à Donna. Donna s'avance et tend la main vers Jason.

— Merci beaucoup, monsieur Ritchie, lance-t-elle.

Jason serre la main de Donna.

— Je vous en prie. Vous pourrez m'envoyer la photo ? On dirait qu'elle est réussie.

Jason inscrit son numéro de téléphone sur un bout de papier à l'intention de Donna.

— Je vais remonter voir Papa.

— Avant que vous ne repartiez, dit Donna tout en prenant le numéro de Jason, vous connaissiez Tony Curran un petit peu mieux que ce que vous avez laissé entendre, non, Jason ?

— Tony Curran ? Nan. Je l'ai croisé au pub, je connaissais des gens qui le connaissaient. J'ai entendu des histoires sur lui.

— Vous est-il jamais arrivé de prendre un verre au Black Bridge, Jason ? demande Chris.

Jason marque juste un infime temps d'arrêt, comme si un coup de poing avait réussi à l'atteindre, mais que cela ne se reproduirait plus.

— À côté de la gare ? Une fois ou deux. Il y a des années.

— À peu près une vingtaine d'années, je dirais, fait Donna.

— Peut-être, répond Jason avec un petit signe de tête. Qui s'en souvient, pas vrai ?

— Vous n'étiez pas en relation avec Tony Curran à cette époque ? demande Chris.

Jason hausse les épaules.

— Si je me rappelle quelque chose, je vous ferai signe. Je vais monter retrouver Papa ; ravi de vous avoir rencontré tous les deux.

— J'ai récemment vu une photo, Jason, intervient Chris. Celle d'un groupe d'amis réunis au Black

Bridge. Bobby Tanner, Tony Curran. Vous étiez très bien sur le cliché. Et l'ambiance semblait très amicale.

— Des tas de gens bizarres me demandent de faire une photo avec eux, mon vieux, fait Jason. Sans vouloir être désobligeant.

— Vous reconnaîtriez ce cliché, c'est sûr. On y voit une table recouverte d'argent. Vous n'en possédez pas un exemplaire, à tout hasard ? demande Chris.

Jason sourit.

— Jamais vu cette photo.

— Et vous n'auriez pas idée de qui l'a prise ? demande Donna.

— Une photo que je n'ai jamais vue ? Non.

— Nous avons également du mal à localiser Bobby Tanner, Jason, ajoute Chris. J'imagine que vous ignorez où il se trouve ces derniers temps ?

Jason Ritchie pince les lèvres pendant une fraction de seconde puis secoue la tête, tourne les talons et leur adresse un petit geste d'au revoir par-dessus l'épaule au moment où il regagne l'intérieur pour retrouver son père. Chris et Donna observent les portes automatiques se refermer derrière lui. Chris consulte sa montre puis désigne la voiture. Il se dirige vers elle, tandis que Donna marche à ses côtés, sourire aux lèvres.

— Toute cette conversation était la plus « cockney » que je vous aie jamais entendu avoir, monsieur.

— Coupable, je l'avoue, fait Chris, qui reprend enfin sa diction habituelle. Pourquoi Jason veut-il recevoir la photo où nous apparaissons ensemble ? Qu'est-ce que cela veut dire ? A-t-il envie de me faire chanter au cas où ?

— C'est plus simple que ça, monsieur, réplique Donna. C'est pour avoir mon numéro. Une ruse classique.

— Peu importe, dit Chris.

— Ne vous inquiétez pas, fait Donna. Il n'obtiendra ni la photo, ni mon numéro.

— Il a belle allure pourtant, dit Chris.

— Il doit avoir dans les quarante-six ans, réplique Donna. Non, merci.

Chris hoche la tête.

— Que Dieu me pardonne, alors ! Il faut tout de même reconnaître qu'il ne paraissait pas trop inquiet. Mais il ne fait pas l'ombre d'un doute qu'il ment lorsqu'il prétend ne pas connaître Tony Curran.

— Il pourrait y avoir de nombreuses raisons à cela, dit Donna.

— Ça se pourrait effectivement, admet Chris.

Percevant des bruits de pas, ils se retournent pour découvrir Elizabeth et Joyce qui se hâtent de les rejoindre. Joyce a une boîte Tupperware avec elle.

— J'ai oublié de vous donner ceci, dit Joyce en tendant son Tupperware. C'est la dernière part de moelleux au citron. Quant au gâteau au café et aux noix, j'ai bien peur qu'il ne soit déjà destiné à quelqu'un d'autre.

Chris prend le gâteau.

— Merci, Joyce, il trouvera sa place dans une bonne maison.

— Et Donna, lance Elizabeth en désignant le dossier bleu. Surtout n'hésitez pas à m'appeler si votre lecture du soir devient ardue.

— Merci, Elizabeth, dit Donna. Je suis sûre que j'en viendrai à bout.

— Voici, vous devriez sans doute avoir mon numéro, vous aussi, fait Elizabeth avant de tendre sa carte à Chris. Nous aurons de nombreuses questions à discuter dans les prochaines semaines. Merci d'être venus nous voir, nous adorons recevoir de la visite.

Donna sourit au moment où Chris s'incline presque devant Elizabeth et Joyce.

— C'était vraiment très instructif, dit Joyce en souriant. Et vous feriez sans doute mieux de céder le volant à Donna, inspecteur en chef Hudson. Il y avait une incroyable quantité de vodka dans ces gâteaux.

33

Après sa rencontre avec la police, Elizabeth s'est rendue directement à Willows. Elle veille à ce que Penny ait un shampoing et une mise en plis une fois par semaine. Anthony, le coiffeur, vient à Willows après ses rendez-vous de la journée et il insiste toujours pour travailler gratuitement.

Un jour, si jamais Anthony s'attire des ennuis quelconques, ou s'il a besoin d'aide, il découvrira à quel point Elizabeth lui est reconnaissante pour sa gentillesse.

— C'est la Mafia, d'après ce que j'ai entendu, dit Anthony en passant doucement une éponge savonneuse dans les cheveux de Penny. Tony Curran leur devait de l'argent, alors ils lui ont coupé les doigts et ils l'ont tué.

— C'est une théorie intéressante, fait Elizabeth.

Elle tient l'une de ses mains en coupe sous le cou de Penny et lui soulève la tête.

— Et comment la Mafia s'est-elle introduite dans la maison ?

— En prenant la bâtisse d'assaut, j'imagine, dit Anthony.

— Sans laisser d'impacts de balles ? interroge Elizabeth.

Le shampoing de Penny sent la rose et le jasmin, Elizabeth l'achète à la boutique installée sur place. Ils ont arrêté de le commercialiser pendant un moment, mais Elizabeth leur a rendu visite et ils ont changé d'avis.

— Eh bien, c'est la Mafia, tout de même, Elizabeth, fait Anthony.

— Et sans déclencher la moindre alarme, Anthony, intervient John Gray depuis son siège habituel.

— Avez-vous vu *Les Affranchis*, John ? questionne Anthony.

— S'il s'agit d'un film, eh bien, je ne l'aurai pas vu, fait John.

— Et voilà, c'est bien ce que je dis, réplique Anthony.

Il est à présent occupé à peigner les cheveux de Penny.

— Vous aurez besoin d'une petite coupe la semaine prochaine, Penny chérie. Pour être prête à aller en boîte de nuit.

— Pas d'impacts de balles, Anthony, dit Elizabeth. Aucune alarme déclenchée, rien de cassé, pas de trace de lutte. Qu'est-ce que cela vous évoque ?

— Que c'est l'œuvre de triades ?

Anthony débranche son fer à friser.

— Un de ces jours je vais vous débrancher par erreur, Penny.

— Comme Penny serait la première à vous le dire, fait Elizabeth, cela laisse supposer qu'il a laissé entrer son assassin. Ce devait donc être quelqu'un qu'il connaissait.

— Oh, j'adore cette idée, dit Anthony. Quelqu'un qu'il connaissait... Bien sûr. Vous avez déjà tué quelqu'un, Elizabeth ?

Elizabeth a un haussement d'épaules.

— Je vois très bien le tableau, dit Anthony tout en passant sa veste. Voilà, c'est terminé, Penny. Je vous embrasserais bien, mais pas avec John dans la pièce. Regardez-moi un peu ces avant-bras.

Elizabeth se lève et l'étreint.

— Merci, trésor.

— Elle est superbe, dit Anthony. Si je puis m'exprimer ainsi. À la semaine prochaine, Elizabeth. Bye, Penny ; bye John, le beau gosse.

— Un grand merci à vous, Anthony, fait John.

Tandis qu'Anthony quitte les lieux, Elizabeth se rassoit aux côtés de Penny.

— Il y a autre chose cependant que je dois te dire, Pen. Ils ont fait sortir le jeune Jason pour prendre une photo après notre entretien. Je sais qu'on lui demande souvent cela, mais il y avait quelque chose de pas très normal. Comme un truc qui clochait. Pourquoi aller dehors ? Alors que Joyce dispose de l'une de ces grandes baies vitrées. Tu sais, celles qu'il y a à Wordsworth ? La photo aurait été très réussie.

Voilà qu'elle mentionne Joyce de nouveau. C'est plus facile à chaque fois.

— Tu crois qu'ils ont posé des questions à Jason à propos d'un sujet en particulier ? Passons-nous à côté de quelque chose ? Nous l'avons croisé dans l'escalier quand il est remonté à l'appartement et il était aussi charmant qu'à son habitude, mais qui peut savoir ?

Elizabeth boit un peu d'eau et se sent reconnaissante. Puis culpabilise de se sentir reconnaissante. Puis se sent faible de se sentir coupable. Alors elle continue de parler à Penny. À Penny, ou à elle-même ? Qui le savait ?

— Peut-être que Ventham n'y est pour rien du tout ? Peut-être que nous sommes juste aveuglés par ce qu'il y a dans ce dossier ? Par les douze millions. C'est vrai, où se trouvait-il quand Curran s'est fait tuer ? Le savons-nous au moins ? Pourrait-il l'avoir tué ? Aurait-il eu techniquement le temps de le faire ?

— Elizabeth, excuse-moi, intervient John. Mais as-tu déjà regardé « Escape to the Country » ?

Elizabeth n'est toujours pas vraiment habituée à ce que John prenne la parole, mais il semble vraiment sortir de sa coquille ces derniers temps.

— Non, je ne crois pas avoir jamais vu cette émission, John.

John s'agite un peu. Il a clairement quelque chose en tête.

— Eh bien, c'est plutôt pas mal. Ça ne rime pas vraiment à grand-chose, mais tout de même. Il y a un couple et ils partent en quête d'une nouvelle maison.

— Dans la campagne, John ?

— Oui, dans la campagne, comme tu dis. Et un type, enfin, il s'agit parfois d'une femme, leur fait visiter des maisons. Je regarde ce programme avec le volume baissé, parce que ce n'est pas vraiment le genre de choses que Penny apprécie. On peut vraiment lire dans les yeux du couple lequel des deux veut déménager et lequel ne fait que suivre le mouvement. L'envie d'une vie paisible, tu vois ?

— John, dit Elizabeth, tout en se penchant vers lui et en plantant ses yeux dans les siens. Jamais je ne t'ai entendu prononcer une phrase sans raison. Où veux-tu en venir ?

— Eh bien, simplement à la chose suivante, j'imagine, répond John. J'étais en train de regarder « Escape to the Country », vois-tu, le jour où Curran a été tué. C'était presque la fin, quand ils décident s'ils achètent ou non la maison. Ils ne le font jamais mais ça fait partie du plaisir. Je me suis levé pour aller chercher un Lucozade Sport au distributeur de boissons, j'ai regardé par la fenêtre, celle à l'avant du bâtiment, et j'ai vu la voiture de Ventham s'en aller.

— La Range Rover ? demande Elizabeth.

— Oui, la Range Rover, répond John. Qui descendait la piste depuis le haut de la colline. Et je me suis juste dit que je te le signalerais, étant donné que « Escape to the Country » passe juste après *Doctors* et finit à 15 heures tapantes.

— Je vois, dit Elizabeth.

— Et j'ai pensé que peut-être si tu savais quand exactement Ventham a quitté Coopers Chase et quand exactement Curran a été tué, cela pourrait être utile, pas vrai ? Pour l'enquête ?

— 15 heures, dis-tu ? demande Elizabeth.

— C'est cela. 15 heures pile.

— Merci, John. Je crois que je dois envoyer un texto.

Elizabeth sort son téléphone.

— Je ne pense pas qu'on soit censé utiliser son téléphone portable ici, Elizabeth, dit John.

Elizabeth hausse gentiment les épaules.

— Eh bien, imagine un peu comment seraient les choses si nous ne faisions jamais que ce que nous sommes censés faire, John.

— Là, tu marques un point, Elizabeth, reconnaît John avant de reprendre sa lecture.

34

Alors que Donna se prépare pour sortir, son téléphone émet un petit signal. Un message d'Elizabeth. Elle l'a quittée il y a quelques heures à peine.

Des ennuis en perspective, à coup sûr, mais elle aime bien voir ce nom apparaître sur l'écran.

À quelle heure Tony Curran a-t-il été tué ?

Eh bien, voilà qui est concis et direct. Donna sourit et rédige une réponse.

Peut-être prendre des nouvelles et papoter un peu avant de me demander un service ? Et ajouter une formule amicale pour conclure ? Histoire de m'amadouer un peu. Bien à vous.

Donna aperçoit la bulle qui montre qu'Elizabeth compose un message. Elle prend son temps. Que va-t-elle donc lui envoyer ? Un sermon ? Un petit rappel de la raison pour laquelle Donna enquête sur un meurtre, au lieu d'être occupée à mesurer l'épaisseur de bandes de roulement de pneus dans le parking de Halfords, tâche à laquelle Mark s'attelle en ce jour ? Peut-être sa réponse sera-t-elle en latin ? Le petit signal retentit.

Comment allez-vous, Donna ? Mary Lennox vient tout juste d'avoir une nouvelle arrière-petite-fille mais elle se tracasse de savoir si sa petite-fille n'a pas été infidèle car son époux possède un menton très proéminent et que le nouveau-né ne porte aucune trace de cette particularité. À quelle heure Tony Curran a-t-il été tué ? Amitiés.

Donna se demande quel rouge à lèvres choisir. Elle veut quelque chose qui ne paraisse pas trop voyant, tout en étant tout de même voyant. Elle écrit sa réponse.

Je ne peux pas vous le dire. Je suis une professionnelle.

Un signal retentit immédiatement en retour.

LOL !

LOL ? Où Elizabeth a-t-elle appris ce mot ? Mais elle n'est pas la seule à pouvoir jouer à ce petit jeu.

WTF ?

La réponse a clairement laissé Elizabeth perplexe et Donna a le temps d'observer son reflet dans le miroir et de voir ce que donnent différentes expressions de son visage – témoigner de l'intérêt, rire, jouer les séductrices tout en nuances – avant que le prochain signal sonore ne retentisse.

Je crains de ne pas connaitre WTF. Je n'ai découvert LOL que la semaine dernière, grâce à Joyce. Je vais partir du principe que cela ne fait pas référence au Warsaw Transit Facility étant donné qu'il a été fermé en 1981 lorsque les Russes sont venus fouiner.

Donna envoie en guise de réponse un emoji avec de grands yeux écarquillés et un emoji du drapeau russe puis commence à faire glisser son fil dentaire entre ses dents. Même si on dit que ce n'est plus nécessaire. *Ding !*

Il s'agit du drapeau chinois, Donna. Dites-moi juste l'heure de la mort. Vous savez que nous ne le dirons à personne et vous savez aussi que nous pourrions revenir avec quelque chose d'utile.

Donna sourit. Quel mal y aurait-il à ça, en réalité ?

15 h 32. Son Fitbit s'est cassé quand il est tombé.

Autre petit signal sonore.

Bon, je ne sais pas non plus ce qu'est un Fitbit, mais merci. Bises.

35

Joyce

La police est venue aujourd'hui et au début je n'ai pas pu m'empêcher de me sentir désolée pour l'inspecteur en chef Hudson, mais je crois qu'il a plutôt passé un bon moment vers la fin. Quoi qu'il en soit, Elizabeth leur a transmis le dossier, à lui et à Donna, et nous verrons bien ce qu'ils en feront. Le nom de Joanna ne figure nulle part à l'intérieur des documents, ce qui, m'a rassurée Elizabeth, aide au « déni plausible » juste au cas où quoi que ce soit dans ce que nous faisons serait contraire à la loi. Ce qui, je suppose, est le cas.

J'ai demandé à Elizabeth de répéter les termes « déni plausible » et je les ai notés. Elle s'est enquise de savoir pourquoi j'écrivais cela, je lui ai dit que c'était parce que je tenais un journal et elle a levé les yeux au ciel. Elle a cependant ensuite demandé si elle était mentionnée dans ce journal et j'ai dit qu'évidemment, elle l'était, et elle a alors demandé si j'utilisais son vrai nom. J'ai dit que oui, bien que j'y aie repensé depuis et qui peut savoir avec Elizabeth ? Peut-être son véritable prénom est-il Jacqueline ? Nous acceptons généralement ce que les personnes nous disent être leur prénom. Sans poser de questions.

Mais j'ai réfléchi à quelque chose. Vous devez me croire obsédée par les histoires de meurtre, car je n'ai écrit qu'à propos de cela depuis que j'ai débuté ce journal. Peut-être faudrait-il donc que je vous raconte d'autres choses. Abordons quelques sujets qui n'ont rien à voir avec le crime. Que puis-je vous raconter ?

Lorsque j'ai passé un coup d'aspirateur après le départ de la police, Elizabeth a dit qu'elle s'attendait à ce que je me sois mise à la marque Dyson. J'ai répondu que c'est quelque chose que je n'envisageais pas, pas à mon âge. Mais peut-être devrais-je faire le grand saut ?

Et après que j'ai passé l'aspirateur, nous avons pris un verre de vin. La bouteille avait un bouchon à vis mais on ne fait pas la différence de nos jours, n'est-ce pas ? C'est tout aussi bon.

Au moment où Elizabeth allait repartir chez elle, je lui ai demandé de transmettre mes amitiés à Stephen et elle a dit qu'elle le ferait. Puis j'ai proposé qu'ils viennent dîner chez moi un soir et elle a répondu qu'elle en serait ravie. Mais tout ne va pas pour le mieux, chez elle. Elle m'en parlera quand elle sera prête.

Que dire d'autre qui soit sans rapport avec le crime ?

La petite-fille de Mary Lennox vient d'avoir un bébé. Ses parents l'ont appelé River, ce qui a suscité quelques murmures de désapprobation, mais moi j'aime assez ce prénom. La femme qui travaille à la boutique est en plein divorce et ils ont commencé à constituer leur stock de biscuits nappés au chocolat. Karen Playfair, du haut de la colline, vient pour nous faire un exposé sur les ordinateurs dans le cadre des « Master class matinales de Coopers Chase ». Le dernier bulletin d'informations a indiqué qu'elle venait faire une présentation sur les souris et cela a créé une certaine confusion, il leur a donc fallu publier une note explicative cette semaine.

En dehors de cela, et du meurtre, tout n'est que paix et quiétude.

Quoi qu'il en soit, je m'aperçois qu'il se fait tard et je vais donc vous souhaiter bonne nuit. Pendant que j'écrivais, Elizabeth m'a envoyé un message. Nous partons faire une balade en voiture demain. J'ignore à quel moment, ni pour quelle raison, mais j'attends cela avec grande impatience.

36

Donna n'en revient pas de constater qu'elle est déjà au lit à 21 h 45. Elle s'était rendue à ce rendez-vous parce que, franchement, il était grand temps. Un homme nommé Gregor l'avait amenée chez Zizzi, où il avait picoré une salade et lui avait exposé tous les détails de son régime à base de boissons protéinées pendant quatre-vingt-dix minutes.

À un moment, Donna lui avait demandé le nom de son écrivain favori. Pour Donna, une réponse acceptable serait Harlan Coben, Kurt Vonnegut ou n'importe quelle écrivaine. Gregor avait répondu, l'air avisé, qu'il « ne croyait pas aux livres » et que l'on « apprend uniquement dans cette existence en vivant des expériences et en gardant l'esprit ouvert ». Quand elle avait ensuite soulevé l'épineux dilemme philosophique, pouvait-on à la fois « garder l'esprit ouvert » et « ne pas croire aux livres », il avait répondu : « Eh bien, je pense que tes paroles viennent plutôt me donner raison, Diana », avant de siroter son eau d'une façon qui laissait supposer une grande sagesse.

Plombée par l'ennui au point de sentir les larmes poindre dans ses yeux, Donna s'était demandé où se trouvait Carl durant cette soirée. Donna a récemment commencé à consulter le fil Instagram de son ex-petit ami et celui de sa nouvelle petite amie, qui répond apparemment au nom de Toyota. C'est à présent devenu une telle habitude que cela lui manquera, d'une certaine façon, lorsque Carl et Toyota mettront fin à leur relation. Ce qu'ils feront, c'est sûr, car Carl est un idiot et qu'il ne saura pas garder une petite amie avec des sourcils aussi géniaux.

Donna aime-t-elle toujours Carl ? Non. L'a-t-elle jamais aimé, en toute honnêteté ? Sans doute pas. Elle peut le dire maintenant qu'elle a eu le temps d'y réfléchir. Se sent-elle toujours humiliée par le rejet qu'il lui a fait subir ? Oui, et ce sentiment ne semble pas vouloir se dissiper. Il reste là, lourd comme une pierre, juste en dessous de son cœur. Elle avait arrêté un voleur à l'étalage à Fairhaven la semaine précédente et quand il s'était débattu, elle l'avait fait tomber au sol en lui donnant un coup de matraque derrière les genoux. Elle avait conscience qu'elle l'avait frappé bien plus fort qu'elle n'aurait dû. C'était ainsi, parfois on avait juste besoin de taper sur quelque chose.

Était-ce une erreur d'être partie aussi loin que possible de Carl ? De s'être fait muter à Fairhaven dans un accès de colère et d'angoisse ? Bien sûr que c'en était une. C'était stupide. Donna a toujours été une forte tête, elle a toujours agi de manière rapide et résolue. Ce qui est une belle qualité quand vous avez raison, mais un handicap quand vous faites erreur. C'est formidable d'être celui qui court le plus vite, mais pas lorsque vous filez droit dans la mauvaise direction. Faire la connaissance du Murder Club du jeudi était la première bonne chose qui était arrivée à Donna depuis longtemps. Ça, et l'assassinat de Tony Curran.

Donna avait pris une photo d'elle et de Gregor juste après qu'il avait fini sa salade de superaliments. Elle l'a postée sur Instagram accompagnée de la légende « Voilà ce qui arrive quand on sort avec un coach perso ! » et a ajouté non pas un mais deux émojis clin d'œil. L'unique chose qui déclenchait à coup sûr la jalousie des hommes était un physique avantageux et Carl n'était pas censé savoir que Donna avait passé la plus grande partie de la soirée à examiner la table du dîner en se demandant distraitement par quel moyen elle assassinerait Gregor, si cela était absolument nécessaire. Elle s'était arrêtée sur l'idée d'injecter du cyanure dans un petit pain. Même si elle a réalisé plus tard qu'il aurait été impossible de faire ingérer à Gregor le moindre glucide.

En parlant de Gregor, voilà qu'elle entend la chasse d'eau. Elle remet ses vêtements et, au moment où il sort des toilettes, fait claquer une bise sur sa joue. Hors de question de passer la nuit dans la chambre d'un homme de vingt-huit ans dont les murs s'ornent de deux posters, l'un montrant le dalaï-lama, l'autre, une Ferrari. Il n'est toujours pas 22 heures et elle se demande s'il lui est permis d'envoyer un texto à Chris Hudson pour voir s'il n'a pas envie d'aller boire un verre rapide. D'avoir une petite discussion à propos du dossier d'Elizabeth, des quelques éléments qu'elle a compris. Et puis aussi, elle vient enfin de regarder *Narcos* sur Netflix et elle aimerait bien en discuter avec quelqu'un. Gregor n'a pas vu la série. Gregor ne regarde pas la télévision, pour une raison longue à expliquer et qui a rapidement cessé d'intéresser Donna.

Peut-être devrait-elle plutôt juste rentrer chez elle et téléphoner à Elizabeth ? Discuter avec elle de ce qu'elle a lu dans le dossier ? 22 heures, est-ce trop tard ? Qui peut savoir avec cette petite bande ? Ils prennent leur déjeuner à 11 h 30.

C'est donc Chris, son patron, ou Elizabeth, son… eh bien, qu'est exactement Elizabeth pour elle ? Le premier mot qui vient à l'esprit de Donna est « amie » mais ce n'est certainement pas exact.

37

— Trop tard ? Absolument pas, agente De Freitas, dit Elizabeth tout en manquant de faire tomber le combiné téléphonique dans l'obscurité et en se débattant à l'aveuglette pour allumer sa lampe de chevet. J'étais juste en train de regarder un *Inspecteur Morse*.

Elizabeth parvient à actionner l'interrupteur, elle voit la cage thoracique de Stephen qui se soulève et s'abaisse doucement. Son cœur fidèle continue de battre.

— Et pour quelle raison êtes-vous debout à cette heure, Donna ?

Donna jette un regard à sa montre.

— Eh bien, il est 22 h 15. Il m'arrive parfois de veiller aussi tard. Bon, Elizabeth, le dossier était un peu long et un peu compliqué, mais je crois que j'en ai compris une partie.

— Parfait, réplique Elizabeth, je voulais qu'il soit suffisamment long et compliqué pour que vous ayez à me téléphoner pour en parler.

— Je vois, dit Donna.

— Cela me permet de rester dans le jeu, vous voyez, et cela vous rappelle que nous pouvons être utiles.

Je ne voudrais pas vous donner l'impression que nous mettons notre grain de sel dans l'affaire, Donna, mais en même temps j'ai vraiment envie d'y mettre mon grain de sel.

Donna sourit.

— Que diriez-vous de m'expliquer tout ça ?

— Eh bien, tout d'abord, soit dit en passant, ce dossier contient des documents que vous auriez mis des semaines à dénicher. Vous auriez eu besoin de mandats et de toutes sortes de papiers. Ventham ne vous aurait jamais laissé approcher de certaines de ces informations. Donc, je ne suis pas en train de me vanter, mais tout de même…

— N'hésitez surtout pas à me dire comment vous les avez obtenus.

— Ron les a trouvés dans une benne. C'est incroyable ce que l'on peut y dénicher, un vrai coup de veine pour nous tous. Alors, voulez-vous les grandes lignes avant d'aller au lit ? Voulez-vous savoir pour quelle raison Ian Ventham pourrait avoir tué Tony Curran ?

Donna s'appuie contre son oreiller en se souvenant de l'époque où sa mère lui lisait des histoires avant de dormir. Elle est consciente que ce qui se passe en cet instant ne devrait pas lui faire le même effet, mais c'est pourtant le cas.

— Mmm, mmm, fait-elle pour signifier son consentement.

— Bon, les affaires de Ventham sont très lucratives, très bien gérées. Mais voici le premier point qui présente un intérêt pour nous. Nous découvrons que Tony Curran possède 25 % de Coopers Chase.

— Je vois, dit Donna.

— Mais ensuite nous découvrons que Curran n'est pas associé de la nouvelle entreprise qu'utilise Ventham pour le projet « Woodlands ».

— Le nouveau complexe résidentiel ? D'accord. Et ?

— Il y a une annexe dans votre dossier – 4c, je crois. Le complexe « Woodlands » aurait dû être exactement comme le reste de Coopers Chase, 75 % pour Ian Ventham, 25 % pour Tony Curran, jusqu'à ce que Ventham ait changé d'avis et écarte complètement Curran. Vous savez maintenant quelle question poser ensuite, n'est-ce pas ?

— Quand Ventham a-t-il changé d'avis ?

— Exactement. Eh bien, Ventham a signé les papiers pour exclure Curran de l'affaire la veille de la réunion de concertation. Qui était, bien entendu, la veille de leur mystérieuse querelle. Et la veille du jour où quelqu'un a assassiné Tony Curran.

— Donc Curran voit le projet « Woodlands » lui filer sous le nez, poursuit Donna. Que lui en aurait-il coûté ?

— Des millions, dit Elizabeth. Les projections présentes dans le dossier sont gigantesques. Curran aurait pu s'attendre à recevoir une énorme rétribution avant que Ventham ne l'évince de l'affaire. C'est la nouvelle que lui a apprise Ian Ventham le jour où il a été assassiné.

— Ce qui lui suffisait certainement pour se montrer menaçant envers Ventham. Est-ce bien ce que vous pensez ? demande Donna. Curran menace Ventham. Ventham prend peur et tue Curran ? Pour être le premier à attaquer ?

— Exactement. Et les choses seraient devenues encore pires après la phase suivante de construction, Hillcrest. C'est ce que dit notre expert.

— Hillcrest ? s'enquiert Donna.

— La véritable poule aux œufs d'or. L'achat des terres agricoles situées au sommet de la colline. Le doublement de la taille du complexe.

— Et quand le projet Hillcrest se concrétisera-t-il ? questionne Donna.

— Eh bien c'est là que le bât blesse pour Ventham. Il ne possède même pas les terres pour le moment, répond Elizabeth. Elles appartiennent encore au fermier, Gordon Playfair.

— Ceci est trop compliqué pour moi dans l'immédiat, Elizabeth, reconnaît Donna.

— Oubliez Hillcrest pour le moment et oubliez Gordon Playfair, ce ne sont que des leurres. Ce que ce dossier vous apprend, ce sont deux choses essentielles. Tout d'abord, Ventham a doublé Tony Curran, le jour où Curran est mort.

— D'accord.

— Ensuite – écoutez attentivement ceci – les parts de Tony Curran sont toutes revenues à Ian Ventham.

— Les parts de Tony Curran retournent entre les mains d'Ian Ventham ?

— C'est bien ça, confirme Elizabeth. Si vous voulez mettre un chiffre là-dessus, quelque chose de simple à communiquer à Chris Hudson, notre expert dit que la mort de Tony Curran vient de rapporter à Ian Ventham près de 12 millions et un quart de livres.

Donna laisse échapper un petit sifflement.

— Ce qui pour moi ressemble terriblement à un mobile, poursuit Elizabeth. Cela vous est utile, j'espère ?

— C'est utile, en effet, Elizabeth. J'en informerai Chris.

— Je compte sur vous, n'est-ce pas ? dit Elizabeth

— Je vais vous laisser vous rendormir maintenant, Elizabeth ; désolée d'avoir téléphoné si tard. Je vous suis reconnaissante pour tout ce que vous avez fait. Et c'est adorable de continuer à dire « notre expert » au lieu de « la fille de Joyce ». Très loyal de votre part. Je vous promets que nous examinerons tout ça de près.

— Merci, Donna, et je n'ajouterai aucun commentaire. La prochaine fois que vous viendrez, j'aimerais que vous fassiez la connaissance de mon amie Penny.

— Merci, Elizabeth, je m'en réjouis d'avance. Puis-je vous demander pourquoi vous vouliez connaître l'heure de la mort de Tony Curran ?

— Par simple curiosité. Je pense que Penny vous appréciera beaucoup. Bonne nuit, ma chère.

38

Le soleil matinal s'élève dans le ciel du Kent.

— Ibrahim, si tu continues à conduire à 2 kilomètres à l'heure, tout cet exercice n'aura plus le moindre intérêt, lance Elizabeth tout en faisant nerveusement jouer ses doigts sur la boîte à gants.

— Et si j'ai un accident dans un virage serré, l'exercice ne mènera à rien non plus, réplique Ibrahim en gardant les yeux fixés sur la route et bien décidé à rester ferme.

— Quelqu'un voudrait-il un mini cheddar ? demande Joyce.

Ibrahim est tenté, mais il aime garder les deux mains sur le volant en toutes circonstances. À dix heures dix.

Ron est le seul d'entre eux à posséder une voiture, mais ils se sont tout de même disputés pour savoir qui prendrait le volant. Joyce n'a plus de permis depuis trente ans et a par conséquent été immédiatement écartée. Ron s'est engagé dans la bataille pour la forme, Ibrahim savait qu'il n'avait plus confiance dans les virages à droite et qu'il serait secrètement enchanté si on ne lui donnait pas le droit de conduire. Elizabeth s'était opposée avec plus de vigueur, mentionnant qu'elle détenait toujours un permis valide pour conduire des tanks. Elle pouvait vraiment traiter le secret-défense avec insouciance, à certains moments. Mais, au bout du compte, tout cela n'avait mené qu'à une conclusion : Ibrahim était le seul à comprendre le fonctionnement du GPS.

C'était Elizabeth qui avait eu cette idée, il était heureux de lui accorder cela. Ils savaient, d'une certaine façon, qu'Ian Ventham avait quitté Coopers Chase à 15 heures précises et ils savaient que Tony Curran avait été assassiné à 15 h 32. Ibrahim avait dû expliquer à tout le monde ce qu'était un Fitbit. Et c'est ainsi qu'ils en étaient arrivés là, à minuter le trajet à bord de la Daihatsu de Ron. Ibrahim savait qu'ils auraient pu se contenter d'entrer le trajet sur le GPS, mais il savait aussi que personne d'autre que lui ne s'en était rendu compte et il avait eu envie de faire ce trajet en voiture. Cela ne lui était pas arrivé depuis longtemps.

Ibrahim est donc au volant. Joyce et Ron partagent joyeusement leurs mini cheddar sur la banquette arrière, Elizabeth, qui ne fait plus jouer ses doigts sur la boîte à gants, rédige à présent un texto sur son téléphone et tout le monde s'est rendu aux toilettes avant leur départ, conformément à ses instructions.

Ian Ventham a-t-il pu, en partant de Coopers Chase, gagner dans les temps la maison de Tony Curran pour le tuer ? Si tel n'est pas le cas, alors ils frappent à la mauvaise porte. Ils ne vont pas tarder à en avoir le cœur net.

39

— OK, tout le monde, je vous montre le mien si vous me montrez le vôtre.

Nouveau début de matinée, les membres de la brigade criminelle de Chris Hudson, en tenues plus ou moins débraillées, sont rassemblés. Chris a rapporté des Krispy Kremes de la station-service et ils rencontrent un franc succès. Chris passe en revue ce qu'il a découvert grâce au Murder Club du jeudi et ce que Donna lui a appris du dossier après avoir sonné à sa porte à 23 heures la veille. Ils en ont parlé longuement avant de visionner le premier épisode de *Narcos*, saison 2, en compagnie d'une bouteille de vin rouge. Donna s'est invitée chez lui et Chris s'est demandé si c'est tout simplement ainsi que sont les agents à Londres de nos jours. Voilà une chose qu'on peut reconnaître à Donna : elle sait comment faire rapidement impression.

— Ian Ventham, l'associé de Tony Curran, a annoncé une mauvaise nouvelle à Curran moins de deux heures avant le meurtre. Il l'évinçait d'un projet de construction qui aurait permis l'extension de

Coopers Chase, un village de retraite à côté de Robertsbridge. Cela aurait coûté à Curran beaucoup d'argent, et sa mort a rapporté à Ventham plus d'argent encore. Plus de douze millions. Les deux hommes ont été vus en train de se disputer peu de temps avant que Curran ne rentre chez lui. A-t-il menacé Ventham ? Ventham a-t-il décidé qu'il valait mieux prévenir que guérir et envoyé quelqu'un chez Curran ? Nous savons que Curran a été tué à 15 h 32 mardi dernier, mais à quel moment Ventham a-t-il quitté Coopers Chase ce jour-là ?

— D'où provient cette information ? demande une jeune inspectrice, Kate quelque chose.

— De sources, dit Chris. Où en sommes-nous avec les caméras de surveillance de la circulation, Terry ? Vous avez le numéro d'immatriculation de la voiture de Ventham ?

Le téléphone de Donna vibre et elle baisse les yeux pour découvrir un message.

Bonne chance pour le briefing de ce matin. Amitiés, Elizabeth, bises.

Donna secoue la tête.

— J'ai le numéro, mais cela n'a encore rien donné. Je cherche toujours, dit l'inspecteur Terry Hallet, crâne rasé et muscles gonflés sous son T-shirt blanc. Il y a beaucoup de trafic. C'est vraiment amusant, comme boulot.

— C'est pour cela que vous avez droit à des donuts, Terry, dit Chris. Continuez comme ça. Et où en sommes-nous à propos de notre autre ami sur la photo, Bobby Tanner ?

— Ils ont parlé à la police d'Amsterdam, dit Kate quelque chose. Bobby a travaillé là-bas pour des gars de Liverpool après sa fuite. Ça ne s'est pas bien terminé, pour autant qu'on le sache, et personne n'a entendu parler de lui depuis. Aucune trace nulle part, pas de compte bancaire, rien. Nous interrogeons toujours des personnes à ce sujet, pour voir s'il est revenu sous un autre nom, mais tout cela s'est passé il y a longtemps, il ne reste plus beaucoup des gens de l'époque.

— Ce serait une bonne chose d'avoir une discussion avec lui, au moins pour le rayer de la liste. Personne avec quelque chose de positif pour moi ?

Une jeune femme avec un grade de sergent lève la main. Elle a été envoyée depuis Brighton et mange des bâtonnets de carottes plutôt que des donuts.

— Oui, sergent Grant, dit Chris en pariant que ce doit être son nom.

— Sergent Granger, répond le sergent Granger.

J'y étais presque, se dit Chris. Il y a trop de policiers dans cette équipe.

— J'ai examiné les relevés téléphoniques de Tony Curran. Il reçoit trois appels le matin de son meurtre, tous provenant du même numéro, et ne décroche pas. C'est un portable, intraçable, sans doute un téléphone jetable.

Chris hoche la tête.

— Entendu, bon travail sergent Granger, transmettez-moi par e-mail tout ce que vous avez et contactez l'opérateur téléphonique, au cas où il pourrait apporter son aide. Je sais qu'il ne le fera pas, mais un de ces jours ça finira par arriver.

— Bien sûr, monsieur, dit le sergent Granger avant de s'autoriser un autre bâtonnet de carotte.

Le téléphone de Donna vibre de nouveau.

Le Murder Club du jeudi s'offre une petite virée en voiture, il n'y aurait rien que vous voudriez nous communiquer par hasard ?

— OK, vous tous, on reprend. Terry, si les caméras de circulation donnent quoi que ce soit, prévenez-moi immédiatement. Kate, puis-je vous mettre en binôme avec le sergent Granger pour voir ce que vous pouvez apprendre au sujet des appels téléphoniques ? Et continuez à pister Bobby Tanner, où qu'il se trouve, vivant ou mort, quelqu'un doit le savoir. Que ceux qui ont l'impression de ne rien avoir à faire viennent frapper à ma porte, je trouverai quelque chose d'ennuyeux pour les occuper. D'une manière ou d'une autre, coinçons ce Ventham.

Le téléphone de Donna émet une dernière vibration.

P-S, mes sources ont vu Chris acheter des donuts ce matin. Petite chanceuse. Et puis aussi, Joyce vous dit bonjour. Bisous, bisous.

40

Bernard Cottle termine le jeu de mots codés de l'*Express* et replace son stylo dans la poche de sa veste. C'est splendide là-haut, ce matin. Cette vue depuis le banc, sur la colline. Trop splendide même, comme une sorte de tour cruel joué à ceux qui ne sont plus là pour jouir du paysage.

Il a vu Joyce et ses amis partir quelque part en voiture ce matin. Comme ils avaient l'air heureux ! Mais, c'est ainsi, Joyce semble rendre tout le monde heureux.

Bernard sait qu'il s'est trop replié sur lui-même. Il sait qu'il est devenu inaccessible, même à Joyce. Bernard ne sera pas sauvé et il ne mérite pas de l'être.

Pourtant, que ne donnerait-il pas pour se trouver dans cette voiture à cet instant. Il admirerait le paysage derrière la vitre, tandis que Joyce papoterait tout en enlevant peut-être un petit fil sur le revers de sa veste.

Mais au lieu de cela, il restera ici, sur la colline, là où il s'assoit chaque jour, et il attendra ce qui est à venir.

41

Ibrahim a voulu amener la Daihatsu jusqu'au portail de Tony Curran, dans un souci d'absolue exactitude. Elizabeth lui a cependant signifié qu'il s'agit d'une piètre manœuvre de terrain, et ils se retrouvent donc à présent sur une aire de repos, à près de trois cents mètres de la maison de Tony Curran. Cela fera l'affaire, présume Ibrahim.

Ibrahim tient son carnet ouvert sur le capot de la voiture et montre quelques calculs à Joyce et à Elizabeth. Ron soulage sa vessie dans les bois.

— Donc, il nous a fallu trente-sept minutes en roulant à la vitesse moyenne de 44 kilomètres à l'heure environ. Il n'y avait pas de circulation, parce que je suis très efficace pour ce qui des choix d'itinéraires. J'ai un sixième sens. D'autres que moi se seraient retrouvés dans les bouchons, je peux vous le garantir.

— Je recommanderai ton nom pour une distinction honorifique, dit Elizabeth. Dès que nous serons rentrés. Maintenant, qu'est-ce que cela veut dire concernant Ventham ?

— Souhaites-tu la réponse détaillée, ou la réponse simple ? questionne Ibrahim.

— La réponse simple, s'il te plaît, Ibrahim, réplique Elizabeth sans l'ombre d'une hésitation.

Ibrahim marque une pause. Peut-être a-t-il mal formulé sa question ?

— Mais j'ai préparé une réponse détaillée, Elizabeth.

Ibrahim laisse la phrase flotter dans les airs, jusqu'à ce que Joyce réagisse.

— Eh bien, dans ce cas, pourquoi ne pas tous profiter de la réponse détaillée ?

— À ta guise, Joyce.

Ibrahim bat des mains et tourne une page dans son carnet.

— Voilà, Ventham aurait pu emprunter trois itinéraires différents. Il aurait pu prendre la route que nous avons choisie mais je doute qu'il l'ait fait ; je ne pense pas qu'il ait ma perspicacité en matière de réseaux routiers. La route numéro deux, en suivant l'A21, apparaît comme la plus évidente à prendre quand on regarde la carte, c'est la ligne la plus droite, mais ici nos amis les travaux temporaires entrent en scène. J'ai parlé hier à un homme très intéressant au conseil du comté de Kent, qui dit que les travaux sur la route sont en rapport avec la fibre optique. Aimerais-tu que je développe davantage la question de la fibre optique, Joyce ?

— Je crois que ce n'est pas nécessaire, si Elizabeth n'y voit pas d'objection, dit Joyce.

Ibrahim hoche la tête.

— Ce sera pour une autre fois. La route trois à présent. Vous pourriez emprunter la London Road, passer devant Battle Abbey, couper puis suivre la B2159. Bon, je sais ce que vous pensez. Vous pensez qu'il semble moins rapide de prendre cette route, n'est-ce pas ?

— Je pensais sans aucun doute quelque chose, mais ce n'était pas cela, dit Elizabeth.

Ibrahim pourrait jurer sentir l'impatience filtrer mais il va aussi vite que possible.

— Donc, nous prenons la vitesse à laquelle nous avons roulé, qui comme vous vous en souvenez était… ?

— J'ai oublié, Ibrahim, mille excuses, dit Joyce.

— À peu près 44 kilomètres à l'heure, Joyce, répond Ibrahim avec sa patience caractéristique.

— Bien sûr, acquiesce Joyce.

— Et nous allons nous permettre d'ajouter 5 kilomètres supplémentaires par heure pour estimer la vitesse moyenne d'Ian Ventham. Je me suis montré prudent, comme vous le savez.

Ibrahim observe à la fois Elizabeth et Joyce et note avec satisfaction qu'elles hochent rapidement la tête.

— Donc, j'ai ensuite pris la liberté d'agréger les trois routes qu'il aurait pu emprunter, j'ai divisé la réponse par sa vitesse moyenne et soustrait une marge d'erreur. J'ai établi la marge d'erreur d'une façon plutôt élégante. Vous n'avez qu'à jeter un œil à mon carnet et vous verrez les calculs. On prend la vitesse moyenne pour la route A et ensuite on…

Ibrahim s'interrompt à l'instant où un bruit parvient des bois. C'est Ron qui émerge de la verdure et remonte la fermeture Éclair de son pantalon sans se soucier de rien.

— Ah, on se sent plus léger, fait Ron.

— Ron ! s'exclame Elizabeth, comme si elle accueillait son plus vieil ami au monde. Nous étions sur le point de profiter d'une petite démonstration mathématique de la part d'Ibrahim, mais j'imagine que tu n'aurais pas grande patience pour cet exercice, non ?

— Pas de maths, Ibrahim, vieux frère, dit Ron. Ventham aurait-il pu arriver dans les temps ?

— Eh bien, je peux montrer…

Ron balaye sa phrase d'un revers de la main.

— Ibrahim, j'ai soixante-quinze ans, mon pote. Alors, il aurait pu le faire, oui ou non ?

42

Ian Ventham est sur son tapis de course, il écoute le livre audio de Richard Branson, *Screw It, Let's Do It : Lessons in Life and Business*[1]. Ian n'est pas d'accord avec la politique de Branson, loin de là, mais on ne peut qu'admirer ce gars. Admirer ce qu'il a accompli. Un jour Ian écrira un livre. Il lui manque juste un titre qui rime, ensuite, il se mettra au travail.

Tandis qu'il court, Ian pense au cimetière. Il pense aussi au père Mackie. Il ne voudrait pas que quoi que ce soit échappe à tout contrôle dans cette affaire. Dans le bon vieux temps il aurait pu envoyer Tony Curran pour qu'il ait une petite conversation avec lui. Mais Tony n'est plus là et Ian ne va pas s'appesantir sur cette question plus que Richard Branson ne le ferait. Branson irait de l'avant et c'est ainsi qu'Ian compte également procéder.

Les pelleteuses doivent entrer en action dans une semaine. D'abord, en finir avec le cimetière, c'est là

1. Littéralement : « Et puis merde, on fonce. Leçons de vie et de business. »

la partie la plus difficile, comme terminer ses légumes. Tout le reste ne sera qu'un jeu d'enfant.

Les pelleteuses sont prêtes à intervenir, les autorisations sont signées, Bogdan a embauché deux chauffeurs.

En fait, songe Ian, en fait, qu'attend-il donc ? Que ferait Branson dans sa situation ? Que ferait ce gars qu'il aime bien dans « Dragon's Den[1] » ?

Ils iraient de l'avant. « *Screw it, let's do it* », comme le clame le livre audio.

Ian met fin à sa diffusion et, sans interrompre sa foulée, téléphone à Bogdan.

---

1. Émission télévisée dans laquelle des entrepreneurs présentent des projets à des investisseurs.

43

Joyce

Ian Ventham pouvait-il donc avoir tué Tony Curran ? Telle était la grande question du jour.

Eh bien, d'après Ibrahim, et je lui accorde mon entière confiance pour ce qui est de l'attention portée aux détails, Ian Ventham aurait tout juste eu le temps d'arriver, mais cela aurait tout de même été possible. S'il avait quitté Coopers Chase à 15 heures, il aurait rejoint la maison de Tony Curran (grande, quelque peu de mauvais goût, mais tout de même jolie) à 15 h 29.

Cela lui aurait laissé deux minutes pour sortir de sa voiture, entrer dans la maison et frapper Tony Curran avec un gros objet.

Ron a alors dit que si Ian Ventham avait tué Tony Curran, il l'avait fait très rapidement et Elizabeth a répliqué que c'était toujours la meilleure façon de tuer quelqu'un et qu'il n'était jamais utile de lambiner.

J'ai demandé à Ibrahim s'il était certain des durées de trajet et il m'a dit qu'évidemment il l'était et qu'il avait essayé de me montrer ses travaux de calcul mais qu'il avait été interrompu par Ron au moment où ce dernier était revenu de sa pause-pipi. Je lui ai dit que c'était bien dommage, ce qui l'a un peu requinqué, et j'ai suggéré que, peut-être, il pourrait me montrer ses travaux plus tard. Je lui ai précisé que cela me ferait très plaisir, parce qu'un pieux mensonge ne fait de mal à personne.

Nous nous sommes donc bien amusés aujourd'hui et il semble qu'Ian Ventham aurait réellement pu tuer Tony Curran. Il avait un mobile, une occasion pour le faire, et en ce qui concerne les moyens, j'imagine que dans le cas de coups mortels, il suffit de disposer de quelque chose de gros et de lourd, ce n'était donc pas non plus au-dessus de ses capacités. L'inspecteur Lewis l'aurait pris la main dans le sac.

Mais que se passera-t-il toutefois s'ils arrêtent Ventham ? Et que cela sonne la fin de l'amusement ?

Attendons donc de voir ce que demain nous amène.

44

Ian Ventham se couche de bonne heure. Il règle son réveil sur 5 heures. Demain, c'est le grand jour. Il met en place son masque occultant et ses écouteurs anti-bruit et sombre tranquillement dans le sommeil.

Ron ferme les yeux. Il a bien aimé ce qui s'est passé l'autre jour, quand la police est venue les voir, et il a bien aimé quand il s'est énervé contre Ventham au moment de la réunion. En toute honnêteté, le feu des projecteurs lui manque un peu. Cela lui manque que les gens l'écoutent quand il parle. Qu'on l'invite à l'émission « Question Time ». Ils n'oseraient pas le faire. Il aurait une chose ou deux à leur dire. Il taperait du poing sur la table, blâmerait les conservateurs, se plaindrait bruyamment, comme au bon vieux temps. Le ferait-il vraiment ? Peut-être que non. Il sent qu'il s'endort à présent. Peut-être qu'ils liraient clairement dans son jeu, peut-être que ses ficelles appartenaient au passé ? Il n'est certainement plus aussi vif qu'avant. Que se passerait-il s'ils l'interrogeaient sur la Syrie ? Est-ce la Syrie ? La Libye ? Que se passera-t-il si Dimbleby le regarde dans les yeux et lui dit : « Monsieur Ritchie, racontez-nous ce que vous avez vu » ? Mais c'était le flic, n'est-ce pas, qui lui avait posé la question ? Et c'est Fiona Bruce qui présente désormais le programme, non ? Il aime bien Fiona Bruce. Qui a tué Tony Curran cependant ? Ventham. Blairiste typique. À moins qu'il ne passe à côté de quelque chose.

Passait-il à côté de quelque chose ?

De l'autre côté du chemin, Ibrahim apprend le nom des pays du monde dans le seul but de faire fonctionner son cerveau gauche au ralenti. Il laisse son cerveau droit s'atteler à la tâche de réfléchir à qui a tué Tony Curran. Quelque part entre le Danemark et Djibouti, il sombre dans le sommeil.

Dans son appartement de trois chambres, à Larkin, celui avec la terrasse, Elizabeth ne parvient pas à fermer l'œil. Elle en prend l'habitude ces derniers temps.

Son bras enserre son Stephen dans l'obscurité. Peut-il le sentir ? Penny l'entend-elle ? Ont-ils tous deux déjà disparu ? Ou sont-ils seulement réels tant qu'elle choisit de croire qu'ils le sont ? Elizabeth se cramponne un peu plus fermement et s'accroche au jour aussi longtemps qu'elle en est capable.

Bernard Cottle surfe sur Internet. Sa fille, Sufi, lui a acheté un iPad à Noël dernier. Il avait demandé des pantoufles mais Sufi avait estimé qu'il ne s'agissait pas d'un cadeau approprié. Il avait donc dû aller s'en acheter lui-même à Fairhaven pendant les soldes.

Il ne savait pas comment utiliser l'iPad, mais Joyce lui avait dit de ne pas être si bête, elle l'avait sorti du tiroir et lui avait montré comment faire. À côté de Bernard se trouvent un grand verre de whisky et la dernière tranche du gâteau au café et aux noix de Joyce. Une pâle lueur bleue éclaire son visage, tandis qu'il examine les plans du complexe résidentiel « Woodlands » pour ce qui doit être la centième fois.

Une à une, les lumières du village s'éteignent. Le dernier éclairage qui subsiste filtre à travers les épais rideaux de l'hôpital, à Willows ; le business de la mort et celui de la vie respectant des horaires différents.

45

Ellidge a été le premier à les voir.

Chaque matin, Edwin Ellidge se réveille à 6 heures et marche d'un pas lent, mais déterminé, jusqu'au bas de l'allée menant à Coopers Chase. Une fois qu'il a franchi la grille au sol et atteint la route principale, il regarde d'un côté puis de l'autre, renouvelle l'opération pour faire bonne mesure puis tourne les talons et remonte lentement l'allée principale. Sa tâche accomplie, il retrouve son appartement à 6 h 30, heure à partir de laquelle on ne le revoit plus de la journée.

Coopers Chase étant Coopers Chase, personne ne lui a jamais demandé pourquoi il agit de la sorte. Après tout, une femme à Tennyson promène un chien qu'elle n'a pas. Qu'importe la raison, si cela vous fait quitter votre lit.

Elizabeth étant Elizabeth, elle a un jour décidé de l'intercepter, l'air de rien, sur le chemin qui le ramenait chez lui. Quand elle s'est approchée de lui, tout, la brume matinale, son souffle glacé, la silhouette de cet homme en pardessus à la démarche difficile, lui a rappelé les jours heureux passés en Allemagne de l'Est.

Il a levé ses yeux vers les siens, lui a adressé un petit signe de tête qui se voulait rassurant et a lancé : « Pas la peine, j'ai déjà vérifié. » Elizabeth a répondu : « Merci, monsieur Ellidge. » Elle a fait demi-tour et ils ont remonté l'allée ensemble dans un très agréable silence.

Ibrahim dit qu'Ellidge dirigeait autrefois un établissement scolaire, avant de finir sa carrière comme apiculteur, et Elizabeth a décelé une légère pointe d'accent du Norfolk dans sa voix, mais c'étaient là toutes les informations qu'ils avaient dans leurs dossiers au sujet de M. Edwin Ellidge.

La Range Rover d'Ian Ventham est arrivée la première. Il était 6 heures du matin. Ellidge l'a vue dévier de la route avant de passer à son niveau, pour prendre le chemin qui mène, en haut de la colline, à la ferme des Playfair. Les pelleteuses ont dépassé Ellidge aux environs de 6 h 20, tandis qu'il marchait en direction de chez lui. Il ne leur a même pas accordé un regard. De toute évidence il ne s'agissait pas des véhicules dont il était allé guetter la présence. Elles étaient placées nez à nez, sur une semi-remorque surbaissée qui cheminait lentement, remontant la pente de l'allée.

Intervenir à l'aube est une fort bonne chose quand on veut coincer des trafiquants de drogue ou des bandes armées, mais à Coopers Chase l'utilité d'une telle stratégie est proche du néant. Si l'on enregistrait ce genre de choses, le premier appel téléphonique aurait été relevé à 6 h 21. Les pelleteuses sont là, elles remontent l'allée, il y en a deux. Aucune idée de ce qui se passe, et vous ? Une fois ce signal déclenché, à 6 h 45 au plus tard, la nouvelle s'était répandue à travers le village entier uniquement par le biais de téléphones fixes – Ibrahim avait tenté de mettre sur pied un groupe WhatsApp en février, mais cela n'avait pas pris. Les résidents ont commencé à émerger et à débattre d'une action potentielle.

À 7 h 30, Ian Ventham redescend la colline et, ayant opéré un virage pour gagner l'allée principale, découvre que tous les habitants du village sont dehors. À l'exception d'Edwin Ellidge, qui a eu son compte d'émotions pour la journée. Karen Playfair est assise sur le siège passager de la voiture d'Ian Ventham. Elle doit donner un petit déjeuner-conférence à Coopers Chase le matin même.

La semi-remorque a continué de remonter l'allée en émettant son faible grondement et elle est à présent manœuvrée avec précaution à travers le parking. Bogdan saute du siège passager et déverrouille la lourde barrière de bois, afin que le trajet puisse se poursuivre plus haut sur l'étroit chemin menant au Jardin du repos éternel.

— Minute, fiston !

Ron s'approche de Bogdan et lui serre la main.

— Je suis Ron. Ron Ritchie. Qu'est-ce que c'est que tout ça ?

— Des pelleteuses, répond Bogdan dans un haussement d'épaules.

— Je vois bien que ce sont des pelleteuses, mon grand. Mais que font-elles ? demande Ron, avant d'ajouter aussitôt : Ne me dites pas qu'elles viennent creuser.

Davantage de résidents ont désormais atteint la barrière et ils commencent à s'attrouper autour de Ron, tous désireux d'obtenir une réponse.

— Eh bien, fiston ? Que viennent-elles faire ici ? insiste Ron.

Bogdan soupire.

— Vous avez dit de pas vous dire qu'elles viennent creuser. Je n'ai pas autre réponse.

Il jette un regard à sa montre.

— Mon gars, vous venez de pousser cette barrière et cette barrière n'ouvre le chemin que vers un seul endroit.

Ron constate qu'il a un public et c'est une occasion qu'il n'entend pas gâcher. Il se tourne en direction de l'assemblée et aperçoit les membres de sa bande parmi eux. Ibrahim tient ses affaires de piscine sous un bras, Joyce vient juste d'arriver avec un Thermos et elle cherche quelqu'un. Bernard, sans aucun doute. Elizabeth est en retrait et Stephen, en l'une de ses rares apparitions, se tient à ses côtés. Il est en robe de chambre mais il n'est pas le seul. Ron ressent une pointe de culpabilité quand il voit le mari de Penny, John, vêtu de son costume, comme toujours, arrêté sur le chemin le menant à Willows. Ron n'a pas rendu visite à Penny depuis longtemps et il sait qu'il doit remédier à cela avant que toute chance de le faire se soit envolée. Cela l'effraie, cependant.

Ron grimpe sur le premier barreau de la barrière pour s'adresser à son public. Il manque alors de perdre l'équilibre, se ravise et revient sur la terre ferme. Cela n'a pas d'importance, il est au cœur de l'action.

— Eh bien, c'est du joli. Rien que nous, deux Polonais et des pelleteuses. Tout ce petit monde dehors, profitant de l'air matinal. La petite bande de Ventham. Qui se glisse jusqu'ici à 6 h 30 pour déterrer nos nonnes. Pas de préavis, pas de concertation. Ils entrent dans notre village et ils déterrent nos nonnes.

Il se tourne vers Bogdan.

— C'est votre plan, pas vrai, fiston ?

— Oui, c'est notre plan, concède Bogdan.

La Range Rover de Ventham se gare le long de la semi-remorque surbaissée et il sort de son véhicule. Il pose les yeux sur l'attroupement puis sur Bogdan, qui lui répond par un haussement d'épaules. Karen Playfair sort à son tour et sourit en voyant la scène qui se déploie sous ses yeux.

— Et voici l'homme en personne, dit Ron au moment où il aperçoit Ventham s'avancer vers eux.

— Monsieur Ritchie, le salue Ventham.

— Désolé de perturber votre matinée, monsieur Ventham, lance Ron.

— Mais je vous en prie. Allez-y, faites votre discours, rétorque Ventham. Faites comme si nous étions dans les années 1950, ou à l'époque où vous sévissiez, quelle qu'elle ait bien pu être. Mais quand vous aurez terminé, il me faudra accéder à ce chemin pour effectuer quelques travaux d'excavation.

— J'ai bien peur que ce ne soit pas possible, fiston, pas aujourd'hui, dit Ron en se retournant vers la petite foule rassemblée. Nous sommes tous faibles, monsieur Ventham, ça saute aux yeux, pas vrai ? Regardez-nous, il suffirait que quelqu'un nous pousse pour qu'on tombe à la renverse. Et ce serait la dernière fois que vous nous verriez. Nous sommes faibles, tous autant que nous sommes, nous nous laissons faire facilement. C'est bien ça, hein ? Les choses devraient être faciles. Mais, vous savez, il y a ici quelques personnes qui ont fait un certain nombre de choses au cours de leur vie. N'ai-je pas raison ?

Applaudissements.

— Il y a ici quelques personnes qui ont repoussé, sans vouloir vous manquer de respect, des hommes plus forts que vous.

Ron marque une pause et jette un regard circulaire à son public.

— Nous avons ici des soldats, un ou deux. Nous avons des enseignants, nous avons des médecins, nous avons des gens qui pourraient vous mettre en pièces et des gens qui pourraient de nouveau vous remettre sur pied. Il y a des gens qui ont rampé dans des déserts, des gens qui ont construit des fusées, des gens qui ont emprisonné des meurtriers.

— Et aussi des courtiers en assurances ! crie Colin Clemence, qui habite à Ruskin, sous les applaudissements ravis.

— En résumé, monsieur Ventham, dit Ron tout en balayant l'assemblée d'un geste du bras, nous avons des bagarreurs. Et vous, avec vos pelleteuses à 7 heures et demie du matin, vous avez cherché la bagarre.

Ian attend pour s'assurer que Ron en a fini, qu'il a brûlé sa dernière cartouche, puis il s'avance pour s'adresser à la même assemblée.

— Merci, Ron. Ce ne sont que des foutaises, mais merci quand même. Il n'y a pas de bagarre ici. Vous avez eu votre concertation, vous avez formulé vos objections et elles ont toutes été invalidées. Vous avez des juristes ici, pas vrai ? Parmi ces personnes dont vous me dites qu'elles ont rampé dans les déserts ? Vous avez des avocats ? Des notaires ? Bon sang, vous avez ici des juges ! C'était là qu'était votre combat. Au tribunal. C'était un combat loyal et vous l'avez perdu. Alors, si je veux rouler sur un terrain qui m'appartient à 8 heures du matin et mener à bien des tâches que j'ai prévues, que je paye et qui, sans vouloir vous manquer de respect non plus, garderont vos frais de service au niveau raisonnable qu'ils atteignent actuellement, eh bien, je le ferai. Je le ferai et d'ailleurs je vais le faire.

L'emploi du terme « frais de service » a un effet visible sur les éléments les moins déterminés de la foule. Ils ont peut-être quatre heures à tuer avant le déjeuner et sont impatients d'assister à un spectacle, mais ce type marque vraiment un point.

Joyce et Bernard, qui s'étaient éclipsés ensemble pendant que Ron jouait pour la galerie, sont à présent de retour avec des chaises de jardin sous le bras. Ils traversent l'attroupement et les déplient sur le chemin.

C'est au tour de Joyce de s'adresser à l'assemblée.

— D'après Radio Kent, le temps sera splendide toute la matinée. Certains d'entre vous aimeraient-ils se joindre à nous ? Nous pourrions passer un bon moment si quelqu'un avait une table de pique-nique dont il ne se sert pas ?

Ron se tourne vers la foule.

— Qui est partant pour s'asseoir confortablement et prendre une tasse de thé ?

Les gens s'affairent, il faut aller chercher chaises et tables, mettre en route les bouilloires, passer en revue le contenu des placards, il est trop tôt certes pour boire un verre, mais voyons tout de même si on ne pourrait pas faire un peu traîner les choses. Dans tous les cas, cela promet au moins d'être amusant. Même si, une fois encore, il soulève vraiment une question très pertinente quand il évoque les frais de service.

Ibrahim se tient près de la cabine de la semi-remorque et parle avec la conductrice. Il a estimé, à vue d'œil, que la longueur du véhicule était de 13,5 mètres et il est heureux d'apprendre qu'elle est de 13,3 mètres. Pas mal, Ibrahim, tu n'as rien perdu de tes talents.

Elizabeth reconduit Stephen chez eux, sain et sauf. Il ne lui reste qu'à lui préparer un café et elle pourra ressortir.

46

L'appel d'Ian Ventham est reçu par le poste de police de Fairhaven aux environs de 7 h 30. Donna est occupée à boire une brique d'un litre de jus de cranberry quand elle entend les mots « Coopers Chase ». Elle propose spontanément ses services et envoie un texto à Chris Hudson. Il ne travaille pas ce matin, mais il ne voudra pas rater ça.

À 7 heures, le père Matthew Mackie reçoit un appel d'une certaine Maureen Gadd. À 7 h 30, il est fin prêt, col romain bien en vue, et attend un taxi pour se rendre à la gare.

47

En face de la barrière qui mène au Jardin du repos éternel se trouve à présent une vingtaine de chaises. Des chaises longues, principalement, mais également une chaise de salle à manger à cause des problèmes de dos de Miriam.

Cette barricade n'a rien de conventionnel mais elle est efficace. Les arbres forment une masse compacte de chaque côté de la barrière, le seul moyen de monter au Jardin du repos éternel consiste donc à présent à passer au travers d'une phalange de retraités, dont certains profitent de l'occasion pour s'étendre sous le soleil matinal et se livrer à un petit somme bien mérité. Les pelleteuses ne vont pas passer avant un bon moment.

Ian Ventham, qui a regagné sa voiture, observe la scène. Karen Playfair est sortie du véhicule et vapote allègrement une cigarette électronique, parfum pomme-cannelle.

Ian aperçoit des tables de pique-nique, des glacières et des parasols. Certains sont partis chercher du thé et l'ont rapporté sur des plateaux-coussins. Des photos de petits-enfants sont échangées. Ce qui concerne le Jardin du repos éternel n'est qu'une attraction secondaire, pour la plupart des résidents il s'agit simplement d'une fête de rue sous le soleil du plein été. Inutile pour Ian d'intervenir, ils se replieront, et leurs chaises longues avec eux, dès l'instant où la police arrivera et ils partiront faire ce qui les occupe habituellement, quoi que cela puisse bien être.

Ian est certain que cette petite démonstration va se calmer mais il espère que la police ne tardera pas à se montrer. Vu le montant des impôts qu'il paye en théorie, voilà qui n'est vraiment pas trop demander.

48

Elizabeth n'est pas présente sur place. Au lieu de cela, après avoir ramené Stephen chez eux, elle a grimpé la colline par un sentier montant à travers Blunts Wood et, une fois franchie la limite de la zone boisée, elle foule le large chemin menant au Jardin du repos éternel. Elle le remonte jusqu'à atteindre le banc de bois, le banc de Bernard Cottle, où elle s'assoit et attend.

Elle regarde vers le bas, en direction de Coopers Chase. Le chemin décrit une courbe vers sa partie inférieure, ce qui rend la barricade invisible à ses yeux, mais elle peut entendre le désordre poli qui règne au pied de la colline.

Toujours regarder là où l'action n'a pas lieu, car c'est précisément à cet endroit que les choses se passent. Une part d'elle est surprise de constater que Joyce n'a pas gravi elle aussi la colline. Peut-être ne possède-t-elle pas certaines des intuitions d'Elizabeth après tout.

Elizabeth entend un bruissement s'échapper d'entre les arbres situés près de vingt mètres plus bas, de l'autre côté du chemin. Très vite, ce bruissement prend une forme concrète. Bogdan émerge du bois, une pelle sur l'épaule.

Il entame la remontée du chemin et adresse un petit signe de tête à Elizabeth au moment de passer à son niveau.

— M'dame, dit-il en hochant la tête.

S'il portait une casquette, Elizabeth est sûre qu'il se découvrirait.

— Bogdan, répond-elle. Je sais que vous avez un travail à faire, mais je me demandais si je pouvais vous poser une question ?

Bogdan s'arrête, abaisse la pelle qu'il a à l'épaule et vient faire reposer son poids sur le manche de l'outil.

— Je vous écoute, dit-il.

Elizabeth a réfléchi au cours de la nuit précédente.

Pouvait-on vraiment croire qu'une telle chose ait eu lieu – que Ventham arrive, entre dans la maison, se dirige vers la cuisine puis tue Tony Curran en l'espace de deux minutes ? Elle avait déjà vu cela se produire, mais ce n'était jamais l'œuvre d'un amateur. Alors, à côté de quoi passait-elle ?

— M. Ventham vous a-t-il dit vouloir l'assassinat de Tony Curran ? demande Elizabeth. Après leur dispute ? Peut-être qu'il vous a demandé un coup de main, non ? Peut-être que vous l'avez effectivement aidé ?

Bogdan la fixe pendant un moment. Il n'est en rien décontenancé.

— Je sais que cela fait trois questions, vous voudrez bien excuser la vieille femme que je suis, ajoute Elizabeth.

— Eh bien, il n'y a qu'une réponse, alors c'est OK, commence Bogdan. Non, il ne m'a pas dit ça et non, il n'a pas demandé ça, donc non je n'ai pas aidé.

Elizabeth réfléchit attentivement à ses propos.

— Il n'empêche que tout s'est passé pour le mieux pour vous. Vous avez un nouvel emploi lucratif, n'est-ce pas ?

— Oui, reconnaît Bogdan en hochant la tête.

— Puis-je vous demander si vous avez installé le système d'alarme de Tony Curran ?

Bogdan acquiesce.

— Oui, Ian me fait faire tout ce genre de choses pour les gens.

— Vous auriez donc pu entrer chez lui très facilement, n'est-ce pas ? Et l'attendre à l'intérieur ?

— Oui. Ça aurait été simple.

Elizabeth entend que d'autres voitures se garent tout en bas du chemin.

— Je sais qu'il s'agit d'une question impolie, mais si Ian Ventham avait voulu la mort de Tony Curran, aurait-il pu vous demander de vous en charger ? Est-ce le genre de relation existant entre vous ?

— Il fait confiance à moi, admet Bogdan tout en réfléchissant. Alors, oui, je pense que peut-être il me demanderait.

— Et qu'auriez-vous pu lui répondre ? S'il vous avait posé la question ?

— Il y a les boulots que je fais comme réparer les alarmes, carreler les piscines, et il y a des boulots que je fais pas, comme tuer les gens. Donc s'il demande ça, je dis : « Écoutez, peut-être vous avez bonne raison, mais je dirais tuez-le vous-même, Ian. » Vous voyez ?

— Très bien, je vois, dit Elizabeth en hochant la tête. Mais vous êtes absolument certain de ne pas avoir tué Tony Curran ?

Bogdan éclate de rire.

— Absolument certain. Je m'en souviendrais.

— Cela fait beaucoup de questions finalement, Bogdan, j'en suis désolée, dit Elizabeth.

— C'est OK, dit Bogdan en regardant sa montre. C'est encore tôt et j'aime bien parler.

— D'où venez-vous, Bogdan ?

— De Pologne.

— Oui, je l'avais compris. Mais de quel endroit ?

— Près de Cracovie. Vous avez entendu parler de Cracovie ?

Elizabeth a sans aucun doute entendu parler de Cracovie.

— Oui, je connais cet endroit. C'est une très belle ville. En fait, j'y suis allée, il y a de nombreuses années.

C'était en 1968 pour être exact, dans le but de mener un entretien informel sur des questions de délégation commerciale avec un jeune colonel de l'armée polonaise. Le colonel de l'armée polonaise a ensuite très joyeusement dirigé une affaire de paris à Coulsdon et il a reçu la médaille de membre de l'ordre de l'Empire britannique pour services rendus à l'État britannique, médaille qui est restée dans un tiroir verrouillé jusqu'au jour de sa mort.

Bogdan contemple les collines du Kent.

— Je dois travailler, fait-il en tendant la main. Ravi de vous connaître.

— Ravie de vous connaître également. Mon nom est Marina, dit Elizabeth en serrant son énorme main.

— Marina ? répète Bogdan. (Son sourire revient sur son visage, une fois encore, on dirait un petit faon tentant de faire ses premiers pas.) Marina était le prénom de ma mère.

— Comme c'est touchant ! s'exclame Elizabeth.

Elle n'est pas fière d'elle, mais on ne sait jamais quand ce genre de choses peuvent se révéler utiles. Et puis, vraiment, face à quelqu'un ayant tant d'informations personnelles tatouées sur le corps, à quoi peut-on s'attendre de sa part ?

— J'espère vous revoir bientôt, Bogdan.

— Moi aussi, Marina.

Elizabeth le regarde gravir le chemin, ouvrir les lourdes grilles en fer forgé et emporter sa pelle à l'intérieur du Jardin du repos éternel.

Les personnes désireuses de creuser ici ne sont pas toutes du même genre, se dit Elizabeth au moment où elle commence à redescendre la colline. Elle pense à une autre question qu'elle aurait dû poser. Ian Ventham dispose-t-il du même système d'alarme que Tony Curran ? Si oui, il lui aurait été facile d'entrer dans la maison de Tony Curran. Si jamais il en avait eu besoin. Elle serait prête à parier que c'est le cas. Elle posera la question à Bogdan la prochaine fois qu'elle le verra.

Au moment où Elizabeth atteint la barricade, elle découvre que la barrière a été cadenassée et que le cadenas est gardé par trois femmes, parmi lesquelles

Maureen Gadd, qui joue au bridge avec Derek Archer. Très mal, d'après Elizabeth.

Elizabeth escalade la barrière et accomplit le petit saut qui lui permet de gagner l'autre côté et de retrouver le cœur de l'action. Combien d'années encore sera-t-elle capable de cela ? Trois ou quatre ? Elle aperçoit Ian Ventham qui sort de sa voiture tandis que Chris Hudson et Donna De Freitas approchent. Il est temps de rejoindre les festivités, se dit-elle, et elle vient tapoter l'épaule de Joyce. Dans la chaise près d'elle, Bernard s'est endormi, ce qui du moins explique pourquoi Joyce n'est pas venue fureter.

En théorie, elle approuve l'idée qu'on puisse courir après les hommes, si c'est ce qu'on voulait, mais Joyce doit sûrement trouver cela épuisant, non ?

49

Joyce

Lorsque Elizabeth est arrivée, Bernard s'était déjà endormi, ce qui, je pense, était une bénédiction, parce que cet homme se met vraiment dans tous ses états. Il avait l'air fatigué quand j'ai frappé à sa porte pour venir le chercher, ce matin. Je ne crois pas qu'il dorme la nuit.

Elizabeth et moi sommes allées rejoindre Donna et Chris en récupérant Ron au passage. Il avait l'air en forme, ce qui faisait plaisir à voir. Pendant que tout est frais dans mon esprit, voici ce dont je me rappelle à partir de ce moment-là.

Donna fait quelque chose de spécial avec son fard à paupières. J'ai toujours envie de lui demander ce que c'est, mais je ne l'ai pas encore fait. Quoi qu'il en soit, c'est l'inspecteur en chef Hudson qui se chargeait de la discussion et il était plutôt impressionnant, à sa manière. Il a expliqué tout un tas de choses à Ian Ventham et Ian Ventham a répondu qu'il voulait qu'on dégage tous du passage et qu'il avait les documents prouvant qu'il était dans son bon droit. Ce qui semblait juste.

L'inspecteur en chef Hudson a indiqué qu'il voulait parler aux résidents et Ron lui a dit de plutôt lui parler à lui (Ron). Ron a aussi ajouté qu'Ian Ventham pouvait se coller ses documents là où il pensait. Ce qui, comme vous le savez, n'a rien de surprenant venant de Ron. Donna a alors suggéré que, peut-être, l'inspecteur en chef Hudson devrait s'adresser à moi. En tant que personne qui sait garder la tête froide, imaginez-vous ça.

L'inspecteur en chef Hudson m'a donc expliqué les subtilités juridiques et a averti qu'il serait contraint de procéder à l'arrestation de quiconque bloquait les pelleteuses. Je lui ai dit que j'étais certaine qu'il n'arrêterait personne, en vérité, et il a reconnu que j'avais raison. Et nous en étions donc là, de retour à la case départ.

Ron a alors demandé à l'inspecteur en chef Hudson s'il était fier de lui et ce dernier a répondu qu'il était divorcé, en surpoids et qu'il affichait cinquante et un ans au compteur et que, donc, d'une manière générale, non, il ne l'était pas.

Cela a fait sourire Donna. Elle l'aime, pas d'amour, non, mais elle l'aime bien. Moi aussi. Je m'apprêtais à lui dire qu'il n'était pas en surpoids, mais en vérité il l'est un peu et, en tant qu'infirmière, il vaut mieux ne jamais enjoliver les choses, même lorsque votre instinct est de vous montrer protectrice. Au lieu de cela je lui ai dit qu'il ne devrait jamais manger après 18 heures, c'est la clé si l'on ne veut pas avoir de diabète, et il m'a remerciée.

C'est à ce moment qu'Ibrahim nous a rejoints et a suggéré l'idée que l'inspecteur en chef Hudson pourrait essayer le Pilates et Donna a dit qu'elle serait prête à payer pour voir ça. Ian Ventham ne voulait pas se joindre aux festivités et il a dit à Donna et à l'inspecteur en chef

Hudson qu'il payait leurs salaires. Donna a alors voulu savoir si, dans ce cas, elle pouvait lui demander une augmentation et c'est à ce moment qu'Ian Ventham a commencé à hurler à propos de tout et n'importe quoi. Les personnes dénuées de sens de l'humour ne vous pardonneront jamais d'être amusant. Je ferme là la parenthèse.

Quoi qu'il en soit, Ibrahim, qui est très doué pour ce genre de choses, moments conflictuels, hommes inadaptés, situations d'impasse et tout à l'avenant, est intervenu et a proposé d'« éclaircir la foule » pour donner à chacun un peu d'espace pour respirer. Tout le monde est convenu que c'était la chose à faire.

Ibrahim s'est dirigé vers le pique-nique de barricade qui battait son plein, et a conseillé à quiconque ne souhaitait pas être arrêté de, c'était là une suggestion, retirer sa chaise du chemin. Cela a eu pour effet de faire se déplacer une portion de ceux qui préfèrent fuir dès que le temps vire à l'orage. Colin Clemence a mené la charge. Après qu'Ibrahim a rassuré ceux qui restaient en leur disant qu'il leur fallait simplement dégager le passage mais qu'ils étaient les bienvenus s'ils désiraient rester dehors et observer ce qui allait se passer, un véritable exode s'est produit. Bien que cet exode n'ait pas été des plus rapides, parce que vous savez que quitter un siège de jardin à notre âge tient de l'opération militaire. Une fois qu'on y est assis, on peut y rester pour la journée.

Finalement le décor était planté de la manière suivante. La barricade, avec la barrière fermement verrouillée derrière elle, formait la scène et la foule, qui était joyeusement allée se rassoir, constituait le public. Et qui se trouvait sur scène ? Il y avait Maureen Gadd, qui joue au bridge avec Derek Archer (et pas seulement au bridge, si vous voulez mon avis, mais gardez-le pour vous), Barbara Kelly, de Ruskin, qui est un jour sortie de Waitrose avec un saumon entier et qui a plaidé la démence (démence, mon œil, mais ça a marché) et Bronagh quelque chose, qui est nouvelle et à propos de qui je n'ai pas d'autres informations. Je les ai vues toutes les trois partir pour la messe catholique le dimanche, puis des heures plus tard, revenir à pas lourds. Elles étaient accrochées à la barrière avec des cadenas comme des vélos à des rambardes.

Et face à eux ? La barricade avait disparu pour ne laisser qu'un seul homme sur place. Désormais réveillé, en position assise de garde-à-vous, ne trahissant aucune émotion, l'air insoumis, dans une attitude formidable : Bernard. Cela ne lui ressemble pas, j'imagine, mais le cimetière doit vraiment lui tenir à cœur. Vous auriez dû le voir. Le dernier gardien, comme Henry Fonda, ou Martin Luther King, ou le roi Midas. C'en était trop pour Ron, qui a attrapé une chaise et est venu s'asseoir juste à côté de lui. Par solidarité ou par envie d'attirer l'attention, qui peut le dire ? Mais j'étais ravie qu'il l'ait fait. J'étais très fière de tous les deux, mes deux petits gars têtus.

(Je ne voulais pas dire le roi Midas, au fait, mais le roi Knud.)

Ventham était retourné jusqu'à sa voiture, pour le moment, en compagnie de Donna et Chris.

J'ai servi des tasses de thé à Bernard et à Ron et je me suis confortablement installée, tout en me disant que la fête serait bientôt finie.

Et c'est à ce moment-là que le taxi est arrivé et que la fête a vraiment commencé.

Désolée, on sonne à ma porte, je reviens dans une minute.

50

Le père Matthew Mackie apprécie toujours un brin de conversation avec les chauffeurs de taxi. De nos jours, ils sont souvent musulmans, même dans le Kent, et l'attachement à la foi qu'ils éprouvent tout comme lui le fait se sentir très à l'aise. Ils réagissent également bien à la vue du col romain. Mais aujourd'hui il n'a pas dit un mot.

Il est soulagé de voir que la barrière à franchir pour monter au jardin est toujours verrouillée et gardée et que les pelleteuses paressent sur leur remorque. Il avait laissé un numéro de téléphone sur le panneau d'affichage à l'extérieur de la chapelle précisément pour le cas au cela se produirait et c'était ce numéro que Maureen Gadd avait appelé le matin même, en promettant également qu'elle « alerterait les troupes ».

Mackie s'imaginait que les « troupes » en question étaient les trois femmes en noir qui se tenaient parfaitement immobiles près de la barrière. En face d'elles, une femme et deux hommes dans des sièges, qui ne semblaient pas du genre à agir de la sorte. En fait, maintenant qu'il y regarde de plus près, il est sûr que l'un d'eux est le monsieur qui avait des idées à défendre lors de la réunion publique. Et celui qui se trouve au milieu, est-ce l'homme du banc de l'autre matin ? Eh bien, qui que soient ces personnes, et quelles que soient leurs raisons d'agir, toutes sont les bienvenues pour rejoindre ce troupeau de fidèles bien particulier. Sur le côté de la barrière se tient un regroupement de près de cinquante résidents, assis, qui observent la scène et attendent que le spectacle débute. Fort bien, du spectacle, il va leur en offrir. Il suppose que ce pourrait bien être la dernière et unique chance qui s'offre à lui.

Tandis qu'il sort du taxi et gratifie le chauffeur d'un généreux pourboire, le père Mackie aperçoit Ventham assis à l'intérieur d'une Ford Focus, en pleine conversation avec deux policiers. L'un d'eux est un homme corpulent semblant avoir trop chaud avec sa veste, l'autre une jeune femme noire en uniforme. Pas de trace de Bogdan, même pas dans la cabine de la semi-remorque. Il doit certainement ne pas être très loin, non ?

Mackie se dirige nonchalamment vers la barrière ; Ventham ne l'a pas encore repéré. Il prend un moment pour parler aux trois gardiennes, et les bénir. L'une d'elles, la mystérieuse Maureen Gadd, lui demande si elle peut espérer une tasse de thé et Mackie répond qu'il va voir ce qu'il peut faire. Avant de mettre le cap vers Ventham pour l'affronter, il s'arrête pour se présenter aux personnages installés sur les sièges.

51

Joyce

Désolée, on a sonné chez moi pour livrer un colis destiné à quelqu'un de l'étage au-dessus et comme nous signons toujours les reçus les uns pour les autres, c'est ce qui m'a occupée. Parfois, si je sais que Joanna m'a envoyé des fleurs, je fais comme si j'étais absente, juste afin qu'un voisin les réceptionne et les voie. C'est vraiment terrible de ma part. Mais je suis sûre que certains font pire.

Quoi qu'il en soit, Bernard était en train de dire qu'il ne recevrait pas d'ordres de la police. Bernard refusait de bouger d'un pouce, un point, c'est tout.

Ron a raconté qu'un jour il avait été enchaîné à un puits de mine à Glasshoughton pendant quarante-huit heures et qu'ils avaient dû déféquer dans des emballages de sandwichs, bien que ce ne soit pas le terme « déféquer » dont il ait fait usage, et c'est à ce moment-là que le père Mackie s'est présenté à nous.

Je l'avais vu lors de la réunion. Il s'était installé sur une chaise au fond de la salle, calme comme tout, et il avait glissé des biscuits dans sa poche quand il avait cru que personne ne le regardait. Comme je l'ai déjà dit, personne ne s'aperçoit jamais que je suis en train de regarder ce qui se passe. J'ai l'un de ces visages que l'on ne remarque pas, c'est ainsi.

Je dois dire qu'il a été très poli, et il nous a remerciés de protéger le jardin. Bernard lui a dit que le jardin n'était qu'un début et qu'une fois que l'on a cédé d'un pouce à quelqu'un, eh bien, on savait tous ce que cette personne prendrait en définitive. Il a fallu ensuite que Ron ait son mot à dire et il a indiqué au père Mackie que « les gens de son espèce » (les catholiques) n'avaient pas toujours été blancs comme neige pour ce qui était des cimetières mais qu'à ses yeux une liberté était toujours une liberté et qu'il n'aimait pas en voir une confisquée. Le père Mackie a alors dit que cela « n'arriverait pas, pas tant qu'il serait là » et la situation a légèrement pris des allures de film de cow-boys, ce qui m'allait très bien. J'aime voir les hommes se comporter en hommes, jusqu'à un certain point.

C'est à ce moment-là que Ventham a dû apercevoir le père Mackie, parce qu'il s'est précipité vers nous, avec Chris, Donna et Ibrahim, qui se pressaient à sa suite. Et ainsi tout était désormais prêt pour que le spectacle puisse commencer.

52

Cela fait un long moment que Bogdan creuse. Pourquoi ne creuserait-il pas ? Autant faire avancer les choses, non ? Il a commencé tout en haut du Jardin du repos éternel, là où les tombes les plus anciennes se trouvent à présent couvertes en permanence par l'ombre des grandes branches des arbres situés de l'autre côté du mur. La terre est plus molle, la lumière du soleil ne l'ayant pas baignée depuis de nombreuses années, et Bogdan sait que les cercueils plus anciens, plus imposants, qui se trouvent là seront intacts. Ils seront en chêne massif. Ils ne seront ni fendus, ni putréfiés. Il n'y aura pas de crâne, évidé, rongé et comme plein d'espoir, pour venir le fixer.

Des bruits trahissant une forme d'effervescence lui parviennent depuis le bas de la colline, mais toujours pas le moindre signe du grondement de la semi-remorque. Il continue donc à creuser. L'un des engins serait capable de mettre au jour toute une rangée de tombes en quelques minutes, notamment si les choses sont faites sans grand soin, ce qui, Bogdan, le sait, sera le cas. Il fait donc le choix d'agir de manière propre et ordonnée tant qu'il n'est question que de lui et de sa pelle.

La prochaine tombe à laquelle il décide de s'attaquer est coincée dans l'angle en haut du cimetière. Tandis qu'il creuse il songe à Marina, la femme qu'il a rencontrée en montant jusqu'ici. Il l'a déjà vue dans le village, mais la plupart du temps les gens ne lui parlent pas, ni ne le remarquent, et cela lui convient. Il imagine qu'il n'est pas permis de rendre visite aux résidents. Mais peut-être qu'un jour, s'il la rencontrait de nouveau par hasard, cela ne poserait pas de problème. Sa mère lui manque, certains jours.

La pelle de Bogdan finit par heurter quelque chose de solide, mais ce n'est pas le couvercle du cercueil. Il y a de nombreuses pierres et racines d'arbres, ce qui rend la tâche plus ardue, mais plus amusante pour Bogdan. Il se penche et dégage l'épaisse couche de terre recouvrant ce sur quoi il bute. C'est d'un blanc immaculé. Magnifique, en fait, se dit Bogdan, juste avant de prendre conscience de ce dont il s'agit.

Cela ne faisait pas partie du plan de Bogdan. S'il avait choisi de creuser à cet endroit c'était précisément pour ne trouver ni cercueils pourris, ni os. Et pourtant il y en avait. Les économies étaient donc de mise, même il y a cent cinquante ans de cela ? Pourquoi ne pas utiliser des cercueils bon marché après tout ? Qui s'en rendrait jamais compte ?

Devait-il remettre la terre dans la tombe ? Faire comme si cela n'avait jamais eu lieu, et attendre l'arrivée des pelleteuses ? Quelque chose dans cette idée le met mal à l'aise. Bogdan a mis au jour un os et cela fait de lui son gardien. Il n'a pas avec lui d'outil plus petit que sa pelle, il s'agenouille donc sur la terre compactée et commence à travailler uniquement à mains nues. Il se montre aussi délicat que possible. Il répartit le poids de son corps différemment en se décalant pour disposer d'un meilleur angle et déblayer plus de terre, et, ce faisant, il s'aperçoit qu'il n'est pas agenouillé sur de la boue compactée mais sur quelque chose de bien plus solide. Il réalise qu'il est agenouillé sur le couvercle en chêne massif d'un cercueil en chêne massif. Ce qui est impossible. Un corps ne peut pas s'échapper d'un cercueil. Bogdan s'efforce de dissiper une pensée terrifiante. Quelqu'un avait-il été enterré vivant ? Quelqu'un avait-il réussi à s'extirper du cercueil, sans pouvoir aller plus loin ?

Bogdan travaille vite, sans laisser place à la moindre cérémonie ou superstition. Il y a de nombreux os et puis un crâne, qu'il essaye toutefois de ne pas déranger. Il met à découvert une part suffisamment importante du cercueil pour pouvoir enfoncer le tranchant de sa pelle sous le couvercle. Au prix d'efforts considérables, il fracture le tiers inférieur. À l'intérieur se trouve un autre squelette.

Deux squelettes. L'un à l'intérieur du cercueil et l'autre en dehors. L'un petit, l'autre grand. L'un gris et jaune, l'autre d'un blanc pur.

Que faire ? Quelqu'un allait devoir se pencher sur cette question, c'était quasi certain. En revanche cela nécessiterait beaucoup de temps. Ils creuseraient avec de minuscules truelles, Bogdan avait vu cela à la télévision. Et ils ne se contenteraient pas de fouiller cette tombe, ils les exploreraient toutes. Et Bogdan sait qu'au bout du compte cela n'aboutira à rien. On dira que c'était juste la façon dont les gens étaient enterrés dans ce pays, ou alors qu'il y avait eu une épidémie une année et qu'ils avaient enterré les gens ensemble, ou encore un million d'autres possibilités. Pendant ce temps-là, le programme de construction sera retardé et il attendra de pouvoir travailler. Par conséquent, la question demeure. Que faire ?

Bogdan a besoin de temps pour réfléchir, mais malheureusement il s'agit là d'un luxe qu'il ne peut s'octroyer. Au loin, Bogdan entend une sirène. Il attend un moment et le bruit se rapproche. Il lui semble reconnaître le son d'une ambulance, mais il sait que, selon toute logique, ce doit être la police. Ce qui signifie que la barricade sera éliminée très bientôt et que le cirque pourra commencer. Bogdan se hisse hors de la tombe et commence à la remplir de nouveau.

Ian lui dira quoi faire, pense-t-il, tandis que la sirène atteint le bas du chemin.

53

Ian Ventham, en sortant du véhicule de police, est calme, heureux, même.

Les policiers ont eu une conversation apaisante avec lui. Il reviendra demain. D'ici là les tombes n'iront nulle part. Peut-être a-t-il commis une erreur en envoyant les pelleteuses si tôt. Mais c'était une bonne chose à faire et donc une erreur qui en valait la peine. C'était une affirmation de sa position, et affirmer ses positions, quelles qu'elles soient, est important.

Il n'a que faire des protestations des résidents, bientôt ils se désintéresseront du sujet. Il n'a qu'à leur fournir une autre raison de se plaindre. Mettre à la porte l'un des membres du personnel de service qu'ils aiment bien, ou interdire l'accès de la piscine aux petits-enfants en prenant pour prétexte des questions d'hygiène et de sécurité. Et alors ils diraient tous : « Le cimetière ? Quel cimetière ? » Cela lui donne envie de rire, vraiment, et donc, c'est ce qu'il fait.

Mais, à cet instant précis, il aperçoit le père Matthew Mackie.

Qui se tient là dans sa soutane, avec son petit col blanc, comme s'il était chez lui. Il ne manque pas d'audace, décidément.

Ces terres sont à Ian, nom d'un chien ! Il s'agit de sa propriété ! Il se rue vers la barricade et en une seconde se retrouve à pointer un doigt menaçant sous le nez du père Mackie.

— Si vous n'étiez pas curé, je vous assommerais.

La foule commence à faire cercle autour d'eux, comme pour une bagarre sur un parking de pub.

— Quittez ma propriété ou je vous fais éjecter d'ici.

Ian repousse l'épaule de Mackie, rejetant de ce fait l'homme plus âgé vers l'arrière. Mackie, cherchant à retrouver sa stabilité, s'accroche au T-shirt d'Ian, et les deux hommes perdent l'équilibre avant de tomber ensemble au sol. Donna, avec l'aide d'une Karen Playfair à l'air horrifié, relève Ian afin qu'il se dégage du prêtre. Un groupe de résidents, au sein duquel figurent Joyce, Ron et Bernard, vient alors entourer et contenir Ian Ventham tandis que, de l'autre côté, un autre groupe de résidents forme une protection autour du père Mackie, qui se retrouve à présent assis par terre, l'air hébété. Ce n'est rien de plus qu'une empoignade de cour de récréation, mais il semble tout de même ébranlé.

— Ça suffit, monsieur Ventham, calmez-vous ! hurle Donna.

— Arrêtez-le ! Violation de propriété ! vocifère Ian, qui se voit aussitôt écarté de la scène par un groupe déterminé formé de septuagénaires, d'octogénaires et même d'un nonagénaire, qui a raté d'un jour l'appel sous les drapeaux de la Seconde Guerre mondiale et en a porté le regret depuis lors.

Joyce se retrouve au cœur de la mêlée. Comme ces hommes ont dû être forts en leur temps, Ron, Bernard, John, Ibrahim. Et comme ils sont diminués désormais. Leur âme reste volontaire, c'est déjà ça, mais seul Chris Hudson est véritablement en mesure de retenir Ventham. La testostérone, c'est merveilleux, tant qu'il y en a.

— Je protège un lieu sacré. Pacifiquement et dans le respect de la loi, dit le père Mackie.

Donna aide le père Mackie à se remettre sur ses pieds, et tout en l'époussetant, perçoit la fragilité du vieil homme sous l'ample soutane noire.

Chris extirpe Ian Ventham de la mêlée formée par les corps qui l'entourent. Il peut voir l'adrénaline affluer dans le corps de Ventham, un genre de phénomène dont il a été témoin un millier de fois déjà, la nuit, chez les ivrognes de trop nombreuses villes. Les veines qui courent le long des muscles sortant de son T-shirt trahissent un abus de stéroïdes.

— Rentrez chez vous maintenant, monsieur Ventham, ordonne Chris Hudson, avant que je ne vous arrête.

— Je ne l'ai pas touché, proteste Ian Ventham.

Chris reste calme, afin que leur échange demeure entre eux.

— Il a trébuché, monsieur Ventham, je l'ai bien vu, mais cela s'est produit après que vous avez provoqué un contact physique avec lui, même si celui-ci a été léger. Par conséquent, si je désire vous arrêter, je le ferai. Et, si vous me permettez d'exprimer une intuition de policier, il pourrait bien y avoir un ou deux témoins pour m'apporter leur concours devant un tribunal. Donc, si vous ne voulez pas être poursuivi pour agression contre un prêtre, ce qui ne ferait pas très joli dans vos brochures, je vous demande de monter dans votre voiture et de vous en aller. Compris ?

Ian Ventham acquiesce mais sans conviction, son cerveau est déjà ailleurs, occupé à élaborer d'autres calculs. Il secoue alors la tête, lentement et tristement, en regardant Chris Hudson.

— Il y a quelque chose de pas net par ici. Il se passe quelque chose.

— Eh bien, quoi qu'il se passe, cela peut attendre demain, dit Chris. Regagnez donc votre domicile, retrouvez votre calme et épongez votre front. Comportez-vous en homme et acceptez une défaite.

Ian tourne les talons et se dirige vers sa voiture. Une défaite ? Jamais de la vie. Au moment où il arrive au niveau de la semi-remorque, il frappe deux coups contre la portière de la cabine et fait un signe avec son pouce en direction de la sortie.

Il marche lentement, perdu dans ses pensées. Où se trouve Bogdan ? Bogdan est un type bien. Il est polonais. Il faut qu'il amène Bogdan à carreler sa piscine. Il est trop paresseux, ils le sont tous. Il parlera à Tony Curran. Tony saura quoi faire. Mais Tony a-t-il perdu son téléphone ? Il y a quelque chose à propos de Tony.

Ian atteint la Ranger Rover. Un sabot a été posé sur une roue de la voiture ! Son père sera furieux, Ian la lui a juste empruntée. Il lui faudra prendre le bus depuis la ville et son père devra l'attendre. Ian a peur et commence à pleurer. Ne pleure pas, Ian, il comprendra. Ian ne veut pas rentrer chez lui.

Il cherche de la monnaie dans ses poches, puis trébuche et tombe à la renverse. Il tend la main dans l'espoir de trouver quelque chose à quoi se raccrocher mais, à sa grande surprise, il n'y a rien d'autre que de l'air.

Ian Ventham est mort avant même de toucher le sol.

II

Chacun ici a une histoire à raconter

54

Joyce

J'ai trébuché sur un pavé descellé à Fairhaven il y a quelques semaines. Je ne l'ai pas mentionné dans mon journal à cause des meurtres, des voyages à Londres et de mes efforts pour me rapprocher de Bernard. Mais c'était une sale chute. J'ai fait tomber mon sac et mes affaires se sont éparpillées dans tous les sens. Mes clés, mon étui à lunettes, mes cachets, mon téléphone.

Voici à présent où je veux en venir. Chacune des personnes qui m'a vue tomber est venue m'apporter son aide. Chacune d'elles. Un cycliste m'a prêté main-forte pour que je me relève, un agent de la circulation a ramassé mes affaires et épousseté mon sac, une jeune femme avec une poussette est restée assise avec moi à la table d'une terrasse jusqu'à ce que j'aie repris mon souffle. La dame qui tenait le café est sortie avec une tasse de thé et m'a proposé de me conduire chez son médecin.

Peut-être sont-ils uniquement venus m'aider parce que j'ai l'air vieille. J'ai l'air fragile et sans défense. Mais je ne crois pas que ce soit pour cela. Je pense que j'aurais offert mon aide si j'avais vu un jeune en pleine forme faire une chute comme la mienne. Et je pense que vous l'auriez fait vous aussi. Je pense que je me serais assise avec lui, je pense que l'agent de la circulation aurait ramassé son ordinateur portable et je pense que la femme du café lui aurait tout de même proposé de le conduire chez son médecin.

C'est ainsi que nous sommes en tant qu'êtres humains. Dans la plupart des cas, nous sommes gentils.

J'ai cependant encore en mémoire un médecin spécialiste avec lequel j'ai travaillé autrefois, à l'hôpital général de Brighton, en haut de la colline. Un homme très grossier, très cruel et très insatisfait, et qui a fait de nos vies un enfer. Il criait et nous reprochait des erreurs qu'il avait lui-même commises.

Eh bien, si ce spécialiste était tombé raide mort sous mes yeux j'aurais dansé la gigue.

Je sais que l'on ne doit pas dire de mal des morts, mais toute règle a ses exceptions et Ian Ventham était un homme du même genre que ce spécialiste. Maintenant que j'y pense, il s'appelait Ian aussi, voilà donc une chose qui mérite qu'on y prête attention.

Vous savez comment sont ces personnes. Celles qui ont le sentiment que le monde n'appartient qu'à elles ? On dit qu'on le rencontre de plus en plus souvent de nos jours, cet égoïsme, mais il y en a toujours eu certains qui se comportaient de façon affreuse. Pas beaucoup, comme je le dis, mais il y en a toujours eu quelques-uns.

Tout cela pour dire que, dans un sens, je suis désolée qu'Ian Ventham soit mort, mais il y a une autre manière de voir les choses.

Chaque jour un tas de personnes meurent. Je ne connais pas les statistiques mais ce doit être des milliers. Quelqu'un était donc censé mourir hier et je dis juste que je préfère que ç'ait été Ian Ventham qui soit mort devant moi que, disons, le cycliste ou l'agent de la circulation, ou la maman avec la poussette, ou la dame qui tenait le café.

Je préfère que ce soit Ian Ventham que les secours n'aient pas réussi à sauver, plutôt que Joanna, ou Elizabeth. Ou Ron, ou Ibrahim, ou Bernard. Sans vouloir paraître égoïste, je préfère que ce soit le corps d'Ian Ventham qui ait été zippé dans un sac et qu'on ait fait rouler vers le fourgon du médecin légiste plutôt que le mien.

Pour ce qui est d'Ian Ventham, toutefois, hier était le grand jour. Nous aurons tous le nôtre, et hier c'était le sien. Elizabeth dit qu'il a été tué, et si Elizabeth dit qu'il a été tué, je pense que cela a bien été le cas. J'imagine qu'il ne s'attendait pas à cela quand il s'est réveillé hier matin.

J'espère ne pas sembler sans cœur, c'est juste que j'ai vu beaucoup de personnes mourir et que j'ai versé beaucoup de larmes. Mais je n'en ai pas versé une seule pour Ian Ventham et je voulais simplement que vous sachiez pourquoi. C'est triste qu'il soit mort, mais cela ne m'a pas rendue triste.

Et maintenant, si vous voulez bien m'excuser, il faut que j'aille aider à résoudre son meurtre.

55

— Eh bien, voici le gros titre.

Chris Hudson se trouve dans la salle de briefing, face à son équipe.

— Ian Ventham a été assassiné.

Donna De Freitas regarde les membres de la brigade criminelle assemblés autour d'elle. Il y a parmi eux quelques nouveaux visages. Elle ne peut tout simplement pas croire à sa chance. Deux meurtres et la voilà ici, en plein cœur de l'action. Elle peut tirer son chapeau à Elizabeth. Elle lui doit sans aucun doute un verre, ou ce qu'Elizabeth préférera recevoir en guise de remerciement. Un foulard ? Qui peut dire ce qu'aimerait Elizabeth ? Un flingue, probablement.

Chris ouvre un dossier.

— Le décès d'Ian Ventham a été causé par un empoisonnement au fentanyl. Une surdose massive, administrée dans le muscle de son bras. Presque certainement dans les instants précédant son effondrement au sol. Vous comprendrez à la rapidité de ce résultat que tout cela n'a rien d'officiel ; c'est moi qui ai demandé une faveur, d'accord ? Et ils voient suffisamment d'overdoses de fentanyl au labo d'analyses ces temps-ci pour en reconnaître une quand ils en croisent une. Nous sommes les seuls à détenir cette information pour le moment, faisons donc en sorte qu'il en soit ainsi aussi longtemps que possible, s'il vous plaît. Pas un mot à la presse, à vos amis ou à votre famille.

Il jette un regard furtif à Donna.

56

— Nous avons donc tous été témoin d'un meurtre, fait Elizabeth. Ce qui, cela va sans dire, est fantastique.

Au bout d'une route sinueuse, à quelque 25 kilomètres du poste de police, le Murder Club du jeudi est réuni en séance extraordinaire. Elizabeth est occupée à étaler une série de photos couleur du cadavre d'Ian Ventham, la scène ayant été photographiée sous tous les angles imaginables. C'est en faisant semblant d'appeler une ambulance qu'elle a pris les clichés à l'aide de son téléphone.

Elle a fait ensuite réaliser les tirages en toute discrétion ; un pharmacien de Robertsbridge lui devait une faveur pour n'avoir rien dit d'une condamnation pénale remontant aux années 1970 qu'elle avait réussi à mettre au jour.

— C'est également tragique, d'une certaine manière, s'il nous venait l'envie d'exprimer nos émotions de manière conventionnelle, ajoute Ibrahim.

— Oui, s'il nous venait l'envie de nous montrer mélodramatiques, Ibrahim, rétorque Elizabeth.

— Première question, alors, commence Ron. Comment sais-tu qu'il s'agit d'un meurtre ? Pour moi cela avait tout l'air d'une crise cardiaque.

— Et tu es médecin, Ron ? demande Elizabeth.

— Tout autant que toi, Liz, réplique Ron.

Elizabeth ouvre une chemise et en sort une feuille de papier.

— Eh bien, Ron, j'en ai déjà parlé à Ibrahim, parce que j'avais un petit travail pour lui, mais écoute-moi attentivement. La mort a été causée par une surdose de fentanyl, administrée très peu de temps avant le décès. Cette information vient droit d'un homme ayant accès aux e-mails du service médico-légal de la police du Kent mais elle n'a pas encore été confirmée par Donna, bien que je n'aie cessé de lui adresser des textos. Alors, satisfait, Ron ?

Ron acquiesce d'un signe de tête.

— Ouais, réponse acceptée. Mais qu'est-ce que le fentanyl ? Jamais entendu parler de celui-là.

— C'est un opioïde, Ron, comme l'héroïne, dit Joyce. On l'utilise pour pratiquer des anesthésies, soulager les douleurs, tout un tas de choses. Très efficace, les patients en sont fous.

— Et puis, tu peux le mélanger à la cocaïne, poursuit Ibrahim. Enfin, si tu es toxicomane, évidemment.

— Et les services de sécurité russes l'utilisent pour toutes sortes de choses, ajoute Elizabeth.

Ron hoche la tête, satisfait des explications.

— Et, comme il doit avoir été administré très peu de temps avant sa mort, nous sommes tous suspects de son meurtre, dit Ibrahim.

Joyce bat des mains.

— Merveilleux ! J'ignore comment l'un de nous aurait pu se procurer du fentanyl, mais c'est merveilleux.

Elle est occupée à disposer des sablés viennois fourrés sur un plateau commémorant le mariage du prince Andrew et de Sarah Ferguson, un objet dont Joanna avait pensé qu'il lui plairait il y a de nombreuses années.

Ron hoche la tête tout en regardant les photos de la scène. Il examine les visages des résidents tendant le cou pour avoir une meilleure vue du corps d'Ian Ventham gisant sur le sol.

— Donc, quelqu'un à Coopers Chase l'a tué ? Quelqu'un qui apparaît sur ces photos ?

— Et nous sommes tous sur ces photos, dit Ibrahim.

— À part Elizabeth, bien entendu, dit Joyce. Parce qu'elle prenait les clichés. Mais elle figurerait tout de même au nombre des suspects dans toute enquête un tant soit peu sérieuse.

— J'espère bien, acquiesce Elizabeth.

Ibrahim se dirige vers un tableau de conférences.

— Elizabeth m'a demandé d'effectuer quelques calculs.

Elizabeth, Joyce et Ron s'installent sur les chaises de la Salle des puzzles. Ron prend un sablé viennois, au grand soulagement de Joyce, qui se sent à présent autorisée à faire de même. Ils sont vendus sous la marque distributeur mais il y avait eu une émission de Gregg Wallace où l'on avait dit qu'ils étaient confectionnés dans la même fabrique que les « vrais ».

Ibrahim entame son exposé.

— Quelqu'un dans cette foule a administré à Ian Ventham une injection qui a provoqué sa mort, presque certainement en moins d'une minute. Une trace de piqûre a été retrouvée sur la partie supérieure de son bras. J'ai demandé à chacun d'entre vous d'établir une liste de toutes les personnes que vous vous souveniez d'avoir vues, ce que vous avez gentiment fait, même si toutes vos listes n'étaient pas classées alphabétiquement de la manière que j'avais demandée.

Ibrahim jette un regard à Ron. Ron hausse les épaules.

— Franchement ? Les choses se sont un peu emmêlées vers F, H et G et j'ai laissé tomber.

Ibrahim poursuit.

— Si nous combinons ces listes – un jeu d'enfant quand on sait se servir d'un tableau Excel –, eh bien, il y avait au total soixante-quatre résidents présents sur place, y compris nous-mêmes. Nous ajoutons à cela l'inspecteur en chef Hudson et l'agente De Freitas, Bogdan le maçon, qui s'est volatilisé…

— Il était là-haut, sur la colline, fait Elizabeth.

— Merci, Elizabeth, dit Ibrahim. Nous ajoutons la conductrice de la semi-remorque. Elle s'appelle Marie, et elle est aussi polonaise, si cela vous intéresse. Elle est également professeur de yoga, mais cela n'a pas d'importance. Karen Playfair, la femme qui vit en haut de la colline, était présente parce qu'elle était censée nous apprendre des choses à propos des ordinateurs, hier. Et puis, bien sûr, le père Matthew Mackie.

— Ce qui fait soixante-dix, Ibrahim, fait Ron, qui s'apprête à présent à se régaler d'un second biscuit, quoi qu'en dise son diabète.

— Et soixante et onze avec Ian Ventham, explique Ibrahim.

— Tu penses donc qu'il pourrait avoir roulé jusqu'ici, lancé une baston puis se tuer lui-même ? Bravo, Poirot, dit Ron.

— Il ne s'agit pas de mener une réflexion à ce stade, Ron, fait Ibrahim. Mais simplement d'établir une liste. Donc pas d'impatience, s'il te plaît.

— L'impatience, c'est ma seule richesse, réagit Ron. C'est mon super-pouvoir. Tu sais qu'un jour Arthur Scargill m'a demandé d'être patient ? Tu imagines, Arthur Scargill !

— Donc l'une de ces soixante-dix personnes a tué Ian Ventham. Effectivement cela offre de bien meilleures chances que celles auxquelles le Murder Club du jeudi est habitué, mais ne pouvons-nous pas restreindre le champ encore davantage ?

— Ce doit être quelqu'un qui a accès à des aiguilles et à des médicaments, propose Joyce.

— C'est le cas de tout le monde ici, Joyce, dit Elizabeth.

— Effectivement, Elizabeth, confirme Ibrahim. Si vous vouliez bien me permettre une image visuelle, ce serait comme chercher une aiguille dans une botte de foin entièrement composée d'aiguilles.

Ibrahim marque une pause, s'attendant à déclencher à cet instant une salve d'applaudissements. Mais il n'y en a point, il poursuit donc.

— Bon, l'injection ne serait l'affaire que d'une fraction de seconde pour quiconque est habitué aux piqûres intramusculaires, ce qui, une fois de plus, est notre cas à tous. Mais l'administration de la substance nécessiterait de se tenir tout près de la personne. J'ai donc supprimé les noms de ceux dont nous savons, avec certitude, qu'ils ne se sont jamais trouvés à proximité immédiate d'Ian Ventham. Cela élimine beaucoup des seconds rôles. Le fait que nombre des membres de l'assemblée souffrent d'importants problèmes de mobilité a joué ici en notre faveur car nous savons qu'ils n'auraient pas pu se précipiter soudainement vers lui quand aucun de nous ne regardait.

— Pas de personnes en déambulateur donc, approuve Ron.

— Rien qu'en prenant en compte ces dernières nous rayons huit noms, acquiesce Ibrahim. Les scooters de mobilité viennent aussi nous aider dans notre tâche, tout comme les cas de cataracte. Il y a aussi de nombreuses personnes, comme Stephen, et j'espère que tu es d'accord sur ce point, Elizabeth, qui ne se sont jamais retrouvées à proximité d'Ian Ventham ce matin-là. Elles sont rayées de la liste. Et il y avait aussi trois résidentes accrochées à la barrière avec des cadenas jusqu'à ce que quelqu'un songe à appeler les pompiers, plus tard dans la journée. Et voici donc à quoi nous arrivons.

Ibrahim soulève et rabat la première feuille de papier du tableau de conférences pour dévoiler une liste de noms.

— Trente noms. Dont les nôtres. Et parmi eux, celui du tueur. Je marque juste une pause pour faire remarquer que, selon l'ordre alphabétique, et si l'on considère les noms de famille, je suis le premier de la liste.

— Bien joué, Ibrahim, dit Joyce.

— Voici donc la liste, fait Elizabeth. Et je devine que le temps de la réflexion est désormais venu ?

— Oui, je pense qu'entre nous nous pouvons réduire encore un peu la liste, précise Ibrahim.

— Qui voulait sa mort ? dit Ron. Qui en tirait profit ? Curran et Ventham ont-ils été tués par la même personne ?

— C'est drôle quand on y pense, non ? fait Joyce tout en chassant les miettes tombées sur le devant de son chemisier. Le fait que nous connaissions un meurtrier, je veux dire ? Enfin, nous ne savons pas de qui il s'agit exactement, mais nous savons que nous en connaissons réellement un.

— C'est génial, reconnaît Ron.

Il réfléchit à un biscuit numéro trois mais sait qu'il n'y a aucun moyen qu'il s'en tire à bon compte.

— Eh bien, nous ferions mieux de nous y mettre, reprend Ibrahim. « Français pour converser » débute à midi.

57

— Ce qui signifie, dit Chris Hudson, que le fentanyl a dû être administré par quelqu'un qui se trouvait sur place ce matin-là. Donc, d'une façon ou d'une autre, nous connaissons déjà notre assassin. Aujourd'hui nous allons travailler à établir la liste complète des personnes qui étaient présentes. Ce ne sera pas facile, mais le plus tôt nous aurons cette liste, le plus tôt nous trouverons le tueur. Et, qui sait, peut-être aussi celui de Tony Curran. À moins que Ventham ait tué Curran et que sa mort soit le fait d'une vengeance.

Donna tente un rapide coup d'œil à travers la fenêtre de la salle de réunion. Son collègue en uniforme, Mark, enfile un casque de vélo, ce qui vient compléter à la perfection son air morose.

Donna savoure son thé – le thé de la brigade criminelle – et songe aux suspects. Elle pense au père Mackie. Que savent-ils de lui, exactement ? Puis elle songe au Murder Club du jeudi. Tous étaient présents sur place. Tous avaient entouré Ventham à un moment ou un autre. Elle pouvait imaginer chacun d'eux, chacun à sa propre manière, dans la peau d'un meurtrier.

En théorie, en tout cas. Mais dans les faits ? Elle n'y croyait pas. Ils auraient certainement un avis sur la question, cependant. Donna devrait sans doute aller leur rendre visite.

— Dans le même temps, poursuit Chris en ouvrant un nouveau dossier, j'ai d'autres tâches amusantes pour vous. Ian Ventham n'était pas un homme apprécié. Dans le domaine des affaires, ses opérations étaient compliquées et de grande envergure et son téléphone a mis au jour une série de relations extraconjugales, ce qui a dû être plutôt fatigant pour lui. Dites à ceux que vous aimez qu'ils ne vous verront pas beaucoup pendant un moment.

Ceux que vous aimez. Donna songe à son ex, Carl, puis réalise que pas une seule de ses pensées n'est allée vers lui depuis quarante-huit heures bien sonnées, ce qui représente un nouveau record. Même si elle vient à l'instant de penser à lui, ce qui gâche légèrement ce record. Elle prend conscience, toutefois, que bientôt elle ne songera pas à lui pendant quatre-vingt-seize heures, puis pendant une semaine, et en un rien de temps Carl apparaîtra simplement à ses yeux comme le personnage d'un livre qu'elle aurait lu un jour. Vraiment, pourquoi a-t-elle quitté Londres ? Que se passera-t-il quand ces meurtres seront résolus et qu'elle devra réendosser l'uniforme ?

— Et pour les autres, pas de relâchement concernant l'affaire Tony Curran. Les deux pourraient être liées, nous ne pouvons pas exclure cette hypothèse. Nous attendons encore les informations du radar cinémomètre. Je veux en particulier savoir si la voiture d'Ian

Ventham se trouvait sur cette route cet après-midi-là. Il faut que je sache où se trouve Bobby Tanner et qui a pris cette photo. Et j'ai toujours besoin de l'info à propos du numéro qui a appelé Curran.

Ce qui rappelle à Donna une petite idée qu'elle avait eu l'intention de vérifier.

58

Elizabeth est de retour à Willows, elle a pris place sur son siège bas dans la chambre de Penny. Elle s'applique à renseigner son amie sur les derniers événements.

— C'est bien simple, Penny, tout le monde était là. Tu aurais été dans ton élément, à agiter ta matraque et à arrêter tous ceux qui se trouvaient sur place, j'en suis certaine.

Elizabeth regarde John, assis sur le siège où il passe le plus clair de ses heures de veille.

— J'imagine que tu as donné les détails à Penny, John ?

John acquiesce d'un signe de tête.

— J'ai peut-être un peu exagéré ma propre bravoure mais à part cela je lui ai livré une restitution fidèle de l'événement.

Elizabeth, satisfaite, extrait un bloc-notes et un stylo à bille de son sac à main. Elle tapote une page du bloc avec son stylo, comme un chef d'orchestre souhaitant attirer l'attention de ses musiciens, et commence.

— Alors, où en sommes-nous, Penny ? Tony Curran se fait démolir par un ou plusieurs inconnus. Entre parenthèses, je ne me lasserai jamais d'utiliser le terme

« démolir ». Je parie que tu l'employais souvent lorsque tu étais dans la police, petite veinarde. Parallèlement à cet assassinat, Ian Ventham meurt en quelques secondes après qu'on lui a injecté une dose massive de fentanyl. Tu connais le fentanyl, John ?

— Bien sûr, répond John. J'en utilisais tout le temps. C'est un anesthésique, principalement.

John le vétérinaire. Elizabeth se souvient du renard que John a soigné avec Ron. Une fois qu'il avait recouvré la santé, il était parti massacrer les poules d'Elaine McCausland. Cela n'avait jamais été formellement prouvé, mais il n'y avait aucun autre suspect. Ron en avait vu de toutes les couleurs à cause de cela à l'époque, ce qui lui avait terriblement plu.

— Avec quelle facilité serait-il possible de s'en procurer ? demande Elizabeth.

— Pour quelqu'un d'ici ? commence John. Eh bien, ce ne serait pas facile, mais pas impossible. C'est le genre de choses qu'on trouverait en pharmacie. On pourrait y entrer par effraction, j'imagine, mais il faudrait être vraiment très déterminé, ou très chanceux. Et on peut en trouver sur Internet.

— Grand Dieu ! fait Elizabeth. C'est vrai ?

— Sur le dark web. J'ai lu quelque chose à ce sujet dans *The Lancet*. On peut trouver toutes sortes de choses. Un lance-roquettes, par exemple, si jamais tu en voulais vraiment un.

Elizabeth hoche la tête.

— Et comment s'y prend-on pour consulter le dark web ?

John hausse les épaules.

— Eh bien, ce n'est qu'une idée, mais si c'était moi, la première chose que je ferais serait d'acheter un ordinateur. Peut-être faut-il commencer par là ?

— Mmm, fait Elizabeth. Ça vaut peut-être la peine de vérifier qui possède un ordinateur.

— On ne sait jamais, acquiesce John. Cela réduirait sans aucun doute la liste des suspects potentiels.

Elizabeth se tourne de nouveau vers Penny. Comme il semble injuste de la voir étendue là !

— Un homme frappé mortellement, Penny, l'autre empoisonné. Mais par qui ? Si Ventham est mort sur-le-champ, cela veut dire qu'il a été tué par l'une des personnes présentes ce matin-là. Moi ou John. Ou Ron ou Ibrahim ? Ou… qui sait ? Ibrahim a une liste de trente noms dans un tableau pour commencer.

Elizabeth regarde de nouveau son amie. Elle voudrait quitter cette pièce avec elle tout de suite, bras dessus, bras dessous. Partager une bouteille de vin blanc, l'entendre jurer comme un docker à propos d'un quelconque affront imaginaire et puis rentrer toutes deux chez elles d'un pas vacillant, heureuses et éméchées. Mais cela ne se produira plus jamais.

— J'ai toujours trouvé étrange qu'Ibrahim ne vienne pas te rendre visite, Penny.

— Oh, il le fait, dit John.

— Ibrahim vient la voir ? s'étonne Elizabeth. Il ne l'a jamais dit.

— C'est réglé comme du papier à musique, Elizabeth. Chaque jour il apporte un magazine et il résout des problèmes de bridge avec elle. Il énonce les explications.

Ils résolvent le problème, il dépose un baiser sur sa main et il s'éclipse une demi-heure plus tard.

— Et Ron ? s'enquiert Elizabeth. Vient-il la voir ?

— Jamais, répond John. J'imagine que tout le monde n'est pas capable de cela, Elizabeth.

Elizabeth hoche la tête. C'est également ce qu'elle imagine. Mais revenons à nos moutons.

— Alors, Penny, qui a pu vouloir tuer Ian Ventham ? Et pourquoi le faire au moment même où les travaux d'excavation allaient démarrer ? Je présume que la question que tu pourrais poser est qui perd quoi en cas de lancement du programme de construction ? Tu ne crois pas ? Il faudra que je te parle de Bernard Cottle à un moment donné. Tu te souviens de lui ? Avec son *Daily Express* et sa gentille femme ? J'ai comme l'impression qu'il y a un mobile de son côté, qui n'attend qu'à être découvert.

Elizabeth se lève, prête à partir.

— Qui perd quoi, Penny ? Là est bien la question, n'est-ce pas ?

59

Chris Hudson dispose de son propre bureau, un petit refuge où il peut faire semblant de travailler. Il y a un espace sur sa table, un endroit où devrait normalement se trouver une photo de famille, et il ressent un pincement de honte chaque fois qu'il constate son absence. Peut-être devrait-il avoir une photo de sa nièce ? Quel âge a-t-elle à présent ? Douze ans ? Quatorze, peut-être ? Il n'aurait qu'à demander à son frère pour le savoir.

Alors, qui a tué Ventham ? Chris était sur place quand cela s'est produit. D'une façon ou d'une autre, il l'a en fait regardé se faire tuer. Qui a-t-il vu ? Le Murder Club du jeudi, tous ses membres étaient présents, le prêtre. La femme séduisante en pull et baskets. Qui est-elle au fait ? Est-elle célibataire ?

Ce n'est pas le moment de se poser ces questions, Chris. Concentre-toi.

La même personne a-t-elle tué Ventham et Tony Curran ? Cela ne paraît pas insensé. Résoudre l'une des affaires signifiera-t-il résoudre l'autre ?

Qui a passé les trois appels téléphoniques reçus par Tony Curran ? Très certainement quelqu'un désireux de lui vendre une assurance-vie, mais on ne sait jamais. Chris est certain que le téléphone de Tony Curran pourrait raconter toutes sortes d'histoires. C'est bien beau les droits humains, mais Chris adorerait mettre sur écoute le téléphone de toute personne à Fairhaven ayant l'air ne serait-ce qu'un peu louche. Comme ils le font en prison.

Il se souvient d'un braqueur nommé Bernie Scullion qui s'était retrouvé à sec alors qu'il était en prison à Parkhurst, mais qui voulait s'acheter une PlayStation. Il avait donc téléphoné à son oncle pour lui dire où il avait enterré un demi-million de livres. La police avait mis la main sur l'argent et sur l'oncle dans l'heure suivante et Bernie n'avait jamais eu sa PlayStation.

Un coup est frappé à la porte et durant un bref moment Chris prend conscience d'une chose troublante : il espère qu'il s'agit de Donna.

— Entrez.

La porte s'ouvre. C'est l'inspecteur Terry Hallet. Monstrueusement efficace, séduisant dans son genre Royal Marine que tout le monde semble bien aimer, mais également, et c'est agaçant, sympa. Chris ne serait jamais capable de porter un T-shirt aussi serré. Un jour ce bureau reviendra à Terry. Terry a quatre enfants et il est heureux en mariage. Imaginez les photos qui orneront son bureau. Chris aimerait être Terry, mais qui sait vraiment ce qui se passe chez lui ? Peut-être Terry a-t-il une tristesse cachée, peut-être s'endort-il en pleurant ? Chris en doute, mais cela fait au moins une chose à laquelle se raccrocher.

— Vous préférez que je repasse plus tard ? demande Terry.

Et Chris se rend compte qu'il a gardé les yeux fixés sur lui une petite seconde de trop.

— Non, pas du tout, désolé, Terry, j'avais l'esprit ailleurs.

— Vous pensiez à Ian Ventham ?

— Ouaip, ment Chris. Alors, qu'avez-vous trouvé ?

— Désolé de vous ramener au cas Tony Curran, mais j'ai quelque chose qui, je crois, va vous plaire, dit Terry. J'ai une voiture qui a mis douze minutes pour parcourir les 800 mètres qui séparent les deux radars de chaque côté de la maison de Tony Curran. Et tout cela dans la bonne plage horaire.

Chris examine les informations en détail.

— Il s'est donc arrêté quelque part entre les deux ? Une bonne petite pause de dix minutes pour une raison inconnue ?

Terry Hallet acquiesce.

— Il y a quelque chose de particulier dans ce coin à part la maison de Tony Curran ? Un endroit où quelqu'un pourrait avoir envie de s'arrêter ?

— Il y a une aire de repos. Si on a besoin d'une pause-pipi. Mais…

— Cela fait une longue pause, reconnaît Chris. Ce sont des choses qui arrivent, mais tout de même… Et vous avez vérifié le numéro de plaque ?

Terry hoche de nouveau la tête. Puis il sourit.

— J'aime bien ce sourire, Terry. Qu'avez-vous trouvé ?

— Vous ne croirez jamais qui est le propriétaire, chef.

Terry fait glisser une autre feuille de papier sur le bureau de Chris. Chris prend toute la mesure de l'information.

— Eh bien, voilà une excellente nouvelle. Vous êtes sûr de ce minutage ?

Terry Hallet acquiesce et fait pianoter ses doigts sur le bureau de Chris.

— On tient notre tueur, pas vrai ?

Chris ne peut qu'approuver. Il est temps pour lui d'aller parler à quelqu'un.

60

Bogdan a vu où habite Marina, et ce moment n'est pas pire qu'un autre pour se rendre chez elle. Elle saura quoi faire au sujet des os ; il a pressenti cela dès l'instant où il l'a rencontrée. Il lui a apporté des fleurs. Elles ne viennent pas de la boutique mais du bois, et il a lié le bouquet comme sa mère avait l'habitude de le faire.

Appartement 8. Il appuie sur la sonnette et une voix d'homme lui répond. Cela surprend Bogdan. Il a passé un peu de temps à la surveiller de près et n'a jamais aperçu d'homme.

La porte extérieure menant aux appartements s'ouvre.

— Je suis venu pour Marina ? Pour voir Marina ? s'essaye Bogdan tandis qu'il pénètre dans les lieux.

Le long du couloir moquetté, la première porte s'ouvre et il découvre un homme âgé vêtu d'un pyjama et occupé à passer un peigne dans ses épais cheveux gris. Peut-être a-t-il fait erreur ? Quoi qu'il en soit, l'homme connaîtra certainement Marina et pourra lui indiquer où se rendre pour la trouver.

— Je cherche Marina, fait Bogdan. Je crois que peut-être elle habite ici, mais peut-être dans autre appartement ?

— Marina ? Bien sûr, bien sûr, entrez donc, je vais mettre la bouilloire en route, qu'en dites-vous ? Il n'est jamais trop tôt pour cela, n'est-ce pas ? dit Stephen.

L'homme encercle les épaules de Bogdan de son bras et le fait entrer. Bogdan est soulagé de découvrir une photo de Marina, une Marina plus jeune, sur la table du couloir. Il s'agit du bon appartement.

— J'ignore où elle est, mon ami, mais elle sera bientôt de retour, dit Stephen. Elle est sûrement allée faire les magasins ou passée voir sa mère. Asseyez-vous donc et profitons pleinement de ce moment de calme. Joueriez-vous aux échecs, à tout hasard ?

61

Chris Hudson quitte le poste de police. Tandis qu'il enfile son manteau sur sa veste, il entend une voix derrière lui qui l'appelle.

— Monsieur ?

Il se retourne et aperçoit Donna De Freitas, qui le rejoint bientôt.

— J'ignore où vous allez mais je crois avoir un changement de programme pour vous, dit Donna.

— Ça m'étonnerait, agente De Freitas, dit Chris.

Il continue de l'appeler « agente De Freitas » au travail.

— Je suis en route pour avoir une petite conversation avec quelqu'un.

— C'est juste que j'ai consulté les relevés d'appels, poursuit Donna. Et que j'ai reconnu le numéro de téléphone.

— Celui du portable utilisé pour appeler Tony Curran ?

Donna acquiesce d'un signe de tête puis sort un bout de papier qu'elle montre à Chris.

— Vous vous souvenez de ça ? Le numéro de Jason Ritchie. C'est lui qui a téléphoné trois fois à Tony le matin du meurtre. Alors ? Ça ne vaut pas un changement de programme ?

Chris lève un doigt pour lui indiquer de faire silence et sort de la poche de sa veste le morceau de papier que Terry Hallet lui a donné. Il le transmet à Donna.

— Relevé des véhicules, datant du jour du meurtre.

Donna lit puis lève les yeux vers Chris.

— La voiture de Jason Ritchie ?

Chris fait oui de la tête.

— Jason téléphone à Tony Curran ce matin-là. La voiture de Jason se trouve devant la maison de Tony au moment de sa mort. Nous allons voir Jason, alors ?

— J'irai peut-être tout seul, cette fois-ci, dit Chris.

— Je ne crois pas, non, dit Donna. Pour commencer, je suis votre « ombre », ce qui représente un lien de confiance d'un caractère sacré, et cetera. Et ensuite, je viens tout juste de résoudre ce crime.

Elle agite le papier portant le numéro de Jason sous son nez.

Chris quant à lui agite le relevé des véhicules devant elle.

— Je l'ai résolu le premier, Donna. Je vais donc lui rendre une petite visite, chez lui, seul, et voir si cela ne le dérangerait pas de répondre à quelques questions. Tout ça avec la plus grande discrétion.

Donna opine de la tête.

— Excellente idée. Mais il n'est pas chez lui, j'ai déjà vérifié.

— Et où est-il alors ?

— Si vous m'emmenez avec vous, je vous le dirai, fait Donna.

— Et si je vous ordonnais de me dire où il se trouve ? demande Chris.

— Eh bien, essayez toujours, dit Donna. On verra bien ce que ça donne.

Chris secoue la tête.

— Bon, allez, venez alors. Vous pouvez prendre le volant.

62

Tout comme Donna, Chris ignorait l'existence d'une patinoire à Maidstone. Pourquoi donc la ville de Maidstone dispose-t-elle d'une patinoire ? Cette question a occupé une grande part de leur conversation durant le trajet les menant sur place. Elle a été débattue après que Donna a demandé à Chris de stopper la diffusion de sa compilation de faces B des premiers disques d'Oasis.

Petit à petit, Donna a été déterminée à faire passer Chris de son siècle au sien.

Au moment où ils se sont garés devant « Ice-Spectacular », le mystère était toujours entier.

Comment pouvait-on gagner de l'argent en exploitant une patinoire installée à deux pas d'une rocade et prise en sandwich entre un entrepôt de carrelage et un magasin de moquette Carpetright ?

Chris disait souvent à ses amis que s'il y avait une affaire dans leur quartier qui ne rimait à rien, qui n'attirait pas de clients, c'était qu'il s'agissait d'une façade pour du trafic de drogue. Toujours. Pas besoin de vrais clients, pas besoin de véritables profits, juste un moyen de blanchir de l'argent. Chaque ville possédait la sienne, cachée quelque part dans une petite rangée de magasins, sous les arches d'une voie ferrée, ou installée près d'un Carpetright. Qu'il s'agisse d'un institut de beauté spécialisé dans les épilations, d'un magasin de location d'éclairages de fêtes ou d'une patinoire avec une enseigne lumineuse au néon qui ne s'était plus allumée depuis 2011.

C'était toujours une façade, toujours une histoire de drogue, songe Chris en fermant la porte de sa Focus côté passager. Ce qui semblait pertinent, compte tenu de l'individu que Chris et Donna étaient venus voir.

Ils franchissent les portes d'entrée, traversent le hall d'accueil moquetté et poisseux et entrent dans le cœur de la patinoire. À ce moment de la journée, l'endroit est quasiment désert. Seules exceptions, un homme âgé aspirant du popcorn entre les rangées de sièges en plastique et deux personnages sur la glace.

Quiconque ayant vu Jason Ritchie à son apogée vous dirait la même chose. Il avait une force fluide, ses pieds semblant tout simplement glisser autour du ring. Ces bras puissants s'arquant dans l'air, ou balançant des jabs qui faisaient s'entrechoquer les côtes. Ses petites feintes, ses petites esquives, quand il se baissait, les yeux toujours rivés à son adversaire, son corps tout entier prêt à bondir et à frapper. Ce n'était pas un cogneur, une grande planche de bois, un zombie. C'était un athlète, fort et vaillant, une magnifique machine aux mouvements coulants, donnant tout, ne gaspillant rien. Avec sa grâce, son sang-froid et sa façon de se mouvoir, Jason Ritchie était splendide à regarder.

Toutefois, alors que Chris et Donna observent la scène en sirotant leur café, il apparaît que Jason Ritchie est incapable de danser sur la glace.

La session semble être terminée, puisque Jason patine prudemment en direction du bord de la piste, le coude maintenu par une petite femme en justaucorps violet. Malgré cela, à environ un mètre de la douce sécurité offerte par la zone bordant la glace, le patin gauche de Jason disparaît sous lui, vient mordre dans son patin droit et le poids de sa chute est trop important pour que la femme au justaucorps puisse le retenir. L'homme fort est une nouvelle fois à terre. Chris et Donna ne l'observent que depuis quelques minutes, mais ils ont déjà cessé de compter ses chutes.

Chris se penche au-dessus de la rambarde et tend la main pour l'aider. Pour la première fois, Jason remarque la présence des deux officiers de police. Il avait l'esprit ailleurs. Il plante son regard dans celui de Chris au moment où il saisit la main qui lui est offerte et regagne enfin la terre ferme.

— Auriez-vous cinq minutes, Jason ? demande Chris. Nous avons fait un long chemin.

— Tout va bien, Jason ? demande la femme en justaucorps.

Jason acquiesce d'un signe de tête et lui fait signe de partir sans lui.

— Ouais, ce sont des amis. Je vais rester discuter un peu.

— Très bien, écoute, je vais mettre tout ça noir sur blanc et je l'enverrai aux producteurs, dit la patineuse. Tu n'es pas un cas désespéré, promis !

— Chérie, tu es géniale, merci de m'avoir supporté et de m'avoir aidé à me relever.

— J'espère te retrouver dans le show, répond la patineuse tout en lui adressant un petit signe de la main avant de disparaître vers le haut de l'escalier raide sur ses lames étroites.

Jason s'effondre sur un siège en plastique moulé, qui se courbe un peu sous son poids. Il commence à défaire les lacets de ses patins.

— Je me disais bien que je vous reverrais tous les deux. Vous avez une autre photo pour moi ?

— Eh bien, si nous allions droit au but ? commence Chris. Que faisiez-vous chez Tony Curran le jour où il a été tué ?

— Ce ne sont pas vos affaires, rétorque Jason.

Il a presque enlevé le premier patin, mais le combat n'est pas fini.

— Mais vous reconnaissez que vous y étiez ? poursuit Donna.

— Suis-je en état d'arrestation ? demande Jason.

— Pas encore, réplique Donna.

— Alors cela ne vous regarde pas de savoir si j'y étais ou pas.

Le premier patin est enfin enlevé. Jason halète comme s'il venait de boxer trois rounds.

— Juste pour que vous ayez le tableau complet, dit Chris en sortant son téléphone de sa poche et en faisant glisser son doigt sur l'écran pour réactiver le système. Nous avons essayé de trouver le véhicule d'Ian Ventham sur les images des caméras de surveillance situées non loin de la maison de Tony Curran. L'affaire a été rondement réglée. Ian Ventham n'a pas rendu visite à Tony Curran au cours de cet après-midi, mais nous avons découvert quelque chose de plus intéressant. La première caméra de circulation enregistre la présence de votre voiture, Jason, à environ 400 mètres à l'est de la maison de Tony à 15 h 26 puis la suivante, de l'autre côté de la maison de Tony, capte votre image à 15 h 38. Donc, soit vous avez mis douze minutes pour parcourir 800 mètres, soit vous vous êtes arrêté quelque part entretemps.

Jason observe Chris très calmement, puis hausse les épaules et commence à s'occuper de son patin droit.

— D'accord, moi aussi j'ai une question, intervient Donna. Le jour de son assassinat, avez-vous téléphoné à Tony Curran ?

— Aucun souvenir, hélas.

Jason se débat avec ce qui semble être un nœud de lacets impossible à défaire.

— Vous vous souviendriez de ça pourtant, Jason, non ? questionne Donna. D'avoir téléphoné à Tony Curran ? C'est l'un des membres de l'ancien gang, pas vrai ?

— Je n'ai jamais fait partie d'un gang, réplique Jason, qui parvient enfin à régler la question du nœud récalcitrant.

Chris fait un petit signe de tête.

— Mais voici notre problème, Jason. Tony Curran reçoit trois appels provenant d'un numéro mystère le matin de sa mort. Un numéro que nous n'avons pas pu retracer, grâce à Vodafone et à la législation sur la protection des données. Mais un numéro que, par chance, vous aviez personnellement écrit et donné à l'agente De Freitas. Votre numéro, donc, Jason.

Jason s'est enfin délesté du second patin.

Il hoche la tête.

— C'était stupide de ma part.

— Et puis, cet après-midi-là, vous empruntez la route passant non loin de la maison de Tony Curran, après quoi vous marquez une halte pour effectuer une course, dirons-nous, qui vous prend dix minutes environ. Au moment précis où Tony Curran a été assassiné.

Chris regarde Jason dans l'attente d'une réponse.

— Ouais. On dirait bien que vous vous retrouvez avec un mystère à résoudre, là, dit Jason. Maintenant que je suis débarrassé de ces patins, je vais vous quitter.

Jason se lève. Chris et Donna l'imitent.

— Ça ne vous dirait pas de venir au poste pour nous donner vos empreintes et un peu d'ADN ? dit Chris. Juste pour que nous puissions vous écarter de nos investigations ? Nous pourrions rayer votre nom dans deux affaires de meurtre à la fois. Ce serait chouette.

— Vous devriez peut-être vous demander pourquoi mes empreintes et mon ADN ne sont pas déjà en votre possession, lance Jason. Peut-être est-ce parce que je n'ai jamais été arrêté pour quoi que ce soit.

— Vous ne vous êtes jamais fait prendre, Jason, réplique Chris. C'est différent.

— Ce serait aussi intéressant de savoir quel aurait pu être mon mobile.

— Un vol ? propose Chris. Un homme comme lui a des billets qui traînent un peu partout. Vous avez des soucis d'argent en ce moment ?

— Je crois que cette conversation est terminée, pas vous ? dit Jason en commençant à grimper les marches pour regagner le vestiaire.

Chris et Donna le laissent s'éloigner.

— Ou est-ce que vous participez à « Celebrity Ice Dance » pour le prestige, Jason ? demande Donna.

À ces mots, Jason se retourne et leur décoche un franc sourire. Puis il leur adresse un doigt d'honneur, tourne les talons et poursuit son chemin en direction du vestiaire.

Chris et Donna le regardent disparaître, puis se rassoient sur leurs sièges en plastique et contemplent la glace déserte.

— Que pensez-vous de tout cela ? demande Chris.

— S'il l'a fait, pourquoi diable aurait-il laissé à côté du corps une photo sur laquelle il figure ? interroge Donna.

Chris secoue la tête.

— Peut-être que certaines personnes sont juste stupides ?

— Il n'a pas l'air stupide, dit Donna.

— C'est également mon avis, reconnaît Chris.

63

Depuis l'extérieur, Elizabeth peut immédiatement voir que quelque chose ne va pas. Dans le bureau de Stephen, les rideaux sont ouverts. Alors qu'ils sont toujours fermés. Stephen n'apprécie pas la lumière éblouissante du soleil du matin quand il écrit.

Le cerveau d'Elizabeth effectue toutes les évaluations nécessaires en une seconde. Stephen a-t-il changé ses habitudes après s'être réveillé ? Est-il blessé ? Gît-il sur le sol ? En vie ? Mort ?

Ou quelqu'un est-il entré par effraction ? Quelqu'un venu de sa vie d'avant ? Ce sont des choses qui arrivent, même aujourd'hui. Elle a entendu dire que cela se produisait. Ou peut-être une personne appartenant à son présent chaotique est-elle venue lui rendre visite ?

Elizabeth contourne le bâtiment pour atteindre la porte de secours à l'arrière de Larkin Court. Il est impossible de l'ouvrir depuis l'extérieur sans un accessoire que les pompiers sont seuls à posséder. Elizabeth l'ouvre et se glisse à l'intérieur.

Ses pas ne produisent aucun son dans le couloir tapissé de moquette, mais ils n'auraient pas fait plus de bruit sur l'allée bétonnée d'un centre de détention d'Allemagne de l'Est. Elle sort ses clés et enduit l'extrémité de sa clé Yale de baume à lèvres. Aucun bruit ne s'élève lorsqu'elle l'insère dans la serrure. Elizabeth ouvre la porte aussi silencieusement qu'elle le peut. Ce qui signifie, très silencieusement.

S'il y a quelqu'un dans l'appartement, Elizabeth sait que son heure sera peut-être venue. Tenant son trousseau de clés dans la paume de sa main, elle fait glisser une clé différente entre chacun des doigts de son poing serré.

Stephen ne s'est pas effondré dans le couloir, voilà déjà une information. La porte de son bureau est ouverte et le soleil matinal inonde la pièce. Elle ressent une honte passagère en voyant les grains de poussière brillants danser dans l'embrasure de la porte.

— Échec et mat, lance une voix provenant du salon.

Un accent d'Europe de l'Est.

— Eh bien, je suis foutu, réplique Stephen.

Elizabeth glisse de nouveau ses clés dans son sac et ouvre la porte du salon. Stephen et Bogdan sont assis de part et d'autre de l'échiquier. Ils sourient tous les deux en la voyant.

— Elizabeth, regarde qui est ici ! s'exclame Stephen en désignant Bogdan.

Bogdan connaît un court moment de confusion.

— Elizabeth ?

— C'est comme cela qu'il m'appelle. Il comprend les choses de travers.

Puis elle s'adresse à Stephen.

— C'est Marina, mon chéri, rappelle-toi.

Elle ne se sent pas extraordinairement à l'aise, mais il s'agit d'une manœuvre nécessaire.

— Si tu le dis, acquiesce Stephen.

Bogdan s'est levé de sa chaise et il tend sa main vers Elizabeth.

— Je vous ai apporté des fleurs. Votre mari les a mises quelque part. Je sais pas trop où.

Stephen examine les pièces restant sur l'échiquier.

— Ce bougre m'a eu, Elizabeth. À la loyale.

Elizabeth observe son mari penché au-dessus de l'échiquier, occupé à faire défiler en arrière le film des différents mouvements, visiblement enchanté du piège dans lequel il est tombé. Il reste encore un peu de fougue en lui, finalement, songe Elizabeth, et elle tombe de nouveau amoureuse pour la millième fois. Elle répète.

— C'est Marina, chéri.

— Je vous appelle Elizabeth. Pas de problème, dit Bogdan.

— Il a aussi réparé la lampe dans mon bureau, intervient Stephen. C'est une pépite que nous avons là.

— C'est très gentil à vous, Bogdan. Je suis désolée que cet endroit ne soit pas aussi propre qu'il pourrait l'être. Nous ne recevons pas d'invités, alors parfois…

Bogdan pose la main sur le bras d'Elizabeth.

— Vous avez une belle maison, Elizabeth, et un mari formidable. Est-ce que je peux vous parler ?

— Bien sûr, Bogdan, répond Elizabeth.

— Je peux vous faire confiance ? demande Bogdan en plongeant ses yeux dans ceux d'Elizabeth.

— Vous pouvez me faire confiance, répond Elizabeth, sans détacher un seul instant le regard.

Bogdan lui adresse un petit signe de tête. Il la croit.

— On peut faire un tour ? Vous et moi ? Ce soir ?

— Ce soir ? s'étonne Elizabeth.

— J'ai quelque chose à vous montrer. Ça vaut mieux attendre qu'il fasse nuit.

Elizabeth observe Bogdan.

— Quelque chose à me montrer ? Un indice, peut-être ?

— Oui. C'est quelque chose que vous serez intéressée de voir, dit Bogdan.

— Eh bien, ce sera à moi d'en juger, réplique Elizabeth. Et où nous rendrons-nous, Bogdan ?

— Au cimetière, fait Bogdan.

— Le cimetière ?

Un léger frisson court le long du dos d'Elizabeth. Comme le monde peut être merveilleux parfois !

— Je vous retrouve là, dit Bogdan. Et mettez des vêtements chauds, on sera là-bas un bon moment.

— Je crois que vous pouvez compter sur moi, fait Elizabeth.

64

Joyce

Oui, je sais, Ian Ventham est mort, et nous y viendrons plus tard, c'est promis. Mais devinez ce qu'il y a d'autre ? Joanna est ici !

Nous sommes allées à Fairhaven dans sa nouvelle voiture (je m'assurerai du nom de la marque dans un instant). Nous nous sommes arrêtées chez Anything with a Pulse. J'ai fait comme s'il s'agissait de la chose la plus naturelle au monde mais cela a été un succès absolu. Pas un mot de plainte ou de phrases du style « Plus personne n'est végan, maman » ou « Les brownies de la boutique libanaise au coin de ma rue sont bien meilleurs, maman ». Thé vert, flapjack, macaron. Et je n'aurais jamais imaginé dire une chose pareille.

Elle a une réunion dans le coin. Quelque chose en rapport avec « l'optimisation ». Quand je repense à la fillette qui avalait ses bâtonnets de poisson pané et ses gaufres de pommes de terre mais criait au scandale dès qu'elle devait manger ses petits pois, je ne m'imaginais pas qu'elle aurait un jour des réunions à propos de « l'optimisation ». Quoi que cela puisse bien être.

Le petit ami, comme nous l'avions deviné, est de l'histoire ancienne. Saviez-vous qu'aujourd'hui on peut verrouiller son téléphone portable, pour que personne ne puisse jeter un œil à son contenu ? Et qu'on peut le déverrouiller avec l'empreinte de son doigt ? Quoi qu'il en soit, il s'était endormi un soir sur le canapé et elle avait utilisé son pouce pour déverrouiller son téléphone. Un coup d'œil à ses messages avait suffi et, à son réveil, ses valises étaient bouclées et l'attendaient dans l'entrée. Je reconnais bien là ma petite fille.

Aucun détail concernant le contenu des messages n'a suivi, mais Joanna a fortement laissé entendre que des photographies étaient impliquées dans l'affaire. J'écoute suffisamment souvent « Woman's Hour » à la BBC pour saisir ce que cela signifiait. Pardonnez mon langage, mais quel crétin.

Tout cela nous a bien fait rire, donc je ne crois pas que son cœur soit brisé.

J'entends Joanna qui se réveille de sa sieste, je vais donc vous dire au revoir pour le moment. Vous ne pouvez pas le deviner, mais j'ai tapé sur le clavier en silence.

Mon magnifique bébé, heureuse et endormie dans mon lit, et deux affaires de meurtre à résoudre. Que demander de plus ?

Joanna a apporté une bouteille de vin. Il y a quelque chose de spécial à son propos, mais j'ai bien peur d'avoir oublié de quoi il s'agit. Un jour, elle se rendra compte que c'est elle qui est spéciale. Quoi qu'il en soit, j'ai invité Elizabeth à la maison pour boire un verre avec nous ce soir, mais elle a « d'autres projets ».

Je n'en sais pas plus que vous à ce sujet. Ce sera quelque chose en rapport avec le meurtre cependant, vous pouvez parier là-dessus.

(NOTE COMPLÉMENTAIRE AJOUTÉE PLUS TARD : IL S'AGIT D'UNE AUDI A4.)

65

Le chemin qui remonte la colline pour mener au Jardin du repos éternel apparaît comme un ruban blême dans la lueur du crépuscule. Bogdan offre son bras à Elizabeth qui vient y prendre appui.

— Stephen va pas bien ? demande Bogdan.

— Non, mon cher, il ne va pas bien.

— Vous avez mis un truc dans son café j'ai l'impression ? Quand nous sommes partis.

— Nous prenons tous des cachets pour quelque chose ici, mon garçon.

Bogdan hoche la tête, il comprend.

Ils passent devant le banc sur lequel Bernard Cottle s'assoit le plus clair de ses journées. Elizabeth a réfléchi davantage à Bernard, cela s'était révélé nécessaire compte tenu des circonstances. Elle est poursuivie par l'impression qu'il monte la garde au cimetière. Que, d'une certaine façon, il fait le guet depuis son banc. Il n'entre pas mais il n'est jamais loin. Que perd Bernard si les constructions prévues sont lancées ? Il faudrait qu'elle ait une conversation avec lui à un moment ou à un autre ou, peut-être mieux, qu'elle demande à Ron et à Ibrahim de lui parler. Ce qui pourrait signifier avoir à prendre des pincettes avec Joyce.

— Il n'avait pas joué aux échecs depuis longtemps, Bogdan. Cela faisait plaisir à voir.

— Il est bon. Il était un joueur redoutable pour moi.

Ils ont atteint les grilles en fer forgé du Jardin du repos éternel. Bogdan pousse l'une d'elles et guide Elizabeth vers l'intérieur du cimetière.

— Vous devez être vous-même un sacré joueur, non ?

— Les échecs, c'est facile, dit Bogdan en continuant d'avancer entre les alignements de tombes et en allumant bientôt une lampe torche. Juste toujours faire le meilleur mouvement.

— Eh bien, j'imagine que c'est effectivement vrai, dit Elizabeth. Je n'ai jamais vraiment pensé aux choses de cette façon. Mais que se passe-t-il si vous ne savez pas quel est le meilleur mouvement à accomplir ?

— Alors vous perdez.

Bogdan la fait marcher encore quelques pas avant de s'arrêter près d'une ancienne tombe dans le coin supérieur du cimetière.

— Vous avez dit que je peux vous faire confiance, OK ? dit Bogdan.

— Absolument, fait Elizabeth.

— Même si vous vous appelez vraiment Elizabeth, parce que j'ai vu factures dans le bureau ?

— Désolée, fait Elizabeth. Mais, hormis cela, absolument.

— C'est OK, vous faites ce que vous devez faire. Mais si je vous montre quelque chose, vous le dites pas à la police, vous le dites à personne, OK ?

— Vous avez ma parole.

Bogdan hoche la tête.

— Vous vous asseyez, et moi, je creuse.

C'est une agréable soirée pour rester assis sur les marches d'une statue de Jésus-Christ, et Elizabeth, tout heureuse, regarde Bogdan, sur sa gauche, qui commence à creuser la tombe à l'aide d'une bêche sous la faible lumière de la lampe torche. Elle se demande ce qu'il a bien pu découvrir. Quel secret est-il sur le point de dévoiler ? Dans sa tête, elle passe en revue les possibilités. La réponse la plus évidente est qu'il s'agit d'argent. Il y aura une mallette, ou un sac de sport en toile, que Bogdan hissera hors du trou et posera à ses pieds. Des billets de banque, de l'or, peut-être, un butin, enterrés par Dieu sait qui, Dieu sait quand. Et le butin doit être important, sinon pourquoi Bogdan l'a-t-il entraînée jusque-là au milieu de la nuit ? Y a-t-il assez d'argent pour pousser quelqu'un à tuer ? S'il n'y avait eu que quelques milliers de livres sans doute que Bogdan se serait contenté de les prendre, non ? Celui qui trouve est celui qui garde, il n'y a pas de mal à ça. Mais s'il s'agit d'une valise pleine de billets de cinquante, eh bien ce serait…

— OK, venez voir, lance Bogdan debout dans la tombe, la bêche à présent posée par-dessus son épaule.

Elizabeth se relève, marche vers la tombe et découvre ce que Bogdan a vu le matin où Ian Ventham a été assassiné. Elle présume que de toutes les choses que l'on puisse trouver dans une tombe, un corps devrait être la moins surprenante. Mais tandis que la lumière de la lampe torche de Bogdan balaye les os et le couvercle du cercueil sur lequel ils reposent, elle doit reconnaître qu'il ne s'agissait pas de ce à quoi elle s'était attendue.

— Vous pensiez de l'argent, pas vrai ? interroge Bogdan. Que peut-être j'ai trouvé de l'argent ou quelque chose et que je savais pas quoi faire, c'est ça ?

Elizabeth acquiesce d'un signe de tête. De l'argent ou quelque chose. Bogdan est très doué.

— Je sais. Désolé, pas de l'argent. Ça aurait été bien. Mais à la place de ça, des os. Des os dans le cercueil. Et d'autres os, des os différents, en dehors du cercueil.

— Et vous les avez trouvés hier, Bogdan ? demande Elizabeth.

— Juste quand Ian a été tué, oui. Je savais pas quoi faire. Je voulais une journée pour réfléchir. Peut-être c'est rien, vous le croyez pas ?

— J'ai bien peur que ce ne soit probablement pas « rien », Bogdan, dit Elizabeth.

— Oui, peut-être c'est pas rien, acquiesce Bogdan, l'air sombre.

À présent Elizabeth s'assoit et laisse ses pieds pendre à l'intérieur de la tombe. Elle baisse les yeux vers le couvercle du cercueil.

— Vous avez donc ouvert le cercueil ?

— J'ai pensé c'était mieux. Pour vérifier.

— Très bien, approuve Elizabeth. Et vous êtes certain qu'il s'agit d'un corps différent à l'intérieur ?

Bogdan saute dans la tombe et déplace une partie du couvercle du cercueil, exposant aux regards les os qui se trouvent à l'intérieur

— Oui. Des os à un endroit normal pour des os. Beaucoup plus vieux.

Elizabeth hoche la tête et réfléchit.

— Donc, il y a deux corps. L'un à l'endroit où il doit être, et un autre, bien moins ancien, qui n'est pas à sa place, c'est bien ça ?

— Oui. Peut-être que j'aurais dû dire à la police, mais je sais pas. Vous savez comment est la police.

— Je le sais, Bogdan. Vous avez pris la bonne décision en vous adressant à moi. À un moment donné il nous faudra peut-être parler à la police, mais pas pour l'instant, je pense.

— Alors, on fait quoi ?

— Rebouchez la tombe, Bogdan, si vous voulez bien. Juste pour le moment. Laissez-moi un peu de temps pour réfléchir.

— Je creuse, je rebouche. Je creuse, je rebouche. Tout ce que vous voulez, jusqu'à ce que le travail est fini, Elizabeth.

— Vous et moi, on fait la paire, Bogdan, dit Elizabeth tout en se disant qu'elle doit téléphoner à Austin.

Il saura quoi faire de tout cela.

Elle jette un regard vers le bas de la colline, vers les lumières du village. Presque toutes sont éteintes désormais, mais l'heure de l'extinction des feux n'a pas encore sonné chez Ibrahim. Il doit certainement travailler. Le brave homme.

Elle repose les yeux sur Bogdan, occupé à jeter des pelletées de terre à l'intérieur de la tombe, couvert de poussière et en sueur. Faisant glisser un couvercle de cercueil cassé pour qu'il vienne recouvrir un corps tout en évitant précautionneusement d'en déranger un autre. Elle se dit qu'il est sans l'ombre d'un doute le genre de fils qu'elle aurait aimé avoir.

66

— Ils savent très bien s'y prendre, à chaque fois, dit Ron. Ça a toujours été comme ça. Qu'importe de quoi il s'agit, il faut que l'Église catholique en ait sa part.

— Enfin, tout de même…, fait Ibrahim.

Ibrahim et Ron débattent de qui aurait pu assassiner Ian Ventham.

Ils sont occupés à parcourir la liste des trente noms en évaluant les différentes possibilités. Seuls les garçons se sont retrouvés ce soir. Joyce reçoit Joanna chez elle et Elizabeth est restée introuvable. Ce qui, à cette heure de la soirée, est étrange, mais ils ont fait le choix de poursuivre leur tâche sans s'en soucier.

Ron insiste pour attribuer à chacun une note sur dix, et plus il engloutit de verres de whisky, plus ses notes augmentent. Maureen, qui vit à Larkin, vient tout juste d'obtenir un 7, en grande partie parce qu'elle a une fois forcé le passage pour passer devant Ron au moment du dîner, ce qui « en disait long ».

— Le père Mackie est le premier à avoir 10, Ibbsy, note-le bien. Premier sur la liste. Il doit avoir quelque chose d'enterré dans une des tombes. Garanti, sûr de sûr. De l'or, un corps, ou du porno. Ou même les trois, connaissant les gens comme lui. Ça l'inquiète qu'ils déterrent ça.

— Cela semble peu probable, Ron, dit Ibrahim.

— Eh bien, tu sais ce que Sherlock Holmes a dit, vieux frère. Si tu ignores qui l'a fait, alors… un truc ou un autre.

— En effet, de bien sages paroles, fait Ibrahim. Et le père Mackie n'aurait pas simplement déterré ça lui-même, Ron ? À un moment ou un autre ? Pour s'épargner tous ces tracas ?

— Il a peut-être perdu sa bêche, j'en sais rien. Mais retiens bien mes paroles, réplique Ron, ces mêmes paroles qu'il commence tranquillement à avoir du mal à articuler.

Se retrouver tard le soir, avec du whisky, un problème à résoudre, c'est ça, la vie.

— C'est un 10, pour moi.

— Il ne s'agit pas d'une émission de télé qui s'intitulerait « Empoisonne avec les stars », Ron.

Bien qu'étant en complet désaccord avec le système de notation de Ron, Ibrahim inscrit « 10 » à côté du nom du père Mackie. Il se trouve qu'Ibrahim est également en complet désaccord avec le système de notation de l'émission « Danse avec les stars », dont Ron semble vouloir s'inspirer, car il estime qu'il accorde trop de poids au vote du public par rapport aux notes des juges. Il a un jour adressé un courrier à ce sujet à la BBC et a reçu une réponse amicale, mais évasive. Il pose les yeux sur le nom suivant de la liste.

— Bernard Cottle, Ron. Alors, qu'en pensons-nous ?

— Une autre grosse pointure, d'après moi.

Les glaçons dans le whisky de Ron tintent tandis qu'il fait des gestes avec son verre.

— Tu as vu comment il s'est comporté ce matin-là ?

— Il s'est montré de plus en plus agité, je suis d'accord.

— Et nous savons qu'il passe beaucoup de temps assis sur ce banc, comme s'il marquait son territoire, dit Ron. Il avait l'habitude de s'y asseoir avec sa femme, c'est ça ? C'est donc là qu'il se sent en paix, hein ? On ne peut pas enlever ça à un homme, en particulier à nos âges. Trop de changements, ce n'est pas bon.

Ibrahim opine de la tête.

— Trop de changements, c'est bien cela. Il arrive un moment où le progrès, ce n'est que pour les autres.

Aux yeux d'Ibrahim, l'une des beautés de Coopers Chase était son côté si vivant. Ce lieu regorgeait de tant de comités ridicules et de politiques ridicules, de tant de querelles, d'amusements et de commérages. Toutes ces nouvelles arrivées, chacune modifiant subtilement la dynamique en place. Tous ces adieux aussi, qui vous rappelaient que c'était un endroit promis à un changement perpétuel. Il s'agissait d'une communauté et, de l'avis d'Ibrahim, les êtres humains étaient faits pour vivre en communauté. À Coopers Chase, chaque fois que vous vouliez être seul, vous n'aviez qu'à fermer la porte de votre logement et chaque fois que vous vouliez vous retrouver avec les gens, vous la rouvriez. S'il existait une meilleure recette du bonheur que celle-là, eh bien Ibrahim n'en avait encore jamais entendu parler. Mais Bernard avait perdu sa femme, et rien ne montrait qu'il trouvait une issue à son chagrin. Et, par conséquent, il lui était nécessaire de s'asseoir sur la jetée de Fairhaven, ou sur un banc sur une colline, et il n'était pas besoin que quiconque demande jamais pourquoi.

— Quel est ton endroit à toi, Ron ? demande Ibrahim. Où te sens-tu en paix ?

Ron pince les lèvres et se met à ricaner.

— Si tu m'avais posé une question pareille il y a quelques années j'aurais ri et fait demi-tour, tu ne crois pas ?

— C'est vrai, acquiesce Ibrahim. J'ai réussi à te faire changer.

— Je crois, commence Ron, le visage alerte, les yeux brillants. Je crois…

Ibrahim voit le visage de Ron se détendre au moment où il décide de simplement laisser s'exprimer la vérité plutôt que de réfléchir.

— Franchement ? Je fais défiler tout ça dans ma tête, toutes ces choses qu'on est censé répondre. Mais, écoute bien ce que je vais te dire. Ce pourrait être ici, dans ce fauteuil, avec mon pote, à boire son whisky, alors qu'il fait noir dehors et que nous tenons un bon sujet de discussion.

Ibrahim entrecroise ses doigts et laisse Ron parler.

— Pense juste à toutes ces personnes qui ne sont pas là, Ibbsy. Tous ces bougres qui n'ont pas tenu le coup. Et nous deux, on se retrouve là, un gars d'Égypte et un gars du Kent, et on a survécu à tout ça, et ensuite quelqu'un en Écosse nous a fait ce whisky. C'est quelque chose, non ? C'est là l'endroit, pas vrai, vieux frère ? C'est là, l'endroit.

Ibrahim hoche la tête en signe d'approbation. L'endroit où lui se trouve en paix est à vrai dire près du mur de dossiers situé juste dans son dos mais il ne veut pas gâcher le moment. Ron a arrêté de parler, et Ibrahim peut voir qu'il est parti quelque part, très profondément à l'intérieur de lui-même. Perdu dans ses souvenirs. Ibrahim sait rester silencieux pour laisser Ron aller là où il lui faut aller. Pour le laisser songer à ce à quoi il doit songer. Une chose à laquelle Ibrahim a assisté tant de fois au cours des années chez tous ceux qui ont pris place dans ce même fauteuil. C'est ce qu'il préfère dans son métier. Voir quelqu'un plonger en profondeur à l'intérieur de lui-même pour atteindre des choses dont il avait toujours ignoré l'existence. Ron relève la tête ; il est prêt à reprendre la parole. Ibrahim se penche vers lui, juste un peu. D'où Ron revient-il à l'instant ?

— Tu crois que Bernard se tape Joyce, Ibbsy ? demande Ron.

Ibrahim se recule dans son siège, juste un peu.

— Je n'ai pas vraiment réfléchi à cette question, Ron.

— Bien sûr que tu y as pensé, je sais que tu y as pensé. Tu es psychiatre. Je parie qu'il le fait, ce veinard. Toutes ces histoires de gâteaux et tout le tintouin. Tu pourrais encore toi, enfin, tu vois ce que je veux dire, s'il le fallait ? demande-t-il.

— Non, cela fait plusieurs années maintenant.

— Eh oui, pareil pour moi. Une bénédiction, dans un certain sens. J'étais esclave de tout ça. En tout cas, je dirais qu'il mérite un 9, pas toi ? Ce vieux Bernard ? Il était présent sur place, on voit bien qu'il ne veut pas que l'endroit soit démoli et il a travaillé dans la science ou un truc dans le genre, non ?

— La pétrochimie, je crois.

— Eh bien, voilà, fentanyl. Un 9.

Ibrahim est plutôt d'accord. Bernard ne semble pas entièrement vivre en état de grâce. Il trace un « 9 » à côté du nom de Bernard Cottle.

— Bien sûr, s'ils couchent ensemble, Joyce n'appréciera pas ce 9, dit Ron.

— Joyce dispose des mêmes informations que nous. Elle sait certainement déjà qu'il mérite un 9.

— Elle n'est pas bête, celle-là, reconnaît Ron. Et qu'en est-il de cette fille qui habite en haut de la colline ? La fille du fermier, avec ses ordinateurs ?

— Karen Playfair, dit Ibrahim.

— Elle était là, pas vrai ? réplique Ron. En plein milieu de tout ça. Elle doit certainement savoir un ou deux trucs sur les médicaments. Elle est mignonne, en plus, et ça, c'est toujours une source d'ennuis.

— Vraiment ?

— Toujours, affirme Ron. Pour ce qui me concerne, en tout cas.

— Et le mobile ? demande Ibrahim.

Ron hausse les épaules.

— Une liaison ? Oublie les cimetières, en général c'est une liaison, la clé.

— Un 7 peut-être ? propose Ibrahim. Ou pourquoi pas un 7 avec un astérisque et une note en bas de page expliquant que l'astérisque signifie « nécessite des recherches plus poussées » ?

— Sept avec astérisque, consent Ron, bien que sa prononciation du mot « astérisque » lui soit toute personnelle. Et il ne reste plus que nous quatre, pas vrai ? Les derniers noms restant sur la liste ?

Ibrahim baisse les yeux vers la liste et hoche la tête.

— On se lance ? demande Ron.

— Tu crois qu'il y a une chance pour que l'un de nous l'ait fait ?

— Moi, je ne l'ai pas fait, ça, c'est sûr, dit Ron. Ils peuvent réaménager le complexe autant qu'ils le veulent, plus on est de fous, plus on rit, en ce qui me concerne.

— Et pourtant, tu as mené les objections lors de la réunion publique, tu as fait pression sur le conseil et tu as initié la mise en place de la barricade. Tout cela dans le but d'empêcher le réaménagement.

— Mais oui, bien sûr ! réplique Ron, comme si son ami avait perdu la tête. Tout d'abord, personne ne prend de libertés avec moi. Ensuite, à quel autre moment a-t-on l'occasion de semer un peu la pagaille quand on a presque quatre-vingts ans ? Mais, mon pote, pense un peu à la question des frais de service, aux nouvelles installations. On peut probablement dire au revoir à tout ça à présent. Jamais de la vie je ne l'aurais tué, j'aurais scié la branche sur laquelle je suis assis en faisant cela. Donne-moi un 4.

Ibrahim secoue la tête pour signifier son désaccord.

— Tu obtiens un 7. Tu es très pugnace, tu es impétueux, souvent déraisonnable, tu étais là au cœur de l'empoignade et tu es insulino-dépendant, donc tu sais te servir d'une aiguille. Tout ça s'additionne.

Ron opine de la tête, cela lui semble juste.

— Très bien, on n'a qu'à me donner un 6.

Ibrahim tapote sept fois son stylo sur son carnet avant de relever la tête.

— Et ton fils, je crois, connaissait peut-être un peu Tony Curran. Ce qui nous fait monter à 7.

Ron a quitté son lieu de paix et ses glaçons dansent à présent une gigue bien différente. Sa sérénité s'est envolée mais il ne s'emporte pas.

— Ne mêle pas Jason à tout ça, Ibrahim. Tu vaux mieux que ça.

Voilà qui est intéressant, songe Ibrahim, mais il ne dit rien.

— Nous nous notons, Ron, ou nous ne le faisons pas ?

Ron fixe son ami pendant un long moment.

— Oui, on le fait, tu as raison. Eh bien, si j'ai 7, alors, toi aussi, tu as 7.

— C'est très bien, répond Ibrahim, et il inscrit sa note dans son carnet. As-tu des raisons à me donner ?

Oh, oui, les raisons ne manquent pas, se dit Ron. Il sourit à présent, la tension est retombée.

— Tu es trop intelligent, première raison. Tu peux noter ça. Tu es un psychopathe, ou un sociopathe, celui des deux qui est le mauvais. Avec une écriture illisible, un signe qui ne trompe pas. Tu es un immigré, et on a tous lu des choses à leur sujet. Il y a quelque part un pauvre psychiatre britannique, un Blanc, qui reste chez lui sans travail à cause de toi. Et puis peut-être es-tu également furieux parce que ton crâne se dégarnit, certains ont tué pour moins que ça.

— Mon crâne ne se dégarnit pas, réplique Ibrahim. Demande à Anthony ce qu'il pense de mes cheveux. Il les admire.

— Tu étais sur place, au beau milieu de tout ça, comme toujours. Et tu es exactement le genre de personne qui, dans un film, commettrait le crime parfait rien que pour voir s'il est capable de s'en tirer.

— Ça, ce n'est pas faux, approuve Ibrahim.

— Avec Omar Sharif pour jouer ton rôle, ajoute Ron.

— Ah, donc, nous sommes d'accord pour dire que j'ai des cheveux. Entendu, j'ai un 7. À présent, Joyce et Elizabeth.

Ibrahim savoure l'idée de converser tard dans la soirée. Une fois Ron parti, l'unique chose à faire sera de lire, d'établir d'autres listes, puis de se forcer à s'étendre sur son lit dans l'attente d'un sommeil toujours trop long à venir. Il y a trop de voix réclamant son attention. Trop de personnes toujours perdues dans le noir demandant son aide.

Ibrahim sait qu'à Coopers Chase il est généralement le dernier à fermer l'œil, et ce soir il est heureux que la compagnie de son ami soit son excuse. Deux hommes âgés, en lutte contre la nuit.

Ibrahim ouvre son carnet de nouveau et regarde par sa fenêtre en direction de l'appartement de Joyce. Partout, l'obscurité règne. Le village est plongé dans le sommeil.

Bien entendu, Elizabeth est bien trop professionnelle pour laisser apercevoir le faisceau de sa lampe torche tandis qu'elle redescend la colline à pied.

67

Jason Ritchie est assis à une table dans un coin de la salle, il termine son déjeuner. De la lotte et de la pancetta, toutes deux produites localement.

Il ne sait pas vraiment quoi faire.

Jason est surpris de voir à quel point le Black Bridge a changé. C'est désormais un pub gastronomique baptisé en français Le Pont Noir, avec son nom écrit en noir sur fond gris, en minuscules et dans une police de caractères minimaliste. Certaines réalités ont vraiment été gommées à Fairhaven au fil des ans, certains des recoins les plus sombres se sont évanouis.

Même chose pour moi, se dit Jason tout en sirotant son eau pétillante.

Jason songe à la photographie. Il se sentirait bien plus en sureté avec une arme et, il y a vingt ans, il lui aurait été facile de s'en procurer une. Il serait entré au Black Bridge, aurait parlé à Mickey Landsdowne, qui aurait passé un coup de fil à Geoff Goff, et avant qu'il ait fini sa pinte, un gamin sur un BMX aurait livré un paquet brun au bar et aurait reçu un sachet de chips et une vingtaine de cigarettes Benson & Hedges pour sa peine.

Les choses étaient plus simples alors.

À présent Mickey Landsdowne est à la prison de Wandsworth pour incendie criminel, et pour avoir vendu du faux Viagra dans des vide-greniers.

Geoff Goff a tenté de faire l'acquisition du club de football de Fairhaven Town, a perdu son argent dans un krach immobilier, rebâti sa fortune en vendant du cuivre volé et a finalement été tué par balles sur un Jet-Ski.

Et les gamins, leur arrive-t-il encore d'enfourcher des BMX, au fait ?

La photo se trouve sur la table, face à Jason. Elle a été prise au Black Bridge il y a bien longtemps. À une époque où il n'y avait pas encore entre ces murs de pancetta ou de pain au levain.

La bande, comme si c'était hier. Riant à gorge déployée, comme si les ennuis ne les guettaient pas au prochain tournant.

Depuis qu'il a pris place, Jason a essayé de déterminer à quel endroit précis du pub Tony Curran a abattu ce revendeur de drogue de Londres, venu tenter sa chance à Fairhaven l'endormie. C'était vers l'an 2000, non ? Difficile à déterminer, car un des murs a été déplacé, mais il se dit que cela s'est peut-être passé à côté de la cheminée, récupérée quelque part, avec ses bûches produites localement.

— Un café, monsieur ?

C'est la serveuse. Jason commande un « flat white ».

Jason se souvient que la balle avait traversé l'abdomen du gars, puis le mur mince comme du papier avant de filer dans le parking et de percer l'aile avant de la Cosworth RS500 de Gianni le Turc. Gianni était dégoûté, c'était visible, mais tout cela était la faute de Tony, alors que pouvait-il bien y faire ?

Gianni le Turc. Jason a beaucoup pensé à lui. Il est certain que c'est Gianni qui avait pris la photo laissée près du corps. Il avait toujours cet appareil photo avec lui. La police le savait-elle ? Gianni était-il de retour en ville ? Bobby Tanner était-il revenu ? Jason était-il le prochain sur leur liste ?

Le garçon sur lequel Tony avait tiré était finalement mort. Ils descendaient souvent de Londres à cette époque. Parfois des quartiers sud de Londres, parfois des quartiers nord ; des gangs cherchant à étendre leur territoire, à trouver de nouveaux marchés faciles.

La serveuse apporte son flat white. Accompagné d'un biscotto aux amandes.

Jason se souvient encore du garçon que Tony avait abattu. Ce n'était qu'un gamin. Il avait offert à Steve Georgiou de la cocaïne dans une petite enveloppe de papier. C'était au Oak, sur le front de mer. Steve Georgiou était chypriote, il avait l'habitude de traîner à la marge du gang, il n'avait jamais aimé se mouiller mais il était loyal. Il possédait une salle de sport à présent. Steve Georgiou lui avait tendu un piège. Il avait dit au jeune revendeur de drogue de tenter sa chance au Black Bridge. Ce que le garçon avait fait, avant de rapidement s'apercevoir que sa chance avait tourné.

Il perdait beaucoup de sang, Jason s'en souvient, et cela n'avait rien eu d'amusant, il ne l'a pas oublié non plus. En y repensant, le garçon devait avoir près de dix-sept ans, cela lui semble jeune à présent, mais ce n'était pas le cas à l'époque. Quelqu'un l'a mis dans la vieille camionnette British Telecom de Bobby Tanner, et un chauffeur de taxi auquel Tony aimait faire appel dans ce genre de situations l'a conduit jusqu'au panneau « Bienvenue à Fairhaven » sur l'A2102 et l'a balancé là. C'est à cet endroit qu'ils l'ont retrouvé le matin suivant. Il était trop tard pour le garçon, il était mort depuis longtemps mais il savait quels risques il courait. Le chauffeur de taxi s'était aussi fait descendre parce que Tony pensait qu'on ne pouvait jamais être trop prudent.

Pour Jason, cela avait marqué la fin. C'était la fin de tout cela pour chacun d'entre eux, véritablement. Ce n'était plus une histoire de jeunes hommes faisant du fric, d'amis qui s'amusaient, en prétendant jouer les Robin des bois, ou quoi que ce soit d'autre qu'il ait pu croire à l'époque. Le temps était venu des balles de revolver, des cadavres, de la police et des parents endeuillés. Il avait été idiot. Il s'en était aperçu trop tard.

Bobby Tanner est parti peu de temps après. Son petit frère, Troy, était mort sur un bateau sur la Manche. Tentait-il de faire entrer de la drogue dans le pays ? Jason n'a jamais réussi à le savoir. Gianni lui aussi s'est fait la malle, juste après que le chauffeur de taxi a été abattu. Et c'était tout. Juste comme ça, par le fait d'une balle, cette époque a pris fin. Et bon vent à tous.

On dit que deux frères de St Leonards dirigent les affaires à Fairhaven désormais. Bonne chance à eux, se dit Jason. Encore une fois, la production locale est privilégiée.

Il se lève, s'approche de la cheminée, puis s'accroupit. Ouais, c'était exactement là que ça s'était produit. Il passe son doigt sur la reproduction de carreaux anciens. Enlevez tout ça, grattez bien et vous trouverez un petit trou que Mickey Landsdowne avait rebouché avant de repeindre le mur, il y avait environ vingt ans. Il avait suffi d'une balle pour tout changer.

Il ne restait plus rien de tout cela désormais, ici, au Black Bridge, avec ses souvenirs et son thé vert au ginseng. Toute la bande avait disparu. Tony Curran, Mickey Landsdowne, Geoff Goff. Et où se trouve cette Cosworth qu'une balle a transpercée, aujourd'hui ? Rouille-t-elle quelque part au milieu d'un champ ? Et où est passé Bobby Tanner ? Où se trouve Gianni ? Comment pourrait-il les retrouver avant que ce ne soient eux qui le retrouvent ?

Jason se rassoit et savoure son flat white. Eh bien, il suppose qu'il connaît probablement la réponse à cette question. Qu'il la connaît depuis le début.

Jason laisse échapper un soupir, trempe son biscotto dans son flat white et téléphone à son père.

68

— J'ai reçu le cliché le mardi matin, dit Jason Ritchie. Quelqu'un l'a déposé dans ma boîte à lettres.

Sur le balcon de Ron, père et fils boivent des bières au goulot.

— Et tu l'as reconnue ? demande Ron.

— Non, pas la photo elle-même, je ne l'avais jamais vue avant. Mais j'ai reconnu ce que c'était, où c'était, et tout ce qui va avec, répond Jason.

— Et qu'est-ce que c'était ? Où c'était ? Et qu'est-ce qui va avec ? l'interroge son père.

Jason sort le cliché et le montre à Ron.

— Là, regarde. C'est Tony Curran, Bobby Tanner et moi. Nous trois autour d'une table du Black Bridge, l'endroit où on allait boire des verres. Tu te souviens ? Je t'y ai emmené une fois où tu es venu en ville.

Ron hoche la tête et examine la photographie. En face de la petite bande, la table est couverte d'argent liquide. Des milliers de livres, vingt-cinq plaques, peut-être, le tout en billets, simplement éparpillés un peu partout. Et les garçons semblant tous très heureux de cela.

— Et d'où venait l'argent ? demande Ron.

— Cette fois-là ? Aucune idée, c'était une soirée parmi beaucoup d'autres.

— Mais cela provenait de la drogue ? demande son père.

— Oui, de la drogue. Comme toujours, à cette époque, confirme Jason. C'est là-dedans que je mettais mon argent. Pour qu'il soit à l'abri.

Ron opine de la tête et Jason tend ses paumes devant lui, un geste comme pour dire qu'il n'a aucune défense à opposer.

— Et la police a la photo ? demande Ron.

— Ouais, et ils ont aussi beaucoup d'autres choses sur moi.

— Tu sais que je dois poser la question, Jason, pas vrai ? As-tu tué Tony Curran ?

Jason secoue la tête.

— Je ne l'ai pas fait, Papa, et si c'était le cas je te le dirais, parce que tu sais que si je l'avais fait, ç'aurait été pour une bonne raison.

Ron opine du chef.

— Peux-tu prouver que tu ne l'as pas fait ?

— Si je peux trouver Bobby Tanner ou Gianni, alors, oui, je pense. C'est l'un des deux, le coupable. Je peux comprendre que quelqu'un d'autre qu'eux laisse la photo près du corps, tu vois, pour que les flics partent sur une fausse piste. Mais pourquoi me l'envoyer à moi aussi ? À moins que Bobby ou Gianni ne veuillent que je sache qu'ils l'ont fait, tu ne crois pas ?

— Et tu ne veux pas en parler à la police ?

— Tu me connais. J'imaginais que je les retrouverais moi-même.

— Et qu'est-ce que ça donne ?

— Eh bien, c'est pour cela que je suis ici, pas vrai, Papa ?

Ron lui adresse un petit signe de tête.

— Je vais téléphoner à Elizabeth.

69

Donna et Chris sont au poste de police de Fairhaven. Salle d'interrogatoire B.

Il n'y a pas si longtemps Donna s'était retrouvée assise dans cette pièce et avait parlé à quelqu'un qui prétendait être nonne. Elle est à présent assise face à un homme qui prétend être prêtre. Le parallèle ne lui échappe pas.

C'est Donna elle-même qui a fait la découverte décisive. Elle voulait juste effectuer quelques vérifications d'antécédents concernant le père Matthew Mackie. Entrer son nom dans l'ordinateur et voir ce qui ressortait.

Les vérifications d'antécédents n'avaient pris que deux jours, car absolument rien n'était ressorti. Ce qui n'était pas du tout logique. Donna avait donc passé un peu de temps à rassembler tous les éléments, à comprendre ce qu'était chaque morceau du puzzle, avant de transmettre l'information à Chris. Et à présent, ils se retrouvaient tous là.

— À chacune des étapes, monsieur Mackie, poursuit Chris. À chaque étape, vous avez utilisé le terme

« père » pour vous désigner ? Vous vous êtes présenté aux autres en tant que « père » ?

— Oui, confirme Matthew Mackie.

— Même à cet instant, vous portez un col romain, nous sommes d'accord ?

— Oui, c'est bien vrai.

Mackie touche le col romain comme pour confirmer son propos.

— Et tout le reste. La panoplie complète, si on veut ?

— Les vêtements sacerdotaux, oui.

— Et pourtant, quand nous commençons à enquêter sur vous, que croyez-vous que nous trouvions ?

Donna observe et apprend. Chris se montre délicat envers le vieil homme. Elle se demande s'il va changer de cap compte tenu de ce qu'ils savent.

— Je crois… eh bien, je crois que peut-être, éventuellement, il a pu y avoir un malentendu.

Chris ne réagit pas et laisse Matthew Mackie parler. Ce qu'il fait par à-coups.

— Pour lequel j'accepte ma part de responsabilité, et si vous avez l'impression que je ne suis pas… à la hauteur de vos attentes, j'imagine, d'une certaine façon, sachez que mes intentions n'étaient pas de duper quiconque, mais je vois que c'est à quoi cela pourrait ressembler, sans tous les, euh, faits.

— Les faits, monsieur Mackie ? lance Chris. Excellent ! Passons donc aux faits. Vous n'êtes pas le père Matthew Mackie, c'est un fait. Vous ne travaillez pas pour l'Église catholique, ni aucune autre Église. C'en est un autre. Vous êtes, et cela nous a pris quinze bonnes minutes de recherche auprès de l'antenne locale du système national de santé, le Dr Michael Matthew Noel Mackie. Pouvons-nous considérer cela comme un fait également ?

— Oui, admet Matthew Mackie.

— Médecin libéral, vous êtes parti à la retraite il y a quinze ans. Vous vivez dans un pavillon à Bexhill et d'après les informations que nous avons recueillies là-bas, vous n'assistez même pas à la messe.

Matthew Mackie regarde le sol.

— Ce sont bien les faits ?

Mackie hoche la tête en gardant le regard baissé.

— C'est bien cela.

— Je me demande si vous pourriez retirer votre col romain pour moi, monsieur Mackie ?

Mackie lève la tête et fixe Chris.

— Non, je le garderai, si vous le permettez. À moins que je ne sois en état d'arrestation, mais vous n'avez pas mentionné que c'était le cas.

À présent, Chris hoche la tête. Il regarde Donna, puis se retourne et fait jouer ses doigts sur la table. Et voilà, nous y sommes, se dit Donna. Il en faut beaucoup pour amener Chris à faire jouer ses doigts sur une table.

— Un homme vient de mourir, monsieur Mackie, dit Chris. Et vous et moi avons regardé cette scène se dérouler sous nos yeux, n'est-ce pas ? Et savez-vous ce que j'ai cru voir ? J'ai cru voir un homme pousser un prêtre catholique. Un prêtre catholique protégeant un cimetière catholique. Et en tant qu'officier de police, cela a, comment dire, teinté les choses d'une certaine façon. Vous comprenez ?

Mackie acquiesce d'un signe de tête. Donna reste silencieuse. Elle ne voit rien à ajouter. Elle se demande si un jour Chris fera jouer ses doigts sur une table à cause d'elle. Elle espère que cela n'arrivera jamais.

— Mais qu'ai-je vu en réalité ? En réalité, j'ai vu un homme pousser quelqu'un se faisant passer pour un prêtre, pour des raisons qu'il est encore seul à connaître. Il a donc poussé un escroc, car c'est bien ce que vous êtes. Un escroc qui protège un cimetière, est-ce bien cela ?

— Je ne suis pas un escroc, proteste Matthew Mackie.

Chris lève la main pour l'interrompre.

— Quelques instants après s'être battu avec cet escroc, le premier homme s'écroule au sol, mort. Tué par une injection létale. Ce qui jette un jour nouveau sur les choses, en particulier lorsque nous découvrons que l'escroc est médecin. Mais peut-être quelque chose m'a-t-il échappé ?

Mackie garde le silence.

— Je vais juste vous poser de nouveau la question, monsieur. Pourriez-vous retirer ce col romain pour moi ?

— Je ne suis pas à l'heure actuelle quelqu'un que l'on peut appeler « mon père », je vous l'accorde, dit Mackie en poussant un long soupir. Mais je l'ai été, et ce pendant de nombreuses années. Ce qui confère des privilèges. Porter ce col est l'un d'entre eux. Si j'ai fait le choix de le porter, et si je choisis encore de me présenter sous le nom de père Mackie, eh bien, cela me regarde.

— Docteur Mackie, dit Chris, il s'agit d'une affaire de meurtre. J'ai besoin que vous arrêtiez de me mentir.

L'agente De Freitas ici présente a épluché tous les registres. L'Église s'est montrée très serviable. Quoi que vous ayez pu nous dire, quoi que vous ayez dit au conseil, à Ian Ventham, aux dames qui ont protégé la barrière, vous n'êtes pas prêtre et ne l'avez jamais été. Il n'y a aucune archive nulle part, aucun registre poussiéreux, pas d'ancienne photographie. J'ignore complètement pourquoi vous nous mentez, mais de notre côté nous avons un cadavre et nous sommes à la recherche d'un meurtrier, il vaut donc probablement mieux que nous mettions cette question au clair rapidement. Si je passe à côté d'une information importante, vous devez me le dire.

Mackie regarde Chris un instant, l'air songeur. Puis il secoue la tête.

— Uniquement si vous m'arrêtez, répond-il. Si ce n'est pas le cas, j'aimerais rentrer chez moi à présent. Et cela sans rancune, je sais que vous faites votre travail.

Matthew Mackie se signe et se lève. Chris se lève également.

— Je resterais, docteur Mackie, si j'étais vous.

— Le jour où vous me mettrez en accusation, je le ferai, c'est promis, dit Mackie. Mais en attendant…

Donna quitte sa chaise et ouvre la porte de la salle d'interrogatoire pour lui. Matthew Mackie s'en va.

70

Fumer dans un sauna peut se révéler très difficile, mais Jason Ritchie met tout son cœur pour y parvenir.

— Tu es sûr que ça te convient, Papa ? demande-t-il tandis que la sueur tombe à grosses gouttes de son front.

— Raconte-leur juste toute l'histoire, répond Ron. Elles sauront quoi faire.

— Et vous croyez qu'elles arriveront à les retrouver ? demande Jason.

— Je le croirais sans problème, dit Ibrahim, étendu sur un banc situé plus bas.

La porte du sauna s'ouvre et Elizabeth et Joyce, en maillot de bain et enveloppées dans des serviettes, font leur entrée. Jason jette sa cigarette sur un tas de cendres brûlantes.

— Eh bien, voilà qui est agréable, lance Joyce. Ce parfum d'eucalyptus.

— Ravie de vous voir, Jason, dit Elizabeth en venant s'assoir face au boxeur à demi nu. Je crois que vous pensez que nous pourrions vous être utiles. Je dois bien le dire, je suis d'accord.

Voilà pour les civilités. Elizabeth plante ses yeux dans ceux de Jason.

— Alors ?

Jason raconte à Elizabeth et à Joyce la même histoire qu'à son père. Un exemplaire de la photo passe de main en main dans le sauna. Ibrahim l'a fait plastifier.

— Je reçois la photo, confirme Jason, et je me dis, mais qu'est-ce que c'est que ça ? Qui m'envoie ça ? Un journal ? Est-ce que ce sera la une du *Sun* de demain ? C'est à ça que je pense. Mais il n'y a pas de message, rien. Pas un journaliste ne m'appelle, pourtant ils ont un numéro pour me joindre, alors que se passe-t-il ?

— Et que se passait-il ? demande Elizabeth.

— Eh bien, je réfléchis, faut-il que j'appelle la fille qui s'occupe de mes relations presse ? Peut-être qu'ils ont parlé avec elle. J'étais sous le choc, pour être franc, elle date de vingt ans et quelques, cette photo, c'est tout un monde que j'ai laissé derrière moi. Alors je me sens prêt à nier n'importe quoi, ou à trouver une explication, enterrement de vie de garçon, soirée déguisée, n'importe quoi pour donner une raison.

— Oh, oh, très bien, fait Joyce.

— Et donc, je suis là, les yeux toujours fixés sur la photo, et soudain j'ai un déclic. Je me dis, eh bien, peut-être que ça fait partie du jeu. Peut-être que Tony a mis la main sur cette photo, un boxeur célèbre, entouré de billets, avec des récidivistes partout autour de lui. Il m'envoie une copie, pour récupérer un peu d'argent. Allez, donne-moi vingt mille, ou quelque chose dans le genre, et je ne vais pas voir les journaux. Ça me va bien, vraiment, alors je me dis, ouais, je devrais simplement l'appeler, discuter un peu avec lui. Voir si on peut trouver un arrangement.

— Tony Curran était-il le genre d'homme capable de jouer les maîtres chanteurs ? demande Elizabeth.

— Tony était le genre d'homme capable de faire n'importe quoi, ça oui. Donc, première étape, je me procure un nouveau téléphone, bon marché, en ville.

— Quand vous en aurez fini, pourrez-vous m'indiquer à quel endroit ? Parce que j'en cherche un en ce moment, intervient Ibrahim.

— Bien sûr, monsieur Arif, répond Jason. Donc, je l'appelle une première fois et il ne décroche pas. J'essaye une seconde fois – même chose ; je lui laisse vingt minutes et je tente à nouveau ma chance. Toujours pas de réponse.

— Moi, je ne décroche jamais si je ne reconnais pas le numéro, dit Joyce. J'ai vu ça dans l'émission « Rogue Traders ».

— C'est très sage de votre part, Joyce, poursuit Jason. Puis je suis venu faire un saut ici pour boire un verre avec Papa et j'ai vu le gars en question, Curran, en train de se disputer avec Ventham.

— Sans rien me raconter de toute l'histoire, dit Ron.

Jason lève la main pour confirmer ses dires.

— Donc après que Papa et moi on a bu quelques bières…

— Avec moi, intervient Joyce.

— Avec Joyce, confirme Jason. Après cela, je suis parti faire un petit tour en voiture, juste pour réfléchir un peu. Puis je suis allé là-bas, à la maison de Tony, un bel endroit. Voilà, je sais qu'on se méfie toujours un peu l'un de l'autre, moi et Tony, il y a trop de secrets, mais, bon, je ne viendrais pas devant sa porte sans bonne raison. Comme sa voiture est garée dans l'allée, quand je vois qu'il ne m'ouvre pas la porte, je me dis qu'il m'a vu grâce à son système de vidéosurveillance et qu'il n'a pas envie de discuter. Je ne lui en voulais pas de ne pas m'ouvrir, alors j'ai appuyé sur la sonnette encore plusieurs fois puis je suis parti.

— Et cela s'est passé le jour de sa mort ? demande Joyce.

— Le jour de sa mort, exactement. Je n'ai pas entendu le moindre bruit à l'intérieur de la maison, donc j'ignore si cela s'est passé avant ou après ou je ne sais quand. En tout cas, je rentre chez moi et quelques heures plus tard je suis sur ce groupe WhatsApp…

— Un groupe WhatsApp ? s'enquiert Elizabeth, mais Joyce balaye sa question d'un geste de la main et Jason poursuit.

— C'est juste quelques vieux copains, et l'un d'eux annonce que Tony a été retrouvé mort chez lui. Ça me fige sur place, vous voyez ? On m'envoie la photo le matin et Tony meurt l'après-midi même. Je suis inquiet. C'est vrai, je peux faire attention à moi, mais Tony aussi pouvait faire attention à lui, et voilà où il en est ? Je suis donc nerveux, c'est bien normal, et alors la police apprend que je suis allé chez Tony et elle a des relevés qui disent que j'ai aussi appelé le numéro de Tony le même jour. Et elle a une photo de moi qui a été laissée près du corps. On ne peut pas lui en vouloir, elle a l'impression que ça pue et c'est ce que je penserais aussi.

— Mais vous n'avez pas tué Tony Curran ? demande Elizabeth.

— Non, ce n'est pas moi, dit Jason. Mais on peut comprendre pourquoi la police pense que je l'ai fait.

— Elle dispose d'arguments convaincants, en effet, reconnaît Ibrahim.

— Et vous êtes ici pour voir si nous pouvons retrouver votre vieil ami pour vous ? demande Elizabeth.

— Eh bien, dit Jason, d'après mon père, même si les policiers sont bons, vous êtes meilleurs.

Tout le monde approuve silencieusement d'un hochement de tête.

— Et ce sont de vieux amis, fait Jason. Il y a aussi le gars qui a pris la photo.

— Et qui était-ce ? s'enquiert Elizabeth.

— Gianni le Turc, le quatrième membre de notre petite bande.

— Et il est turc ? demande Joyce.

— Non, répond Jason.

Ibrahim en prend note.

— Il est chypriote turc et il a fiché le camp là-bas il y a des années.

— Je connais quelques bons agents actifs à Chypre, dit Elizabeth.

— Écoutez, intervient Jason. Vous ne me devez rien. Et même moins que ça. Je n'ai rien fait de bien à l'époque et, pour ce qui est de Tony, il a mal agi toute sa vie. Mais si Bobby ou Gianni a tué Tony, cela veut dire qu'ils sont encore quelque part dans la nature, et s'ils sont encore quelque part dans la nature, alors pourquoi ne serais-je pas le prochain ? Encore une fois, je sais que tout cela n'est pas votre affaire, mais Papa a pensé que ça pourrait être dans vos cordes, et je ne vais pas refuser votre aide.

— Alors… qu'en pensez-vous ? demande Ron.

— Eh bien, dit Elizabeth. Voici ce que j'en pense. Les autres ne seront peut-être pas d'accord, mais je suspecte qu'ils le seront. Le pétrin dans lequel vous vous êtes fourré, vous l'avez créé vous-même. Et ce pétrin a pris sa source dans la cupidité et les affaires de drogue. Tout ça, ce sont les côtés négatifs de l'affaire, selon moi. Mais il existe également un côté positif. C'est que vous êtes le fils de Ron. Et je crois que vous avez probablement raison, je crois que nous sommes capables de trouver Bobby Tanner et Gianni le Turc pour vous. Sans doute rapidement. Et quoi que vous ayez fait, et quoi que nous puissions penser de cela, j'aimerais attraper un meurtrier. Avant que ce meurtrier ne vous attrape, vous.

— D'accord pour moi, fait Joyce.

— D'accord pour moi, fait Ibrahim.

— Merci, dit Jason.

— Merci, ajoute Ron.

— Il n'y a pas de quoi, dit Elizabeth en se levant. À présent, je vous laisse à votre sauna. J'ai quelques coups de fil à passer. Ron, j'ai besoin que tu viennes au cimetière à 22 heures, ce soir, si tu es disponible. Joyce et Ibrahim, j'aurai également besoin de vous là-bas.

— Ça a l'air super. Je ne voudrais pas rater ça, dit Ron.

Son fils lui adresse un regard interrogateur.

— Et vous, Jason ? lance Elizabeth.

— Oui ? dit Jason.

— Si vous êtes en train de bluffer, sachez que vous prenez un pari à haut risque. Parce que nous mettrons la main sur ce meurtrier. Même s'il s'agit de vous.

71

— Auriez-vous besoin d'un peu d'aide pour descendre dans la tombe ? s'enquiert Ibrahim.

— Oui, s'il vous plaît, répond Austin, ce serait terriblement aimable de votre part.

Bogdan a emprunté une lampe à arc et elle est braquée sur la tombe qu'il a ouverte le matin où Ian Ventham a été assassiné. La tombe qui a révélé un occupant supplémentaire reposant sur le dessus du cercueil. Un squelette, enterré à un endroit où il n'avait aucun droit de l'être.

Austin s'agrippe au bras d'Ibrahim et fait un pas vers l'intérieur de la tombe. Il prend soin de ne pas marcher sur les os éparpillés sur le bord du cercueil. Il lève la tête vers Elizabeth et se met à glousser.

— Cela me rappelle des souvenirs, Lizzie. Tu te souviens de Leipzig ?

Elizabeth sourit, elle s'en souvient, sans aucun doute. Joyce sourit également car elle n'a jamais entendu Elizabeth se faire appeler Lizzie auparavant. Elle se demande si les autres l'ont aussi remarqué.

— Z'en pensez quoi, prof ? demande Ron, assis l'air joyeux aux pieds de Notre-Seigneur Jésus-Christ, et occupé à boire une canette de Stella.

— Eh bien, ce n'est pas quelque chose que j'aimerais dire en temps normal, répond Austin tout en relevant ses lunettes pour regarder de plus près le fémur qu'il tient à présent en main, mais si j'étais enclin aux commérages, entre amis, bien entendu, je dirais que tout ceci se trouve là depuis quelque temps.

— Quelque temps, Austin ? questionne Elizabeth.

— C'est ce que je dirais, estime Austin. Rien qu'au vu de la coloration.

— Et si tu étais plus précis ? demande Elizabeth.

— Eh bien ! fait Austin. Si tu veux que je sois précis, je dirais…

Il prend un moment pour ajuster ses pensées.

— Je dirais vraiment longtemps, en effet.

— Ils auraient donc pu être enterrés en même temps que sœur Margaret ? demande Joyce.

— Quelle date mentionne la pierre tombale ? interroge Austin.

— 1874, lit Joyce.

— Aucune chance qu'ils soient de cette époque. Ils ont trente, quarante, cinquante ans peut-être, tout dépend de la nature du sol… mais pas cent cinquante.

— Donc, à un moment donné, fait Ibrahim, quelqu'un a creusé cette tombe, enterré un autre corps dans ce trou et l'a de nouveau rempli.

— Assurément, confirme Austin. Vous voici donc face à un mystère.

— Une autre religieuse, peut-être, Austin ? demande Elizabeth. Y a-t-il des bijoux là-dedans ? Des fragments de vêtements ?

— Il n'y a trace de rien, dit Austin. La mise à nu a été totale. Si tout cela est lié à un meurtre, eh bien, quelqu'un a su s'y prendre. Je vais emporter quelques os avec moi. Cela ne vous dérange pas ? Je leur jetterai un petit coup d'œil demain matin, juste pour vous donner un tableau plus précis.

— Absolument, Austin, fais ton choix, dit Elizabeth.

Bogdan a l'air un peu dépassé.

— Donc on doit dire à la police maintenant ?

— Oh, je pense que nous pouvons probablement garder cela pour nous jusqu'à ce qu'Austin nous recontacte, répond Elizabeth. Si tout le monde est d'accord ?

Tout le monde est d'accord.

— Quelqu'un peut-il m'aider à sortir de la tombe ? demande Austin. Bogdan, mon ami, est-ce possible ?

Bogdan hoche la tête mais semble vouloir d'abord éclaircir un point.

— Écoutez, je dois juste dire une chose. OK ? Au cas où, peut-être, je deviens fou. C'est pas normal ? Pas vrai ? Un vieil homme dans une tombe qui examine des os. Quelqu'un est peut-être assassiné, mais personne ne dit à la police ?

— Bogdan, vous n'avez rien dit à la police le jour où vous avez déterré ces os pour la première fois, dit Joyce.

— Oui, mais moi je suis moi, réplique Bogdan. Je suis pas normal.

— Eh bien, nous, nous sommes nous, fait Joyce. Et nous ne sommes pas normaux non plus. Bien que je l'aie été, autrefois.

— La normalité est un concept illusoire, Bogdan, ajoute Ibrahim.

— Bogdan, faites-nous confiance, intervient Elizabeth. Nous voulons simplement découvrir à qui pourraient appartenir ces os et qui les a enterrés, et ce sera bien plus facile à faire sans que la police vienne fourrer son nez là-dedans avant que ce ne soit absolument nécessaire. Si la police est la première à avoir les os, vous pouvez parier qu'on n'en entendra plus parler ensuite. Et cela semble injuste, après tout ce dur labeur que nous avons accompli.

— Je vous fais confiance, poursuit Bogdan avant qu'une pensée vienne lui arracher une grimace. Même si, si ça tourne mal, je parie c'est moi envoyé en prison.

— Je ne laisserai pas cela se produire ; vous êtes trop utile, dit Elizabeth. À présent, s'il vous plaît, aidez Austin à sortir de la tombe et attrapez ces os pour moi. Je propose que nous retournions tous chez Joyce pour prendre une bonne tasse de thé.

— Formidable ! lance Austin tout en plaçant sa sélection d'ossements sur le bord de la tombe avant de tendre les mains pour saisir les bras de Bogdan.

— Allez, ouvre la voie, Lizzie, dit Ron avant de finir de vider sa canette de Stella.

72

Joyce

L'ambiance était joyeuse et je peux m'expliquer pourquoi. Nous comprenons tous que nous faisons partie d'une bande et nous comprenons que nous sommes en plein cœur de quelque chose d'inhabituel. Nous comprenons également, je pense, que nous faisons quelque chose d'illégal, mais nous avons passé l'âge de nous en préoccuper. Peut-être exprimons-nous notre colère contre la lumière qui décline, mais cela, c'est de la poésie, pas la vie. Il y a sans doute d'autres raisons qui ne me sont pas venues à l'esprit, mais ce que je sais c'est que sur le chemin qui nous ramenait au bas de la colline nous nous sommes sentis grisés. Comme des adolescents restés dehors trop tard.

Mais quand Austin a déposé le tas d'ossements sur la table de ma salle à manger, même si nous avions toujours à l'esprit qu'il s'agissait d'une sorte d'aventure, je crois que leur vue a commencé à nous donner matière à méditer à tous. Même à Ron.

Tout cela est fort bien, le Murder Club du jeudi et nos petites prouesses, et la liberté que nous accorde l'âge et toutes ces choses que nous aimons nous raconter à nous-mêmes. Mais quelqu'un était mort, même si cela s'était produit il y a longtemps, il convenait donc de prendre un instant pour réfléchir.

Il n'y avait pas de solution, nous n'arrivions pas à faire surgir une seule bonne raison pour expliquer pourquoi le corps supplémentaire se trouvait là. En y regardant de plus près, et en puisant ses forces dans un moelleux à l'orange (recette télé de Nigella), Austin était presque sûr que le corps était celui d'un homme, il ne s'agissait donc pas d'une nonne.

Mais quelle était son identité ? Et qui l'avait tué ? La première étape avant d'obtenir ces réponses serait de découvrir à quelle époque avait eu lieu son meurtre. Était-ce il y a trente ans ? Cinquante ? Cela faisait une grande différence.

Austin a expliqué qu'il allait prendre les os avec lui et pratiquer des analyses supplémentaires. Après le départ de tout le monde, j'ai cherché son nom dans Google et il se trouve qu'il faut l'appeler « sir ». Je ne peux pas dire que j'ai été surprise, il en connaissait vraiment un rayon sur les os. Ce qu'il pouvait bien faire debout dans une tombe, à 22 heures, avec ses quatre-vingts ans et quelques, ne regarde que lui, mais j'imagine que tout ami d'Elizabeth est certainement habitué à ce genre de choses. Et il prend aussi trois sucres dans son thé, même si on ne pourrait pas s'en douter en le regardant.

Et puis, il y avait la plus grande question de toutes, bien entendu. Vous vous la posez certainement déjà.

Le mobile avait-il été trouvé pour un meurtre bien plus récent ? Quelqu'un d'autre savait-il que les os étaient cachés à cet endroit ? Ian Ventham avait-il été assassiné pour protéger le Jardin du repos éternel et le secret de ces ossements ?

Nous avons parlé, je pense, pendant près d'une heure. Avions-nous raison de ne pas impliquer la police ? Nous devrons lui dire au bout du compte, mais le sentiment dominant était que c'est notre histoire, notre cimetière, notre maison et, pour le moment, nous voulions garder cela pour nous. Dès que nous aurons les résultats de la part d'Austin, nous devrons tout raconter, bien évidemment.

Nous essayons donc de résoudre deux meurtres, et peut-être trois, si le squelette a été assassiné. Ou, devrais-je dire, si le squelette est celui de quelqu'un qui a été assassiné. Doit-on considérer un squelette comme une personne ?

C'est une question pour de plus grands esprits que le mien.

Je sais qu'Elizabeth tient à retrouver Bobby et Gianni, mais nous sommes tous tombés d'accord sur ce point : pour l'instant ce sont les os qui doivent avoir la priorité.

Je me demande si Chris et Donna font des progrès de leur côté. Si c'est le cas, nous n'en avons pas été informés. J'espère de tout cœur qu'ils ne nous cachent rien.

73

Chris et Donna grimpent les trois volées de marches qui mènent au bureau de Chris. Donna a feint d'avoir peur des ascenseurs pour forcer Chris à utiliser ses jambes.

— Donc, Jason Ritchie pour le meurtre de Tony Curran, dit Chris. Et Matthew Mackie pour celui d'Ian Ventham ?

— À moins que quelque chose ne nous échappe, dit Donna.

— Cela ne me surprendrait pas, fait Chris. Alors, examinons tout cela en détail. Nous savons que Matthew Mackie était présent et nous savons qu'il ment. C'est un médecin, pas un prêtre.

— Nous savons donc qu'il pouvait se procurer du fentanyl et qu'il saurait comment l'utiliser, dit Donna.

— Je suis d'accord. Je crois que nous avons tout ce qu'il nous faut, à l'exception d'un mobile.

— Eh bien, il ne veut pas que le cimetière soit déplacé, fait Donna. Cela suffit-il ?

— Pas pour l'arrêter. À moins de trouver pourquoi il ne veut pas qu'il change d'emplacement.

— Est-ce un crime de se faire passer pour un prêtre ? demande Donna. Un jour quelqu'un que j'avais rencontré sur Tinder s'est fait passer pour un pilote et a essayé de me tripoter devant un pub All Bar One.

— Je parie qu'il l'a regretté.

— Je lui ai donné un coup dans les valseuses, puis j'ai lancé un appel en indiquant son numéro d'immatriculation et il a dû souffler dans le ballon sur le chemin du retour.

Tous deux sourient. Mais les sourires sont fugaces. L'un comme l'autre savent qu'ils courent le risque de laisser Matthew Mackie leur filer entre les doigts. Il n'y a pas la moindre preuve contre lui.

— Avez-vous eu des nouvelles de la part de vos amis du Murder Club du jeudi ? demande Chris.

— Pas un mot, dit Donna. Ce qui me rend nerveuse.

— Moi aussi, fait Chris. Et je n'ai vraiment pas envie d'être celui qui leur apprendra pour Jason Ritchie.

Chris marque une pause sur le palier. Il feint de réfléchir, mais en vérité ce n'est que pour reprendre son souffle.

— Peut-être que Mackie a quelque chose d'enterré dans le cimetière ? dit Chris. Et qu'il ne veut pas que ce soit déterré ?

— Excellent endroit pour enterrer quelque chose, reconnaît Donna.

74

Joyce

Avez-vous déjà utilisé Skype ?

Moi, jamais avant ce matin. Et maintenant c'est chose faite. Ibrahim l'a installé sur son ordinateur, et nous sommes donc allés chez lui. Son appartement est toujours tellement propre ! Et je ne pense pas qu'il ait quelqu'un qui vienne y faire le ménage.

Il y a des dossiers partout, mais ils sont tous sous clé, on peut donc les voir mais pas les lire. Imaginez les histoires que l'on doit entendre lorsque l'on est thérapeute. Qui a fait quoi à qui ? Il y a sûrement plus élégant comme formulation. Quoi qu'il en soit, je suis sûre qu'il a entendu toutes sortes d'histoires.

Austin a appelé à 10 heures tapantes, comme on pouvait s'y attendre de la part d'une personne de son rang, et il nous a fait part de ce qu'il savait. Nous pouvions le voir sur l'écran et nous nous sommes relayés pour apparaître dans le petit carré dans le coin. C'était difficile parce que le carré est très petit, mais j'imagine que l'on s'y habitue au bout de quelques utilisations.

Le corps était celui d'un homme, ce qu'il nous avait déjà dit. Son fémur portait la marque d'une blessure occasionnée par un coup de feu. Austin a brandi l'os pour nous montrer. Nous avons tous essayé d'entrer dans le carré pour cette partie. Était-ce la blessure qui avait causé sa mort ? Austin ne voulait en aucun cas dire qu'il s'agissait là d'une certitude, mais il estimait que ce n'était probablement pas le cas. C'était une blessure préexistante.

À un moment donné sa femme est passée dans l'arrière-plan. Que doit-elle penser en voyant son mari brandir des os face à un écran d'ordinateur ? Peut-être a-t-elle l'habitude.

À présent, que savez-vous sur la manière de déterminer l'âge d'ossements ? Je n'y connaissais rien, et Austin nous a expliqué tout cela en détail. C'était fascinant. Il y avait une machine, il y avait un colorant spécial et quelque chose qui avait à voir avec le carbone. J'ai essayé de me souvenir de cela durant tout le trajet du retour pour pouvoir l'écrire mais j'ai bien peur d'avoir oublié. En tout cas, c'était très intéressant. Il serait très bon s'il passait dans l'émission « The One Show », si jamais ils avaient besoin d'une intervention à ce sujet.

Il avait pris un peu de terre avec lui également, et lui avait fait subir des analyses, mais ce qui concernait la terre était moins intéressant. Revenons-en aux os, par pitié, voilà ce que je me disais à ce moment-là.

Ce qu'il faut retenir de tout cela, cependant, c'est qu'Austin avait fait quelques calculs, et on ne pouvait pas être certain, il existait des variables, personne ne détenait toutes les réponses, et tout ce qu'il pouvait vraiment faire était de nous livrer sa meilleure hypothèse. À ce moment-là, Elizabeth lui a dit d'arrêter de jacasser et d'en venir au fait. Elizabeth peut se permettre ce genre de choses, même avec quelqu'un qu'on se doit d'appeler « sir ».

Il a donc sorti cette conclusion. Le corps a été enterré dans les années 1970, probablement plus tôt que plus tard. Ce qui remonte donc à une cinquantaine d'années, à peu près.

Nous avons remercié Austin, mais ensuite personne ne savait comment raccrocher. Ibrahim a essayé pendant un moment et on pouvait voir qu'il perdait peu à peu la face. Pour finir, la femme d'Austin est venue à la rescousse de son côté. Elle a l'air charmante.

Et donc nous obtenions cela. Deux meurtres potentiels à cinquante ans d'écart. Ce qui donnait beaucoup à réfléchir à toutes les personnes présentes. Et il est sans doute temps de raconter à Chris et à Donna ce que nous avons fait. J'espère qu'ils ne le prendront pas trop personnellement.

Elizabeth m'a ensuite demandé si j'aimerais me rendre dans un crématorium à Brighton avec elle dans la journée, en raison d'une intuition qu'elle avait, mais j'avais déjà dit que je préparerais un déjeuner pour Bernard, alors, pas question. Je sais que vous ne pouvez pas sentir l'odeur, mais je lui cuisine une tourte au bœuf et aux rognons. Il maigrit, alors j'essaye juste de voir ce que je peux faire.

75

Donna et Chris attendent leur café gratuit au Wild Bean Café situé à l'intérieur de la station-service BP sur l'A21. Tout est bon pour quitter le poste pendant une demi-heure. Pour arrêter d'examiner le nombre infini de dossiers en provenance du Bureau des passeports irlandais. Chris prend une barre chocolatée.

— Chris, vous n'avez pas besoin de ça, dit Donna.

Chris lui jette un regard.

— S'il vous plaît, fait Donna. Laissez-moi vous aider. Je sais que c'est difficile.

Chris hoche la tête et repose la barre chocolatée.

— Alors, qu'est-ce que Mackie a à y gagner ? demande Donna. Quel est le lien avec le cimetière ? Pourquoi le protéger s'il n'est pas prêtre ?

Chris hausse les épaules.

— Peut-être n'est-ce qu'un moyen d'approcher Ventham ? Peut-être qu'il existe un autre lien entre eux. Avons-nous étudié la liste des patients du Dr Mackie ? On ne sait jamais.

Chris prend alors une barre de céréales.

— C'est encore pire qu'une barre chocolatée, dit Donna. Encore plus sucré.

Chris repose la barre. À ce rythme-là il va bientôt être obligé de manger un fruit.

— Il est sacrément louche, dit Chris. Tout ce qui nous manque, c'est son mobile.

Le téléphone de Donna se met à vibrer et elle prend connaissance d'un message.

Elle pince les lèvres et lève les yeux vers Chris.

— C'est Elizabeth. Elle se demande si on aimerait faire un saut chez elle ce soir.

— Je crois que cela devra attendre, réagit Chris. Dites-lui que nous sommes occupés par la résolution de deux affaires de meurtre.

Donna continue de faire défiler le message.

— Elle dit qu'elle a quelque chose pour nous. Je cite : « SVP ne lisez pas le moindre autre dossier avant d'avoir vu ce que nous avons trouvé. Et puis, il y aura aussi du sherry. Je vous attends à 20 heures. »

Donna range son téléphone dans sa poche et regarde son supérieur.

— Alors ? demande-t-elle.

Alors ? Chris caresse doucement sa barbe de trois jours tout en songeant au Murder Club du jeudi. Il lui faut l'admettre, il les aime bien. Il est heureux de boire leur thé, de manger leurs gâteaux et d'avoir ces discussions officieuses avec eux. Il aime les paysages vallonnés et le ciel immense qu'il trouve chez eux. Profite-t-on de lui ? Eh bien, c'est presque certain mais, pour le moment, il reçoit beaucoup en retour. Si tout cela venait à se savoir, cela ferait-il très mauvaise impression ? Bien sûr, mais ça n'arrivera pas. Et, si jamais cela se produisait, pourquoi ne pas simplement inviter Elizabeth lors de son audience disciplinaire et la laisser faire opérer sa magie ?

Il finit par lever les yeux vers Donna qui, attendant sa réponse, le regarde d'un air interrogateur.

— C'est un oui, un oui réticent.

76

— À présent, nous pouvons traiter cette question de deux façons, dit Elizabeth. Vous pouvez en faire toute une histoire et tous nous maudire, et nous pouvons tous perdre un temps fou. Ou vous pouvez simplement accepter ce qui s'est passé, et nous pouvons savourer notre sherry et aller de l'avant. À vous de choisir.

Pendant un instant Chris reste dans l'incapacité de parler. Il les regarde tous les quatre. Puis lève les yeux en l'air. Les baisse vers le sol. En quête de mots qui ne veulent pas venir. Il tend une paume devant lui comme s'il essayait de mettre la réalité sur pause durant un infime moment. Sans succès.

— Vous…, commence-t-il, lentement. Vous avez… déterré un corps ?

— En fait, techniquement, *nous* ne l'avons pas déterré, précise Ibrahim.

— Mais un corps a bien été exhumé, n'est-ce pas ? demande Chris.

Elizabeth et Joyce acquiescent d'un signe de tête. Elizabeth boit une gorgée de sherry.

— En résumé, oui, confirme Joyce.

— Et vous avez ensuite pratiqué une analyse médico-légale des os ?

— En fait, une fois encore, nous ne l'avons pas fait personnellement. Et l'analyse n'a concerné que quelques os, précise Ibrahim.

— Oh, mais tout va pour le mieux, dans ce cas. Juste quelques os ?

Chris a haussé le ton et Donna s'aperçoit que c'est la première fois qu'une telle chose se produit en sa présence.

— Alors, il ne me reste plus qu'à vous souhaiter une bonne soirée. Circulez, il n'y a rien à voir.

— Je savais que vous dramatiseriez, dit Elizabeth. Pouvons-nous juste en finir avec cette histoire et passer aux affaires en cours ?

Donna intervient.

— Dramatiser ? fait-elle en s'adressant directement à Elizabeth. Elizabeth, vous venez d'exhumer un corps humain et vous avez omis de le signaler à la police. Ce n'est pas la même chose que de se faire passer pour une nonne dont on vient de voler le sac.

— Une nonne ? Quelle nonne ? demande Chris.

— Ce n'est rien, réplique hâtivement Donna. Il s'agit d'une infraction grave. Elizabeth, vous pourriez tous aller en prison pour cela.

— C'est absurde, dit Elizabeth.

— C'est loin d'être absurde, rétorque Chris. Mais qu'êtes-vous donc en train de fabriquer ? Je veux que vous réfléchissiez très soigneusement à ce que vous allez répondre. Pourquoi avoir exhumé un corps ? Reprenons toute cette histoire étape après étape.

— Eh bien, comme je l'ai indiqué précédemment, nous n'avons pas déterré le corps. Mais notre attention a été attirée par le fait qu'un corps avait été exhumé, fait Ibrahim.

— Et naturellement, cela a attisé notre curiosité, dit Ron.

— Notre attention a été captée, confirme Ibrahim.

— Et avec le meurtre d'Ian Ventham, ajoute Joyce, il nous a semblé que cela pourrait être important.

— Vous ne pensiez pas que moi et Donna aurions pu être intéressés à ce stade ? demande Chris.

— Tout d'abord, Chris, il faut dire « Donna et moi », corrige Elizabeth. Et ensuite, qui savait ce qu'étaient ces os ? Nous ne voulions pas vous faire perdre votre temps avant d'être sûrs de ce que nous avions entre les mains. Que se serait-il passé si nous vous avions appelés et que ces os n'avaient été rien d'autre que des os de vache ? N'aurions-nous pas eu l'air de vieux imbéciles ?

— Jamais nous n'aurions voulu vous faire perdre votre temps, acquiesce Ibrahim. Nous savons que vous êtes déjà occupés par deux affaires de meurtre.

— Mais voilà qu'ils ont été transmis pour être analysés, poursuit Elizabeth. Et que le résultat tombe, il s'agit d'os humains, c'est une bonne chose que ce soit confirmé, cela n'a pas coûté un sou au contribuable. Un homme, mort dans les années 1970, avec une blessure par balle à la jambe dont on est incapable de dire si c'est ce qui a causé sa mort. Il est temps maintenant d'inviter Chris et Donna à jeter un œil là-dessus et à prendre la main à partir de là. De faire entrer en jeu les professionnels. J'ai vraiment l'impression que vous pourriez nous dire merci.

Chris tente d'élaborer une réponse. Donna décide qu'il est peut-être de sa responsabilité de formuler cette dernière.

— Bon sang, Elizabeth, voulez-vous bien arrêter une seconde ? Vous pouvez cesser de nous jouer votre comédie. À la seconde où vous avez déterré ce corps vous saviez qu'il s'agissait d'os humains, parce que je suis convaincue que vous pouvez très bien faire la différence. Joyce, vous avez été infirmière pendant quarante ans, ne pouvez-vous pas distinguer des os humains d'os de vache ?

— Eh bien, si, concède Joyce.

— À la seconde où vous avez fait cela, Elizabeth, vous et toute votre bande…

— Nous ne sommes pas la bande d'Elizabeth, l'interrompt Ibrahim.

Donna regarde Ibrahim, l'air fâché ; il lève la main pour reconnaître sa faute.

Elle poursuit.

— Vous tous, à partir de ce moment-là, vous vous êtes mis dans de sérieuses, très sérieuses difficultés. Ce n'est pas un joli petit tour que vous avez joué. Vous bernez peut-être tout le monde, mais vous ne me bernez pas moi. Vous n'êtes pas de faibles personnes armées de courage ou de serviables amateurs. Il s'agit d'une infraction grave. C'est même pire qu'une infraction grave. Et ce genre de choses ne se termine pas par une séance de rigolade collective autour d'un verre de sherry. Cela se termine dans une salle d'audience.

Comment avez-vous pu être aussi stupides, tous les quatre ? Nous sommes amis et c'est ainsi que vous me traitez ?

Elizabeth soupire.

— Eh bien, c'est exactement ce que je voulais dire, Donna. Je savais que vous en feriez un drame tous les deux.

— Un drame ! s'écrie Donna, l'air incrédule.

— Oui, un drame, poursuit Elizabeth. Et je le comprends, au vu des circonstances.

— Vous ne faites que votre boulot, acquiesce Ron.

— Et de manière admirable, si vous voulez mon avis, ajoute Ibrahim.

— Mais le drame prend fin ici, dit Elizabeth. Si vous devez nous arrêter, arrêtez-nous. Emmenez-nous tous les quatre au poste, interrogez-nous toute la soirée. Vous obtiendrez la même réponse toute la soirée.

— Sans commentaires, dit Ron.

— Sans commentaires, dit Ibrahim.

— Comme dans *24 Hours in Police Custody*[1], dit Joyce.

— Vous ne savez pas qui a exhumé le corps et aucun de nous ne vous donnera la réponse à cette question, poursuit Elizabeth. Vous ne savez pas qui a emporté les ossements pour les analyser et nous ne vous le dirons pas non plus. À la fin de la soirée vous pourrez essayer d'expliquer au ministère public que quatre personnes entre soixante-dix et quatre-vingts ans ont omis de

1. Série documentaire diffusée sur Channel 4 proposant une immersion dans les affaires gérées par un poste de police.

déclarer qu'elles avaient exhumé un corps. Pour quelle raison ? Avec quelle preuve, à part les aveux irrecevables que vous avez obtenus de nous ce soir ? Et tout cela avec quatre suspects, tous très contents d'aller au tribunal, de sourire joyeusement, de faire comme s'ils confondaient la juge avec leur petite-fille et de lui demander pourquoi elle ne vient pas leur rendre visite plus souvent. Tout ce processus est pénible, coûteux, chronophage et ne mène à rien. Personne ne va aller en prison, personne ne va recevoir d'amende, personne ne va même être amené à ramasser des détritus sur le bord des routes.

— Certainement pas avec le dos que j'ai, dit Ron.

— Ou bien, poursuit Elizabeth, vous pouvez nous pardonner, et nous croire quand nous disons que nous essayons d'apporter notre aide. Vous pouvez nous laisser nous excuser pour notre enthousiasme excessif, parce que nous savions que ce que nous faisions n'était pas bien, mais que nous l'avons fait malgré tout. Nous savons que vous avez passé les dernières vingt-quatre heures dans l'ignorance et nous savons que nous vous sommes redevables. Et si vous nous accordez votre pardon, demain matin, sur la seule base d'une intuition dépourvue d'un réel fondement, vous pouvez diligenter une fouille du Jardin du repos éternel. Vous pouvez déterrer le corps, vous pouvez l'envoyer à votre propre équipe de police scientifique, qui vous dira qu'il s'agit d'un homme qui a très certainement été enterré au début des années 1970, et à ce moment-là nous serons tous heureux de nous retrouver sur la même longueur d'onde.

Le silence emplit la pièce pendant un moment.

— Donc, demande Chris, très lentement. Vous avez réenterré les ossements ?

— Nous pensions que c'était la meilleure solution, répond Joyce. Pour que vous puissiez vous attribuer toute la gloire.

— Je m'occuperais de trois ou quatre tombes avant de creuser celle qui se trouve dans le coin tout en haut à droite, si j'étais vous, précise Ron. Histoire de noyer un peu le poisson.

— Et en attendant, poursuit Elizabeth, nous pouvons tous passer une bonne soirée et oublier les cris. Nous pouvons vous raconter tout ce que nous savons. Pour que vous puissiez être directement opérationnels demain matin.

— Vous pourriez même partager quelques informations avec nous si vous estimiez cela approprié, ajoute Ibrahim.

— Que diriez-vous de quelques informations sur les peines de prison encourues pour entrave à l'exercice de la justice ? Ou pour détérioration de tombe ? dit Chris. Elles vont jusqu'à dix ans, si cela vous intéresse.

— Oh, nous venons déjà de parler de tout cela, Chris, soupire Elizabeth. Arrêtez cette grandiloquence et mettez votre orgueil dans votre poche. Et, du reste, nous n'entravons rien, nous aidons.

— Je ne vous ai vus, ni l'un, ni l'autre, vous charger d'exhumer un corps, ajoute Ron à l'adresse de Chris et Donna.

— Nous avons sans aucun doute abattu pas mal de travail, jusqu'à aujourd'hui, dit Ibrahim.

— Donc, voici comment je vois les choses, confirme Elizabeth. Soit vous nous arrêtez, ce que nous comprendrions tous, et ce que Joyce, en fait, je crois, apprécierait.

— Sans commentaires, dit Joyce en opinant joyeusement du chef.

— Ou vous ne nous arrêtez pas et nous pouvons passer le reste de la soirée à discuter des raisons exactes pour lesquelles quelqu'un a enterré un corps, sur la colline, à un moment dans les années 1970.

Chris jette un regard à Donna.

— Et nous pouvons également nous demander si la même personne vient d'assassiner Ian Ventham pour garder cela secret, ajoute Elizabeth.

Donna regarde Chris. Chris a une question.

— Vous pensez donc que la même personne pourrait avoir commis deux meurtres ? Mais à presque cinquante années d'écart ?

— Question intéressante, n'est-ce pas ? demande Elizabeth.

— Une question intéressante que nous aurions pu nous poser hier soir, réplique Chris.

— Il aurait pu être utile de savoir que nous pourrions rechercher une personne qui se trouvait ici dans les années 1970 et qui y est toujours aujourd'hui, ajoute Donna.

— Nous sommes vraiment désolés, dit Joyce. Mais Elizabeth était inflexible et vous connaissez Elizabeth.

— Allons de l'avant, dit Elizabeth. Laissons cela derrière nous.

— Avons-nous vraiment le choix, Elizabeth ? questionne Chris.

— Le choix, c'est surfait ; vous apprendrez cela à mesure que les années défileront, dit Elizabeth. À présent, remettons-nous au travail. Je me demande ce que vous pensez de ce prêtre ? Le père Mackie. N'aurait-il pas pu être dans les parages lorsque cet endroit était un couvent ?

— Je déduis de cette question que vous n'avez pas été en mesure de découvrir quoi que ce soit à propos du père Mackie ? réplique Chris. Ne me dites pas que j'ai trouvé un défaut dans votre cuirasse.

— Mon enquête est en cours, dit Elizabeth.

— Inutile de la poursuivre, Elizabeth, nous avons résolu cette question pour vous, dit Donna. Il s'agit du Dr Mackie. Il n'est pas prêtre. Il ne l'a jamais été et ne le sera jamais. Médecin en Irlande, il est venu s'installer ici dans les années 1990.

— C'est très étrange, fait Elizabeth. Pourquoi faire semblant d'être prêtre ?

— Je t'avais bien dit que c'était un sale type, lance Ron à Ibrahim.

— Donc, il pourrait avoir tué Ian Ventham, dit Donna. Et il mijote très certainement quelque chose. Mais je doute que cela soit à cause de vos os.

— Est-il nécessaire que je rappelle une fois encore que tout cela est confidentiel ? intervient Chris.

— Vous ne risquez rien avec nous. Vous le savez, n'est-ce pas ? Rien ne sortira jamais de cette pièce, dit Elizabeth. Ne pourrions-nous pas simplement oublier que tout cela s'est passé, cette affaire d'ossements et je ne sais quoi encore, et mutualiser nos connaissances ?

— Je pense que nous avons suffisamment mutualisé pour aujourd'hui, Elizabeth, dit Donna.

— Oh, vraiment ? réplique Elizabeth. Et pourtant, vous ne nous avez même pas encore parlé de la photo déposée auprès de Tony Curran. Nous avons dû trouver cela tout seuls.

Donna et Chris regardent Elizabeth. Chris laisse échapper un soupir théâtral.

— En guise d'offrande de paix, dit Ibrahim, peut-être aimeriez-vous savoir qui a pris la photo ?

Chris lève les yeux vers le ciel. Ou plutôt vers le plafond Artex de Joyce.

— J'*aimerais* effectivement savoir cela, oui.

— Un gars nommé Gianni le Turc, dit Ron.

— Bien qu'il ne soit pas turc, ajoute Joyce.

— Vous avez vu la photo, Ron ? demande Donna.

D'un signe de tête, Ron confirme que c'est bien le cas.

— Jason est pas mal sur ce cliché, pas vrai ?

— Mon avis vaut ce qu'il vaut, mais voulez-vous que je vous le donne ? questionne Ron. Trouvez Gianni le Turc ou Bobby Tanner, et vous trouverez l'assassin de Tony Curran.

— Eh bien, si nous en sommes à dévoiler nos jeux, dit Chris, Jason a-t-il expliqué pourquoi il avait téléphoné à Tony Curran le matin de sa mort ? Et a-t-il dit pourquoi sa voiture se trouvait dans les environs au moment précis où Tony Curran a été tué ?

— Oui, répond Elizabeth. À notre grande satisfaction.

— Rien que vous ne souhaiteriez partager avec nous ? demande Donna.

— Écoutez, je lui dirai de vous passer un coup de fil et de vous expliquer, ne vous inquiétez pas, dit Ron. Mais devons-nous essayer de mettre la main sur ce gars, Gianni, et sur Bobby Tanner ?

— Laissez-nous nous occuper de cela, s'il vous plaît, fait Chris.

— Je crois qu'il est peu probable que nous vous laissions vous en occuper, Chris, réplique Elizabeth. J'en suis navrée.

— Voulez-vous un peu de sherry ? demande Joyce. Il vient juste de chez Sainsbury's mais c'est leur gamme « Goûtez la différence ».

Chris se laisse retomber dans son siège avant de reprendre la parole.

— Si le moindre mot de tout cela remonte un jour aux oreilles de mon superintendant, je procéderai personnellement à votre arrestation et je vous conduirai moi-même au tribunal. Je le jure, sur ma vie.

— Chris, personne ne le découvrira jamais, dit Elizabeth. Savez-vous comment je gagnais ma vie ?

— Eh bien, en toute honnêteté, pas vraiment.

— Exactement.

À mesure qu'un silence complice se diffuse dans la pièce, il apparaît que les verres peuvent se remplir et la soirée démarrer pour de bon.

— Je suis très fier de la manière dont nous travaillons tous ensemble en équipe, lance Ibrahim. À notre santé !

77

Joyce

Je suis heureuse que nous ayons parlé des ossements à Chris et à Donna. C'est une bonne chose, me semble-t-il. Désormais nous pouvons tous ouvrir l'œil. Qui se trouvait ici dans les années 1970 et s'y trouve encore aujourd'hui ? Cela devrait occuper tout le monde un bon moment.

À présent chacun sait tout ce qu'il y a à savoir et cela semble juste.

Où se trouvent donc Gianni et Bobby ? Maintenant que nous nous sommes occupés des os, je sais qu'Elizabeth va réfléchir à la manière de les retrouver. C'est tout à fait son rayon, pas vrai ? Un matin mon téléphone sonnera et j'entendrai « Joyce, nous partons pour Reading » ou, « Joyce, nous allons à Inverness, ou à Tombouctou », et petit à petit elle m'expliquera pourquoi et en moins de temps qu'il ne faut pour le dire nous prendrons une tasse de thé avec Bobby Tanner ou un café au lait[1]

1. En français dans le texte.

avec Gianni le Turc. Il n'y a plus qu'à attendre. Demain matin, avant 10 heures. Sûr et certain.

Les seules fois où j'utilise mon passeport, c'est quand j'ai besoin de retirer un colis à la Poste, mais je viens juste de vérifier et il est encore valide pendant trois ans. Je me souviens que lorsque je l'ai eu, je me suis demandé si ce serait mon tout dernier. Je me dis que la probabilité de son renouvellement ne tient plus maintenant qu'à moi. Bref, tout cela pour dire simplement que si Gianni ou Bobby Tanner sont quelque part à l'étranger, cela ne m'étonnerait pas qu'Elizabeth veuille que nous sautions dans un avion. Nous ne sommes pas loin en voiture de l'aéroport de Gatwick, ici.

Je pourrais envoyer une carte postale à Joanna. « Qui, moi ? Oh, je suis à Chypre pour quelques jours. Sur les traces d'un fugitif. Probablement armé, mais tu ne dois pas t'inquiéter. » Bien que personne n'adresse plus de carte postale à quiconque, n'est-ce pas ? Joanna m'a montré comment envoyer des photos avec mon téléphone, mais je veux bien être pendue si j'y arrive un jour. Tout ce que j'obtiens c'est ce cercle qui tourne.

Peut-être pourrais-je demander à Bernard de m'accompagner. « Passer quelques jours au soleil ? C'est une idée de dernière minute. Une envie qui nous est venue. » Je crois que cela pourrait faire mourir de peur le pauvre homme.

Je n'aime pas renoncer lorsque j'ai quelqu'un en ligne de mire, mais Bernard semble dériver de plus en plus loin de moi. Il n'avait rien d'un boute-en-train lors de notre déjeuner et il est resté beaucoup de tourte au bœuf et aux rognons.

Et ne croyez pas que j'ignore ce que les autres ont en tête. Ce qu'ils suspectent. Ils vont vérifier si Bernard se trouvait ici il y a cinquante ans. Ils ne m'en ont rien dit, mais vous pouvez me croire. Allez-y, vérifiez, ne vous occupez pas de moi. Au fait, Tombouctou est un endroit qui existe réellement. Vous le saviez ? Cette question a été posée lors d'un quiz, un jour. Ibrahim se souviendra certainement où cela se trouve, mais je pensais qu'il était intéressant de le mentionner.

78

Chris Hudson tient en main un verre de whisky. Il apprécie les vrais feux de cheminée et Le Pont Noir en offre un des plus agréables. Il n'a jamais mangé ici, car avec qui pourrait-il partager ce repas ? Mais il aime bien le bar. La cheminée possède un cadre fait de carreaux vintage, c'est très élégant. Si vous lui aviez posé la question il y a une vingtaine d'années, il se serait imaginé pouvoir vivre dans un endroit de ce genre. Fauteuil en cuir, whisky à la volée, une épouse plongée dans un livre, assise en face de lui. Ce serait un bouquin qui aurait reçu un prix littéraire et qui le dépasserait, mais elle serait occupée à en tourner les pages, un sourire ironique aux lèvres. Une histoire d'amour avec, pour toile de fond, l'Empire britannique aux Indes. Il pourrait être affairé à consulter des notes sur des affaires d'homicides. À résoudre quelque chose en prenant son temps.

Il est toujours certain que Mackie est sacrément coupable. Les éléments s'accumulent. Mais ces os ? Changent-ils quoi que ce soit aux choses ? Y a-t-il eu deux meurtres, à une cinquantaine d'années d'écart, l'un commis pour venir protéger l'autre ? Si tel est le cas, alors Mackie n'était pas leur homme, ils ont passé les archives en revue et il n'a pas quitté l'Irlande avant les années 1990.

Son esprit revient se fixer sur sa vie rêvée. Y avait-il des enfants endormis à l'étage ? Ils auraient des pyjamas tout neufs. Un garçon et une fille, nés à deux ans d'intervalle. De bons dormeurs. Mais non, rien de tout cela n'existait, il n'y avait qu'une cheminée dans un bar qui manquait de clients, à l'intérieur d'un restaurant dans lequel il n'avait personne à amener. Ensuite il marcherait jusqu'à chez lui et s'arrêterait en route à la boutique qui restait ouverte toute la nuit pour y acheter une barre chocolatée Dairy Milk. Une vraie barre, grand format. Puis il y aurait le porte-clés, l'immeuble, les trois étages à monter, l'appartement que la femme de ménage gardait propre, dans lequel personne n'a jamais fait la cuisine, la chambre d'ami qui n'est jamais utilisée. En ouvrant sa fenêtre, il pouvait entendre la mer mais non la voir. Cela ne suffisait-il pas à tout résumer ?

Il y avait une forme d'existence que Chris n'avait pas été capable de faire sienne. La vie de famille, les allées devant les maisons, les trampolines, les amis invités à dîner, toutes les choses que l'on voyait dans les publicités. En serait-il éternellement ainsi à présent ? L'appartement vide, avec ses murs sans âme, et la télé allumée sur les chaînes de Sky Sports ? Il existait peut-être une issue, mais Chris ne pouvait l'apercevoir pour l'instant. Faire du surplace, devenir de plus en plus gros, rire de moins en moins souvent. Chris était à court de kérosène. C'était une chance qu'il aime son travail. Qu'il soit bon dans son boulot. Il lui semblait toujours facile de se lever le matin. C'était juste que cela lui semblait dur d'aller se coucher le soir.

Oublions Mackie une minute et concentrons-nous sur le meurtre de Tony Curran. Jason Ritchie avait téléphoné à Chris dans la journée. Il lui avait raconté son histoire. Avait livré une explication pour ce qui était de ses appels téléphoniques et de sa voiture. S'il mentait, il l'avait très bien fait. Mais il n'hésiterait pas à agir de la sorte, n'est-ce pas ?

Bobby Tanner se révélait toujours insaisissable. Après Amsterdam il n'y avait plus aucune mention de son nom dans aucun rapport officiel. Mais il devait bien se trouver quelque part. Peut-être à Bruxelles, vivant sous une autre identité ; un tas de gangs pourraient avoir besoin de ses services, là-bas. Il ferait ce qu'il avait toujours fait. De la contrebande, se battre, se rendre utile. Ce n'était pas un poisson assez gros pour que quiconque se soucie de lui. Il s'était suffisamment brûlé les ailes pour se montrer prudent. Ils l'attraperaient un jour à la sortie d'une quelconque salle de sport fréquentée par des expatriés, ils le saisiraient par l'épaule et le ramèneraient au poste pour lui poser quelques questions.

Même si, évidemment, il y avait de bonnes chances pour que Bobby Tanner soit mort, lui aussi. Abus de stéroïdes, bagarre dans un pub, chute d'un ferry, il y avait tant de façons de mourir et une seule manière de l'identifier, un faux passeport. Mais Chris croit que Bobby est toujours là, dehors, quelque part, et s'il est encore quelque part au-dehors, alors qui peut dire qu'il ne venait pas de rendre visite à Tony Curran pour une raison oubliée depuis longtemps ? Quelque chose en rapport avec la noyade de son frère et ce bateau rempli de drogue ? Qui pouvait savoir ?

Et puis, il y avait ce nouveau nom, Gianni le Turc. Chris avait trouvé beaucoup d'informations dans les dossiers à son propos. Gianni Gunduz était son vrai nom. Il avait fui le pays au début des années 2000, quand la police avait reçu un tuyau disant qu'il avait assassiné le chauffeur de taxi au moment de la fusillade du Black Bridge. Tout le ramenait continuellement à cette nuit en particulier. À ce qui s'était produit dans ce bar même.

Gianni était-il revenu en ville ?

Chris termine son whisky et observe les carreaux une fois encore. Très beaux, vraiment.

Il ferait sans doute mieux de rentrer.

79

Joyce

Juste deux points rapides ce matin, car voilà que je suis pressée.

Tout d'abord, Tombouctou se trouve au Mali. Je suis tombée sur Ibrahim en revenant de la boîte à lettres et je lui ai posé la question. J'ai aussi aperçu Bernard qui remontait la colline à pas lents. Il le fait chaque jour désormais, mais peu importe.

Enfin, comme je l'ai dit, c'est au Mali. Donc, à présent, vous le savez.

Ensuite, Elizabeth a téléphoné à 9 h 17 et nous partons pour Folkestone. À ce qu'il semble, il y a deux changements, l'un à St Leonards et l'autre à Ashford International, donc nous partons tôt. Je ne suis jamais allée à Ashford International mais je doute fort qu'une gare ayant le terme « international » dans son nom ne soit pas dotée d'un magasin Marks & Spencer. Et peut-être même d'un Oliver Bonas. Je croise les doigts.

Je promets que je vous raconterai plus tard.

80

À bien des égards, ses voisins devaient un grand merci à Peter Ward et, en toute honnêteté, la plupart d'entre eux en avaient parfaitement conscience.

Pearson Street avait toujours été un endroit un peu miteux. Avec une maison de la presse sans journaux, une supérette abritant derrière son comptoir une montagne d'alcools bon marché, une agence de voyages avec des posters décolorés d'images ensoleillées, deux boutiques de bookmakers, un pub prêt à rendre l'âme, un magasin d'articles de fête, un bar à ongles et un café à la façade condamnée.

Et puis Le Moulin aux fleurs s'était installé. La boutique de Peter Ward, éclatante de couleur, comme une petite explosion arc-en-ciel dans cette rue grise.

Et quelles fleurs ! Peter Ward s'y connaissait et quand quelqu'un connaît son métier dans une petite ville, les choses se savent vite. Les gens commencent à faire le détour depuis le centre-ville. Et ils en parlent à leurs amis, qui en parlent à leurs amis, et en un rien de temps quelqu'un de Londres repère le café à la façade condamnée et rachète son bail, et désormais il y a deux bonnes raisons de venir dans Pearson Street. Et puis un jour une future mariée ayant dégusté un « latte » dans le café après avoir passé une commande de fleurs chez Peter s'aperçoit que cette petite rue est en plein essor et elle se demande : ne serait-ce pas le bon endroit pour ouvrir une petite quincaillerie ? Et donc à présent sa boutique, La Boîte à outils, est installée juste à côté de Le Moulin aux fleurs, en face du Casa Café. L'agent de voyages voit soudain des gens passer devant sa vitrine, il ressent le besoin de changer les posters et les passants commencent à pousser sa porte. La plupart n'ont pas trente ans, ni la moindre idée de ce que peut bien être une agence de voyages. Le Londonien qui possède le café achète le pub et commence à y proposer des repas. À la maison de la presse, Terry entreprend de commander plus de journaux, plus de lait, plus de tout. Le bar à ongles vernit plus d'ongles, le magasin d'articles de fête vend davantage de ballons, la supérette commence à s'approvisionner en gin en plus de la vodka. John, du stand boucherie du supermarché Asda, franchit le pas et ouvre sa propre boutique, entraînant ses clients habituels dans son sillage. Un collectif d'artistes local se met à louer un magasin vacant et ils l'occupent en alternance pour acheter des pièces créées par chacun d'eux.

Tout cela grâce aux orchidées, aux pois de senteur et aux gerberas de Peter Ward.

Pearson Street a tout de la rue commerçante idéale. Animée, conviviale, tournée vers le quartier, joyeuse. Joyce se dit que l'endroit est si parfait qu'il ne s'écoulera pas plus de six mois avant qu'un café Costa vienne s'y installer et lui fasse perdre son âme actuelle. Ce qui serait triste, mais Joyce doit reconnaître qu'elle aime bien aller chez Costa, elle doit donc endosser une part de responsabilité.

Joyce et Elizabeth sont installées à une table du Casa Café. Peter Ward vient de leur offrir un cappuccino. Becky, de la boutique La Boîte à outils, surveillera son magasin au cas où des clients viendraient pendant qu'il s'accorde une demi-heure de pause. Oui, Pearson Street est ce genre de rue.

Peter Ward est grisonnant et souriant et il affiche l'air décontracté d'un homme ayant pris une succession de bonnes décisions au cours de son existence. Un fleuriste de Folkestone, que son karma a récompensé pour une vie de bonté et de placidité, un homme à qui ses bonnes actions ont permis d'obtenir le bonheur pour récompense.

Cette impression est trompeuse. Comme vous l'apprendra la cicatrice sous son œil droit et le renflement de ses biceps, Peter Ward est Bobby Tanner. Ou peut-être Peter Ward a-t-il laissé Bobby Tanner derrière lui ? C'est ce qu'elles sont venues découvrir. Le bagarreur existe-t-il toujours ? Et le tueur, peut-être ? A-t-il récemment effectué le court trajet le long de la côte pour se rendre à Fairhaven et frapper à mort son ancien patron ? Elizabeth place la photo sur la table, entre eux, et Peter Ward la saisit, sourire aux lèvres.

— Le Black Bridge, dit Peter. Nous avons passé quelques soirées là-bas. Où avez-vous trouvé ça ?

— À plusieurs endroits, répond Elizabeth. Enfin, dans deux endroits, en fait. Un exemplaire a été envoyé à Jason Ritchie et l'autre a été retrouvé près du cadavre de Tony Curran.

— J'ai vu dans le journal ce qui était arrivé à Tony, fait Peter Ward en hochant la tête. Il était temps.

— Vous n'avez jamais vu cette photographie auparavant ? demande Elizabeth.

Peter regarde de nouveau le cliché.

— Non, jamais.

— Personne ne vous en a envoyé un exemplaire ? interroge Joyce tout en dégustant son cappuccino.

Peter secoue la tête.

— Eh bien, soit c'est une bonne nouvelle pour vous, soit c'en est une pour nous, dit Elizabeth.

Peter Ward lui jette un regard étonné autant qu'interrogateur.

— Oui, c'est soit une bonne nouvelle pour vous car cela signifie que le tueur de Tony Curran n'a pas la moindre idée de l'endroit où vous vous trouvez. Ou bien c'est une bonne nouvelle pour nous car cela voudrait dire que vous avez vous-même tué Tony Curran et que nous ne sommes pas venues pour rien à Folkestone.

Un demi-sourire se peint sur le visage de Peter Ward et il repose les yeux sur le cliché.

— Enfin, nous n'aurions pas vraiment fait le déplacement pour rien, dit Joyce. Nous passons une excellente journée.

— La police a dans l'idée que Jason a tué Tony Curran, commence Elizabeth. Et peut-être l'a-t-il fait. Mais pour des raisons qui nous sont personnelles, nous préférerions que ce ne soit pas le cas. Vous auriez un avis sur la question, Bobby ?

Peter Ward l'interrompt d'un geste.

— C'est Peter ici, merci.

— Auriez-vous un avis sur la question, Peter ? insiste Elizabeth.

— Non, je ne vois pas, dit Peter Ward. Jason ne s'est jamais aventuré de ce côté-là des choses. Il a l'air méchant mais c'est un nounours.

Joyce lève les yeux de ses notes pendant un instant.

— Un nounours qui a financé un important réseau de trafic de drogue.

Peter reconnaît d'un signe de tête que cela n'est pas faux.

Elizabeth repose la photo sur la table.

— Si ce n'est pas Jason, c'est peut-être vous alors ? Ou peut-être Gianni le Turc ?

— Gianni le Turc ? s'étonne Peter.

— C'est lui qui a pris la photo.

Peter Ward réfléchit un moment.

— Vraiment ? Je ne m'en souviens pas, mais cela n'aurait rien d'insensé. J'imagine que vous connaissez l'histoire ? Le garçon abattu au Black Bridge ? Gianni tuant par balle le chauffeur de taxi qui s'est débarrassé du corps ?

— Oui, nous connaissons cette histoire, confirme Elizabeth. Puis Gianni disparaît, retour à Chypre.

— Eh bien, les choses n'ont pas été aussi simples que cela, dit Peter Ward.

— Je suis tout ouïe, réplique Elizabeth.

— Quelqu'un a dénoncé Gianni à la police. Ils ont fait une descente à son appartement, mais il était déjà parti.

— Et qui l'a dénoncé ? demande Elizabeth.

— Allez savoir. Pas moi en tout cas.

— Personne n'aime les balances, intervient Joyce.

— Qui l'a fait n'a pas d'importance, dit Peter Ward. Ce qui compte c'est que lorsque Gianni s'est tiré, il a pris avec lui de l'argent appartenant à Tony – 100 000 livres.

— Vraiment ?

— Oui, l'argent qui traînait dans son appartement. L'argent de Tony. Tout a disparu. Tony est devenu fou. C'était beaucoup d'argent 100 000 livres, pour Tony à cette époque.

— A-t-il tenté de retrouver Gianni ? demande Elizabeth.

— Et comment. Il s'est rendu à Chypre à plusieurs reprises. Mais il a fait chou blanc.

— Pas facile quand ce n'est pas votre territoire naturel, dit Elizabeth.

— Je suppose donc que vous n'avez pas mis la main sur Gianni non plus ? demande Peter Ward.

Elizabeth secoue la tête.

— Comment m'avez-vous retrouvé, au fait ? poursuit-il. Si je peux me permettre de poser la question ? Je n'ai pas vraiment envie d'être localisé par qui que ce soit si Gianni est de retour et qu'il laisse des photos de moi à côté de cadavres.

Elizabeth prend une gorgée de café.

— Vous voyez Woodvale Cemetery, l'endroit où votre frère Troy a été enterré ?

Peter Ward opine du chef.

— J'ai eu accès au système de vidéosurveillance, grâce à un croque-mort dont j'ai un jour sauvé l'oncle dans un train, fait Elizabeth. C'est là que je vous ai trouvé.

Peter Ward fixe Elizabeth.

— Elizabeth, j'y suis allé deux fois en un an. C'est impossible que vous m'ayez retrouvé grâce à la vidéosurveillance. Ce serait comme chercher une aiguille dans une botte de foin.

— Vous y êtes allé deux fois, c'est exact, admet Elizabeth. Mais à quelles dates ?

Peter Ward s'enfonce dans son siège, croise les bras puis hoche la tête et sourit. Il comprend à présent.

— Le 12 mars et le 17 septembre, poursuit Elizabeth. Le jour de la naissance de Troy et le jour de son décès. J'espérais voir deux fois le même véhicule, noter le numéro de la plaque d'immatriculation, faire que l'ami d'un ami entre tout ça dans un ordinateur quelque part. Mais le 12 mars j'ai aperçu la camionnette blanche d'un magasin de fleurs de Folkestone, ce qui m'a semblé insolite dans un cimetière de Brighton. Cela n'avait rien d'impossible mais c'était intéressant à constater. Et il m'a semblé très, très insolite de voir la même camionnette le 17 septembre. J'ai trouvé cela vraiment très intéressant. Vous voyez ?

— Je vois tout à fait, dit Peter Ward en opinant du chef. Et pas besoin de numéro d'immatriculation.

— Parce qu'il y avait votre nom, votre adresse et votre numéro de téléphone écrits sur le côté de la camionnette, fait Elizabeth.

Peter ne peut s'empêcher d'adresser à Elizabeth de silencieux applaudissements et elle lui répond par un petit salut de la tête.

— C'est excellent, Elizabeth, la félicite Joyce. Elle est excellente, Peter.

— C'est ce que je vois, dit Peter. Donc personne d'autre ne sait où je suis ? Personne d'autre ne peut me trouver ?

— Si je ne leur dis pas où vous êtes, non, fait Elizabeth.

Peter Ward se penche vers elle.

— Et est-ce quelque chose que vous seriez susceptible de faire ?

Elizabeth se penche à son tour.

— Pas si vous venez nous voir demain, que vous vous asseyez avec Jason et la police et que vous leur racontez ce que vous venez de nous dire.

81

— Une noix ? demande Ibrahim.

Bernard Cottle le dévisage puis baisse les yeux vers le sachet ouvert qui lui est tendu.

— Non, merci.

Ibrahim range le sac.

— Très faibles en glucides, les noix. Consommées avec modération, les noix sont très bonnes pour la santé. Mais pas les noix de cajou, les noix de cajou sont une exception. Est-ce que je vous dérange, Bernard ?

— Non, non, répond Bernard.

— Alors, vous profitez juste de la vue ? demande Ibrahim.

Il peut sentir que le fait de partager son banc rend Bernard mal à l'aise.

— Je me repose juste un peu, fait Bernard.

— Quel bel endroit pour être enterré, dit Ibrahim. Vous ne trouvez pas ?

— Si on doit être enterré, réplique Bernard.

— Malheureusement, cela arrive aux meilleurs d'entre nous, pas vrai ? Peu importe le nombre de noix qu'on puisse ingurgiter.

— Sans vouloir vous vexer, j'apprécie énormément de m'asseoir ici dans le silence, dit Bernard.

— Cela n'a rien de déraisonnable, répond Ibrahim en opinant de la tête.

Il croque un morceau de noix.

Les deux hommes se tiennent assis, ils admirent la vue. Ibrahim tourne la tête et aperçoit Ron qui remonte le chemin, tout en tentant de dissimuler son boitement. Il possède une canne mais ne l'utilise jamais.

— Eh bien, voilà qui est sympathique, dit Ibrahim. Ron vient se joindre à nous.

Bernard regarde dans sa direction, ses lèvres se pincent imperceptiblement.

Ron atteint le banc. Il prend place de l'autre côté de Bernard.

— Bonjour, messieurs, lance Ron.

— Bonjour, Ron, répond Ibrahim.

— Alors, Bernard, vieux frère, dit Ron. Vous montez la garde ?

Bernard regarde Ron.

— Monter la garde ?

— Oui, vous gardez le cimetière. Assis là comme un gnome, genre « personne ne passera », et tout et tout. Qu'est-ce qui se passe, enfin ?

— Bernard souhaite qu'on le laisse profiter du silence, Ron, intervient Ibrahim. C'est ce qu'il m'a dit.

— Aucune chance que ça arrive avec moi dans le coin, réplique Ron. Alors, dites-nous, mon vieux. Qu'est-ce que vous cachez, là-haut ?

— Ce que je cache ? s'étonne Bernard.

— Je ne gobe pas toute cette histoire de chagrin, mon gars. Avec tout le respect que je vous dois, nos femmes nous manquent à tous. Il y a autre chose qui se trame par ici.

— Je pense que le chagrin affecte les personnes de différentes façons, Ron, dit Ibrahim. Le comportement de Bernard n'est pas inhabituel.

— Je ne sais pas, Ib, dit Ron en secouant la tête et en portant son regard au-dessus des collines. Un type s'est fait tuer l'autre jour, et tout ce qu'il voulait c'était creuser dans le cimetière. Bernard s'assoit ici, près du cimetière en question, toute la journée, tous les jours. Ma façon de voir les choses n'est plus la même.

— Est-ce bien ce dont il s'agit ? demande Bernard d'une voix calme et égale tout en refusant de poser les yeux sur Ron. Vous êtes en train de me parler du meurtre ?

— C'est bien ce dont il s'agit, Bernard, ouais, réplique Ron. Quelqu'un par ici a administré une piqûre au gars et l'a tué. Nous avions tous les mains sur lui, vous vous souvenez ? N'importe qui d'entre nous aurait pu l'avoir fait.

— Nous avons juste besoin d'éliminer certaines personnes de nos investigations, dit Ibrahim.

— Peut-être que vous aviez une bonne raison ? dit Ron.

— Existe-t-il jamais une bonne raison d'assassiner quelqu'un, Ron ? questionne Bernard.

Ron hausse les épaules.

— Peut-être que vous avez quelque chose caché là-haut, dans le cimetière. Z'êtes diabétique, non ? Doué avec une aiguille ?

— Nous le sommes tous, Ron, réplique Bernard.

— Où étiez-vous, mon vieux, dans les années 1970 ? Dans le coin ?

— C'est une étrange question, Ron, fait Bernard. Si je peux me permettre.

— N'empêche, vous étiez là ? insiste Ron.

— Nous ne faisons qu'étudier des possibilités, ajoute Ibrahim. Nous posons la question à tout le monde.

Bernard se tourne vers Ibrahim.

— C'est ça, votre petit jeu ? Gentil flic, méchant flic ?

Ibrahim considère la question.

— Eh bien, oui, c'est l'idée. D'un point de vue psychologique, cela se révèle souvent très efficace. J'ai un livre sur cette question. Ça vous dirait que je vous le prête ?

Bernard laisse échapper un long souffle et se tourne vers Ron.

— Ron, vous avez rencontré mon épouse. Vous avez rencontré Asima.

Ron acquiesce.

— Et vous vous êtes toujours montré gentil avec elle. Elle vous aimait bien.

— Eh bien, je l'aimais bien aussi, Bernard. C'est une bonne petite femme que vous aviez là.

— Tout le monde l'aimait, Ron, dit Bernard. Et pourtant vous continuez à me demander pourquoi je m'assois ici ? Ça n'a rien à voir avec le cimetière, avec des histoires d'aiguilles, ou avec l'endroit où je vivais il y a cinquante ans. Je ne suis qu'un vieil homme à qui sa femme manque. Alors, épargnez-moi.

Bernard se lève.

— Messieurs, vous avez gâché ma matinée. Honte à vous deux.

Ibrahim lève les yeux vers Bernard.

— Bernard, j'ai bien peur de ne pas vous croire. Je voudrais bien, mais ce n'est pas le cas. Vous avez une histoire que vous brûlez d'envie de raconter. Donc, quand vous voudrez parler, vous savez où me trouver.

Bernard sourit et secoue la tête.

— Vous parler ? À vous ?

Ibrahim lui adresse un petit signe de tête.

— Oui, me parler, Bernard. Ou parler à Ron. Quoi qui ait pu se produire, la pire chose que vous puissiez faire est de garder le silence.

Bernard coince son journal sous son bras.

— Sauf votre respect, Ibrahim, Ron, vous n'avez pas la moindre idée de quelle est la pire chose que je puisse faire.

Et sur ces mots, Bernard entame sa lente marche pour redescendre la colline.

82

Joyce

Eh bien, tout cela a été des plus amusant. Pour commencer, c'était la première fois que je mettais les pieds à Folkestone.

Peter Ward est désormais le nom de Bobby Tanner, mais nous avons juré de garder le secret. Il est propriétaire d'une boutique de fleurs.

Je suppose qu'il me faut écrire à propos de deux questions alors. Pourquoi Peter Ward était-il fleuriste ? Et, fleuriste ou pas, qui pensait-il être l'assassin de Tony Curran ?

J'écrirai aussi peut-être au sujet de Bernard, mais je laisserai cela pour la fin, parce que je veux y réfléchir pendant que je couche le reste sur le papier.

Peter Ward – je l'appellerai Peter – a quitté Fairhaven peu de temps après que son frère est mort, pour les raisons que vous pouvez imaginer. Il s'est procuré un nouveau passeport. Un jeu d'enfant à entendre Elizabeth et Peter mais moi je ne saurais pas comment m'y prendre, et vous ? Il a fini par se retrouver à Amsterdam, et a exercé de petits boulots. Pas des petits boulots du genre de ceux qui nous viendraient naturellement à l'esprit, comme le nettoyage de vos gouttières ou la peinture d'une clôture, mais plutôt faire passer de la cocaïne de l'autre côté de la Manche à bord de ferries. Ou, j'imagine, menacer des personnes. On pouvait sentir cela en lui, bien dissimulé derrière les apparences.

Il a atterri dans un gang venu de Liverpool. Il ne voulait pas nous donner son nom, comme si, le sachant, j'aurais pu exercer quelque emprise sur lui. Leur stratagème consistait à faire transiter de la drogue en la plaçant à l'arrière de ces gros camions chargés de fleurs que l'on voit arriver des Pays-Bas et de Belgique. C'était cela leur « angle ».

Au début, Peter s'occupait du chargement. Un chauffeur était payé un certain prix pour arrêter son poids lourd sur une aire de repos en Belgique, et Peter et quelques comparses sautaient à l'arrière et cachaient ce qu'ils pouvaient, là où cela était possible. Puis le camion repartait, marquait une autre halte dans le Kent et le tour était joué. Ces poids lourds n'arrêtaient pas de faire des allers-retours. Ce genre de trajets a lieu tous les jours, n'est-ce pas ? Il le faut bien, puisqu'il s'agit de fleurs fraîches. C'était donc parfait.

Ils avaient recours à quelques chauffeurs par-ci, par-là, et c'est ainsi que cela a fonctionné au début. Jusqu'à ce qu'ils aient un déclic et qu'ils achètent l'une des pépinières. Les choses marchaient comme avant mais Peter était sur place pour « inspecter » chaque cargaison quand elle quittait les lieux et ajouter à chacune d'elles ce petit « truc » spécial. Donc désormais ils avaient trois camions par jour qui passaient par Zeebrugge et ils pouvaient en faire ce qu'ils voulaient. Malin, vraiment.

Peter passait tout son temps à la pépinière, et le jeune gars qui la dirigeait était payé pour fermer les yeux. Ils jouaient aux cartes, discutaient et faisaient toutes les autres choses que l'on peut faire durant la journée en Belgique.

(Je m'éloigne du sujet un instant, mais il y avait une note affichée l'autre jour au sujet d'un voyage à Bruges et j'ai songé à m'y inscrire. Joanna y est allée il y a quelques années et son verdict a été le suivant : « C'est très kitsch, maman, mais tu adorerais », alors je vais peut-être me jeter à l'eau. Cela plairait-il à Elizabeth ?)

C'est sans importance, car voici ce qui s'est passé ensuite. Il y a eu une erreur, nul ne sait comment ou pourquoi elle s'est produite, ou du moins Peter en ignore tout, mais il en a résulté que la petite boutique de fleurs de Gillingham s'est vu accidentellement livrer deux kilos de cocaïne en même temps que ses bégonias et que cela a été promptement signalé à la police.

La police, qui parfois n'est pas bête, ne s'est pas précipitée sur-le-champ pour arrêter le chauffeur. Au lieu de cela elle l'a suivi, a vu où il allait et de quoi il en retournait. Finalement une équipe entière a été affectée à l'affaire et petit à petit, ils ont compris qui faisait quoi et ont arrêté tous ceux qu'ils pouvaient.

À en croire Peter, lui et le jeune gars qui dirigeait la pépinière avaient vu la police arriver de loin (la Belgique est aussi plate que les Pays-Bas, selon lui) et ils se sont cachés dans un champ de tournesols pendant six heures tandis que la police vidait complètement l'endroit. À Amsterdam l'un des types de Liverpool a été tué par un Serbe peu après, et puis voilà.

Vous voyez certainement où tout cela mène. Peter ne s'était jamais élevé dans la hiérarchie, il n'était pas vraiment le genre de personne faite pour cela, mais il avait gagné une belle somme et il en avait appris énormément sur les fleurs. Et puis il les voyait lorsqu'elles étaient au sommet de leur beauté, évidemment. Il s'est mis à décrire leurs couleurs et tout un tas de choses et il est devenu assez lyrique, si bien qu'Elizabeth a fini par lui demander d'accélérer la cadence.

Donc, désormais, chaque jour, l'un de ces gros camions se gare dans Pearson Street et Peter monte à l'arrière comme il l'a toujours fait, mais cette fois-ci il se contente de décharger ses fleurs et de les emporter à l'intérieur de sa boutique. Et le poids lourd poursuit sa tournée et repart vers la Belgique, pour se rendre à la pépinière dirigée par le jeune gars, celui avec lequel il avait joué aux cartes et s'était caché dans un champ de tournesols.

C'est donc une belle histoire. Je parie que les gars de Liverpool et les Serbes se tirent encore dessus à tout va à Amsterdam mais Peter possède sa jolie boutique, dans cette charmante rue, où tout le monde connaît son nom. Ou plutôt, l'ignore, mais vous voyez ce que je veux dire. Et l'avantage de s'être rangé c'est que personne n'est jamais venu s'intéresser à lui, personne ne l'a jamais arrêté ni n'a regardé de plus près son passeport. Peter Ward avait donc laissé son passé derrière lui et trouvé un peu de paix, ce qui n'est pas chose aisée.

Juste pour satisfaire la curiosité d'Elizabeth, Peter l'a amenée jusqu'à sa boutique et lui a montré les images de vidéosurveillance du jour où Tony Curran a été assassiné. Et Peter était là, je veux dire, c'était clair et net, il était bien là, derrière sa caisse. Ce qui, je crois, l'innocente. Il est certain que Gianni le Turc est notre homme. Tony l'avait dénoncé à la police et Gianni avait volé Tony en retour. Cela fournirait une explication valable, je suppose.

Elizabeth et moi avons parlé de tout cela dans le train. Et nous avons eu une demi-heure d'attente à Ashford International, où, croyez-le ou non, il n'y a pas la moindre boutique. Peut-être se trouvent-elles dans la zone au-delà du poste de contrôle des passeports ? Il doit bien y en avoir, n'est-ce pas ?

Donc, voilà pour Bobby Tanner. Il est l'heure d'aller au lit, Joyce. Je me demande bien ce qu'ont fait Ron et Ibrahim aujourd'hui ?

Je sais que j'allais dire quelque chose à propos de Bernard, mais cela n'a pas vraiment pris forme dans mon esprit donc je ne le ferai pas.

J'ai acheté des freesias pour Bernard dans la boutique de Peter Ward. Je voulais y choisir quelque chose mais je n'arrivais pas à trouver à qui les offrir et j'ai pensé qu'elles plairaient peut-être à Bernard. Les femmes offrent-elles des fleurs aux hommes ? Ce n'est pas ce qui se fait dans mon milieu, mais peut-être que je n'en fais plus partie à présent. Elles sont donc dans l'évier, et je lui apporterai demain matin.

Bernard adorerait Bruges. Vous ne croyez pas ?

83

Le chemin est accidenté mais en dirigeant la lumière de la lampe torche vers le sol il est capable de poursuivre son ascension jusqu'aux parcelles de jardin sans attirer l'attention sur lui. Il est tard, et tout le monde doit certainement dormir, mais pourquoi prendre le moindre risque ? Il atteint la cabane de jardin. Il y a un cadenas, mais il est de mauvaise qualité et l'épingle à chapeau de son épouse ne tarde pas à déclencher le mécanisme d'ouverture.

La cabane est partagée par l'ensemble des résidents disposant d'une parcelle de jardin à Coopers Chase. Un groupe très select. Il y a quelques sièges pliants pour les jours de beau temps et une bouilloire pour les journées moins clémentes. Il y a des sacs d'engrais et de paillis le long d'un mur. Ceux-ci sont achetés grâce à l'argent de la cagnotte commune et Carlito les transporte jusqu'ici à chaque fois que le minibus revient de la jardinerie. Accroché au-dessus de l'engrais se trouve le règlement de l'Association des utilisateurs du jardin partagé de Coopers Chase. Les règles sont très longues et elles sont énergiquement mises en œuvre. Il fait froid, même si c'est une nuit d'été. Le faisceau de lumière continue d'explorer les lieux. La cabane est dépourvue de fenêtre, ce qui rend les choses plus faciles.

La bêche est appuyée contre le mur du fond, à l'intérieur de la cabane.

Il lui suffit d'un regard pour comprendre l'essentiel. Rien qu'il ne savait déjà, pour être honnête, quand il a remonté le chemin. Mais peut-on faire autrement ? Il faut bien essayer.

Il la soulève par la poignée mais est rapidement vaincu par son poids. Quand est-il devenu si faible ? Qu'est-il arrivé à son corps ? Il n'y a jamais eu grand-chose à écrire à ce propos, mais de là à penser qu'il se trouvait à présent à peine capable de soulever une bêche ? Creuser n'était pas envisageable.

Alors, que faire maintenant ? Qui pourrait l'aider ? Qui comprendrait ? C'était sans espoir.

Bernard Cottle s'assoit sur un siège pliant et pleure pour ce qu'il a fait.

84

Chris et Donna sont assis dans la Salle des puzzles, mugs de thé en main. Face à eux se trouvent Jason Ritchie et Bobby Tanner. Bobby Tanner, que des inspecteurs de huit services de police avaient échoué à localiser. Elizabeth a refusé à plusieurs reprises de dire où et comment elle l'a retrouvé.

Elizabeth et Joyce ont toutes les deux vu la preuve montrant que Bobby était occupé ailleurs au moment où Tony Curran était tué. Chris avait demandé s'il pourrait voir cette preuve et Elizabeth lui avait répondu que cela serait certainement possible dès l'instant où il présenterait un mandat. Le marché passé avec Bobby était qu'il leur dirait tout ce qu'il savait et qu'il retournerait ensuite se fondre dans l'anonymat pour ne plus jamais se montrer.

— 100 000 livres, et même un peu plus que ça, dit Bobby Tanner. Gianni avait la somme dans son appartement, il la gardait à l'abri pour Tony.

— Et il avait un bel appartement ? demande Joyce.

— Euh, l'un des grands sur le front de mer, vous voyez ? fait Bobby.

— Oh, oui ! Ceux avec les baies vitrées, dit Joyce. Charmant !

— Et Tony s'est rendu à Chypre pour partir à sa recherche ? demande Chris.

— Ouais, quelques fois. Il n'a jamais rien trouvé. Plus rien n'a été pareil après ça. Jason, tu t'es éloigné à ce moment-là, pas vrai ? Tu as commencé à faire de la télé et tout ça.

Jason hoche la tête.

— Tout ça n'était plus pour moi, Bobby.

Bobby acquiesce.

— J'ai quitté la ville quelques mois plus tard, quand mon frère est mort. Je n'avais plus de raison de rester à ce moment-là.

— Mais quelqu'un aurait vu Gianni, n'est-ce pas ? demande Donna. S'il était revenu en ville récemment. Quelqu'un l'aurait vu, non ? On en aurait entendu parler ?

Bobby réfléchit.

— Il ne reste plus beaucoup de monde de cette époque.

— Difficile de savoir vers qui Gianni se tournerait s'il avait besoin d'un endroit où loger, ajoute Jason.

Bobby jette un regard à Jason.

— À moins que, Jase… ?

Jason regarde à son tour Bobby, réfléchit un instant puis hoche la tête.

— Bien sûr, bien sûr. À moins que…

Jason commence à rédiger un texto.

— Vous comptez partager cela avec le groupe ? demande Elizabeth.

— Je contacte juste quelqu'un avec qui Bobby et moi devons parler, répond Jason. Quelqu'un qui saurait, c'est certain. Laissez-nous nous charger de ça. Ce n'est pas juste si vous parvenez à tout résoudre, Elizabeth.

— Peut-être pourriez-vous partager cette information avec la police ? suggère Donna.

— Vous plaisantez ? lance Bobby en riant.

— Ça vaut toujours la peine d'essayer, réplique Donna.

Le téléphone de Jason émet un petit son. Il baisse les yeux vers son écran puis se tourne vers Bobby.

— Il peut nous retrouver à 14 heures. C'est OK pour toi ?

Bobby acquiesce d'un signe de tête et Jason commence à rédiger un autre message.

— L'endroit est tout trouvé, pas vrai ?

85

Déjeuner au restaurant Le Pont Noir. C'est juste comme au bon vieux temps et pourtant, bien sûr, cela n'a plus rien à voir.

— Astronaute ? tente Jason Ritchie.

Bobby Tanner sourit et secoue la tête.

— Jockey alors ?

Bobby Tanner fait une nouvelle fois non de la tête.

— J'te le dirai pas, même si tu tombes juste.

D'accord, d'accord.

— Mais tu es heureux, Bobby, pas vrai ? demande Jason.

Bobby acquiesce.

— C'est bien, dit Jason. Tu le mérites.

— On le mérite tous les deux, approuve Bobby Tanner. D'une manière ou d'une autre.

— Eh bien, d'un côté oui, de l'autre, non, fait Jason.

Bobby Tanner hoche la tête. C'est possible, en effet.

Ils en sont au dessert, attendant toujours l'arrivée de leur invité, et partagent une bouteille du meilleur Malbec du Pont Noir.

— Bon, c'est Gianni qui a dû faire le coup, pas vrai ? questionne Bobby. J'ai toujours cru qu'il était mort quelque part.

— Et moi, j'ai toujours cru que *tu* étais mort quelque part, fait Jason. Mais je suis heureux que ce ne soit pas le cas.

— Merci, Jase, dit Bobby.

Jason jette un regard à sa montre.

— On en aura le cœur net très bientôt.

— Tu crois qu'il saura ? demande Bobby.

— Si jamais Gianni est revenu par ici, il le saura. C'est chez lui qu'il serait allé loger.

— Je ne peux plus boire le midi, et toi ? demande Bobby.

— On est de vieux bonshommes à présent, admet Jason. Mais on peut tout de même prendre une autre bouteille, non ?

Ils tombent d'accord sur ce point. Ils ont tout à fait le temps de partager une autre bouteille. Et c'est alors que Steve Georgiou fait son entrée.

86

Donna a passé la soirée à consulter des listes de passagers ayant embarqué sur des vols à destination et en provenance de Chypre au cours des deux dernières semaines. Comme s'il était possible que Gianni Gunduz, ces jours-ci, voyage en utilisant son véritable nom.

Mais sait-on jamais.

Quel qu'ait pu être l'amusement offert par les listes de passagers, Donna est maintenant de retour sur Instagram.

Toyota appartenait déjà au passé, mais Carl n'allait pas rester les bras ballants. Qui fréquentait-il à présent ? Donna n'était rien d'autre qu'une inspectrice-née. Fréquentait-il cette femme rencontrée à son travail, Poppy ? Poppy, dont il avait « liké » la photo sur Facebook ? Il ne s'était pas contenté de la « liker » pour tout dire, il avait envoyé une réponse avec un émoji clin d'œil. Poppy, qui semblait incapable de se faire photographier si le cliché n'était pas pris du côté gauche et qu'elle ne faisait pas la moue ? Oui, il était assez évident qu'elle était pour Carl.

Donna avait entré son nom à tout hasard dans les systèmes informatiques du ministère de l'Intérieur, mais cela n'avait rien donné.

Donna sait qu'il est temps d'aller se coucher, mais elle songe encore à Penny Gray.

Après la réunion du Murder Club du jeudi, Elizabeth lui avait dit vouloir lui présenter quelqu'un et elle l'avait conduite à Willows, l'établissement de soins relié à Coopers Chase.

Elles avaient parcouru les silencieux couloirs beiges, avec leur pâle éclairage au néon et leurs scènes de bord de mer à l'aquarelle s'étalant sur les murs. Tout cela était épouvantablement pesant, et les brins de fleurs pleins d'espoir venus orner les dessertes bon marché en aggloméré ne pouvaient rien contre cela. Qui apportait chaque jour ces fleurs ? La bataille était perdue d'avance, mais quelle était l'alternative ? Donna avait eu besoin de prendre une grande inspiration, à un moment donné. Willows était une prison dont il était impossible de s'échapper. Quitter cet endroit ne pouvait signifier qu'une seule chose.

Elles étaient entrées dans la chambre et Elizabeth avait dit : « Agente De Freitas, j'aimerais vous présenter l'inspectrice Penny Gray. »

Penny était étendue dans un lit, couverte jusqu'au cou par un drap léger puis, plus bas, par une couverture rabattue. Des tuyaux sortaient de son nez et de ses poignets. Une sortie scolaire avait un jour conduit Donna à visiter le Lloyd's Building, où tout ce qui aurait dû se trouver à l'intérieur du bâtiment était à l'extérieur. Pour sa part, elle préférait quand tout était bien rangé.

— M'dame, avait dit Donna en guise de salut.

— Prenez un siège, Donna. J'ai pensé qu'il serait bien que vous fassiez toutes deux connaissance. Je crois vraiment que vous vous entendrez à merveille.

Elizabeth avait relaté à Donna la carrière de Penny. Intelligente, résistante, avec des idées arrêtées, entravée dans toutes ses actions, en raison de son sexe et de son tempérament. Ou plutôt de l'inadmissible combinaison de ces deux éléments.

— C'est un vrai bulldozer, avait dit Elizabeth. Et moi, une fine lame, vous comprenez. Penny n'est que force brute. Je ne sais si cela peut encore se concevoir à présent.

Donna avait regardé Penny et imaginé qu'elle le pouvait.

— C'était en vogue dans la police à l'époque, avait poursuivi Elizabeth. Un peu de force brutale. En vogue si vous étiez un homme, tout du moins, cela n'a jamais aidé Penny, elle n'a jamais pu dépasser le grade d'inspectrice. Ce qui est absurde quand on la connaissait. N'ai-je pas raison, John ? C'était absurde, n'est-ce pas ?

John avait levé puis hoché la tête.

— Un vrai gâchis.

— Elle posait problème, Donna, avait dit Elizabeth. Et je ne peux songer à meilleur compliment. C'est pour cela que Penny appréciait d'examiner les vieilles affaires. Elle pouvait enfin être aux manettes. Enfin être l'éléphant dans le magasin de porcelaine. Elle n'avait pas à se montrer polie, à rire à toutes les blagues et à préparer le thé.

Donna avait vu la main d'Elizabeth se refermer autour de celle de Penny. Elizabeth l'avait regardée et lui avait adressé un petit signe de tête.

— Mais on poursuit le combat, pas vrai ? Penny a tout encaissé, elle a pris sur elle, comme on dit, jour après jour, sans se plaindre.

— Elle s'est beaucoup plainte.

C'était John qui venait de parler.

— Avec tout le respect que je te dois, Elizabeth.

— Oui, c'est vrai, elle avait un sacré tempérament lorsqu'elle le voulait.

— Oui, elle était très décidée, avait acquiescé John.

Quand elles étaient reparties, séparées par les générations, mais cheminant épaule contre épaule et d'un pas parfaitement accordé, Elizabeth s'était tournée vers Donna.

— Vous le saurez mieux que moi, Donna, avait-elle dit, mais il me semble que peut-être toutes les batailles n'ont pas été remportées ?

— Je crois que c'est peut-être vrai, effectivement, avait reconnu Donna.

Elles avaient continué à marcher dans un silence amical, jusqu'à passer les portes de Willows, reconnaissantes de pouvoir respirer l'air du monde extérieur.

De retour chez elle – était-ce vraiment ici sa maison, désormais ? –, Donna avait cessé de se concentrer exclusivement sur Instagram. Rendre visite à Penny l'avait rendue fière et triste. Elle aurait aimé connaître Penny Gray. La connaître vraiment. Il existe de nombreuses raisons pour lesquelles Donna aimerait être celle qui résoudra ces affaires de meurtre, et elle ajoute dans sa liste le fait qu'elle voudrait rendre fière l'inspectrice Penny Gray.

Gianni était-il le meurtrier de Tony Curran ? Matthew Mackie, celui de Ventham ? Elizabeth lui avait dit de s'intéresser à un autre des résidents. Un certain Bernard Cottle. Elle avait bien pris note de son nom.

Et les ossements ? Ont-ils la moindre importance ?

Qu'en dites-vous, Penny Gray ?

Ce serait bien de boucler ces affaires. Un bel hommage à rendre à quelqu'un qui s'en est allé plus tôt. Elle devrait retourner à ces listes de passagers.

Donna fait défiler l'écran pour regarder quelques dernières photos. Poppy vient de sauter à l'élastique pour la recherche contre le cancer. Évidemment qu'elle l'a fait, c'est tellement le style de Poppy d'agir de la sorte.

87

Joyce

Je sais bien que je n'écris pas souvent le matin. Mais aujourd'hui je le fais. J'ai simplement senti qu'il fallait que je le fasse. Et donc, me voici.

La journée d'hier a été des plus intéressantes, n'est-ce pas ? Toutes ces histoires de garçons, de meurtres, de drogue, et tout le reste. Je parie qu'ils avaient beaucoup à se dire quand ils sont partis après notre petite réunion.

Je me demande bien qui ils allaient retrouver.

Vraiment, c'était très intéressant pour quelqu'un comme moi. Très intéressant. Gianni m'a tout à fait l'air d'un possible coupable, non ?

Je me demande si… Oh, veux-tu bien arrêter, Joyce, arrête cela tout de suite. Tu ne fais que retarder le moment. Tu n'as pas envie de l'écrire.

Bon, très bien, je me lance. J'ai appris de mauvaises nouvelles et ces nouvelles sont les suivantes.

J'ai passé mon petit appel « tout va bien » à Bernard ce matin.

Beaucoup de personnes ont mis un système « tout va bien » en place. On choisit de faire équipe avec un ami, on lui téléphone à 8 heures, on laisse sonner deux fois et on raccroche. Ensuite l'autre personne fait la même chose à son tour. Comme cela, chacun des deux sait que tout va bien pour l'autre, sans que cela vous coûte un centime. Et, bien entendu, vous n'avez pas à avoir une conversation.

J'ai donc téléphoné à Bernard ce matin. Deux sonneries, pour lui faire savoir que j'allais bien, que je n'avais pas fait de chute, ou que sais-je encore. Mais je n'ai rien eu en retour. Je ne m'inquiète jamais trop, parfois il oublie, je vais jusqu'à chez lui, j'appuie sur sa sonnette et il arrive en traînant des pieds jusqu'à sa fenêtre en robe de chambre et, d'un air coupable, lève le pouce pour m'indiquer que tout va bien. Dans ces cas-là, je me dis toujours : « Oh, laisse-moi entrer, espèce de vieil imbécile, prenons le petit déjeuner ensemble, je n'ai que faire de ta robe de chambre », mais ce n'est pas ainsi que Bernard voit les choses.

J'ai donc fait un saut chez lui. Est-ce que je savais ? Je suppose que oui, mais qu'en même temps je l'ignorais, parce que c'était une chose trop énorme à savoir. Mais je suppose que je savais, parce que Marjorie Walters m'a croisée au moment où je me dirigeais vers son appartement et elle m'a dit qu'elle m'avait fait un petit signe mais que je ne l'avais pas vue, que j'étais comme perdue dans mon propre monde, ce qui ne me ressemble pas. Donc, oui, je suppose que je savais.

J'ai sonné et levé la tête vers la fenêtre. Les rideaux étaient tirés. Peut-être dormait-il ? Peut-être était-il légèrement grippé et était resté au lit ? Quelqu'un avait parlé de « grippe d'homme » à la télé dans « This Morning », l'autre jour. Cela m'avait turlupinée et je l'avais dit à Joanna mais elle m'avait raconté que l'expression circulait depuis des années, étais-je certaine de ne jamais l'avoir entendue ? Ce qui m'a remise à ma place.

J'essaye de gagner du temps, j'en suis consciente. Il faut que je me lance.

Je suis entrée dans l'immeuble en utilisant le double des clés, j'ai grimpé l'escalier et j'ai vu une enveloppe scotchée sur la porte de Bernard. Dessus, il avait écrit « Joyce ».

Désolée, je dois m'arrêter là.

Il y avait même un smiley à la place du « O » de mon prénom. On ne savait vraiment jamais à quoi s'attendre avec Bernard.

88

Joyce ouvre l'enveloppe et en sort une lettre manuscrite. Trois ou quatre pages, peut-être. Elle est reconnaissante envers ses amis de l'avoir rejointe dans son appartement. Elle n'avait pas envie de remettre le nez dehors aujourd'hui.

— Je vais juste la lire, alors. Pas entièrement, simplement les parties intéressantes. Cela répond à quelques questions que nous avions. Je sais ce que certains d'entre vous pensaient de lui. Ils pensaient peut-être qu'il avait, vous savez… Ian Ventham. Enfin, bref.

— Prends le temps qu'il te faut, dit Ron en posant sa main sur celle de Joyce un instant.

Joyce commence à lire avec une hésitation inhabituelle.

— « Chère Joyce, désolé pour le désagrément. N'essaye pas d'entrer, j'ai verrouillé la porte. C'est ma première utilisation de ce verrou depuis mon installation. Tu auras compris ce que j'ai fait, et j'imagine que cela n'est rien que tu n'aies pas déjà vu un millier de fois. Je serai étendu sur le lit, tous mes soucis enfuis, et peut-être aurai-je l'air serein, mais peut-être que non. Je préférerais ne pas prendre ce risque, je laisserai donc le soin aux ambulanciers de décider si j'ai l'air en assez bon état pour que tu me dises au revoir. Enfin, si jamais tu as envie de me dire au revoir. »

Joyce interrompt sa lecture un moment. Elizabeth, Ron et Ibrahim sont complètement silencieux. Elle lève la tête vers eux.

— Ils ne m'ont pas laissée le voir, finalement. Je suis sûre que c'est le règlement, quand on ne fait pas partie de la famille. Il s'est donc trompé sur ce point-là, pas vrai ? Et ce sont deux ambulancières qui sont venues.

Joyce sourit faiblement et ses trois amis font de même. Elle reprend sa lecture.

— « J'ai les cachets près de moi et j'ai un Laphroaig que j'avais gardé pour un mauvais jour. Je vois les lumières qui s'éteignent petit à petit et ce sera mon tour juste après. J'ai tout près de mon lit les magnifiques fleurs que tu m'as offertes. Elles sont dans une bouteille de lait parce que tu sais, moi et les vases… Mais avant mon départ, il me semble que je devrais te raconter toute l'histoire. »

— Toute l'histoire ? fait Elizabeth.

Joyce pose un doigt sur ses lèvres. Elizabeth obéit à cette demande muette et Joyce continue à lire la dernière lettre de Bernard.

— « Comme tu le sais, Asima – c'est sa femme – est décédée peu de temps après que nous nous sommes installés à Coopers Chase, ce qui a tout bouleversé. Je sais que tu ne parles pas beaucoup de Gerry, Joyce, mais je sais que tu comprends. C'était comme si quelqu'un m'avait enlevé le cœur et les poumons et me demandait de continuer à vivre. De continuer à me réveiller, à manger, à mettre un pied devant l'autre. Mais pour quelle raison ? Je ne pense pas avoir jamais vraiment trouvé de réponse à cette question. Tu sais que, souvent, j'allais sur la colline et que je m'asseyais sur le banc sur lequel Asima et moi avions l'habitude de nous installer quand nous sommes arrivés ici, et tu sais que je me sentais proche d'elle quand j'étais là-bas. Mais j'avais une autre raison d'aller sur la colline, une raison pour laquelle je me sens profondément honteux. Et cette honte m'est devenue bien trop lourde à porter. »

Joyce s'interrompt pendant un moment.

— Pourrais-je avoir un peu d'eau ?

Ron remplit un verre et le lui tend. Joyce boit, puis se remet à la lecture de la lettre.

— « Tu sais certainement que beaucoup d'hindous font disperser leurs cendres dans le Gange. De nos jours, d'autres fleuves font également l'affaire, mais pour une certaine génération, c'est toujours le Gange, si on a les moyens. C'était le souhait qu'Asima avait formulé il y a très, très longtemps, un souhait dont notre fille Sufi a certainement entendu parler durant toute son enfance. Les obsèques d'Asima ne sont pas une chose à laquelle je souhaite penser, ou à propos de laquelle je souhaite écrire, mais deux jours après qu'elles ont eu lieu, Sufi et Majid – ce sont la fille et le gendre – ont pris l'avion pour Varanasi, en Inde, et ont dispersé les cendres d'Asima dans le Gange. Mais, Joyce – et c'est là que les cachets et le whisky entrent en scène, j'en ai peur – il ne s'agissait pas de ses cendres. »

Elle marque une pause et relève la tête.

— Bonté divine ! fait Ibrahim en s'avançant sur sa chaise tandis que Joyce poursuit sa lecture.

— « Je ne suis pas un homme pieux, Joyce, comme tu le sais. Mais à la fin de sa vie, Asima n'était pas non plus une femme pieuse. Elle s'est défaite de sa foi lentement, comme les feuilles se détachent d'un arbre, jusqu'à ce qu'il n'en soit plus rien resté. J'aimais cette femme de tout mon être et elle m'aimait. L'idée de la voir partir, qu'elle soit placée dans un bagage à main, Joyce, et puis qu'elle aille flotter dans les eaux loin de moi. Eh bien, c'était quelque chose que je n'étais pas en mesure de concevoir deux jours après lui avoir fait mes adieux. Rien de tout cela n'excuse ma conduite, mais j'espère que cela pourra l'expliquer. J'avais les cendres avec moi à la maison, lors de la première nuit. Sufi et Majid n'étaient pas dans ma chambre d'amis, ils avaient préféré descendre à l'hôtel, en dépit des circonstances.

« Plusieurs années auparavant Asima et moi avions fureté dans une vieille boutique d'antiquités et elle avait déniché une boîte à thé en forme de tigre. "Eh bien, c'est tout à fait toi", j'ai alors dit et nous avons ri tous les deux. Je l'appelais Petit tigre et elle m'appelait Grand tigre, enfin, tu connais la chanson. Je suis retourné à la boutique une semaine plus tard pour lui acheter, pour lui faire une surprise à Noël, mais la boîte avait déjà été vendue. Quoi qu'il en soit, ce Noël-là, j'ai ouvert le cadeau qu'elle m'avait offert, et la boîte était là. Elle était de toute évidence immédiatement retournée au magasin pour me l'acheter. Je l'ai gardée depuis ce jour. J'ai donc pris l'urne funéraire et j'ai transvasé les cendres dans la boîte à thé en forme de tigre, puis j'ai remis la boîte à thé dans le placard. J'ai rempli l'urne d'un mélange de sciure et de farine animale – c'est surprenant à quel point le résultat est convaincant – et je l'ai de nouveau scellée. Et c'est ce que Sufi a emporté à Varanasi et ce qu'elle a dispersé dans le Gange. N'oublie pas que mes pensées étaient confuses, Joyce, j'étais paralysé par le chagrin. J'aurais fait n'importe quoi pour empêcher mon Asima d'aller flotter loin de moi. J'avais oublié, bien entendu, qu'elle était également l'Asima de Sufi. Le jour suivant, dès que je me suis senti assez d'audace après la tombée du jour, j'ai pris une bêche dans la cabane du jardin partagé et j'ai remonté la colline. J'ai découpé un bout de gazon situé sous le banc, j'ai creusé un trou et j'ai enterré la boîte. Même à cet instant-là je savais que ce ne pouvait qu'être une solution temporaire, mais je n'étais pas prêt à la laisser partir. Une fois le gazon remis en place, personne ne s'est jamais aperçu de rien – pourquoi aurait-on remarqué quoi que ce soit ? – et chaque jour j'allais m'asseoir sur le banc, je saluais les gens quand ils passaient près de moi et je parlais à Asima lorsque j'étais seul. Je savais alors que c'était mal, je savais que j'avais trahi ma fille et que je ne pourrais jamais demander pardon. Mais la douleur était si intense. »

— Certains aiment leurs enfants plus qu'ils n'aiment leur conjoint, dit Ibrahim, et, pour d'autres, c'est l'inverse. Et ni les uns, ni les autres ne peuvent jamais admettre l'une ou l'autre de ces préférences.

Joyce opine distraitement de la tête et entame la lecture d'une nouvelle page.

— « La douleur immédiate s'en va, peu importe avec quelle force on souhaiterait la voir demeurer, et bientôt j'ai fini par comprendre l'énormité de mon geste. Le terrible égoïsme, le fait de m'être cru tout permis. J'ai commencé à réfléchir à divers plans et manigances, à quelque chose pour rectifier cela. Peut-être devais-je déterrer la boîte à thé, prendre le bus pour l'emmener à Fairhaven, laisser une part d'elle s'en aller et garder une autre part avec moi. Je ne pourrais jamais dire à Sufi ce que j'avais fait, mais au moins sa mère serait dans les vagues, elle retournerait à l'endroit, quel qu'il puisse bien être, où Sufi imagine que nous retournons. Je savais que cela n'était pas suffisant, mais c'était le mieux que je pouvais faire. Jusqu'à ce qu'un matin, je gravisse la colline et que je trouve des ouvriers coulant une base en béton pour le banc. Ils avaient creusé le sol, pas assez profondément pour trouver la boîte, et ils avaient rempli le trou avec du béton. Ils avaient accompli leur tâche en une demi-heure. Et c'en était fini, j'imagine, c'était tellement stupide quand on y pense, mais je ne disposais d'aucun moyen simple de creuser pour récupérer la boîte à thé. J'ai donc continué à gravir le chemin de la colline et j'ai continué à parler à Asima lorsque personne n'écoutait, lui racontant ce qui m'arrivait, lui disant à quel point je l'aimais et lui exprimant mes regrets. Et honnêtement, Joyce, rien qu'entre nous, je me rends compte que je suis arrivé au bout de tout ce qu'on peut avoir à poursuivre dans cette existence. Voilà donc où j'en suis, hélas. »

Joyce termine, garde les yeux baissés sur la lettre pendant encore un moment en faisant courir un doigt sur l'encre séchée. Elle lève les yeux vers ses amis et tente un sourire, qui, en un instant, se mue en larmes. Les larmes deviennent de violents sanglots et Ron quitte sa chaise, s'agenouille devant elle et la prend dans ses bras. Cette chose pour laquelle Ron est si doué. Joyce enfouit sa tête contre l'épaule de Ron et l'entoure de ses bras, pleurant pour Gerry, pour Bernard, pour Asima et pour les dames qui sont allées voir *Jersey Boys* et qui ont bu du gin tonic en canette pendant tout le trajet du retour.

89

Il est trop tard pour se trouver dans les locaux du poste de police de Fairhaven, mais Donna et Chris n'ont pas d'autre endroit où aller.

Chris s'agenouille et règle le problème de bourrage papier dans la photocopieuse. Chris trouve difficile de s'agenouiller sans avoir de crampes ces temps-ci. Il ne sait pas trop comment cela s'explique. Trop de sel, ou pas assez de sel ? C'est soit l'un, soit l'autre.

— C'est réparé, lance-t-il à Donna.

Donna appuie sur la touche « Impression » et lance une série de copies des rapports que lui ont adressés les services de la police chypriote.

— Je vais les relier, dit Donna. Ça prendra un peu de temps mais ce sera plus simple pour vous.

— C'est très gentil, Donna, réplique Chris. Mais vous ne m'accompagnez toujours pas à Chypre.

Donna tire la langue.

Chris a un interrogatoire très intéressant de prévu. Un interrogatoire qui devrait leur apprendre une fois pour toutes où se trouve Gianni Gunduz.

Le nom de Gianni n'est apparu dans aucune des listes de passagers que Donna avait passées en revue. Il n'était sur aucun vol, aucun bateau, aucun train, que ce soit à l'intérieur ou en dehors du Royaume-Uni. Mais Chris suppose qu'il est peu probable que Gianni utilise encore son ancien nom. Pas alors qu'il avait été traqué par la police pour le meurtre du jeune chauffeur de taxi et par Tony Curran pour les 100 000 livres qu'il avait volées.

Mais personne ne pouvait simplement disparaître. Il y aurait une trace quelque part.

Chris éteint son ordinateur. Il est sûr que Gianni le Turc est l'homme qu'ils cherchent, il est dans le métier depuis assez longtemps pour sentir quand quelque chose colle parfaitement. En avoir la preuve c'était autre chose, mais avec un peu de chance ce voyage à Nicosie viendrait l'aider sur ce point.

— On s'arrête là pour ce soir ?

— Un petit verre ? propose Donna. Au Pont Noir ?

— Vol à 6 h 30 demain matin, dit Chris.

— Pas besoin de remuer le couteau dans la plaie, rétorque Donna.

Chris se lève et baisse les stores de son bureau. Gianni, c'était une chose, mais qu'en était-il d'Ian Ventham ? C'était plus ardu. Son cas était-il vraiment relié à un meurtre perpétré cinquante ans plus tôt ? Sûrement pas, non ? Combien de personnes pouvait-il y avoir sur place à l'époque ? Chris avait même envoyé deux inspecteurs rechercher les nonnes au cas où elles pourraient se souvenir de quelque chose. Certaines avaient sans doute dû quitter le couvent à un moment donné, non ? Voir leur vocation les abandonner et sortir dans le vrai monde ? Quel âge auraient-elles à présent ? Dans les quatre-vingts ans ? Les archives cependant étaient fragmentaires, et il avait peu d'espoir. Ou passaient-ils tous à côté de quelque chose de plus simple ?

— Ne résolvez pas l'affaire pendant mon absence, s'il vous plaît.

— Je ne peux rien promettre, dit Donna.

Chris prend sa serviette. Il est temps de rentrer chez lui. Toujours le pire des moments. La vie rêvée de Chris reste à distance, juste à quelques kilos de lui. Mais à l'intérieur de sa serviette il y a un sachet de chips McCoy's sel et vinaigre, une barre chocolatée Wispa et un Coca Light. Un Coca Light ? Qui Chris croit-il berner ?

Parfois Chris se dit qu'il devrait s'inscrire sur un site de rencontres. Dans ses rêves, le rendez-vous idéal aurait lieu avec une enseignante divorcée, qui aurait un petit chien et chanterait dans une chorale. Mais il serait ravi de se tromper. Juste quelqu'un de gentil et d'amusant, ce serait bien.

Chris tient la porte ouverte pour Donna, puis la suit à l'extérieur.

Quel genre de femme pourrait vouloir de Chris ? Un léger surpoids dérangeait-il vraiment les femmes de nos jours ? Eh bien, oui, il en était certain, mais tout de même ? Il était sur le point de résoudre une affaire de meurtre, il devait certainement y avoir dans tout le Kent quelqu'un qui pourrait trouver cela séduisant, non ?

90

Joyce

Oh, je n'arrive pas à dormir. À cause de Bernard, Bernard, toujours Bernard, bien sûr. Je me pose déjà des questions à propos des obsèques. Auront-elles lieu ici ? Je le souhaite de tout cœur. Je sais que je ne le connaissais pas depuis longtemps, mais je détesterais l'imaginer à Vancouver.

Me voici donc de retour à 2 heures du matin, pour vous donner quelques nouvelles. Ne vous inquiétez pas, personne n'est mort cette fois-ci.

Après la disparition d'Ian nous nous étions tous demandé ce que nous allions devenir, ici, à Coopers Chase. Qui donc allait reprendre l'affaire ? Je pense qu'aucun de nous ne s'inquiétait outre mesure ; l'endroit semble suffisamment rentable, nous savions donc qu'il y aurait des personnes intéressées. Mais de qui s'agirait-il ?

Vous pouvez certainement deviner qui a déniché la réponse à cette question.

Elizabeth est « accidentellement » tombée sur Gemma Ventham, la malheureuse veuve d'Ian Ventham, hier, dans la nouvelle épicerie fine qui a ouvert à Robertsbridge. C'était « Claire Coiffure » qui était installé là auparavant, jusqu'à ce que Claire se fasse radier. Le terme « radier » convient-il lorsque l'on parle de coiffeurs ? Quoi qu'il en soit, l'épouse du médecin local a perdu la pointe d'une oreille et c'en a été fini. On dit que Claire est à Brighton maintenant, et c'est sans doute mieux ainsi.

Gemma était accompagnée d'un homme qu'Elizabeth a décrit comme étant « du genre entraîneur de tennis », tout en concédant cependant que de nos jours il aurait pu être « du genre prof de Pilates ». Ce n'était certainement pas une veuve éplorée, et je pense que nous avons tous été d'accord à propos du fait qu'elle avait bien mérité d'être un peu heureuse, alors tant mieux pour elle.

Elle a également, semble-t-il, gagné un sacré paquet d'argent. Ce sont les informations qu'Elizabeth a réussi à lui soutirer. J'ignore comment elle s'y est prise exactement, mais je sais qu'à un moment donné elle a fait semblant de tomber dans les pommes, parce que ce faisant elle s'est écorché le coude. Elle finit toujours par trouver un moyen, cette maligne.

Quoi qu'il en soit, Gemma Ventham a vendu Coopers Chase Holdings à une société du nom de Bramley Holdings. Bien entendu nous avons essayé de trouver tout ce que nous pouvions au sujet de Bramley Holdings, mais pour l'instant sans succès. Nous avons même téléphoné à Joanna et à Cornelius mais cela n'a rien donné. Ils ont promis qu'ils continueraient à chercher même si on sent bien que la patience de Cornelius commence légèrement à s'émousser.

Mais il y a autre chose qui m'empêche de fermer l'œil. C'est ce nom.

Bramley Holdings ? Il me dit quelque chose mais je n'arrive pas à trouver pourquoi. Elizabeth dit qu'ils prennent des noms standard, déjà tout prêts, et peut-être a-t-elle raison, mais il y a un petit signal d'alarme qui sonne dans ma tête et je ne parviens pas à l'éteindre.

Bramley ? Où ai-je déjà entendu ce nom ? Et je sais bien que je suis une femme âgée, mais ne dites pas qu'il s'agit juste de la variété de pommes. C'est autre chose. Quelque chose d'important.

Anne, qui édite *Droit au but*, est venue me voir aujourd'hui. Les gens viennent toujours vous rendre visite quand vous perdez un ami. Depuis le temps nous avons tous mis au point la liste des bonnes choses à dire. Nous les avons dites suffisamment souvent.

Je ne pense pas qu'elle le fasse juste pour se montrer gentille, mais Anne a demandé si je pourrais rédiger une rubrique dans *Droit au but*. Elle sait que j'aime écrire et elle sait que je fourre mon nez partout, alors elle a voulu savoir si je serais d'accord pour écrire à propos des allées et venues à Coopers Chase. J'ai dit oui, bien sûr, et nous allons appeler ma rubrique « Les Choix de Joyce », ce qui me plaît bien. J'avais suggéré « Les Voix de Joyce » mais Anne a pensé que cela pourrait faire un peu problème de santé mentale. Elle veut une photo de moi donc j'en regarderai quelques-unes demain et j'en choisirai une jolie.

Nous irons aussi voir Gordon Playfair demain. Vous savez, ce fermier qui vit tout en haut de la colline ? Il est le seul auquel nous pensons qui était là au début des années 1970 et s'y trouve encore aujourd'hui. Il n'était pas du tout à proximité de Ventham quand ce dernier a été assassiné donc je ne pense pas que nous pouvons le considérer comme un suspect, mais nous espérons qu'il se souviendra peut-être de quelque chose d'utile qui remonte à toutes ces années.

Je dois de nouveau essayer de trouver le sommeil.

91

— Pittoresque ? répète en riant Gordon Playfair. Cet endroit ? Vous et moi savons que c'est une vieille maison qui tombe en ruine. La maison d'un vieil homme qui ne se porte pas mieux qu'elle.

— Nous tombons tous en ruine, Gordon, dit Elizabeth.

Marcher jusqu'à la ferme des Playfair avait pris plus de temps que prévu en raison d'un cordon de police déployé autour du Jardin du repos éternel. Selon tous les témoignages, deux véhicules de police et une camionnette blanche, qui, de l'avis général, était celle d'une unité de police scientifique, s'étaient soigneusement garés aux alentours de 10 heures du matin et un certain nombre de policiers en combinaison blanche avaient marché vers le haut de la colline, bêches en main. Martin Sedge a un appartement au dernier étage de Larkin et il braque ses jumelles sur le site, mais pour l'instant pas de nouvelles. « Ils creusent, c'est tout » était la plus récente des informations communiquées.

— Cette maison et moi avons vieilli ensemble. Le toit commence à ne plus bien tenir, dit Gordon en frottant les quelques mèches de cheveux qui lui restent sur le crâne. Certaines choses qui ne craquaient pas se mettent à craquer. La plomberie n'est plus très solide. On est pareils, tous les deux.

— Nous ne vous dérangeons pas trop ? Nous, les gens du village ? demande Elizabeth.

— Je n'entends jamais le moindre bruit, répond Gordon. Ce pourrait tout aussi bien être les nonnes qui habitent encore là-bas.

— Vous devriez venir nous rendre visite un de ces jours, propose Joyce. Il y a un restaurant, il y a une piscine. Il y a de la Zumba.

— Je descendais très souvent dans le temps. Juste pour des bricoles, pour discuter un peu. Elles formaient une bande pleine d'entrain quand elles ne priaient pas. Et puis, si jamais vous vous plantiez un clou dans le pouce ou si vous vous tordiez la cheville dans un terrier de lapin, elles s'occupaient de vous, dit Gordon.

Elizabeth opine de la tête, tout cela est très bien.

— Vous avez passé un moment avec Ian Ventham le matin où il a été tué ?

— Malheureusement, oui. Mais ce n'était pas moi qui l'avais décidé.

— Qui l'avait décidé ?

— Karen, ma cadette. Elle voulait juste que j'écoute ce qu'il avait à dire. Elle veut que je vende. C'est son droit, non ?

— Et quelles questions ont été abordées ? demande Elizabeth.

— Toujours les mêmes vieilles absurdités. La même offre, les mêmes manières. Pour formuler les choses poliment, je dirai que je n'ai jamais apprécié Ian Ventham. Mais je peux me montrer moins poli si vous le souhaitez.

— Vous n'étiez pas disposé à revoir votre position ?

— Ils ont tous les deux essayé de me faire changer d'avis. Karen voyait que ça ne marchait pas, mais Ventham a insisté un peu plus longtemps. Il essayait de me faire culpabiliser par rapport aux enfants.

— Mais vous n'avez pas cédé ?

— Ça m'arrive rarement.

— Je suis un peu comme cela, moi aussi, dit Elizabeth. Et comment cela s'est-il terminé ?

— Il m'a dit qu'il obtiendrait mes terres, d'une manière ou d'une autre.

— Et qu'avez-vous répondu à cela ? demande Joyce.

— Je lui ai dit « Moi vivant, jamais ! », fait Gordon Playfair

— Eh bien, vous avez eu raison, réplique Elizabeth.

— Quoi qu'il en soit, dit Gordon Playfair, j'ai reçu une autre offre. Et je vais l'accepter, maintenant que Ventham est hors jeu.

— Tant mieux pour vous, dit Elizabeth.

— À présent, puis-je savoir s'il s'agit simplement d'une visite de courtoisie ? demande Gordon Playfair. Ou puis-je faire quelque chose pour vous aider ?

— C'est amusant que vous posiez cette question, fait Elizabeth en hochant la tête. Nous nous demandions si vous aviez gardé des souvenirs de cet endroit ? Qui datent des années 1970, disons ?

— J'ai sans nul doute beaucoup de souvenirs, dit Gordon Playfair. J'ai peut-être même quelques albums de photos si ça peut vous aider.

— Ça ne coûterait rien d'y jeter un coup d'œil, lance Elizabeth.

— Je devrais vous prévenir dès maintenant, je n'ai presque que des photos de moutons. Que recherchez-vous au juste ?

92

Joyce

Nous avons donc parlé du corps à Gordon Playfair. Et nous avons eu une bonne discussion à propos de qui aurait pu l'enterrer ici il y a si longtemps. Il y a si longtemps, quand Coopers Chase était un couvent et qu'un jeune Gordon Playfair vivait dans cette maison, avec sa jeune famille, sur cette colline même.

L'offre qu'il a reçue pour l'achat de ses terres, au fait ? Elle venait de nos mystérieux amis de Bramley Holdings. Ce nom continue de me faire tourner en bourrique. Mais je trouverai ce que c'est. Il ne se faisait du tort qu'à lui-même en refusant de vendre à Ventham juste parce qu'il ne pouvait pas le supporter. Une fois Ventham disparu du tableau, la vente était ouverte.

J'ai demandé à Gordon ce qu'il comptait faire de l'argent, et vous ne serez pas surpris d'apprendre que la plus grande part en reviendra à ses enfants. Il y en a trois. Nous connaissons l'une d'entre eux, bien évidemment : c'est Karen, qui vit dans le petit cottage dans le champ juste au-dessus de chez lui et qui était censée nous donner un cours sur les ordinateurs, avant que nous soyons si inopinément interrompus.

Elle n'est pas mariée, mais c'est aussi le cas de Joanna. Et le mien également, si j'y réfléchis.

Ses enfants ont donc bien de la chance, mais Gordon dit qu'il lui reste suffisamment d'argent pour s'acheter un petit endroit sympathique et, vous allez voir où cela nous mène, nous allons lui proposer une visite guidée de Coopers Chase dans quelques jours et voir si quelque chose lui fait envie. Ne serait-ce pas amusant ? Gordon n'a pas une beauté conventionnelle, son visage est buriné mais il a de larges épaules, des épaules de fermier.

Quoi qu'il en soit, revenons-en aux os. Gordon comprenait à présent pourquoi nous voulions l'entendre raconter les souvenirs qu'il avait des années 1970. Et pour quelle raison nous examinions ses albums de photos avec autant d'attention. Simplement pour jeter un coup d'œil au moindre cliché qu'il avait pris lors de ses visites en bas de la colline il y a tant d'années de cela. Voir si quelqu'un nous disait quelque chose.

Pour finir, c'est dans le deuxième album que nous avons consulté que se trouvait la réponse. Cela commençait par des photos de mariage, Gordon et Sandra (ou Susan, je crains de ne pas y avoir prêté grand intérêt. Vous savez ce que c'est, les photos de mariage, quand ce ne sont pas les vôtres…), puis des clichés d'un bébé, si peu de temps après que c'en était suspect. Ce devait être leur aîné. Ensuite, et je ne vous raconte pas d'histoire, des pages et des pages de photos de moutons qui, à en croire Gordon, étaient tous différents. Et après cela, juste au moment où le vin et le feu de cheminée et les moutons commençaient à nous assoupir, nous en sommes arrivés aux dernières photos de l'album. Six en tout, en noir et blanc. Les six prises lors d'une fête de Noël au couvent. Ce n'était probablement pas une véritable fête, mais cela avait eu lieu sans le moindre doute à Noël.

C'était sur la cinquième photo, une photo de groupe. Au début on ne pouvait pas vraiment le voir. Nous avons tous beaucoup changé en cinquante ans, je suis sûre que je ne reconnaîtrais pas Elizabeth et que ce serait la même chose pour elle. Mais nous avons tous bien regardé, encore et encore. Et nous sommes tous tombés d'accord.

Nous avons donc notre preuve, et nous avons aussi un plan. Enfin, Elizabeth a un plan.

Et, en parlant de photos, j'en ai trouvé une jolie pour ma rubrique dans *Droit au but*. C'est un vieux cliché, ce qui, je le sais, est vain, mais on me reconnaît tout de même. Il y a aussi Gerry sur la photo, mais Anne me dit qu'elle peut la recadrer avec son ordinateur pour le faire disparaître. Désolée, mon amour.

93

La chapelle située au cœur de Coopers Chase renferme encore un confessionnal. Il est désormais utilisé comme espace de stockage par les personnes chargées du ménage. Joyce avait aidé Elizabeth à le vider, empilant les cartons d'encaustique sur l'autel, les cachant soigneusement derrière Jésus. Elizabeth avait embelli les lieux, allant même jusqu'à lustrer la grille. En guise de touche finale, elle avait placé une paire de coussins Orla Kiely sur les sièges de bois dur.

Elizabeth avait mené de nombreux interrogatoires en son temps et conduit de nombreuses personnes devant une forme de justice. S'il existait des enregistrements de ces interrogatoires, cela faisait longtemps qu'ils avaient été enterrés, effacés ou brûlés. C'était du moins le fervent espoir d'Elizabeth.

Des avocats ? Non. Une procédure ? Certainement pas. Rien que ce qui permettait d'atteindre le plus rapidement un résultat.

Jamais rien de physique, non, ce n'était pas le style d'Elizabeth. Elle savait que cela se produisait en certaines occasions, mais ce n'était jamais efficace. La psychologie était l'élément clé. Il fallait toujours tenter quelque chose d'inattendu, toujours choisir un angle d'approche, toujours s'adosser tranquillement contre son siège, comme si on avait tout le temps devant soi, et attendre qu'ils passent aux aveux. Comme si tout le processus était leur idée depuis le début. Et pour atteindre ce résultat vous aviez toujours besoin d'un angle d'approche, de quelque chose d'inattendu. Quelque chose de taillé sur mesure.

Comme convier un prêtre à une confession.

Elizabeth s'est aperçue qu'elle aimait beaucoup Donna ct Chris. Le Murder Club du jeudi avait eu de la chance de tomber sur ces deux-là. Il n'était qu'à imaginer les raseurs avec lesquels ils auraient pu être coincés. Elle savait que même Donna et Chris auraient leurs limites, cependant, et que tout cela dépassait largement ces limites. Mais si elle réussissait à faire opérer sa magie avec Matthew Mackie, elle savait qu'ils lui pardonneraient.

Et si elle n'y parvenait pas ? Si ses talents n'étaient plus qu'un souvenir ? Ne s'était-elle pas trompée en pensant qu'Ian Ventham avait assassiné Tony Curran ?

Mais Matthew Mackie était un cas différent. C'était un homme qui en était venu aux mains avec Ventham. Un homme qui semblait ne pas avoir d'existence, mais qui pourtant était apparu sur une photographie prise à l'intérieur de cette chapelle même. Un homme qui, tout à la fois, était et n'était pas prêtre. Un homme qui avait avancé en effaçant ses traces derrière lui.

Jusqu'au jour où quelqu'un avait décidé de remuer la terre d'un cimetière. Son cimetièrc ?

C'était également un homme qui se trouvait en cet instant en route pour la rejoindre. Alors qu'il aurait été plus facile pour lui de rester chez lui. Venait-il se confesser ? Venait-il pour découvrir ce qu'elle savait ? Ou arrivait-il muni d'une seringue de fentanyl ?

Elizabeth n'a jamais eu peur de la mort, mais, malgré tout, à cet instant, elle pense à Stephen.

Il fait froid dans l'obscurité immémoriale de la chapelle et Elizabeth frissonne. Elle boutonne son cardigan, puis consulte sa montre. D'une manière ou d'une autre, elle en aura bientôt le cœur net.

94

Chris Hudson est dans une petite cellule, face à un homme à la carrure imposante. La petite cellule est une salle d'interrogatoire de la prison centrale de Nicosie et l'homme à la carrure imposante est Costas Gunduz. Le père de Gianni Gunduz.

Chris est assis sur un siège en béton, vissé au sol. Le dos du siège est aussi droit qu'un piquet. Ce serait le siège le plus inconfortable sur lequel Chris se soit jamais assis, s'il ne venait pas de prendre un vol Ryanair pour se rendre à Chypre.

Chris a rarement voyagé à l'étranger pour raison professionnelle. Il y a de nombreuses années, il était allé en Espagne pour ramener au pays Billy Gill, un antiquaire de Hove âgé de soixante-dix ans, qui avait mis sur pied une affaire de fabrication de fausses pièces d'une livre depuis un garage situé près du front de mer. C'était un joli petit business, qui avait fonctionné de façon pratiquement indétectable pendant de nombreuses années, jusqu'à ce qu'avec l'apparition de la pièce de deux livres, Billy soit devenu âpre au gain. Ses pièces étaient superbes en apparence mais leur partie centrale ne cessait de se détacher et, à la suite de la surveillance prolongée d'une laverie de Portslade, l'atelier de fabrication de monnaie avait été localisé et Billy s'était enfui pour un pays au soleil, les poches toutes cliquetantes de monnaie.

Le souvenir que Chris garde de ce voyage était de s'être retrouvé à l'étroit sur un vol charter au départ de l'aéroport de Shoreham, d'avoir atterri dans un lieu, en Espagne, dont le nom commençait par A, d'avoir été transporté pendant quarante-cinq minutes dans une chaleur torride avant que le fourgon ne stoppe, qu'on vienne coller un Billy Gill menotté à ses côtés et qu'il attende sept heures un vol qui les ramènerait au bercail, tout en écoutant pendant tout ce temps-là Billy Gill lui raconter qu'on ne pouvait pas trouver de Marmite en Espagne.

Puis, quelques années plus tard, il y avait eu un stage d'informatique obligatoire sur l'île de Wight. Et, jusqu'à ce jour, les choses en étaient restées là en matière de voyage international.

Chypre lui plaisait un peu plus que ses destinations précédentes. Il faisait trop chaud, de toute évidence, mais c'était mieux. Il avait été accueilli à l'aéroport de Larnaca puis conduit jusqu'à la capitale par Joe Kyprianou, l'inspecteur chypriote qui était à présent assis à côté de lui. La prison était agréable et fraîche, et, Chris le découvrit, il est impossible de transpirer lorsqu'on est assis sur une chaise en béton. Une fois les portes de la cellule refermées, il s'était senti heureux.

Costas Gunduz devait avoir, devina Chris, entre soixante-dix et quatre-vingts ans, mais il était bien moins bavard que Billy Gill.

— Quand avez-vous vu Gianni pour la dernière fois ? demande Chris.

Costas le regarde droit dans les yeux et hausse les épaules.

— La semaine dernière ? L'année dernière ? Vous rend-il visite ? Allez, Costas, dites-moi.

Costas fixe ses ongles. Qui, comme le remarque Chris, sont impeccables pour un homme vivant derrière les barreaux.

— Voilà ce qu'il en est, monsieur Gunduz. Nous disposons de documents montrant que votre fils est rentré à Chypre le 17 mai 2000. Il a atterri à l'aéroport de Larnaca aux environs de 14 heures. Et depuis ce moment jusqu'à aujourd'hui, rien. Aucune trace. Pourquoi cela, à votre avis ?

Costas réfléchit pendant un moment.

— Pourquoi voulez-vous Gianni ? Après ce temps ?

— J'aimerais lui parler d'un délit qui a eu lieu au Royaume-Uni. Dans le but de le rayer de la liste des suspects.

— Gros délit si vous prenez l'avion jusqu'ici, non ?

— Un délit plutôt important, monsieur Gunduz, en effet.

Costas Gunduz hoche lentement la tête.

— Et vous n'arrivez pas à retrouver Gianni ?

— Je sais où il se trouvait à 14 heures le 17 mai 2000, et je suis dans le flou après ça, fait Chris. Où se serait-il rendu ? Qui serait-il allé voir ?

— Eh bien, répond Costas en se redressant de toute sa taille sur son siège, il serait venu me voir, moi.

— Et l'a-t-il fait ?

Costas se penche légèrement en avant et décoche un sourire à Chris. Puis il hausse de nouveau les épaules.

— Temps écoulé, je crois. Bonne chance à vous. Bon séjour à Chypre.

Joe Kyprianou se penche à son tour vers Costas Gunduz et le considère.

— Costas et son frère Andreas, ils volaient des motos, Chris, ici, à Nicosie, et ils les expédiaient en Turquie. Plutôt facile à faire, quand on a un gars dans chaque port. Ils avaient un petit atelier, on lime le numéro de série, on change l'immatriculation, c'est bien ça, Costas, pas vrai ?

— C'était il y a longtemps, dit Costas.

— Puis il y a eu des voitures de temps en temps. Mais elles pouvaient aller sur les mêmes bateaux, avec les mêmes hommes qui fermaient les yeux de la même façon, alors tout était OK pour Costas et Andreas. Les années passent, motos et voitures, voitures et motos. Et les voitures, ça veut dire plus grand atelier, plus gros camion, et plus grosses caisses en bois.

— Et de plus gros paquets d'argent pour Costas ? demande Chris tout en regardant Costas.

— Plus d'argent, ça, c'est sûr. Donc pas de vague et tout le monde est heureux. Costas et Andreas s'en sortent très bien, merci pour eux. Puis arrive 1974 et c'est l'invasion par les Turcs. Vous connaissez l'histoire ?

— Oui, dit Chris.

Il ne la connaît pas, mais il a vraiment envie de prendre un repas avant de monter dans l'avion et il est prêt à parier que l'histoire en question est longue. Il regardera tout ça dans Wikipédia si cela prend de l'importance.

— Donc, les Turcs envahissent, ils prennent le contrôle de la partie nord de Chypre. Quasiment. Les Chypriotes grecs du Nord descendent dans le Sud, les Chypriotes turcs du Sud remontent dans le Nord. Et ça, c'est le cas de Costas et d'Andreas.

— Et donc, Costas est parti dans le Nord ?

Joe Kyprianou éclate de rire.

— Tu es parti dans le Nord, hein, Costas ? Trois rues plus au nord, un truc comme ça. Nicosie était coupée en deux, le Nord était turc, le Sud, grec. Ils ont donc juste bougé au nord de la « ligne verte » et se sont retrouvés dans un tout nouveau monde.

Penser à chercher « ligne verte » dans Google, songe Chris.

— Et Costas, tu as senti une occasion à saisir dans ce nouveau monde, pas vrai ? Il a démarré un nouveau business.

— De la drogue ? questionne Chris. C'est très vilain ça, Costas.

Costas répond par un haussement d'épaules.

— De la drogue, confirme Joe Kyprianou. Ils ont payé les bonnes personnes. La drogue de Turquie arrive dans la partie nord de Chypre. Puis, de là, elle repart n'importe où, vers n'importe qui. Un énorme business très, très vite, et entièrement protégé. Zone frontière, vous voyez ? Pendant dix ans, les frères dirigent tout, ce sont les rois du Nord. Intouchables, Chris, toute la famille l'était. Ils donnent de l'argent à des organismes de bienfaisance, ils ouvrent des écoles, le grand jeu. Prononcez juste le nom « Gunduz » dans la partie nord de Chypre et vous verrez.

Chris hoche la tête, il a compris.

— Après qu'un avion l'a ramené ici en 2000, Gianni a disparu et on ne l'a jamais revu. Un mandat a été émis, nous avons eu des officiers qui sont venus en avion jusqu'ici, la police chypriote a mené des recherches mais elle n'a rien trouvé.

Joe opine de la tête.

— C'est simple, Chris, très simple. Si Gianni a besoin de quitter l'Angleterre en vitesse, il appelle son père, c'est tout. Il atterrit à l'aéroport, Costas envoie des gens le récupérer, le passeport est brûlé et un nouveau est prêt immédiatement. Nouvel homme, nouveau nom, retour dans la partie nord de Chypre, retour aux affaires. Dès le lendemain, retour aux affaires, je vous le garantis. C'est ce qui s'est passé, Costas ?

— Rien ne s'est passé, réplique Costas.

— Et les recherches ? demande Chris. Nos hommes partis sur ses traces ? Les vôtres ?

— Aucun espoir. Pas la moindre chance, fait Joe. Je ne dirai pas de mal, Chris, parce que vous savez comment sont les choses. Mais impossible qu'ils aient cherché. Pas dans les bons endroits. Regardez si vos gars ont écrit quelque chose là-dessus. Ils n'auront pas mis un pied dans la partie nord de Chypre. En 2000, vous ne pouvez pas imaginer le pouvoir que Costas avait. Tu possédais tout et tout le monde, pas vrai, mon pote ?

Joe regarde Costas. Costas hoche la tête.

— C'est toujours le cas, même depuis la prison. Alors, qu'importe que vous soyez un bon flic, pourquoi prendre la peine d'essayer ? Gianni pourrait se trouver ici, en Turquie, aux États-Unis ou être rentré au Royaume-Uni. Costas sait où il est, c'est évident, mais jamais il ne vous aidera.

Costas tend les mains devant lui.

— Il aurait pu prendre un avion pour le Royaume-Uni ? demande Chris. Sous une autre identité, il aurait pu tuer Tony Curran et reprendre l'avion dans l'autre sens sans qu'on en sache rien ?

Joe acquiesce d'un signe de tête.

— Absolument. Mais s'il avait pris l'avion pour rentrer au Royaume-Uni, il aurait reçu de l'aide en arrivant. Il y a des Chypriotes là-bas qui pourraient l'aider ? L'héberger ? Personne qui pourrait avoir peur de Costas, et de ce qu'il peut encore faire ?

Chris répond par un haussement d'épaules, mais il garde cette question pour plus tard.

Costas en a assez et se lève.

— C'est fini, messieurs ?

Chris acquiesce d'un signe de tête, il a épuisé toutes ses munitions. Il sait reconnaître un pro quand il en interroge un.

Chris sort sa carte et la pose sur la table devant Costas.

— Voici ma carte, au cas où quelque chose vous revient.

Costas pose les yeux sur la carte, puis sur Chris avant de regarder de nouveau la carte et de laisser échapper un rire sonore. Il regarde Joe Kyprianou et lui dit quelque chose que Chris ne peut comprendre. Joe Kyprianou rit à son tour. Costas repose les yeux sur Chris une dernière fois et secoue la tête d'un air résolu, mais dépourvu d'hostilité.

Chris hausse les épaules en regardant Costas. C'est un pro, lui aussi.

Chris avait cherché dans Google un peu plus tôt et il y a un Starbucks et un Burger King à l'aéroport de Larnaca. On voit de moins en moins de Burger King ces derniers temps. Il est l'heure de repartir. Il se lève.

— Pour quelle raison êtes-vous tombé, Costas ? demande Chris. Finalement ?

Costas lui décoche un petit sourire.

— J'ai acheté une Harley-Davidson, aux États-Unis, je l'ai fait expédier ici. J'ai oublié de payer les frais de douane.

— Vous plaisantez ? C'est pour ça qu'ils vous ont condamné à perpétuité ?

Costas Gunduz fait non de la tête.

— J'ai pris deux semaines mais après j'ai tué un gardien de la prison.

Chris hoche la tête.

— Sacrée famille.

95

Matthew Mackie avait été étonné de recevoir l'appel d'Elizabeth. Qui lui demandait s'il était disponible pour une confession. Il avait jardiné et réfléchi. L'interrogatoire de police l'avait perturbé, déstabilisé. La vie était si simple il y a quelques mois à peine. Sa vie n'était pas vraiment heureuse, il n'avait pas été heureux à vrai dire depuis de nombreuses années, mais peut-être pouvait-on dire qu'il avait trouvé la paix ? Avait-il trouvé une forme de contentement ? Autant que cela lui serait jamais possible, supposait-il.

Il avait sa maison, son jardin, sa pension de retraite. Il vivait près de gentils voisins qui veillaient sur lui. Une jeune famille venait récemment d'emménager en face de son domicile, et les enfants jouaient avec leurs vélos sur le trottoir. S'il gardait ses fenêtres ouvertes, il pouvait entendre les sonnettes et les rires. En cinq minutes il lui était possible de gagner la mer à pied. Il pouvait s'asseoir, regarder les goélands et lire le journal, quand il n'y avait pas trop de vent. Les gens le connaissaient, lui souriaient, lui demandaient comment il se portait. Ils s'enquéraient de savoir, après avoir vérifié que cela ne le dérangeait pas, s'ils pouvaient lui parler de leurs saignements de nez, de leurs problèmes de hanche ou de leurs insomnies. C'était une vie, elle avait son rythme et sa routine et elle tenait les fantômes à distance. Que pouvait-on demander de plus, en vérité ?

Mais à quoi ressemblait donc cette vie à présent ? Des querelles, des interrogatoires de police, une inquiétude permanente. Retrouverait-il un jour la paix ? Tout cela finirait-il par se calmer ? Il savait que ce ne serait pas le cas. Quoi qu'on puisse dire des vertus curatives du temps qui passe, certaines choses dans la vie se brisent, voilà tout, et ne peuvent jamais être réparées. Pour l'heure Matthew Mackie gardait ses fenêtres closes. Ni sonnettes, ni rires ne venaient résonner à ses oreilles, et il était suffisamment vieux pour savoir qu'il n'y en aurait peut-être plus jamais.

Il lui semblait que la moindre nouvelle reçue au cours du dernier mois avait été mauvaise. Alors, que penser de cet appel téléphonique ? Que cela allait-il donner ?

Connaissait-il le confessionnal de la chapelle Saint-Michael ? lui avait-elle demandé. S'il le connaissait ? Encore à présent il rêvait de cette pénombre, de cet écho sourd, de ces murs se refermant sur lui. C'était l'endroit où sa vie s'était brisée en deux, pour rester irréparable à jamais.

Devait-il y retourner ? La question n'était pas pertinente. Il n'était jamais parti. Il avait toujours su que sa vie le ramènerait là-bas un jour. Dieu avait le sens de l'humour. C'était une chose qu'on devait lui reconnaître.

Il avait vu Elizabeth, il en était certain. Au moment de la réunion de concertation et à nouveau en ce jour affreux, celui du meurtre. Elle sortait du lot. Que pouvait-elle donc avoir en tête ? Quel péché ne pouvait-elle dissimuler plus longtemps ? Et pourquoi avoir fait appel à lui ? Pourquoi dans cet endroit ? Elle devait l'avoir vu le jour du meurtre, supposait-il. Avoir remarqué le col romain, cela frappait généralement l'esprit des gens. Cela les amenait souvent à vouloir livrer leurs secrets, à déballer tout ce qu'ils avaient sur le cœur. Qu'avait-il libéré en elle qui l'avait amenée à décrocher son téléphone ? Et, du reste, comment avait-elle obtenu son numéro ? Il n'était pas dans l'annuaire. Peut-être apparaissait-il sur Internet ? Elle devait bien avoir dû le trouver quelque part.

Et voilà où il en était. Prêt à reprendre le chemin de Saint-Michael. À retrouver le confessionnal, avec Elizabeth. À regagner l'endroit où tout avait commencé et tout s'était achevé. Quelle macabre coïncidence. Si seulement elle savait…

Matthew Mackie se trouvait déjà sur le quai, à la gare de Bexhill, quand il se rendit compte qu'Elizabeth n'avait pas en réalité mentionné lequel d'eux deux se livrerait à la confession.

Il songea à rebrousser immédiatement chemin. Mais, à ce moment-là, il avait déjà fait l'acquisition de son ticket.

Il n'était pas possible qu'elle sache, n'est-ce pas ? Pouvait-elle savoir ?

96

Et voilà, c'était fini, supposait Chris. Gianni Gunduz avait réussi à disparaître, le fils prodigue était rentré chez lui, protégé par sa puissante famille. Il lui restait à présent à découvrir si Gianni était récemment monté dans un avion pour rentrer en Angleterre. Pour accomplir un petit voyage dans le passé. Mais sous quel nom ? Et avec quel visage ? Gianni pouvait aller et venir à sa guise.

Chris était arrivé à l'aéroport suffisamment tôt pour avoir beaucoup de temps à perdre et il savourait un muffin triple chocolat acheté chez Starbucks. Le manger était une mauvaise idée, bien entendu, ce n'étaient que des calories vides, mais il pourrait réfléchir à cette question une fois son muffin englouti. Un accent anglais résonne à ses oreilles.

— Ce siège est pris ?

Chris fait signe que la place est libre, sans lever la tête. Jusqu'à ce que son cerveau enregistre que cette voix lui est familière. Mais bien sûr. Bien *sûr*. Chris relève la tête puis l'incline pour saluer l'homme.

— Bonjour, Ron.

— 'Jour, Chris, répond Ron en s'asseyant. Vous savez, un muffin, c'est quatre cent cinquante calories.

— Est-ce que vous me suivez, Ron ? demande Chris. Pour voir s'il y aurait quelque chose à voir ?

— Non, nous sommes arrivés hier, fiston, réplique Ron.

— Nous ? s'étonne Chris.

Ibrahim arrive, un plateau entre les mains. Il salue Chris d'un signe de tête.

— Quel bonheur de tomber sur vous, inspecteur en chef ! Nous avons entendu dire que vous étiez là. Ron, je ne savais pas vraiment comment commander un simple café instantané donc je nous ai pris des frappuccinos caramel.

— Merci, Ib, dit Ron avant de récupérer sa boisson.

— Je me demande s'il vaut la peine de vous interroger sur ce que vous faites ici tous les deux, s'interroge Chris. En supposant qu'il n'y ait que vous deux ici, n'est-ce pas ? Peut-être que Joyce se ravitaille au duty free ?

— Non, il n'y a que nous, les garçons, répond Ron. Petite balade à Chypre.

— Cela aide à créer des liens, en réalité, fait Ibrahim. Je n'ai jamais eu beaucoup d'amis hommes proches. Ou d'amies femmes proches. Ou l'occasion de venir à Chypre.

— Elizabeth nous a envoyés ici avec des instructions, dit Ron. Elle connaissait quelqu'un qui connaissait quelqu'un qui connaissait quelqu'un, et donc, nous voici. Et nous avons probablement trouvé la même chose que vous.

— C'est une famille très puissante, poursuit Ibrahim. C'est très facile pour Gianni de disparaître. De changer d'identité. Il n'y a aucune trace de lui nulle part.

— Un fantôme, ajoute Ron.

— Un fantôme rancunier, acquiesce Chris.

Il a renoncé au muffin. Il en a déjà mangé la moitié, combien cela faisait-il donc de calories ? Deux cent vingt ? Si la porte d'embarquement était à bonne distance du Starbucks, il en éliminerait quelques-unes en s'y rendant. Et après, interdit de manger dans l'avion.

— On a entendu dire que vous étiez allé voir le père de Gianni, lance Ron. Vous avez obtenu quelque chose ?

— Qui vous a dit ça ? s'enquiert Chris.

— Est-ce important ? réplique Ron.

Chris suppose que non, ça n'a pas d'importance.

— Il sait où est Gianni. Mais même Elizabeth serait incapable de lui arracher l'information.

Les hommes hochent la tête.

— Joyce, peut-être, ajoute Chris, et ils hochent de nouveau la tête, avec un petit sourire aux lèvres, cette fois.

— Vous ne souriez pas très souvent, inspecteur en chef, dit Ibrahim. Me permettez-vous cette remarque ? Ce n'est qu'une observation.

— Puis-je en formuler une à mon tour ? demande Chris tout en réalisant qu'Ibrahim a raison et en refusant d'y réfléchir en ces lieux et en cet instant. Si Elizabeth connaît quelqu'un qui connaît quelqu'un qui connaît quelqu'un, alors pourquoi n'est-elle pas ici ?

Pourquoi envoyer Starsky et Hutch quand Cagney et Lacey auraient pu venir se charger de tout ça ?

— Starsky et Hutch, quelle bonne idée, dites-moi. Moi, je serais Hutch, il est plus méthodique.

Une annonce d'embarquement résonne et les trois hommes rassemblent leurs affaires. Chris remarque que Ron a une canne avec lui.

— C'est la première fois que je vous vois utiliser une canne, Ron.

Ron réagit par un haussement d'épaules.

— Avec une canne, on vous fait monter dans l'avion en premier.

— Alors, où se trouvent Elizabeth et Joyce ? demande Chris. Ou vaut-il mieux que je l'ignore ?

— Il vaut mieux ne pas le savoir en effet, réplique Ibrahim.

— Oh, génial ! dit Chris.

97

La lueur vacillante des bougies éclaire la chapelle. Elizabeth et Matthew Mackie se trouvent à quelques centimètres l'un de l'autre, à l'intérieur du confessionnal.

— Je ne vois aucune raison d'enjoliver les faits. Et je ne veux aucun pardon, ni le vôtre, ni celui de Dieu. Je veux juste que cela soit officiellement dit, je veux que quelqu'un puisse en témoigner, et je veux le faire avant de mourir et que tout ne soit plus que poussière. Je sais qu'il existe des règles à suivre, même dans un confessionnal, vous devrez donc faire ce qui doit être fait concernant ces informations. J'ai tué un homme. C'était il y a fort longtemps, et, cela vaut ce que ça vaut, mais sachez qu'il s'en était pris à moi et que je n'ai fait que me défendre. Mais je l'ai bien tué.

— Poursuivez.

— Je vivais dans une chambre meublée à Fairhaven. Je ne sais pas si vous serez du genre à me juger, mais je l'avais invité chez moi. C'était stupide, peut-être, mais vous étiez probablement stupide à cette époque vous aussi. C'est là qu'il s'en est pris à moi. Les détails sont horribles mais ce n'est pas une excuse. J'ai voulu me défendre et je l'ai tué. J'avais tellement peur, je comprenais tout à fait quelle impression cela donnerait. Personne n'avait assisté à ce qui s'était passé, alors qui me croirait ? L'époque était différente d'aujourd'hui, vous le savez bien. Vous vous en souvenez ?

— Je m'en souviens.

— J'ai enroulé le corps dans un rideau. Je l'ai traîné jusqu'à ma voiture. Et c'est là que je l'ai laissé pendant que je réfléchissais à la suite. Tout cela s'était produit très rapidement, il faut que vous le compreniez. Le matin même j'avais ouvert les yeux comme tout un chacun et à présent j'en étais là. Cela semblait tellement insensé.

— Comment l'avez-vous tué ? Puis-je vous le demander ?

— Je lui ai tiré dessus. Dans la jambe. Je n'avais pas pensé qu'il mourrait, mais il a saigné, encore et encore. Il y a eu tant de sang, si vite. Peut-être que s'il avait fait du bruit, les choses auraient été différentes. Mais il a simplement gémi. Sous l'effet du choc, j'imagine. Et je l'ai regardé mourir, j'étais aussi près de lui que je le suis de vous à présent.

Silence dans le confessionnal. Silence dans la chapelle. Elizabeth a bloqué et verrouillé la porte. Personne ne va entrer. Et, bien entendu, personne ne va sortir. Si c'était ainsi que les choses devaient finir.

— Puis… eh bien, j'ai pris une chaise et j'ai pleuré. Qu'y avait-il d'autre à faire ? J'ai attendu qu'une main vienne se refermer sur mon épaule, que quelqu'un vienne me chercher. C'était tellement monstrueux.

Mais alors que, sur ma chaise, je sentais le temps s'écouler, je ne pouvais que constater qu'il ne se passait rien. Personne n'a frappé à ma porte, personne ne s'est mis à hurler. La foudre ne s'est pas abattue sur moi. Je me suis donc fait une tasse de thé. L'eau frémissait dans la bouilloire, la vapeur s'élevait dans l'air, et j'avais toujours un corps, enroulé dans un rideau, dans le coffre de ma voiture. C'était un soir d'été, alors j'ai allumé la radio et j'ai attendu qu'il fasse noir. Et puis j'ai roulé jusqu'ici.

— Ici ?

— Oui, à Saint-Michael. J'ai travaillé ici pendant un moment. Vous le saviez ?

— Non, je l'ignorais.

— J'ai donc passé les portes et j'ai remonté la colline tous feux éteints. Les sœurs se couchaient toujours tôt. J'ai continué à rouler, j'ai longé la chapelle Saint-Michael, l'hôpital et j'ai pris l'allée montant au Jardin du repos éternel. Vous connaissez cet endroit ?

— Je le connais.

— Bien sûr. Et puis j'ai pris ma bêche, j'espère que ces murs ne vont pas s'effondrer autour de nous, mais j'ai choisi une tombe, celle de l'une des sœurs. Elle était tout en haut, là où la terre était légère, et j'ai creusé. J'ai creusé jusqu'à atteindre le bois d'un cercueil. Puis j'ai regagné ma voiture. J'ai sorti le corps du coffre et du rideau. Je n'avais pas eu à retirer le moindre vêtement, car il était nu quand il s'en est pris à moi, vous comprenez. Et donc, j'ai traîné le corps en remontant le chemin et en passant entre les pierres tombales. Ce n'était pas une tâche facile, je m'en souviens fort bien.

À un moment donné j'ai poussé un juron et ensuite j'ai demandé pardon pour l'avoir fait. J'ai amené le corps jusqu'au trou et je l'ai fait basculer dans la tombe. Sur le dessus du cercueil. Puis j'ai de nouveau pris ma bêche, j'ai remis la terre dans la tombe et j'ai prononcé une prière. Ensuite j'ai rejoint ma voiture, j'ai rangé la bêche dans le coffre et j'ai repris la route jusqu'à chez moi. Je ne peux pas dire les choses plus simplement.

— Je comprends.

— Et personne n'est jamais venu frapper à ma porte. Ce qui constitue la raison pour laquelle, j'imagine, je vous raconte tout cela maintenant. Parce que personne n'est venu et que, certainement, quelqu'un aurait dû venir, n'est-ce pas ? Dans mes rêves, on vient frapper chaque nuit. Mon acte doit avoir des conséquences. Alors, qu'en pensez-vous ? Je vous en prie, soyez juste honnête avec moi.

— Que je sois honnête ? fait Matthew Mackie en laissant échapper un long et lent soupir. Eh bien, je le serai. Je ne crois pas un traître mot de toute cette histoire, Elizabeth.

— Pas un mot ? interroge Elizabeth. Il y avait pourtant une foule de détails, père Mackie. La date, la blessure par balle à la jambe, cette tombe en particulier. Ce serait vraiment étrange de ma part d'inventer une chose pareille.

— Elizabeth, vous ne travailliez pas ici en 1970.

— Mais *vous* si. J'ai vu les photos.

— J'ai bien travaillé ici, c'est vrai. Je me suis déjà assis à cette place. Et je me suis assis à la vôtre également.

Elizabeth décide de commencer à resserrer l'étau.

— Vous avez l'air d'un homme qui aimerait parler, non ? Rien dans ce que je viens de dire n'a fait remonter de souvenirs en vous ? Ne vous a convaincu qu'il faudrait peut-être que je sache quelque chose ?

Matthew Mackie laisse échapper un rire sans joie. Elizabeth ne relâche pas son effort.

— J'espère que cela ne vous ennuie pas que je le dise, père Mackie, mais vous avez légèrement tressailli quand j'ai mentionné le Jardin du repos éternel.

— Cela m'ennuie que vous disiez cela, en vérité, Elizabeth, mais j'imagine que j'aimerais parler, en effet. J'ai toujours voulu le faire. Et comme nous sommes tous deux ici, pourquoi ne jouez-vous pas cartes sur table pour voir où cela vous conduit ?

— Vous en êtes certain ?

— Je suis chez moi ici, Elizabeth. Dans la maison de Dieu. Parlons un peu, vous voulez bien ? Comme deux vieux fous ? Vous n'avez qu'à vous lancer et j'entrerai dans la danse quand je pourrai.

— Que diriez-vous de commencer par Ian Ventham ? Parlons un peu de lui, voulez-vous ?

— Ian Ventham ?

— Eh bien, on peut au moins fixer là notre point de départ. Nous pourrons toujours repartir en arrière. Je vais peut-être commencer par une question, père Mackie, si cela ne vous dérange pas ?

— Allez-y, questionnez-moi. Et appelez-moi Matthew, s'il vous plaît.

— Merci, c'est ce que je vais faire. Commençons donc par le commencement, Matthew. Pourquoi avez-vous tué Ian Ventham ?

98

Joyce

J'ai reçu des instructions expresses et Elizabeth est partie depuis trop longtemps. J'aimerais tant que Ron et Ibrahim soient ici avec moi. Au moment où j'écris ces lignes, j'attends l'arrivée de Donna, qui, je l'espère, sera là très bientôt.

Tout cela commence à donner le sentiment qu'il ne s'agit pas uniquement d'un joyeux amusement. D'une aventure où tout s'arrange tout seul et dont on redemande une nouvelle dose la semaine suivante. Elizabeth a dit deux heures et à présent cela fait deux heures qu'elle est partie. Un peu plus de deux heures. Qu'avais-je donc en tête quand j'ai accepté tout cela ? Il y a beaucoup de choses que nous avons cachées à Chris et à Donna, mais celle-ci est, de loin, la plus dangereuse. Mentir n'est pas dans ma nature. Je peux garder mes secrets pour moi, jusqu'à ce qu'arrive le moment où quelqu'un m'interroge à leur sujet.

J'ai donc passé l'appel à Donna, je lui ai dit où Elizabeth était allée et j'ai ajouté qu'elle n'était pas revenue.

Donna était très en colère et je le comprends fort bien. Je lui ai dit que j'étais désolée d'avoir menti et elle a répondu que c'était Elizabeth qui s'était comportée en menteuse, tandis que, moi, je n'avais été qu'une poule mouillée. Puis elle m'a traitée d'un nom que je n'aimerais pas répéter, mais qui, je dois l'admettre, représentait une critique méritée.

J'ai tellement envie que les gens m'apprécient que j'ai choisi ce moment pour lui dire combien j'avais toujours aimé son ombre à paupières et lui demander où elle l'achetait. Mais elle avait déjà raccroché.

Donna est en route. Je sais qu'elle est très inquiète. Tout comme moi. J'ai toujours pensé qu'Elizabeth était invincible. J'espère ne pas me tromper.

99

Elizabeth a déjà fait cette promenade maintes fois, fouler le chemin sinueux, passer à travers l'allée bordée d'arbres puis monter jusqu'au Jardin du repos éternel. Elle peut sentir dans le bas de son dos la main de Matthew Mackie qui la guide plus avant.

L'endroit est silencieux d'habitude, mais elle n'a pas souvenir de l'avoir connu calme à ce point. Même les oiseaux se sont tus. Que savent-ils ? On dirait bien qu'il va pleuvoir. Le soleil fait ce qu'il peut pour percer la couverture nuageuse, mais cela n'empêche pas Elizabeth de frissonner. Il y a encore quelques jours un ruban utilisé par la police pour délimiter les scènes de crime se trouvait là. Un fragment a été laissé, lié à un jeune arbre, et sa queue bleue et blanche s'agite dans le vent.

Ils dépassent le banc de Bernard. Il paraît absurdement vide.

Bernard aurait voulu savoir ce qu'ils faisaient là tous les deux, Elizabeth et le prêtre, remontant lentement la colline, visages figés. Bernard aurait levé la tête de son journal, leur aurait souhaité une bonne journée et ne les aurait pas perdus de vue pendant le reste de leur promenade. Mais Bernard est parti. Comme tant d'autres avant lui. L'heure a sonné, c'est comme ça. Un billet sans retour. Laissant un banc vide sur une colline silencieuse.

Ils atteignent les grilles et Matthew Mackie pousse sur les battants pour les ouvrir. Il fait entrer Elizabeth, la main toujours plaquée sur son dos, et elle entend les gonds couiner derrière eux quand les grilles se referment.

Matthew Mackie ne la conduit pas jusqu'au coin tout en haut à droite du Jardin du repos éternel, là où les tombes les plus anciennes gardent leurs secrets. Au lieu de cela, il retire la main de son dos, s'écarte du chemin, et s'avance entre deux rangées de pierres tombales plus récentes, plus propres et plus blanches. C'est le chemin qu'il emprunte à chaque fois. Cette fois-ci Elizabeth le suit et ils s'arrêtent face à l'une des pierres tombales. Elizabeth regarde l'inscription.

Sœur Margaret Anne

Margaret Farrell, 1948-1971

Elizabeth prend la main de Matthew Mackie et entrelace ses doigts avec les siens.

— C'est un endroit magnifique, Elizabeth, dit-il.

Elizabeth regarde au loin, au-delà du mur, en direction du paysage vallonné, des collines, des arbres, des oiseaux. C'est véritablement un endroit magnifique. La quiétude est rompue par un tumulte qui retentit plus bas sur la colline, ce sont des bruits de pas, des personnes qui courent. Elizabeth consulte sa montre.

— Ce doit être mon équipe de sauvetage, dit-elle. Je leur ai dit que si je n'étais pas sortie dans deux heures, ils devaient fracturer la porte. Entrer en tirant.

— Deux heures ? questionne Mackie. Cela nous a pris si longtemps ?

Elizabeth acquiesce d'un signe de tête.

— Il y avait beaucoup à dire, Matthew.

Il hoche la tête à son tour.

— Vous aurez probablement à tout raconter de nouveau, quand cette clique sera parvenue en haut de la colline.

Elizabeth peut à présent apercevoir Chris Hudson, fraîchement débarqué de son avion, devine-t-elle, qui court du mieux qu'il peut. Elle lui adresse un signe amical de la main et voit le soulagement se peindre sur ses traits. Parce qu'elle est toujours vivante. Mais aussi parce qu'il peut maintenant arrêter de courir.

100

Une scission s'était produite au sein du Club de mots croisés cryptiques. Pour la troisième semaine consécutive Irene Dougherty avait été la première à résoudre la grille hebdomadaire proposée par Colin Clemence. Frank Carpenter avait dénoncé des irrégularités et cette accusation avait pris une certaine ampleur. Le jour suivant une énigme de mots croisés profane avait été épinglée sur la porte de Colin Clemence et dès l'instant où il l'avait résolue, ça avait été une pagaille épouvantable.

La conséquence de tout cela était que le Club de mots croisés cryptiques avait vu sa séance hebdomadaire reportée, afin de laisser tous les intéressés retrouver leur calme et, par conséquent, la Salle des puzzles était subitement disponible. Les membres du Murder Club du jeudi se tiennent sur leurs sièges habituels et Chris et Donna ont rapporté du salon deux chaises empilables. Matthew Mackie est assis dans un fauteuil placé dans le coin de la pièce. Tous les yeux sont rivés sur lui.

— Je n'ai pas quitté l'Irlande très longtemps. L'unique raison qui m'avait fait partir, en vérité, c'était l'envie d'aventure. À cette époque, ils pouvaient vous envoyer dans toutes sortes d'endroits, l'Afrique, le Pérou, mais ce n'est pas pour moi ce genre de choses, convertir les gens ou que sais-je encore. Alors le couvent s'est présenté et j'ai pris le bateau pour venir jusqu'ici en 1967, complètement à l'aveuglette. Tout était tel que vous le voyez aujourd'hui, vraiment. Un endroit très beau, très paisible, avec une centaine de sœurs, mais si calme qu'on ne pouvait s'en douter. Elles se déplaçaient sans faire de bruit. Il régnait une forme de paix, ici, au couvent, mais on y travaillait aussi, et il y avait toujours de l'activité à l'hôpital. Et donc, je déambulais en ces lieux, je prêchais des sermons et je recevais des confessions. Je souriais quand les gens étaient heureux et je pleurais avec eux quand ils étaient tristes, c'était cela mon travail. J'avais vingt-cinq ans, aucune pensée en tête, ni une once de sagesse en moi. Mais j'étais un homme et cela semblait être l'unique chose qui comptait.

— Et vous viviez ici ? demande Chris.

Elizabeth avait suggéré que Chris et Donna se chargent des questions, car elle était consciente qu'elle aurait sans doute besoin de gagner quelques bons points avant que la journée ne prenne fin.

— Il y avait une maison de gardien à cette époque et quelques pièces m'y étaient attribuées. L'endroit était assez agréable, en tout cas certainement davantage que les pièces où vivaient les sœurs. Je n'avais pas le droit de recevoir de visites, évidemment. C'était la règle, tout du moins.

— Une règle que vous avez suivie ? demande Donna.

— Au début, bien sûr. J'étais désireux de bien faire, désireux de plaire, je ne voulais pas être renvoyé chez moi. Vous voyez, ce genre de choses…

— Mais… les choses changent, c'est bien ça ? questionne Chris.

— Oui, les choses changent. Elles changent vraiment. J'avais fait la connaissance de Maggie assez vite après mon arrivée. Elle s'occupait du ménage de la chapelle. Il y avait quatre sœurs dédiées à cette tâche.

— Mais une seule Maggie ? avance Donna.

— Oui, une seule Maggie, répond Matthew Mackie dans un sourire. Vous savez ce que c'est, quand vous regardez quelqu'un dans les yeux pour la première fois et que le monde entier s'écroule autour de vous ? Et que vous pensez juste : « Mais oui, bien sûr, c'est cela que j'ai attendu tout ce temps » ? C'est ce que j'ai ressenti avec Maggie. Au début les choses ont commencé ainsi : « Bonjour, sœur Margaret », « Bonjour, mon père », et ainsi de suite, et elle reprenait son travail et je reprenais le mien. Comme si de rien n'était. Mais je souriais, et elle souriait, et bientôt les choses sont devenues : « Quelle belle matinée, sœur Margaret, c'est une bénédiction que de profiter de ce soleil » et : « Vous avez raison, mon père, une vraie bénédiction. » Et ensuite : « Quel produit passez-vous sur le sol, sœur Margaret ? » et : « De l'encaustique, mon père. » Les choses ne se sont pas faites immédiatement, cela a pris quelques semaines.

Ron se penche en avant pour dire quelque chose mais Elizabeth lui jette un regard et il se ravise.

— Quoi qu'il en soit, je devais être arrivé disons depuis un mois environ lorsque Maggie est venue se confesser. Nous étions là, tous les deux. Et aucun de nous n'a beaucoup parlé. Nous sommes simplement restés assis, nos corps séparés par quelques centimètres à peine, avec juste ce panneau de bois dressé entre eux. À ce moment-là je peux entendre son souffle et aussi mon cœur battre à coups sourds. Il tente de bondir hors de ma poitrine. Ne me demandez pas combien de temps cela a duré, je n'en ai pas la moindre idée, mais je finis par dire : « Vous avez certainement du travail à faire, sœur Margaret » et elle répond : « Merci, mon père », et c'est tout. Les choses étaient scellées et nous le savions tous les deux. Nous savions tous les deux que la confession constituait le péché et que ce péché ne serait pas le dernier.

— Souhaiteriez-vous que je vous resserve ? demande Joyce tout en inclinant son Thermos de thé.

Mackie lève la main pour signifier « non, merci ».

— Nous nous retrouvions à l'abri des regards, ce qui va sans dire, je le sais. Je la voyais chaque matin mais évidemment nous ne pouvions pas parler quand les autres étaient là. Alors je la recevais en confession et nous parlions. Et là, sur ces deux chaises de bois, nous sommes tombés amoureux. Maggie et Matthew. Matthew et Maggie. Parlant à travers une grille. Peut-on imaginer un amour plus voué à l'échec que celui-ci ?

— Pardonnez-moi, mais, juste pour savoir, Maggie est bien sœur Margaret Anne ? demande Chris.

— Oui, c'est elle.

— 1948 à 1971 ?

Matthew Mackie opine de la tête.

— Je savais qu'il fallait que l'on parte d'ici. Les choses seraient assez simples. Je trouverais un emploi, j'avais tous mes examens, Maggie serait infirmière, nous achèterions quelque chose sur la côte. Nous avons tous les deux grandi près de la mer.

— Vous alliez renoncer au sacerdoce ?

— Bien sûr. Laissez-moi vous poser une question. Pourquoi êtes-vous entré dans la police, inspecteur en chef Hudson ?

Chris s'accorde un instant de réflexion.

— Honnêtement ? Je venais de passer mon bac, ma mère m'a dit qu'il fallait que je trouve un travail et ce soir-là nous regardions *Juliet Bravo*, l'inspectrice de police à la télévision.

— Eh bien, n'est-ce pas simplement ainsi que se font les choses ? dit Matthew Mackie. Dans une autre ville, un autre pays, j'aurais été pilote ou marchand de légumes, mais par le simple fait des circonstances, je suis devenu prêtre. En vérité, je ne suis pas un fervent croyant et je ne l'ai jamais été. C'était un travail, un toit, et un moyen de partir de chez moi.

— Et Maggie ? demande Donna. Allait-elle renoncer elle aussi ?

— C'était plus difficile pour Maggie. Elle avait la religion, et cela brûlait toujours en elle. Mais elle l'aurait fait. Je pense qu'elle l'aurait fait, un jour. Je pense qu'elle serait à présent à Bexhill près de moi, avec son regard vert flamboyant. Mais les choses étaient difficiles pour elle. J'étais un jeune homme et elle une jeune femme, et les risques pour elle étaient plus grands à cette époque, n'est-ce pas ?

Joyce tend le bras et prend sa main.

— Qu'est-il arrivé à votre Maggie, Matthew ?

— Elle venait me rendre visite. Une fois la nuit venue, si vous voyez ce que je veux dire. Dans la maison de gardien. C'était plutôt facile de s'éclipser après l'extinction des feux. Maggie était loin d'être bête, elle se serait bien entendue avec vous tous, sans le moindre souci. Elle pouvait me retrouver les mardis et les vendredis, ces jours étaient les plus sûrs. J'allumais une bougie à son intention, dans une pièce à l'étage. S'il n'y avait pas de bougie allumée, cela signifiait que j'avais été appelé à l'extérieur ou que j'avais des invités, et elle savait qu'elle ne devait pas venir. Mais si j'allumais la chandelle, elle venait toujours. Parfois tout de suite, et parfois il me fallait attendre et faire les cent pas, mais elle venait toujours.

Mackie s'éclaircit la voix et fronce les sourcils. Joyce serre sa main.

— J'ai passé cinquante années sans raconter cette histoire et voici que je m'attelle à ce récit deux fois dans la même journée.

Un faible sourire se dessine sur ses lèvres puis il poursuit.

— C'était un mercredi, le 17 mars. J'avais allumé la bougie et j'attendais en faisant les cent pas. Il y avait une latte de plancher dans le salon qui, quand vous marchiez dessus, laissait échapper trois petits couinements. Et tandis que j'allais et venais dans la pièce, encore et encore, le bruit s'élevait, « couic, couic,

couic », « couic, couic, couic ». Et j'entendais de petits bruits au-dehors et je me disais « Elle arrive », puis je m'arrêtais, tendais l'oreille, mais à chaque fois, ce n'était que le silence qui me revenait. L'attente a duré trop longtemps et je me suis inquiété. S'était-elle fait attraper en tentant de sortir ? Sœur Mary était féroce. J'étais sûr que tout irait bien parce qu'à cet âge-là tout va toujours bien. Je suis donc allé à l'étage, j'ai éteint la bougie, je suis redescendu, j'ai lacé mes chaussures et je suis parti pour le couvent. Pour essayer de voir ce qu'il se passait.

Matthew Mackie a les yeux fixés sur le sol. Un vieil homme narrant l'histoire d'un jeune homme. Elizabeth capte le regard de Ron et tapote sa poche de poitrine. Ron acquiesce d'un signe de tête et plonge la main dans la poche intérieure de sa veste pour en sortir une petite flasque.

— J'ai bien envie d'une petite goutte de whisky. J'espère que vous m'accompagnez, Matthew ?

Sans attendre de réponse, Ron verse le whisky dans le mug de Matthew Mackie. Mackie hoche la tête en guise de remerciement, les yeux toujours fixés sur le sol.

— Et qu'avez-vous vu, père Mackie ? demande Donna.

— Eh bien, le couvent était plongé dans l'obscurité, ce qui était bon signe. Si elle s'était fait surprendre en train de sortir en cachette, il y aurait eu une lumière allumée quelque part. Dans le bureau de sœur Mary, peut-être. Ou elle aurait dû accomplir du nettoyage de nuit dans la chapelle. Mais les seules lueurs visibles étaient celles de l'infirmerie. Je voulais simplement faire un petit tour, m'assurer que tout allait bien pour Maggie. Je pouvais imaginer une centaine de bonnes raisons pour expliquer qu'elle ne soit pas venue me rejoindre cette nuit-là, mais je voulais être rassuré. Je me suis dit que j'irais récupérer des papiers dans le petit bureau que j'avais, à l'arrière de la chapelle. Vous comprenez, de cette manière, si quelqu'un m'apercevait, je dirais que j'avais juste du travail en retard. Je ne réussissais pas à dormir. Et je m'étais dit que je pourrais faire un petit tour. Si j'avais pu, je serais allé jeter un coup d'œil dans le dortoir, juste pour la voir étendue dans son lit.

— Cette pièce où nous nous trouvons, dit Joyce. C'était l'un des dortoirs.

Matthew Mackie regarde autour de lui en hochant la tête. Sa main gauche tapote doucement le bras de son siège et il poursuit.

— J'avais la clé de la chapelle. Vous savez comment est cette porte, elle est si lourde et son verrou si bruyant, mais je l'ai ouverte aussi silencieusement que possible et je l'ai refermée derrière moi. L'endroit était plongé dans le noir complet mais je savais m'y retrouver, bien sûr. Près de l'autel j'ai buté dans une vieille chaise en bois qui n'aurait pas dû se trouver là et elle a raclé le sol dans un vacarme terrible. J'ai pensé qu'il faudrait que j'allume l'une des lanternes, près de l'autel, juste pour me sentir un peu plus serein, avoir un peu moins la sensation d'être un cambrioleur. J'ai allumé la lanterne et elle a produit une lumière très faible, on ne l'aurait pas remarquée depuis l'extérieur, je ne le pense pas, ce n'était pas du tout une lueur vive. Juste une petite lueur, vraiment. Voilà tout ce que je dirais à propos de la lanterne.

Matthew Mackie prend son mug et boit une gorgée. Puis il repose le mug.

— Et donc il y avait la lumière, celle que j'avais allumée. Et tout ce que l'on parvenait vraiment à distinguer c'était l'autel, il n'y avait que des ombres, mais cela suffisait pour voir. Cela suffisait.

Matthew Mackie se frotte la bouche avec le revers de sa main.

— Et Maggie était là. Il y a une poutre au-dessus de l'autel. Du moins, il y en avait une à cette époque. On pouvait y accrocher de l'encens ou des prières. Elle faisait partie de la charpente, je pense, mais nous l'utilisions. Quoi qu'il en soit Maggie avait enroulé un bout de corde autour de la poutre et s'était pendue. Et cela avait eu lieu peu de temps avant que je n'arrive sur place. Peut-être l'a-t-elle fait pendant que je nouais mes lacets. Ou peut-être au moment où je soufflais la bougie ? Mais elle était morte, je pouvais le voir clairement. C'est pour cela qu'elle n'était pas venue.

Le silence règne dans la Salle des puzzles. Matthew Mackie porte une nouvelle fois le mug à ses lèvres et boit une gorgée.

— Merci pour cela, Ron.

Ron fait un geste de la main signifiant « Je vous en prie, c'est normal ».

— Y avait-il un mot, père Mackie ? demande Chris.

— Aucun mot. J'ai donné l'alerte – discrètement bien sûr ; cette scène n'était pas pour tous les regards.

J'ai réveillé sœur Mary et elle m'a raconté l'histoire, toute l'histoire.

— L'histoire ? s'enquiert Donna.

Matthew Mackie, comme perdu dans ses pensées, dodeline de la tête et Elizabeth prend le relais pendant un instant.

— Maggie était enceinte.

— Merde alors ! s'exclame Ron.

Matthew relève la tête et poursuit son récit.

— Elle s'était confiée à quelqu'un, à une autre des jeunes religieuses. Je n'ai jamais découvert qui c'était. Maggie devait avoir confiance en elle, quelle qu'elle ait pu être, mais c'était une erreur. La nonne a tout raconté à sœur Mary puis, vers 18 heures, après les prières, sœur Mary a appelé Maggie pour qu'elle vienne la rejoindre dans sa chambre. Sœur Mary ne m'a donné aucun détail à propos de ce qui avait été dit, mais je peux le deviner. Il fallait que Maggie rassemble ses affaires et s'en aille. Il était prévu qu'elle reste une dernière nuit et que quelqu'un vienne la chercher le lendemain matin pour la ramener tout droit en Irlande. J'avais allumé ma chandelle aux alentours de 19 heures, j'imagine. Maggie est retournée dans le dortoir, peut-être à l'endroit même où nous nous tenons. Bien sûr elle savait comment s'éclipser, alors elle l'a fait. Mais cette nuit-là, elle n'est pas venue me rejoindre. Elle est allée dans la chapelle et elle a passé un nœud coulant autour de son cou. Elle s'est ôté la vie et a ôté la vie à notre enfant.

Matthew Mackie lève les yeux vers les six autres personnes présentes dans la pièce.

— Et voilà, c'est mon histoire. Alors, vous voyez à présent que ce n'était pas gai, n'est-ce pas ? Et rien n'a plus jamais été gai après cela.

— Et comment se fait-il qu'elle soit enterrée sur la colline ? demande Ron.

— C'était le marché que j'avais passé, dit Mackie. Je devais quitter les lieux, ce que j'ai fait, sans rien dire à personne. Rentrer en Irlande. Ils m'ont trouvé un emploi à Kildare, dans un hôpital universitaire. Les dossiers existants ont été détruits, de nouveaux ont été créés. L'Église pouvait faire comme bon lui semblait à l'époque. Ils voulaient que je débarrasse le plancher, pas d'ennuis, pas de scandale. Personne, à part moi et sœur Mary, n'avait vu le corps pendu. Quelle histoire ont-ils finalement racontée ? Aucune idée. Mais je sais que ce n'était pas l'histoire d'un prêtre, d'un bébé et d'un suicide. Et en échange je leur ai demandé de lui permettre d'être enterrée dans le Jardin du repos éternel. Elle n'aurait pas voulu rentrer chez elle et Saint-Michael était le seul autre endroit que Maggie connaissait.

— Et sœur Mary a accepté ? demande Donna.

— Elle préférait également que les choses se passent ainsi. Il y aurait eu des questions autrement. Mon départ soudain, Maggie envoyée au loin pour être enterrée, les gens en seraient arrivés à une conclusion logique. Nous avons donc passé ce marché, et le lendemain matin la voiture qui devait venir chercher Maggie m'a emmené à sa place. Nous avons roulé toute la journée pour rejoindre Holyhead. Je suis rentré chez moi et c'est là que je suis resté jusqu'à ce que j'apprenne que sœur Mary était morte. Elle est là-haut dans le cimetière, elle aussi, vous verrez, il y a des chérubins sur sa pierre tombale. Le jour où j'ai reçu la nouvelle, j'ai quitté mon travail, bouclé une valise et je suis revenu ici pour toujours. Pour être aussi près qu'il m'était possible de Maggie.

— Et c'est la raison pour laquelle vous avez fait tout ce que vous pouviez pour empêcher que les corps soient déplacés ?

— C'était l'unique chose que je pouvais faire pour elle. Trouver un lieu où elle vivrait définitivement en paix. Vous êtes allés là-bas, vous pouvez comprendre. C'était tout ce que j'avais pour dire que j'étais désolé et « Je t'aime toujours ». Un endroit si beau, pour le seul amour que j'aie jamais connu et pour notre bébé, notre garçon. Il s'agissait d'une fille, peut-être, mais c'est l'image d'un garçon que j'ai toujours gardée dans mon cœur. Je lui ai donné le prénom de Patrick, ce qui est stupide, je le sais.

— Sans vouloir paraître indélicat, mon père, dit Chris. Je dirais que ça vous fournit un mobile extraordinaire pour tuer Ian Ventham.

— La délicatesse n'a pas sa place en ce jour. Mais je n'ai rien commis de tel. Pouvez-vous imaginer que Maggie m'aurait un jour pardonné si j'avais tué M. Ventham ? Vous ne l'avez pas connue mais elle avait un sacré caractère quand elle voulait. À chaque instant, j'ai fait ce que Maggie aurait voulu, et ce qui aurait rendu Patrick fier. Je me suis battu de toutes les manières possibles, mais un jour je reverrai Maggie, et je ferai la connaissance de mon petit garçon, et j'ai l'intention de le faire le cœur pur.

101

— Aimez-vous le Pilates ? demande Ibrahim.

— Je ne saurais le dire, répond Gordon Playfair. De quoi s'agit-il ?

Une fois terminée la visite guidée de Coopers Chase, Gordon Playfair se retrouve assis en compagnie d'Ibrahim, d'Elizabeth et de Joyce sur le balcon d'Ibrahim.

Ce dernier a un verre de brandy en main, Elizabeth boit un gin tonic et Gordon, une bière. Ibrahim en garde des bouteilles pour Ron dans son frigo, même si ces derniers temps Ron semble préférer le vin.

Chris et Donna sont repartis à Fairhaven. Avant qu'ils ne s'en aillent, Chris leur a un peu parlé de ce qui s'était passé à Chypre et des liens familiaux de Gianni. Il est presque certain qu'ils ont identifié leur homme.

Donna apparemment leur en voulait toujours, mais cela lui passera. Le soleil se couche et le jour baisse.

Matthew Mackie est rentré chez lui, à Bexhill, et a retrouvé les deux bougies qu'il garde constamment allumées. Joyce a promis de venir lui rendre visite là-bas. Elle adore Bexhill.

— C'est l'art du mouvement contrôlé, dit Ibrahim.

— Hmmm, fait Gordon Playfair en songeant à ses paroles. Il y a des fléchettes, ici ?

— Il y a une table de snooker, dit Ibrahim.

Gordon hoche la tête.

— C'est presque pareil.

Ils contemplent la vue qu'ils ont de Coopers Chase. Au premier plan se trouve Larkin Court, où l'on voit les fenêtres garnies de rideaux de l'appartement d'Elizabeth. Au-delà se trouvent Ruskin Court, Willows et le couvent. Puis ces splendides collines, qui se déploient vers l'horizon.

— Je pourrais me faire à cet endroit, dit Gordon. On dirait que la boisson y occupe une grande place.

— Toujours, reconnaît Ibrahim.

La sonnerie du téléphone retentit et Ibrahim se lève pour aller répondre. Il continue à parler à Gordon Playfair par-dessus son épaule tandis qu'il s'éloigne.

— Je crois que j'ai donné du Pilates une image trop ennuyeuse. C'est excellent pour les muscles abdominaux et pour la souplesse. En tout cas, il y a une séance tous les mardis.

Gordon regarde certains des résidents qui passent au bas de l'immeuble et prend une petite gorgée de bière.

— Vous savez, je ne plaisante pas, je ne pourrais pas savoir si l'une de ces femmes s'était trouvée ici à l'époque. Qui peut le dire ? Toutes ces nonnes… Je ne pourrais pas le savoir, vous voyez. Vous-même auriez pu être l'une de ces nonnes, Joyce.

Joyce éclate de rire.

— J'ai bien l'impression d'en avoir été une ces deux dernières années. Bien malgré moi.

Elizabeth a pensé la même chose que Gordon Playfair. Les nonnes. Peut-être était-ce le chemin qu'ils auraient à suivre à présent ? Demain se tiendrait la prochaine séance du Murder Club du jeudi. Peut-être devraient-ils commencer par là. Elle sent que la magie du gin commence à opérer. Ibrahim, qui vient de raccrocher le téléphone, est de retour.

— C'était Ron. Il aimerait qu'on le retrouve pour prendre un verre. Apparemment, Jason a des cadeaux pour nous tous.

102

— Bobby et moi avons fêté nos retrouvailles au Black Bridge après que nous sommes tous partis d'ici. Au Pont Noir, pour être plus exact.

Jason Ritchie porte sa bouteille de bière à ses lèvres et avale une gorgée. Ron a également une bière en main, comme toutes les fois que Jason se trouve dans les environs. Se comporter en modèle, c'est important.

— Ça se sentait qu'on se faisait confiance en quelque sorte tous les deux, vous voyez ? On avait l'impression d'être devenus meilleurs avec le temps. Bobby n'a pas voulu dire ce qu'il fait maintenant, mais il avait l'air heureux, alors ça m'allait. J'imagine que personne ne veut me dire quelle vie il mène à présent ?

Jason lance un regard plein d'espoir à Elizabeth et à Joyce qui secouent la tête en guise de réponse.

— Très bien, dit Jason. Personne n'aime les mouchards. Mais nous ne pouvions toujours pas être sûrs, vous voyez ? Nous ne pouvions pas être certains que l'un de nous deux ne l'avait pas fait. Ni qu'il s'agisse de Gianni, bien vivant, et qui serait revenu pour se venger. C'est pour cela que j'avais demandé à une certaine personne de nous rejoindre.

— Oh, oh ! Et qui était-ce ? demande Joyce.

Jason sourit.

— Qui est-ce que personne n'aime, Joyce ?

Joyce incline la tête, reconnaissant sa défaite.

— Les mouchards, Jason.

— Disons que j'ai contacté un ami, quelqu'un en qui nous avions tous confiance, mais à qui Gianni aurait également fait confiance, pour des raisons différentes. Il nous a rejoints – il n'a vraiment pas eu le choix, puisque nous étions deux à vouloir le voir – et nous lui avons posé la question tout de go. On lui a demandé si Gianni était venu et s'il l'avait vu. On lui a dit que cela resterait entre nous et que les choses n'iraient jamais plus loin que ça.

— Et c'était ce qui s'est passé ? demande Elizabeth.

— Oui, répond Jason. Gianni est revenu trois jours avant l'assassinat de Tony et il est reparti le jour de sa mort. Il a reproché à Tony de l'avoir balancé il y a toutes ces années, en tout cas c'est ce qu'il a dit. Qui peut savoir avec Gianni ?

Joyce hoche la tête d'un air sage et Jason poursuit.

— Peut-être a-t-il juste senti que le moment était venu. Qu'il était temps de remettre les pendules à l'heure. Certains ont la mémoire longue.

— Et vous vous fiez à cette source ? Peter lui fait confiance ? demande Elizabeth.

— Peter ? s'étonne Jason.

— Désolée, Bobby, réplique Elizabeth. La faute à mon grand âge… Bobby et vous avez tous deux confiance en lui ?

— Une confiance absolue, dit Jason. C'est la personne la plus franche qui existe. Et il avait ses propres raisons d'aider Gianni. Si vos amis de la police ne trouvent pas qui est ce type, je promets que je leur dirai. Mais je crois qu'ils sont assez intelligents pour y arriver tout seuls.

— Pourquoi Gianni vous a-t-il envoyé la photo, Jason ? demande Ibrahim.

Jason a un haussement d'épaules.

— Je pense qu'il voulait juste que nous sachions que c'était lui. Pour frimer. Gianni était toujours comme ça. Et il pouvait trouver mon adresse plutôt facilement, tout le monde me connaît par ici. Quoi que Gianni ait fait, il fallait toujours qu'il vous le dise.

— Et Gianni a-t-il changé d'apparence ? Quel est son nouveau nom ? demande Elizabeth.

— Ça ne nous regarde pas, dit Jason en secouant la tête. Nous en sommes restés à nos premières questions. Tout ce que nous voulions, c'était savoir la vérité. Ça suffisait.

— Dommage, dit Elizabeth.

— Eh bien, si la police ne le retrouve pas, je suis sûr que vous quatre y parviendrez, fait Jason. Et puis aussi, écoutez, Bobby et moi, on voulait juste vous dire merci. De nous avoir permis de nous retrouver et de nous avoir aidés à connaître la vérité. Rien de tout ça n'aurait eu lieu sans vous. Soyons honnêtes, sans vous je me serais probablement fait coffrer. Alors je vous ai offert à chacun une petite bricole. Vous n'y voyez pas d'objection ?

Aucune objection dans l'assistance. Jason ouvre la fermeture Éclair du sac de sport posé à ses pieds et en sort ses cadeaux. Il tend une boîte en bois à Ibrahim.

— Ibrahim, des cigares pour vous ; cubains, bien sûr.

— Votre civilité atteint là des sommets, Jason, je vous remercie, dit Ibrahim.

Le présent suivant est pour Ron.

— Papa, une bouteille de vin. Et du bon, pour ne rien gâcher. Tu peux arrêter de faire encore semblant de préférer la bière lorsque je suis là.

Ron prend son cadeau.

— Oh, une petite goutte de blanc. Merci, Jase.

Jason remet une enveloppe à Joyce.

— Joyce, deux tickets pour venir assister à l'enregistrement de l'émission « Celebrity Ice Dance » le mois prochain.

Joyce s'illumine.

— Carré VIP, et tout et tout. Je pensais que vous pourriez proposer à Joanna de vous accompagner.

— Non, ce ne sera pas Joanna, fait Joyce. L'émission passe sur ITV et c'est une chaîne qu'elle n'a pas.

— Et Elizabeth, poursuit Jason, qui n'a rien d'autre en main que son téléphone. Voici mon cadeau pour vous.

Jason tend son téléphone et très délibérément fait glisser son doigt sur l'écran avant de remettre l'appareil dans sa poche. Il regarde Elizabeth qui ne sait trop comment réagir.

— Eh bien, merci, Jason, même si j'espérais plutôt un flacon de Coco, de Chanel, dit Elizabeth.

— Je crois que je sais ce qui vous plairait encore plus que ça, néanmoins, fait Jason. Attraper celui qui a tué Ian Ventham ?

— Est-ce que cela fait partie de votre cadeau, Jason ? demande Elizabeth.

— Je pense que oui. Papa et moi avons réglé cette question. Pas vrai, papa ?

Ron opine du chef.

— C'est bien vrai, fiston.

— Et sans vouloir paraître prétentieux, ajoute Jason. Je pense qu'il suffira d'un seul geste sur cet écran pour le confirmer.

103

Joyce

Je me demande si vous connaissez Tinder ?

J'en avais entendu parler à la radio, j'avais entendu des blagues sur le sujet mais je n'avais jamais vu ce que c'était avant que Jason ne m'ait fait une démonstration.

Si vous savez de quoi il s'agit, vous pouvez sauter ce passage.

Donc Tinder c'est pour faire des rencontres. Vous « postez » des photos de vous sur une application. Une application, c'est comme Internet, mais seulement sur votre téléphone. Jason m'a montré certaines de ces photos. Les hommes se font généralement immortaliser sur une montagne ou occupés à abattre un arbre. Parfois les photos ont été coupées au milieu, recadrées pour éliminer l'image d'une précédente partenaire. Grâce à ma photo dans *Cut in the Chase*, je sais comment ils font cela maintenant.

Les femmes se font souvent photographier sur des bateaux, ou en compagnie d'autres femmes, et comme on ne sait pas vraiment laquelle d'entre elles on est censé regarder, j'imagine qu'il ne reste plus qu'à s'en remettre au hasard.

J'ai demandé à Jason si les gens utilisent cela pour des « aventures d'un soir » et il m'a dit que, en général, ils ne l'utilisent pas pour grand-chose d'autre. Eh bien, c'est très amusant, pourriez-vous dire, mais tout cela m'a paru triste. Et plus je voyais de sourires, moins je me sentais heureuse.

Peut-être est-ce juste moi. J'ai rencontré Gerry lors d'un bal auquel j'avais décidé d'aller à la dernière minute pour embêter ma mère. Si je n'y étais pas allée, nous ne nous serions jamais rencontrés. Je sais que c'est un moyen peu efficace de trouver le véritable amour, mais cela a marché pour nous. Dès l'instant où mes yeux se sont posés sur lui, il n'avait plus aucune chance. Le petit veinard.

Donc, sur Tinder, vous faites défiler des photos de célibataires qui vivent près de chez vous. Ou parfois de personnes mariées qui vivent près de chez vous. Il y a une photo d'Ian Ventham sur Tinder, en tenue de karaté, même s'il est mort.

Toutes les fois que quelqu'un a un air qui vous plaît, vous faites glisser sa photo vers la droite (ou vers la gauche, je n'arrive plus à me souvenir). Pendant ce temps-là, quelque part non loin de vous quelqu'un fait aussi défiler les photos et, si votre aspect lui plaît, il fait aussi glisser votre image vers la droite (ou la gauche) et c'est alors que tous deux vous obtenez un « match ».

Honnêtement, faire défiler ces photos est un crève-cœur. Cela m'a fait penser à ces clichés de chats égarés que l'on voit collées sur les réverbères. C'est à cause de tout cet espoir, je crois.

Quoi qu'il en soit, lorsque Jason a fait glisser une des photos vers la gauche ou vers la droite, il était convaincu qu'il obtiendrait un « match ». Et il était convaincu que ce « match », cette personne qui l'avait aussi choisi, serait le tueur. Je crois tout à fait qu'il peut se montrer confiant quant au premier point, mais pour ce qui est de la deuxième question, je suis plus dubitative.

Il existe une autre application de rencontre pour les gays qui s'appelle Grindr. Peut-être est-ce aussi pour les femmes homosexuelles ? Je l'ignore, je n'ai pas posé la question. Est-ce qu'elles utiliseraient la même application ? Ce serait bien, je pense.

Jason croit donc avoir résolu l'affaire. Peut-être est-ce effectivement le cas, mais j'en doute fort. Il dit que c'est une évidence, mais souvent, pour ce genre de questions, la réponse n'est pas du tout évidente.

Au moins, j'ai découvert que les rencontres en ligne ne sont pas pour moi. On peut avoir trop de choix dans ce monde. Et quand tout le monde a trop de choix, il devient aussi plus difficile d'être choisi. Et nous voulons tous être choisis.

Bonne nuit à tous. Bonne nuit, Bernard. Et bonne nuit, Gerry, mon amour.

104

Après une matinée fort joyeuse, passée à se préparer, à changer de tenue et à envoyer des textos à des amies, Karen Playfair est maintenant seule depuis un moment, assise dans un fauteuil qui ne lui est pas familier. Elle secoue la tête en pensant à l'optimisme qui l'animait le matin même et à la réalité du déjeuner qu'elle vient de vivre.

Karen a connu quelques rendez-vous ratés en utilisant Tinder. Mais c'était la première fois que quelqu'un l'avait accusée de meurtre.

Elle avait appris le « match » par un signal sur son téléphone, la veille au soir. Jason Ritchie. Eh bien, on ne va pas se priver, avait-elle pensé. C'est un cran au-dessus de ce que tu connais habituellement. Il lui avait envoyé un message, elle lui avait envoyé un message, et en un rien de temps, voilà qu'ils s'étaient retrouvés là, au Pont Noir, à passer commande d'une salade d'écrevisses sur lit de trévise. Une idylle passionnée à l'horizon.

Karen bouge dans son fauteuil et prend distraitement un magazine dans une pile posée sur la table basse.

Cela ressemble davantage à un bulletin d'informations, à vrai dire, *Droit au but*.

Elle repense à son rendez-vous. Ils avaient un peu bavardé, mais pas trop. Karen en savait très peu sur la boxe et Jason pas davantage sur l'informatique. Une eau légèrement pétillante leur avait été servie et c'était là que Jason avait mentionné Ian Ventham. Karen s'était instantanément rendu compte qu'il ne s'agissait pas d'un rendez-vous galant et elle s'était sentie stupide. Mais le pire était à venir.

Elle peut entendre Ron Ritchie à présent. Il est dans sa cuisine, occupé à ouvrir une bouteille de vin. Jason a filé aux toilettes. Elle commence à feuilleter *Droit au but* mais son esprit ne cesse de revenir au Pont Noir.

Toutes ces questions dont Jason l'avait bombardée. N'était-elle pas présente le matin où Ian Ventham avait été tué ? Oui, c'était bien le cas, avait-elle répondu. Son père ne refusait-il pas de vendre ses terres à Ian Ventham ? Eh bien, oui, il ne voulait pas le faire, mais, regarde, voilà nos écrevisses qui arrivent. Ne voulait-elle pas que son père vende les terres, pour prendre l'argent ? C'était ce qu'elle lui conseillait, certes, mais cette affaire ne concernait que son père. À coup sûr, s'il vendait, une part de cet argent lui reviendrait, à elle ? Eh bien, tu peux certainement supposer que ce serait le cas, Jason, mais pourquoi ne pas simplement te montrer franc et dire ce que tu as sur le cœur ?

Et c'est ce qu'il avait fait. C'était presque amusant, songe Karen, tandis qu'elle revoit la scène. Elle entend qu'on tire la chasse d'eau. Qu'avait-il dit déjà ?

Jason s'était penché vers elle, très sûr de lui – absolument certain de son fait, en vérité. La police, avait-il dit, avait mené des recherches pour retrouver une personne qui se trouvait là dans les années 1970 et qui y était encore à présent, et dans un sens les policiers avaient eu raison. Ils avaient trouvé des os et peut-être quelqu'un avait-il effectivement été assassiné il y a bien longtemps. Mais ils pouvaient oublier les os, ils passaient à côté du truc le plus simple du monde : la cupidité. Ventham empêchait Karen de gagner des millions. Son père campait sur ses positions, et donc Ventham devait s'en aller. Jason avait mentionné certaines substances qui ne pouvaient être obtenues que sur le dark web. Karen ne travaillait-elle pas dans l'informatique ? N'était-ce pas commode ? Jason avait résolu l'affaire et il était persuadé d'être sur le point de recueillir des aveux. Franchement, certains hommes !

Il ne s'était pas attendu à ce que Karen lui rie au nez et lui explique être une administratrice de base de données dans un lycée qui n'avait pas plus accès au dark web qu'à des voyages spatiaux vers la Lune. Qu'elle avait mal compris quand Jason avait mentionné le fentanyl, croyant qu'il évoquait la Ventoline, et qu'elle s'était demandé de quoi il pouvait bien parler. Qu'elle vivait dans l'un des plus beaux endroits d'Angleterre, et que bien qu'elle soit certainement prête à échanger cela contre un million de livres, elle préférait y vivre avec son père heureux, que d'habiter dans une construction neuve de standing, avec son père malheureux. Jason avait donné l'impression qu'il allait répliquer en formulant une réponse brillante mais quand il avait essayé, rien n'était venu.

Jason revient dans la pièce et Karen se souvient alors à quel point il avait eu l'air déconfit. Il savait qu'elle lui disait la vérité. Que sa petite théorie était fausse. Il s'était excusé et avait proposé de quitter les lieux, mais Karen s'était demandé s'ils ne devraient pas plutôt tirer le meilleur parti d'une rencontre qui s'était mal engagée et profiter de la suite de leur déjeuner. Et s'ils finissaient ensemble ? Ne serait-ce pas la meilleure histoire de tous les temps à raconter quand on leur demanderait : « Et vous, comment vous êtes-vous rencontrés ? » Grâce à cela ils s'étaient mis tous deux à rire et à discuter et l'épisode s'était mué en un déjeuner charmant, long et bien arrosé.

Voilà pourquoi Jason lui avait demandé de l'accompagner chez lui pour partager un autre verre et fournir quelques explications à son père.

Arrivant à point nommé, Ron Ritchie entre dans la pièce avec une bonne bouteille de vin blanc et trois verres.

Jason s'assoit près d'elle et prend les verres des mains de son père. Il s'est vraiment montré des plus charmants depuis qu'il l'a accusée de meurtre.

Karen Playfair repose son exemplaire de *Droit au but* sur la pile. Au moment où elle effectue ce geste, elle voit la photographie. Au milieu de la page. Elle prend de nouveau le bulletin d'informations et regarde attentivement. Juste pour être sûre.

— Tout va bien, Karen ? s'inquiète Jason, tandis que Ron sert le vin.

— La police voulait trouver quelqu'un qui était là dans les années 1970 et y est encore aujourd'hui ? demande Karen, lentement et prudemment.

— C'est ce qu'ils pensent, répond Jason. De toute évidence, je croyais qu'ils se trompaient, mais nous avons vu la tournure qu'ont prise les choses.

Jason rit, mais Karen reste impassible. Elle regarde Ron et pointe son doigt vers un visage figurant sur la photographie.

— Quelqu'un qui était là dans les années 1970 et qui est encore là aujourd'hui.

Ron regarde, mais son cerveau a du mal à assimiler l'information.

— Vous êtes certaine ? parvient-il à demander.

— C'était il y a longtemps, mais j'en suis sûre.

L'esprit de Ron fonctionne à toute vitesse. C'est impossible. Il s'efforce de déceler des raisons pour lesquelles il doit s'agir d'une erreur mais n'en trouve aucune. Il pose son verre de vin sur la table basse et prend l'exemplaire de *Droit au but*.

— Je dois aller parler à Elizabeth.

105

La salle de sport Steve's Gym ressemble beaucoup à son propriétaire. C'est un bâtiment de briques trapu, intimidant à première vue, mais sa porte est toujours ouverte et tout le monde y est toujours le bienvenu.

Chris et Donna en franchissent le seuil.

Après l'agitation de la veille, au cimetière, Chris et Donna étaient rentrés à Fairhaven et avaient mené des recherches sur la base du pressentiment de Joe Kyprianou quant à l'enquête initiale. Aucun membre de la police du Kent ne s'était risqué dans la partie nord de Chypre. Il n'y avait aucune mention des liens familiaux de Gianni. Aucune enquête véritable n'avait eu lieu. Chris avait vu les noms des deux officiers de police qui avaient été envoyés à Nicosie. Aucune surprise de ce côté-là. Ils étaient revenus avec un bronzage et la gueule de bois et rien d'autre.

Lui et Donna avaient alors examiné de nouveau toutes ces listes de passagers, en provenance de Larnaca et ayant atterri à Heathrow et Gatwick au cours de la semaine précédant le meurtre. Près de trois mille noms, essentiellement des hommes, et essentiellement des Chypriotes.

En consultant les listes les unes après les autres, Chris s'était rappelé une autre chose que Joe Kyprianou avait dite. Si Gianni était venu au Royaume-Uni, il aurait eu besoin d'aide. S'adresser à un compatriote chypriote serait le choix évident à faire. Chris connaissait-il des Chypriotes ?

Tandis que les noms défilaient devant ses yeux, il avait réalisé qu'il connaissait quelqu'un.

Ils avaient alors repris le dossier initial de Tony Curran. Il ne faisait aucun doute que dans les premiers temps Steve Georgiou avait navigué au cœur et aux alentours de la bande de Tony Curran. Il était bel et bien connu, mais il n'y avait jamais rien pour justifier une convocation au poste. Et quoi qu'il ait pu faire pour Tony, cela n'avait pas duré longtemps. Il avait ouvert Steve's Gym de nombreuses années plus tôt et la salle de sport avait connu un succès grandissant jusqu'à ce jour. Chris et Donna connaissaient tous deux des officiers de police qui s'y entraînaient. Et c'étaient des policiers respectables, pas des imbéciles. L'endroit jouissait d'une bonne réputation, ce qui n'était pas le cas de toutes les salles de ce genre.

Même en ce jour l'endroit est bondé. Un mercredi après-midi, une atmosphère de travail acharné mais silencieux, personne pour rouler des mécaniques, personne pour se donner de grands airs. Chris a eu le projet de s'inscrire dans une salle de sport, mais pour le moment il attend de ne plus avoir mal au genou. Inutile d'aggraver les choses. Dès que tout sera rentré dans l'ordre, il s'inscrira. Il prendra le taureau par les cornes. Il avait ressenti une douleur aiguë et lancinante dans le bras après avoir couru vers le haut de la colline en direction du cimetière pour porter secours à Elizabeth. Ce n'était très probablement rien, mais tout de même.

Steve, qui les attendait, les accueille par une solide poignée de main et un immense sourire, puis les fait entrer dans son bureau. Steve s'est assis sur un ballon de yoga et discute joyeusement.

— Écoutez, vous le savez aussi bien que quiconque, nous n'avons pas de problèmes ici, et nous ne créons pas d'ennuis non plus, dit-il.

— Je le sais bien, reconnaît Chris.

— C'est même le contraire, pas vrai ? Vous le savez. On accueille des gens, et on les transforme. Je n'ai pas de secret, vous pouvez me demander ce que vous voulez, OK ?

— Je me suis récemment rendu à Chypre, Steve.

Le sourire de Steve s'évanouit et il rebondit légèrement sur son ballon.

— D'accord…

— Je n'en connaissais pas grand-chose avant d'y aller, ça me faisait juste penser aux vacances, vous voyez.

— C'est très beau, dit Steve Georgiou. C'est juste histoire de discuter ou il y a autre chose ?

— Qu'êtes-vous donc, Steve ? Chypriote grec ou Chypriote turc ? demande Donna.

Un temps de pause, très bref, mais très révélateur pour tout bon flic. Steve secoue la tête.

— Je ne me mêle pas de tout ça, ce n'est pas mon truc. Les gens sont comme ils sont.

— Nous sommes d'accord là-dessus, Steve, dit Chris. Mais quand bien même. De quel côté de la ligne étiez-vous ? Nous pouvons certainement le découvrir autrement, mais puisque nous sommes ici…

— Je suis turc, lâche Steve Georgiou. Chypriote turc.

Il hausse les épaules ; cela n'a aucune importance.

Chris hoche la tête et note quelque chose, laissant Steve patienter un moment.

— Comme Gianni Gunduz ?

Steve Georgiou incline la tête sur un côté et regarde de nouveau Chris.

— C'est un nom qui vient d'une époque lointaine.

— N'est-ce pas ? fait Chris. Quoi qu'il en soit, c'est pour ça que j'étais à Chypre. Pour essayer de le retrouver.

Un sourire apparaît sur les lèvres de Steve Georgiou.

— Il a disparu depuis longtemps. Gianni était fou. Je ne lui veux pas de mal, mais quelqu'un l'aura tué depuis le temps. Sûr et certain.

— Eh bien, ça expliquerait pourquoi nous ne parvenons pas à le retrouver. Mais, vous savez, Steve, je suis officier de police, et parfois quelque chose semble ne pas coller.

— C'est comme ça dans ce boulot, non ? dit Steve Georgiou.

— J'aimerais proposer une histoire, fait Chris. Juste une petite chose à laquelle nous avons pensé. Et vous n'avez pas à dire quoi que ce soit. Vous n'avez pas à réagir, contentez-vous d'écouter. C'est possible ?

— Je ne vais pas vous mentir, j'ai une salle de sport à gérer et je ne sais toujours pas ce que vous faites ici.

Donna lève la main pour reconnaître que sa remarque est justifiée.

— Vous avez raison. Mais écoutez-nous seulement deux minutes et nous vous rendons votre liberté.

— Deux minutes, accepte Steve.

— Vous êtes un type bien, Steve, dit Chris. Je le sais, je n'entends jamais rien de négatif à votre propos.

— C'est gentil, merci, fait Steve.

— Mais je crains qu'il ne se soit passé quelque chose, et voici ce que c'est, poursuit Chris. Je crois qu'il y a quelques semaines vous recevez un message. Ou bien, peut-être que c'est juste quelqu'un qui vient frapper à votre porte, je ne sais pas. Quoi qu'il en soit, il s'agit de Gianni Gunduz.

— Non, fait Steve Georgiou en secouant la tête.

— Et Gianni a besoin d'aide. Il est de retour en ville pour une raison précise. Peut-être ne dit-il pas de quoi il s'agit, peut-être le dit-il. Et il se tourne vers vous, il a besoin d'un petit service, en souvenir du bon vieux temps. Un endroit où loger ? Peut-être n'est-ce que ça. Il veut que son nouveau nom, quel qu'il soit, n'apparaisse nulle part en ville. Personne ne doit rien savoir, c'est ça ?

— Ça fait vingt-ans que je n'ai pas vu Gianni Gunduz. Il est mort, ou bien en prison, ou en Turquie, dit Steve Georgiou.

— Peut-être, fait Chris. Mais Gianni pourrait causer des problèmes s'il n'obtient pas ce qu'il veut. Selon moi, il serait capable de mettre le feu à cet endroit assez facilement. Il est du genre à agir de la sorte, alors peut-être n'aviez-vous pas le choix ? De plus ce n'est que pour quelques jours. Il doit juste livrer deux ou trois choses, puis régler un dernier détail. Ensuite, il repartira. Qu'en pensez-vous, Steve ?

Steve Georgiou hausse les épaules.

— Qu'elle a l'air plutôt dangereuse, votre histoire.

— Vous avez un appartement au-dessus de la salle de sport ? demande Donna.

Steve acquiesce d'un signe de tête.

— Qui y habite ?

— Quiconque en a besoin. Ceux qui fréquentent cet endroit ne viennent pas tous d'un milieu stable. Si un gamin me dit qu'il ne peut pas rentrer chez lui, je ne lui demande pas pourquoi, je lui donne juste les clés. C'est un endroit sûr.

— Qui occupait l'appartement le 17 juin dernier ? demande Chris.

— Aucune idée, ce n'est pas le Hilton ici. Peut-être un gamin, peut-être moi.

— Peut-être personne ? interroge Donna.

Steve Georgiou répond par un haussement d'épaules.

— Mais vous pensez qu'il y avait peut-être quelqu'un ? interroge Chris.

— Peut-être.

— Gianni a beaucoup de relations, Steve. Et à Chypre ? dit Chris.

— Ce n'est pas mon monde.

— Vous avez toujours de la famille là-bas ? demande Donna.

— Oui, répond Steve Georgiou. Beaucoup de famille.

— Steve, si Gianni Gunduz était venu ici et avait demandé à rester, commence Chris. S'il a fait pression sur vous d'une manière ou d'une autre. Ou s'il vous a payé, peut-être ? Si vous avez accepté. S'il a dormi à l'étage le 17 juin. Jamais vous ne me le diriez ?

— Non.

— Les conséquences seraient trop importantes ? Pour votre famille, à Chypre ?

— Je crois que vos deux minutes sont écoulées pour tout dire.

— Entendu, dit Chris. Merci, Steve.

— À votre service. Vous êtes toujours le bienvenu ici. Je suis sincère. Nous pourrions régler la question de cette bedaine en un clin d'œil.

Chris sourit.

— Une idée m'avait traversé l'esprit, Steve. J'imagine qu'il n'est pas possible que je puisse aller jeter un coup d'œil là-haut avant de partir ? Juste pour voir si Gianni a laissé quoi que ce soit ?

Steve Georgiou refuse en secouant la tête.

— Vous pourriez me rendre un service, en revanche.

— Je vous écoute, dit Chris.

— Pourriez-vous déposer ça aux Objets trouvés ? Quelqu'un l'a laissé tomber il y a deux semaines et j'ai beau avoir demandé avec insistance autour de moi, j'ignore toujours à qui ça appartient.

Steve fouille dans un tiroir. Il en sort une pochette en plastique transparent, remplie de billets, qu'il remet à Chris.

— Cinq mille euros. Il doit y avoir quelque part un touriste qui s'en mord les doigts.

Chris pose les yeux sur l'argent, regarde Donna puis, de nouveau, Steve. Est-ce que ceci porterait des empreintes ? Peu probable, mais au moins Steve lui fait savoir qu'il a raison.

— Vous ne voulez pas le garder ?

Steve Georgiou secoue la tête.

— Non, je sais d'où ça vient.

Chris donne l'enveloppe à Donna et elle la place dans un sachet sécurisé. Tous deux savent que Steve Georgiou vient de se montrer très courageux. Chris se lève et lui serre la main.

— Je sais que Tony Curran était une ordure, dit Steve Georgiou. Mais il ne méritait pas ça.

— Je suis d'accord, dit Chris. Jusqu'à un certain point. Enfin, bref. Moi et ma bedaine serons de retour très bientôt.

— C'est bien.

106

Elizabeth laisse Stephen dormir. Après sa journée de travail, Bogdan viendra jouer aux échecs. Elle espère qu'ils seront tous deux à l'appartement à son retour. Elle aura besoin de compagnie.

La poignée de l'armoire de la chambre s'est détachée et Elizabeth la dépose négligemment sur la table de la cuisine. Elle parie que Bogdan sera incapable de résister à l'envie de la réparer.

Ron était venu la voir avec la photographie qu'avait vue Karen Playfair. Karen devait être jeune à l'époque mais elle était sûre d'elle. Elizabeth avait essayé d'assembler tous les éléments mentalement. Au début cela a semblé impossible. Mais plus elle y a réfléchi, plus les choses ont commencé à prendre la forme d'une horrible vérité. Elle a planifié les prochaines étapes, pas à pas. Ibrahim est revenu il y a une heure de cela, avec la dernière pièce du puzzle, le temps est donc à présent venu. L'affaire est résolue et il ne reste qu'à la justice de faire son travail.

Elizabeth sort dans l'air froid du soir, elle ne fera plus demi-tour à présent. Le ciel s'assombrit plus tôt et les foulards ressortent des armoires. L'été parvient encore à contenir l'arrivée de l'automne, mais cela finira bientôt. Combien d'automnes encore pour Elizabeth ? Combien d'années encore à enfiler de confortables bottes et à marcher au milieu des feuilles mortes ? Un jour, le printemps éclora sans elle. Les jonquilles continueront à se dresser près du lac, mais vous ne serez pas toujours là pour les admirer. Ainsi va la vie ; il faut en profiter tant qu'on le peut.

Mais pour l'instant, avec la tâche qu'elle a à accomplir, Elizabeth ressent une certaine affinité avec la fin de l'été. Les feuilles sur les arbres qui s'accrochent vaillamment, la chaleur estivale en son dernier tour de piste, l'ultime atout restant à sortir de la manche.

Elle aperçoit Ron qui vient la rejoindre, un air sinistre sur le visage, mais prêt à agir. Cachant son boitement, gardant sa souffrance pour lui-même. Quel bon ami que Ron, se dit-elle. Quel cœur que le sien. Pourvu qu'il continue à battre longtemps encore.

Au moment où elle tourne le coin du bâtiment, elle voit Ibrahim qui attend près de la porte, dossier en main. La dernière pièce du puzzle. Comme il a l'air séduisant, habillé pour l'occasion, prêt à faire ce qui sera nécessaire. Qu'Ibrahim puisse un jour mourir semble absurde à Elizabeth. Il sera certainement le dernier d'entre eux. Le dernier chêne de la forêt, immobile, fidèle, tandis que les avions filent à pleine allure au-dessus de sa tête.

Par où commencer ? se demande Elizabeth. Comment même commencer ?

107

Chris reçoit le feu vert. Un mandat international est émis en vue de l'arrestation de Gianni Gunduz afin qu'il soit interrogé au sujet du meurtre de Tony Curran. Une bonne façon de terminer la journée. Les euros que Steve Georgiou leur a donnés ne portaient aucune empreinte, mais ils avaient été retirés dans un bureau de change dans la partie nord de Chypre trois jours avant l'assassinat de Tony Curran. Il avait transmis l'adresse du bureau de change à Joe Kyprianou, au cas où il y aurait eu des caméras de télésurveillance, mais Joe avait jeté un œil à l'adresse et ri. Aucune chance de ce côté-là.

Les autorités chypriotes mettraient-elles un jour la main sur lui ? Qui pouvait le dire ? On pourrait croire que ce serait le cas, mais une fois retombé l'élan initial, dans quelle mesure les gens vont-ils vraiment mener les recherches ? Peut-être Chris se verra-t-il même octroyer la possibilité de se rendre une nouvelle fois à Chypre. Ce serait bien. Quoi qu'il en soit, il a fait tout ce qu'il pouvait et la balle est désormais dans le camp des Chypriotes, s'ils veulent tenter leur chance. Quoi qu'il se passe, Chris fera bonne impression.

Voilà une chose à fêter, mais Chris a passé trop de soirées au pub en compagnie de trop de flics au fil des ans. Ce dont il avait véritablement envie, c'était de manger un curry chez lui, d'inviter Donna à le rejoindre, de regarder quelque chose à la télévision, avec une bouteille de vin, et de la renvoyer chez elle à 22 heures. Peut-être parler un peu de Ventham. À côté de quoi sont-ils passés ?

Une pensée inquiétante avait traversé l'esprit de Chris plus tôt dans la journée. Une pensée stupide, vraiment. Seulement, le couvent n'avait-il pas abrité un hôpital, il y a bien longtemps ? Joyce n'était-elle pas une ex-infirmière ? Devait-il lancer une recherche à propos du nom Joyce Meadowcroft dans leurs fichiers ? Pouvait-il parler de cela à Donna ?

Mais Donna avait un rendez-vous mystère ce soir. Elle a négligemment lâché l'information dans la conversation sur le chemin les ramenant de Steve's Gym. Il rentrerait donc à son appartement et y passerait la soirée seul, avec un curry. Chris sait que c'est ainsi que les choses vont finir. Les fléchettes passaient sur Sky.

Chris se demande s'il s'agit d'un projet tragique, ou simplement du genre de projet dont les gens penseraient qu'il était tragique. Était-il un homme heureux, qui faisait les choses qu'il aimait seul ? Ou était-il un homme souffrant de solitude, qui tirait le meilleur parti de ce qu'il avait ? Seul ou se sentant seul ? Cette question surgissait si souvent ces derniers temps, Chris ne pouvait plus à présent être sûr de sa réponse. Bien que, s'il était homme à parier, il mettrait son argent sur « se sentant seul ».

Où était donc son rencard ?

S'il s'en va maintenant, ce sera la pleine heure de pointe. Chris ferme donc le dossier Tony Curran pour ouvrir le dossier Ventham. S'il est capable de résoudre une affaire de meurtre, il peut certainement en résoudre deux de plus, pas vrai ? À côté de quoi est-il passé ? À côté de qui est-il passé ?

108

Ils progressent dans le couloir, Elizabeth et Ibrahim, accompagnés de Ron chargé de deux chaises supplémentaires. Une tâche les attend.

Derrière eux, les portes doubles s'ouvrent et Joyce se presse de rejoindre ses amis.

— Désolée d'être en retard. La sonnerie de mon four se déclenchait et je n'arrivais pas à comprendre pourquoi.

— Parfois cela peut être dû à une très brève coupure de courant. Ensuite, l'horloge essaye de se remettre à l'heure toute seule, dit Ibrahim.

Joyce opine du chef. Sans réfléchir, elle glisse sa main dans celle d'Ibrahim.

Juste devant eux, Elizabeth a aussi pris la main de Ron et ils marchent en silence jusqu'à la porte.

En dépit des circonstances, Elizabeth frappe. Comme elle le fait toujours.

Elle ouvre la porte et le voici. L'homme que Karen Playfair avait reconnu après toutes ces années. Sur cette photo, aux côtés de Ron, tenant le renard qu'il avait sauvé.

Toujours le même vieux bouquin, toujours ouvert à la même page. Il lève la tête et ne semble pas surpris de les voir arriver tous les quatre.

— Ah, toute la bande est là.

— Toute la bande est là, John, confirme Elizabeth. Tu permets que nous nous asseyions ?

John leur fait signe d'agir exactement de la sorte. Il repose son livre et se pince l'arête du nez. Ron regarde en direction de Penny, comateuse sur le lit. Il ne reste plus rien d'elle, absolument rien, songe-t-il. Elle est partie. Pourquoi n'est-il pas venu la voir ? Pourquoi a-t-il fallu attendre cette occasion ?

— Comment devons-nous procéder, John ? demande Elizabeth.

— À toi de décider, Elizabeth, répond John. J'ai attendu que ce coup soit frappé à ma porte dès l'instant où je l'ai fait. J'ai juste considéré chaque journée comme un bonus. J'aurais souhaité que vous mettiez un peu plus de temps, toutefois. Qu'est-ce qui m'a perdu finalement ?

— Karen Playfair t'a reconnu, dit Ibrahim.

John secoue légèrement la tête et se sourit à lui-même.

— Vraiment ? La petite Karen. Seigneur !

— Tu as euthanasié son chien quand elle avait six ans, John, intervient Joyce. Elle a dit qu'elle n'oublierait jamais la gentillesse de ton regard.

Elizabeth s'est installée dans son siège habituel au pied du lit de Penny.

— Veux-tu commencer, John ? Ou préfères-tu que nous le fassions ?

— Vous permettez ? répond John en fermant les yeux. Je me suis repassé la scène tant de fois dans ma tête.

— Qui se trouve dans la tombe, John ? À qui sont ces os ?

Les yeux toujours clos, John lève la tête vers le ciel, laisse échapper un soupir semblant venir du fond des âges et entame son récit.

— Ce devait être au début des années 1970, peut-être à 15 kilomètres d'ici. À Greyscott, l'un des élevages de moutons. Il y en avait des tas par ici, vous savez ? C'était il y a longtemps maintenant. Je crois que j'ai commencé en 1967, Penny s'en souviendrait, c'est certain, mais quoi qu'il en soit, c'était bien vers cette époque. Le fermier était un vieux garçon du nom de Matheson et je le connaissais plutôt bien à ce moment-là. Je me rendais chez lui de temps à autre. Vous voyez, quand il arrivait quelque chose. Cette fois-ci, l'une de ses juments venait tout juste de mettre bas. Le poulain était mort et sa mère était en détresse. Elle était dans une souffrance vraiment terrible, poussant des cris affreux, et il n'avait pas voulu l'abattre, ce que je comprenais fort bien. Je lui ai donc fait une injection et les choses ont été réglées. J'ai agi de la sorte à de nombreuses reprises, avant et après ce jour-là. Certains fermiers leur donnaient juste un coup de fusil, certains vétérinaires également, mais ni Matheson, ni moi n'agissions ainsi. Quoi qu'il en soit, il m'a préparé une tasse de thé et nous avons discuté. J'étais toujours pressé, mais je crois que cet homme était très seul. Il n'avait pas de famille, personne pour l'aider à la ferme, l'argent venait à manquer et je pense qu'il était donc heureux d'avoir un peu de compagnie. C'était vraiment sinistre chez lui, c'est l'impression que j'ai eue ce jour-là. Il fallait que je reparte mais il ne voulait pas que je m'en aille. Vous allez me juger, je le sais, ou peut-être ne le ferez-vous pas, mais brusquement quelque chose m'est apparu clair comme le jour. Il était en détresse, en grande détresse. Si Matheson avait été un animal, il aurait été en train de hurler. Vous devez le croire. Et donc j'ai fouillé dans mon sac et je lui ai proposé de le vacciner contre la grippe, vous savez, pour l'aider à affronter l'hiver, et tout ce que l'on dit habituellement. Il a été content que je lui propose. Il a relevé sa manche et je lui ai fait son injection. La même injection que je venais juste d'administrer à la jument. Et cela a marqué la fin des cris et la fin de la douleur.

— Tu as mis fin à ses souffrances, John ? questionne Joyce.

— C'est ainsi que j'ai vu les choses à l'époque. Et c'est ainsi que je les vois encore aujourd'hui. Si j'avais eu un peu plus de jugeote j'aurais préparé une astucieuse petite mixture, quelque chose qui n'aurait pas pu être détecté lors d'une autopsie, et je l'aurais laissé là pour que le facteur, le livreur de lait, ou quiconque serait venu après moi trouve son corps. Mais j'avais agi suivant l'impulsion du moment, et c'est ainsi qu'il se trouvait, totalement imbibé de pentobarbital. Et je ne pouvais pas prendre le risque que quelqu'un s'intéresse à ce qui lui été arrivé.

— Tu as donc dû l'enterrer ? Ce M. Matheson ? demande Elizabeth.

— Effectivement. Je l'aurais bien enterré sur place dans l'instant, mais vous vous souviendrez qu'à cette période ils rachetaient des terres agricoles de toute part, qu'ils construisaient des maisons partout, et je me suis dit que ce serait bien ma chance si je l'enterrais et qu'il était exhumé un mois plus tard par des entrepreneurs du bâtiment. Et c'est à ce moment-là que je me suis souvenu.

— Le cimetière, dit Ron.

— C'était l'endroit parfait. Je le connaissais pour m'être rendu chez Gordon Playfair. Il n'était pas situé sur des terres agricoles et je me suis dit que personne n'irait acheter un couvent, bon sang. Je savais combien cet endroit était calme, je savais que personne n'y venait. J'y suis donc monté en voiture une nuit, deux jours plus tard, tous phares éteints. J'ai pris ma bêche et j'ai fait le sale boulot. Et les choses en étaient restées là jusqu'à ce qu'un jour, quarante ans plus tard, je découvre une publicité pour cet endroit.

— Et nous voilà tous ici, dit Elizabeth.

— Oui, nous voilà tous ici. J'ai convaincu Penny que ce serait un endroit charmant où prendre sa retraite et je ne m'étais pas trompé là-dessus. Je voulais juste garder un œil sur les choses. On se dit que personne ne viendra creuser dans un cimetière, mais on ne sait jamais de nos jours, et je voulais être à proximité au cas où le pire se produirait.

— Et le pire s'est produit, John, intervient Joyce.

— Je ne pouvais pas déterrer le corps ; j'étais trop vieux, trop faible. Et je ne pouvais pas prendre le risque que la tombe soit retournée et que le corps soit trouvé. Donc dans la panique de cette matinée, au milieu du chaos qui s'est joué tandis que nous essayions tous de le retenir, j'ai planté l'aiguille d'une seringue dans le bras de Ventham et quelques secondes plus tard, il était mort. Ce qui est impardonnable à tous égards. Impardonnable.

Et depuis cet instant, j'attends que vous veniez, et d'être confronté aux conséquences de mon acte.

— Comment cette seringue remplie de fentanyl s'est-elle magiquement retrouvée avec toi, John ? demande Elizabeth.

John sourit.

— Je l'avais depuis longtemps. Au cas où j'en aurais eu besoin ici. Si jamais il leur prenait l'envie de déplacer Penny.

John regarde Elizabeth, l'air lucide.

— Je suis heureux en tout cas que ce soit toi, Elizabeth, et non la police qui soit venue. Je suis heureux que tu aies élucidé cette affaire. Je savais que tu le ferais.

— J'en suis heureuse aussi, John, répond Elizabeth. Et je te remercie d'avoir raconté ton histoire. Tu sais que nous allons devoir le dire à la police ?

— Je le sais.

— Nous n'avons pas besoin de le faire immédiatement, toutefois. Pendant que nous sommes juste entre nous, peux-tu clarifier deux petites choses ?

— Bien sûr. C'était il y a longtemps mais si je le peux je t'aiderai.

— Je pense que toi et moi sommes d'accord pour dire, John, que Penny n'entend probablement pas ce qui se passe dans cette pièce, pas vrai ? Rien de toutes ces stupides absurdités que nous pouvons bien lui dire. Que nous ne faisons que nous raconter des histoires, en vérité ?

John acquiesce d'un signe de tête.

— Mais je crois que nous sommes aussi d'accord pour dire que peut-être elle le peut ? Ce n'est qu'une supposition mais peut-être entend-elle tout, n'est-ce pas ?

— Peut-être, reconnaît John.

— Auquel cas, John, peut-être peut-elle nous entendre en cet instant ?

— Peut-être.

— Même s'il existe une chance infime, John. Une chance infime que Penny ait entendu ce que tu viens de dire. Pourquoi lui ferais-tu cela ? Pourquoi lui faire subir cela ?

— Eh bien, je…

— Tu ne l'aurais pas fait, John, voilà la vérité. C'eût été lui infliger une véritable torture, dit Elizabeth.

Ibrahim s'avance sur son siège.

— John, tu as dit que tuer Ian Ventham était impardonnable. Et je crois, sincèrement, que tu le penses vraiment. Il s'agissait d'un geste dépassant l'imagination. Et pourtant tu nous demandes de croire que tu as commis cet acte dans le simple but de sauver ta peau ? Cela sonne faux, je le crains. Tu as commis un acte dont tu savais qu'il était impardonnable. Et malheureusement nous ne voyons qu'une seule raison à cela.

— L'amour, John, dit Joyce. Toujours l'amour.

John les regarde tous les quatre. Tous affichent un air implacable.

— J'ai envoyé Ibrahim jeter un coup d'œil à l'un des dossiers de Penny ce matin, dit Elizabeth. Ibrahim ?

Ibrahim sort un petit classeur de son sac à provisions et le tend à Elizabeth. Elle le pose sur ses genoux et l'ouvre.

— Peut-on en venir à la vérité ?

109

Chris est seul. Les restes d'un curry à emporter se trouvent devant lui. Michael van Gerwen a écrasé Peter Wright par six sets à zéro, ce qui a mis tôt fin à la partie de fléchettes. Il n'y a donc désormais plus rien à voir à la télévision et personne avec qui la regarder. Il se demande s'il devrait aller à la station-service ouverte vingt-quatre heures sur vingt-quatre pour acheter des chips. Juste histoire d'évacuer la pression.

Son téléphone se met à vibrer. Au moins, il se passe quelque chose. C'est Donna.

Je vais peut-être regarder le numéro de *Famous Family Trees* avec Jason Ritchie en replay. Ça vous dirait ?

Chris consulte sa montre. Il est presque 22 heures. Pourquoi ne pas y aller ? Une autre vibration.

Et mettez votre polo bleu marine, s'il vous plaît. Celui avec les boutons.

Chris s'est désormais habitué à Donna, il fait donc ce qu'elle lui demande. Comme à l'accoutumée, il se change sans jeter un regard au miroir, car, vraiment, qui a envie de voir ça ? Il renvoie un texto.

Oui, m'dame, tout ce que vous voudrez pour profiter d'un peu de Jason Ritchie. J'arrive.

Le rendez-vous de Donna n'avait clairement pas été un franc succès.

110

— Elle les conserve dans un garde-meuble, John, dit Elizabeth, classeur en main. Je ne sais pas si tu y es déjà allé ? Ce sont les dossiers de toutes ses anciennes affaires. On n'est pas censés les garder, mais tu connais Penny. Elle a tout photocopié, au cas où.

— Au cas où ils pourraient permettre d'attraper un tueur de nombreuses années plus tard, ajoute Joyce.

— Quoi qu'il en soit, John, quand Karen Playfair t'a reconnu, cela m'a fait réfléchir et je n'ai plus eu qu'à vérifier un dernier point dans l'un des dossiers.

— Aimerais-tu un peu d'eau, John ? demande Joyce.

John décline son offre d'un signe de tête. Ses yeux sont fixés sur Elizabeth qui entreprend de lire les informations contenues dans le dossier.

— Il y a eu une affaire à Rye, en 1973. Penny devait en être à ses tout débuts. Je n'arrive pas à m'imaginer que Penny a pu un jour être une débutante, mais toi, tu dois t'en souvenir très précisément. Tu as sans doute l'impression que c'était hier. L'affaire concernait une fille du nom d'Annie Madeley. Tu te souviens d'Annie Madeley, Penny ?

Elizabeth dirige ses regards vers le lit où son amie est étendue. Écoute-t-elle ? N'écoute-t-elle pas ?

— Elle a été poignardée pendant un cambriolage et elle est morte en se vidant de son sang dans les bras de son petit ami. La police est intervenue, y compris Penny, c'est écrit dans le dossier. On avait retrouvé du verre brisé sur le sol, à l'endroit où notre cambrioleur s'était introduit dans les lieux, mais rien n'avait été volé. Le cambrioleur avait été surpris par Annie Madeley, il avait paniqué, avait saisi un couteau de cuisine, l'avait poignardée et s'était enfui. Voici ce que dit la version officielle, si jamais tu as envie de la lire. Affaire classée. Mais Ron a été le premier à flairer quelque chose ; tout cela ne lui plaisait pas du tout.

— Ça puait, Johnny, fait Ron. Un cambrioleur en milieu de journée, dans un immeuble occupé ? Avec des personnes présentes dans le logement ? On pourrait cambrioler un dimanche matin, quand tout le monde est à l'église, mais pas un dimanche après-midi, ça ne se fait pas.

Elizabeth jette un regard à son amie.

— C'est ce que tu as dû penser toi aussi, Penny ? Tu as dû savoir que le petit ami l'avait poignardée, avait attendu qu'elle meure, puis avait appelé la police.

Elle tamponne les lèvres desséchées de Penny.

— Nous avons commencé à nous pencher sur ce dossier il y a plusieurs mois, John. Le Murder Club du jeudi. Penny n'était plus là mais nous avons continué. J'ai été étonnée de m'apercevoir que nous n'avions jamais examiné cette affaire auparavant, étonnée que Penny n'ait jamais apporté ce dossier. Nous avons commencé à nous y intéresser, John, pour voir si la police s'était trompée il y a tant d'années. J'ai lu le rapport sur la blessure au couteau et j'ai eu l'impression que quelque chose n'allait pas, alors j'ai posé des questions à Joyce à ce sujet. En fait, ce doit être la toute première chose que je t'aie jamais demandée, Joyce, n'est-ce pas ?

— C'est exact, se souvient Joyce.

— Je lui ai décrit la blessure et je lui ai demandé combien de temps il faudrait pour en mourir, et elle m'a dit à peu près quarante-cinq minutes ou quelque chose comme ça, ce qui ne collait pas du tout avec le témoignage du petit ami. Il avait pourchassé le cambrioleur – personne ne pouvait en témoigner, John –, était retourné en hâte dans la cuisine, avait pris Annie Madeley dans ses bras et avait immédiatement appelé la police. J'ai alors demandé à Joyce si quelqu'un avec quelques connaissances médicales aurait pu la sauver et qu'as-tu répondu, Joyce ?

— Que j'en étais certaine, que cela aurait été facile. Tu saurais aussi cela, John, avec ta formation.

— La suite, c'est que le petit ami avait été soldat, John, un soldat réformé quelques années plus tôt. Il aurait donc pu la sauver, cela ne faisait pas l'ombre d'un doute. Mais ce n'est pas dans cette direction que l'enquête s'est orientée. J'aimerais dire que les choses se passaient autrement dans ce genre d'affaires à l'époque, mais il s'en tirerait certainement aujourd'hui aussi. Ils ont recherché le cambrioleur, en vain. La pauvre Annie Madeley a été enterrée et la Terre a continué à tourner. Le petit ami a disparu peu de temps après, en pleine nuit, sans avoir réglé le loyer qu'il devait et c'est ici que prend fin le dossier.

— Nous étions donc occupés à étudier tout cela, mais ensuite des événements sont bien entendu venus accaparer notre attention, dit Ibrahim. M. Curran, M. Ventham, le corps dans le cimetière. Nous avons mis l'affaire de côté tandis que nous faisions face à un vrai meurtre.

— Mais nous savons tous que nous n'en sommes pas à la fin de l'histoire, n'est-ce pas, John ? dit Ron.

Elizabeth tapote le classeur.

— Et j'ai donc envoyé Ibrahim examiner le dossier, avec une question. Peux-tu deviner quelle était cette question, John ?

John la regarde fixement. Elizabeth observe Penny.

— Penny, si tu peux nous entendre, je parie que tu connais la question. Peter Mercer, c'était le nom du petit ami, Peter Mercer. J'ai demandé à Ibrahim de trouver pourquoi Peter Mercer avait été réformé de l'armée. Et si tu n'avais pas deviné la question, je parie que tu peux deviner la réponse, John. Tente ta chance, il est bien trop tard de toute façon.

John enfouit sa tête entre ses mains avant de les faire glisser sur son visage et de relever les yeux.

— Je suppose, Elizabeth, qu'il s'agit d'une blessure par balle dans le bas de la jambe ?

— C'est exactement ça, John.

Elizabeth tire sa chaise pour s'approcher de Penny, prend sa main et s'adresse à elle d'un ton calme et direct.

— Il y a près de cinquante ans, Peter Mercer a assassiné sa petite amie, puis s'est évanoui dans la nature. Et tout le monde a pensé qu'il s'en était tiré à bon compte. Mais ce n'est pas si facile que ça de tuer impunément, n'est-ce pas, Penny ? Parfois la justice attend juste au coin de la rue, comme cela a été le cas pour Peter Mercer lors d'une nuit sombre, quand tu es allée lui rendre visite. Et parfois la justice patiente cinquante années et s'assoit près d'un lit d'hôpital en tenant la main d'une amie. Est-ce juste parce que tu avais vu un trop grand nombre d'affaires comme celles-ci, Penny ? Que tu en avais assez de cela ? Assez que personne n'écoute ?

— Quand te l'a-t-elle dit, John ? demande Joyce.

John commence à pleurer.

— Quand elle est tombée malade ?

John hoche lentement la tête.

— Elle n'avait pas l'intention de me le dire. Tu te souviens dans quel état elle se trouvait, Elizabeth ? Les mini-AVC ?

— Oui, se rappelle Elizabeth.

Ils étaient très modérés au début. Rien de trop alarmant, sauf si vous saviez de quoi il s'agissait. Mais le pauvre John avait exactement su de quoi il s'agissait.

— Elle disait toutes sortes de choses. Voyait toutes sortes de choses. Tout un tas de choses inventées, et alors le présent semblait comme disparaître et son esprit retournait de plus en plus loin dans le passé. Il continuait à rembobiner le film jusqu'à ce qu'il trouve quelque chose de familier, j'imagine. Juste une chose qui ait du sens parce que le monde tout autour d'elle avait arrêté d'avoir le moindre sens à ses yeux. Elle me racontait alors des histoires, qui parfois remontaient à son enfance, parfois à l'époque de notre rencontre.

— Et parfois à ses débuts dans la police ? fait Elizabeth pour encourager sa parole.

— D'abord, ce n'étaient que des histoires que j'avais déjà entendues. Des choses de l'époque et dont je me souvenais, à propos de ses anciens patrons, de leurs petites arnaques, comment ils trafiquaient leurs dépenses, allaient au pub plutôt qu'au tribunal, le genre de choses qui nous avaient toujours fait rire. Je savais qu'elle partait à la dérive et je voulais m'accrocher à elle aussi longtemps que possible. Vous comprenez ?

— Nous comprenons tous, John, répond Ron.

Et ils le comprenaient tous réellement.

— Je la laissais donc raconter. Parfois les mêmes histoires, encore et encore. Chacune lui en rappelait une autre, qui lui en rappelait une autre, qui lui rappelait de nouveau la première et nous repartions pour un tour. Mais ensuite…

John marque une pause et pose les yeux sur son épouse.

— Tu dis que tu ne crois pas vraiment que Penny puisse t'entendre, John ? demande Elizabeth.

John secoue doucement la tête.

— Non.

— Et pourtant tous les jours, tu viens ici. Tu t'assois près d'elle. Tu lui parles.

— Que me reste-t-il d'autre à faire, Elizabeth ?

Elizabeth comprend.

— Et donc, elle te racontait des histoires. Des histoires que tu connaissais. Et puis, un jour… ?

— C'est cela, un jour elle a commencé à raconter des histoires que je ne connaissais pas.

— Des secrets, intervient Ron.

— Oui, des secrets. Rien d'affreux, juste de petites choses. Elle avait accepté de l'argent, une fois. Un pot-de-vin. Tous les autres avaient empoché de l'argent et elle avait eu le sentiment qu'elle devait faire de même. Elle m'a raconté cela comme si c'était une histoire qu'elle m'avait déjà servie à plusieurs reprises déjà. Mais ce n'était pas le cas. Nous avons tous des secrets, n'est-ce pas ?

— C'est vrai, John, admet Elizabeth.

— Elle ne savait plus ce qu'était une histoire amusante et ce qu'était un secret. Mais il devait y avoir quelque chose qui fonctionnait toujours, un dernier verrou sur une dernière porte. La dernière chose à céder.

— Le pire de tous les secrets ?

John hoche la tête.

— Mon Dieu, elle s'y est cramponnée. Elle se trouvait déjà ici. Tu te souviens quand ils l'ont amenée ?

Elizabeth se le rappelle. Penny était déjà partie à ce moment-là. Les conversations se résumaient à des bribes, incohérentes, parfois pleines de colère.

Quand Stephen serait-il admis ici ? Elle avait besoin de retourner auprès de lui. Elle voulait juste en finir, rentrer chez elle et embrasser son époux magnifique.

— Elle ne me reconnaissait même plus à ce moment-là. Enfin, elle me reconnaissait, mais elle ne pouvait pas me resituer. Je suis venu ici, un matin. Il y a à peu près deux mois, tu sais, et elle était assise. C'est le dernier souvenir que j'ai d'elle assise. Et à ce moment-là, elle m'a vu et elle savait qui j'étais. Elle m'a demandé ce que nous allions faire et comme je ne comprenais pas la question, je l'ai questionnée : « Faire à propos de quoi ? »

Elizabeth hoche la tête.

— Elle a commencé à me raconter et elle s'exprimait comme si tout cela allait de soi. Comme s'il y avait quelque chose au grenier et qu'elle avait besoin que je le redescende pour elle. Rien de plus que cela. Rien de plus que cela. Tu sais que je ne pouvais pas laisser les gens découvrir ce qu'elle avait fait, Elizabeth, n'est-ce pas ? Tu le sais ? Je devais essayer d'agir.

Elizabeth opine du chef.

— Nous avions quelquefois pique-niqué sur la colline, poursuit John. C'était vraiment un très bel endroit. Je me suis toujours demandé pourquoi nous avions arrêté.

Ils se tiennent assis, enveloppés par le silence. Que viennent seulement troubler les discrets bips électroniques près du chevet de Penny. C'est tout ce qu'il reste d'elle, comme un phare clignotant loin en mer.

Elizabeth rompt le silence en douceur.

— Voilà ce que nous devrions faire, je crois, John. Je vais demander aux autres de te raccompagner chez toi. Il est tard, passe cette nuit de sommeil dans ton propre lit. Si tu as des lettres à rédiger, fais-le. Je viendrai avec la police demain matin. Je sais que tu seras là. Nous allons sortir pendant un instant pour que tu puisses dire au revoir à Penny.

Les quatre amis quittent la pièce et Elizabeth regarde à travers la bordure transparente du panneau en verre dépoli de la porte de la chambre de Penny tandis que John serre sa femme entre ses bras. Elle détourne les yeux.

— Vous voudrez bien raccompagner John ? Cela ne vous dérange pas si je reste un instant avec Penny ? demande-t-elle aux autres, qui lui répondent d'un hochement de tête.

Elle ouvre de nouveau la porte. John est occupé à passer son manteau.

— Il est temps d'y aller, John.

111

Dans l'appartement de Donna les lumières sont tamisées et la voix de Stevie Wonder, qui s'échappe des enceintes, laisse opérer sa magie. Chris est heureux et détendu, il a retiré ses chaussures, et posé ses pieds sur la table basse. Donna lui verse un verre de vin.

— Merci, Donna.

— Je vous en prie. Polo très sympa, au fait.

— Eh bien, je vous remercie. C'est juste un truc que j'ai enfilé sans réfléchir.

Chris sourit à Donna et Donna lui sourit en retour. Donna peut pressentir ce qui est sur le point de se produire et cela la rend très heureuse.

— Maman ? s'enquiert Donna en inclinant la bouteille en direction de sa mère.

— Merci, ma chérie, volontiers.

Donna sert alors un verre de vin à sa mère, qui se tient à cet instant à côté de Chris, sur le canapé.

— Franchement, Patricia, vous pourriez être sa sœur, dit Chris. Et je ne dis pas ça juste parce que Donna vieillit vraiment mal.

Donna s'amuse à faire semblant de vomir tandis que Patricia éclate de rire.

— Madonna m'a dit que vous étiez charmant.

Chris repose son verre de vin, un air de ravissement illuminant son visage.

— Excusez-moi, qui donc vous a dit que j'étais charmant ?

— Madonna, répond Patricia tout en faisant un petit signe de tête pour désigner sa fille.

Chris regarde Donna.

— Votre prénom complet est Madonna ?

— Si jamais vous m'appelez ainsi, je vous donne un coup de taser, réplique Donna.

— Ça en vaudrait la peine, fait Chris. Patricia, je crois que je vous adore.

Donna lève les yeux au ciel et saisit la télécommande.

— Alors, on regarde Jason Ritchie ?

— Bien sûr, bien sûr, répond Chris, distrait. Et que faites-vous donc dans la vie, Patricia ?

— Je suis enseignante. En primaire, dit Patricia.

— Vraiment ? fait Chris.

Une enseignante, chantant dans une chorale, aimant les chiens, c'est cela sa liste de rêve.

Donna regarde Chris droit dans les yeux.

— Et elle chante dans une chorale le dimanche.

Chris refuse de soutenir le regard de Donna et se tourne de nouveau vers Patricia.

— Cette question va vous paraître ridicule, Patricia, mais aimez-vous les chiens ?

Patricia prend une gorgée de vin.

— Je suis allergique, hélas.

Chris hoche la tête, boit à son tour, puis lève imperceptiblement son verre à la santé de Donna. Deux sur trois, pas mal du tout. Il est heureux de porter son polo bleu marine avec des boutons.

— Que s'est-il passé avec votre rencard ? demande Chris à Donna.

— J'ai juste dit que j'avais un rendez-vous. Je n'ai pas dit qu'il s'agissait d'un rencard, répond Donna.

Le téléphone de Donna vibre. Elle regarde l'écran.

— C'est Elizabeth. Elle se demande si nous sommes libres demain matin ? Rien d'urgent.

— Elle a résolu l'affaire, ça ne fait pas un pli.

Donna laisse échapper un rire. Elle espère que tout va bien pour son amie.

112

La lampe de chevet de Penny dispense aussi peu de lumière que possible, juste ce qu'il faut à deux vieilles amies aux visages familiers. Elizabeth tient la main de Penny entre les siennes.

— Alors, quelqu'un s'en est-il tiré à bon compte, ma belle ? Pas Tony Curran en tout cas, pas vrai ? Quelqu'un s'est chargé de son cas. Gianni, apparemment, comme chacun semble le penser, bien que j'aie une théorie à ce propos dont il faut que je parle à Joyce. Il ne s'agit pas là d'une grande perte de toute façon. Et Ventham ? Eh bien, tu sais que John doit payer pour ce qu'il a fait. Je conduirai la police jusqu'à votre appartement demain matin et ils trouveront son corps, toi et moi le savons fort bien. Dès l'instant où il sera rentré chez vous, il prendra un dernier petit verre et c'en sera fini. Il en connaît suffisamment pour que les choses se terminent paisiblement au moins, n'est-ce pas ?

Elizabeth caresse les cheveux de Penny.

— Et qu'en est-il de toi, ma belle ? Toi, si maligne. Es-tu passée entre les mailles du filet ? Je sais pourquoi tu as agi de cette façon, Penny ; je vois pourquoi tu as fait ce choix, pour rendre ta propre justice. Je ne l'approuve pas, mais je le comprends. Je n'étais pas là. Je n'affrontais pas ce que tu affrontais. Mais t'en es-tu tirée sans dommage ?

Elizabeth repose la main de Penny sur le drap et se lève.

— Tout cela dépend d'une chose, n'est-ce pas ? De savoir si tu peux ou non m'entendre. Si tu peux entendre, Penny, tu sauras déjà que l'homme que tu aimes vient juste de partir dans la nuit pour mourir. Tout cela parce qu'il voulait te protéger. Et que tout cela résulte du choix que tu as fait il y a toutes ces années. Et je crois qu'il s'agit là d'une punition suffisante, Penny.

Elizabeth commence à enfiler son manteau.

— Et si tu ne peux pas m'entendre, eh bien, tu as réussi à t'en tirer, ma chère. Bravo !

Elizabeth a désormais revêtu son manteau, elle pose la main contre la joue de son amie.

— Je sais ce qu'a fait John pendant qu'il te serrait contre lui, Penny, j'ai vu la seringue. Je sais donc que toi aussi tu es partie et qu'il s'agit d'un adieu. Ma belle, je n'ai pas vraiment parlé de Stephen ces derniers temps. Il ne va pas bien du tout et je fais de mon mieux, mais je suis en train de le perdre peu à peu. Alors, tu vois, moi aussi j'ai mes secrets.

Elle embrasse la joue de Penny.

— Mon Dieu, tu me manqueras, petite écervelée. Fais de beaux rêves, ma belle. Quelle poursuite !

Elizabeth quitte Willows et sort dans l'obscurité.

Une nuit calme, sans nuages. Une nuit si sombre qu'on pourrait penser ne jamais plus revoir le matin se lever.

113

Chris rentre en taxi et doit encore marcher un certain temps avant de retrouver son appartement. Est-ce l'effet de l'alcool ou se sent-il un peu plus léger ?

Il ouvre la porte d'entrée et inspecte les lieux. Il devrait se délester de quelques petites choses, c'est certain, sortir le bac de recyclage, peut-être acheter quelques coussins et une bougie ? La porte de la salle de bains bloque toujours quand on veut l'ouvrir, mais ce n'est rien qu'un peu de papier de verre et d'huile de coude ne pourrait arranger. Aller chez Tesco's, acheter quelques fruits, les disposer dans une corbeille sur la table à manger. Bien sûr, acheter aussi une corbeille à fruits. Laver les draps. Remplacer la brosse à dents. Acheter des serviettes de toilette ?

Cela devrait faire l'affaire. C'est juste assez pour convaincre Patricia qu'il est un être humain normal et non un homme ayant renoncé à l'existence. Il ne faut pas grand-chose. Il pourrait ensuite lui envoyer un texto, l'inviter chez lui pour dîner pendant qu'elle se trouve à Fairhaven.

Des fleurs ? Pourquoi pas ? Soyons fou.

Chris allume son ordinateur et attend le chargement de ses e-mails. Une bien mauvaise habitude que celle de vérifier ses messages avant le coucher. Qui permet de retarder le moment de gagner son lit, généralement. Trois nouveaux messages, rien ne semblant devoir le retenir trop longtemps. L'un de ses sergents participe à un triathlon, un appel à l'aide, pour lequel il espère recevoir un soutien financier. Une invitation à la soirée de remise de récompenses des services de police du Kent, prière de venir accompagné. Cela compterait-il comme rendez-vous galant ? Sans doute pas ; il vérifiera avec Donna. Puis un e-mail provenant d'une adresse que Chris ne reconnaît pas. Cela ne se produit pas souvent ; Chris garde son compte personnel aussi privé qu'il est possible de le faire de nos jours. Expéditeur : « KypriosLegal », objet : « Strictement privé et confidentiel ».

Un message en provenance de Chypre ? Ont-ils retrouvé Gianni ? Des avocats tentent-ils de dissuader la police ? Mais pourquoi un tel message arriverait-il sur son compte personnel ? Personne à Chypre n'a son adresse mail.

Chris clique sur le message.

Cher Monsieur,

Notre client, M. Costas Gunduz, nous a demandé de vous transmettre cette lettre. Je vous prie de bien vouloir noter que toutes les informations contenues dans ce courrier doivent être considérées comme confidentielles. Merci d'adresser toute réponse à nos bureaux.

Votre fidèle serviteur,
Gregory Ioannidis
Kyprios Associates

Costas Gunduz ? Le Costas qui avait ri quand Chris lui avait tendu sa carte de visite ? Eh bien, cette soirée ne devenait-elle pas franchement exceptionnelle ? Chris clique sur la pièce jointe au message.

Monsieur Hudson,

Vous dites que mon fils est revenu à Chypre en 2000. Vous détenez des preuves de ça. Je dois vous indiquer que je ne l'ai pas vu à ce moment-là et que je ne l'ai pas vu depuis. Pas une seule fois. Je n'ai pas vu mon fils, je n'ai reçu ni lettre, ni appel téléphonique de sa part.

Monsieur Hudson, je suis vieux, vous l'avez vu de vos propres yeux. Pendant que vous cherchez Gianni, il vous faut savoir que moi aussi je suis à sa recherche.

Je ne parlerai jamais à un policier, vous comprenez, mais aujourd'hui je demande de l'aide. Si vous pouvez trouver Gianni, si vous avez des informations de n'importe quel ordre, il y a une grosse, grosse récompense pour vous. J'ai peur que Gianni soit mort.

C'est mon fils et je veux le voir avant de mourir, ou savoir que c'est impossible et qu'il me soit permis de faire mon deuil. J'espère que vous accueillerez ces mots avec compassion. Je vous le demande, s'il vous plaît.

Salutations,

Costas Gunduz

Chris lit entièrement la lettre deux fois encore. Bien tenté, Costas.

Attend-il de Chris qu'il partage ça avec la police chypriote ? Avec Joe Kyprianou ? Très certainement. Cela signifie-t-il que la police chypriote se rapproche de Gianni ? Est-ce une dernière tentative pour brouiller les pistes ?

Ou est-ce vraiment ce que cela prétend être ? Une supplique venant d'un vieil homme, dans le but de retrouver son fils disparu. Dans ses plus jeunes années, Chris aurait pu le croire. Mais il en a trop vu, trop entendu chez ceux qui cherchent à sauver leur peau. Toutes les histoires imaginables. Et il sait où Gianni Gunduz se trouvait le 17 juin.

Gianni n'est pas mort. Gianni est rentré chez lui, avec l'argent de Tony Curran. Il a changé de nom, s'est fait refaire le nez et tout ce que la fortune de son père pouvait lui payer et il a mené la grande vie depuis lors. Gianni se fait bronzer quelque part à Chypre, heureux de son sort. Sans plus un seul ennemi au monde, à présent que le compte de Tony Curran a été réglé.

Costas Gunduz ne recevra pas de réponse.

Chris éteint son ordinateur. Il aimerait vraiment que les gens arrêtent de participer à des triathlons.

114

Il est tard et Elizabeth n'est pas encore rentrée, mais Bogdan et Stephen ne l'ont pas remarqué.

Bogdan grimace, faisant ressortir sa lèvre inférieure sur un côté de sa bouche tandis qu'il réfléchit. Il tapote la table et se creuse la tête : quel serait le bon mouvement à effectuer à ce stade ? Il fixe Stephen, face à lui, puis reporte son regard sur l'échiquier.

Comment cet homme fait-il pour jouer ainsi ? Si Bogdan ne se montre pas très, très prudent, il va perdre. Et Bogdan ne se rappelle pas la dernière fois qu'il a perdu.

— Bogdan, puis-je vous poser une question ? demande Stephen.

— Toujours, dit Bogdan. Nous sommes amis.

— Ça ne vous perturbera pas ? Je vous ai placé dans une position délicate. Peut-être avez-vous besoin de vous concentrer ?

— Stephen, on joue, on parle. Les deux choses sont spéciales pour moi.

Bogdan déplace son fou. Il lève les yeux vers Stephen, qui est surpris par ce mouvement, mais pas encore inquiet.

— Merci, Bogdan, ces deux choses sont spéciales pour moi également.

— Alors, posez-moi une bonne question.

— Ce n'est que ceci. Eh bien, tout d'abord, quel était le nom du bonhomme ?

Stephen attaque le fou de Bogdan, mais il sent qu'il se fait attirer vers un piège.

— Quel bonhomme, Stephen ? s'enquiert Bogdan en baissant les yeux vers l'échiquier, reconnaissant devant la lueur d'espoir qui vient de poindre.

— Le premier qui a été tué ? L'entrepreneur ?

— Tony, dit Bogdan. Tony Curran.

— Oui, c'est bien lui, confirme Stephen.

Il se frotte le menton tandis que Bogdan protège son fou et crée simultanément une ouverture.

— Quelle est la question ? demande Bogdan.

— Eh bien, ce n'est que cela, et pardonnez-moi si mes paroles vous semblent déplacées, mais d'après tout ce que j'entends dire, je pense que c'est vous qui l'avez tué. Elizabeth me parle, vous savez.

Stephen déplace un pion mais peut voir qu'il n'y a pas grand-chose à faire.

Bogdan parcourt la pièce du regard pendant un moment avant de reposer les yeux sur Stephen.

— Bien sûr, je l'ai tué. Mais c'est un secret, seulement une autre personne est au courant.

— Motus et bouche cousue, mon ami, je n'en dirai rien à personne. Mais je ne comprends pas vraiment votre geste. Ce n'était pas une question d'argent, assurément, cela ne semble pas du tout votre style, n'est-ce pas ?

— Non, pas l'argent. Vous devez faire attention avec l'argent. Ne le laissez pas commander.

Bogdan avance un cavalier et Stephen comprend enfin ce qu'il mijote. Délicieux, vraiment.

— De quoi s'agissait-il, alors ?

— C'était simple, franchement. J'avais un ami, mon meilleur ami quand je suis arrivé en Angleterre, et il conduisait un taxi. Un jour il a vu Tony faire quelque chose qu'il aurait pas dû faire.

— Qu'a-t-il vu ?

Stephen surprend Bogdan en déplaçant sa tour. Bogdan esquisse un léger sourire. Il aime ce vieillard rusé.

— Il a vu Tony tirer sur un garçon, un jeune garçon de Londres. À cause de quelque chose, je sais pas quoi, j'ai jamais trouvé. Une histoire de drogue.

— Et donc Tony a tué votre ami ?

— Eh bien, la société de taxis a un patron qui s'appelle Gianni. Ils l'appelaient Gianni le Turc, mais c'était un Chypriote. Gianni et Tony faisaient des affaires ensemble mais le patron, c'était Tony.

Bogdan baisse les yeux vers l'échiquier devant lui, il prend son temps.

— Et donc Gianni a tué votre ami ?

— Gianni a tué mon ami, mais c'est Tony qui lui a dit de le faire. Ça m'est égal, pour moi, c'est même chose.

— Effectivement. Nous sommes d'accord sur ce point. Et qu'est-il arrivé à Gianni ?

Bogdan ressent le besoin de replier son cavalier. C'est gaspiller un mouvement mais, peu importe, ces choses-là arrivent.

— Je l'ai tué aussi. Directement, presque.

Stephen hoche la tête. Il fixe l'échiquier en silence pendant un moment. Bogdan se dit qu'il l'a peut-être perdu, mais il a appris qu'il faut se montrer patient avec Stephen parfois. Et effectivement…

— Comment s'appelait votre ami ?

Stephen continue à regarder l'échiquier, essayant de faire apparaître quelque chose à partir de rien.

— Kaz. Kazimir, répond Bogdan. Gianni, il demande à Kaz de le conduire dans les bois, il doit enterrer quelque chose et il a besoin d'aide. Ils marchent dans les bois, ils creusent et creusent, pour enterrer la chose que Gianni doit enterrer. C'était un gars qui travaillait dur, Kaz, et un gars sympa, vous l'aimeriez vraiment beaucoup. Et donc ensuite, Gianni tire sur Kaz, *pop*, un tir et il l'enterre dans le trou.

Stephen avance encore son pion. Bogdan lève les yeux vers lui et lui adresse un petit signe de tête et un sourire. Il fronce le nez pendant un moment tandis que ses yeux se posent de nouveau sur l'échiquier.

— Je pensais que Kaz s'était échappé, peut-être rentré chez lui, qu'il essayait de se faire oublier, OK ? Mais Gianni est stupide, pas comme Tony, et il parle à ses amis et il dit qu'il a descendu un gars dans les bois et que le gars a creusé le trou tout seul, et c'est drôle, pas vrai ? Et j'entends parler de cette histoire.

— Et donc, vous passez à l'action ? demande Stephen.

Bogdan hoche la tête, il s'interroge au sujet de son fou et se demande si Stephen ne pourrait pas tout simplement garder quelque chose dans sa manche.

— Je dis à Gianni que j'ai besoin de lui parler. N'en parle pas à Tony, n'en parle pas aux autres. Je dis qu'un ami travaille à Newhaven, au port, et il y aurait peut-être de l'argent pour lui, est-ce que ça l'intéresse ? Et il est intéressé alors on se retrouve au port, vers 2 heures du matin.

— Et il n'y a pas de service de sécurité ?

— Si, mais l'homme qui s'en occupe, c'est un cousin de mon ami, Steve Georgiou. Un bon gars. Il travaille vraiment au port. Plus facile de mentir avec du vrai. Alors Steve vient aussi. Steve il connaissait Kaz. Steve aimait bien Kaz comme moi. Alors on traverse le port et on monte dans un petit bateau et Gianni, il est stupide, il pense qu'à l'argent, et on boit beaucoup, et le bateau bouge, et j'explique le plan, on utilise le bateau pour faire entrer des clandestins, le cousin de Steve il fermera les yeux, pense à tout l'argent qu'on va se faire. Et puis je sors un pistolet et je dis mets-toi à genoux, quand il entend ça Gianni croit que c'est une blague, et je lui dis tu as tué Kazimir, juste pour qu'il sache pourquoi il est là, alors tout à coup il se dit que c'est pas une blague, et je le bute.

Bogdan déplace finalement son fou et c'est au tour de Stephen de froncer le nez.

— Je prends ses clés et ses cartes de crédit. On le leste avec des briques et on le jette par-dessus le bateau, disparu pour toujours. On retourne à Newhaven, on dit merci au cousin de Steve, on parle plus de ça à personne. Puis moi et Steve, on va en voiture jusqu'à la maison de Gianni, on entre, on prend son passeport, on remplit valise avec beaucoup de vêtements, il y a plein de billets, vous savez, l'argent de la drogue, et on le prend aussi, et toutes les choses de valeur qu'on trouve. Une partie de l'argent est à Tony, beaucoup, même, alors j'étais content de le prendre.

— Combien d'argent ? demande Stephen.

— 100 000 livres, quelque chose comme ça. J'envoie 50 000 à la famille de Kazimir.

— C'est bien.

— Le reste, je donne à Steve. Il voulait ouvrir une salle de sport et j'ai pensé que c'était bon investissement. C'est un homme bien, pas d'embrouilles avec lui. Puis j'amène Steve en voiture à Gatwick, il prend vol pour Chypre avec le passeport de Gianni, personne regarde. Facile. Après Steve reprend tout de suite l'avion pour l'Angleterre avec son passeport à lui. J'appelle la police, anonyme, mais je sais assez pour qu'ils me prennent au sérieux. Je leur dis que Gianni a tué Kaz, et ils font une descente dans sa maison.

— Et ils découvrent qu'il n'y a plus son passeport ni ses vêtements ?

— C'est ça.

— Et donc ils contrôlent les ports et les aéroports et découvrent qu'il a filé en douce à Chypre ?

Stephen attaque le fou de Bogdan avec un pion. Juste comme Bogdan l'avait espéré.

— Et donc ils cherchent et cherchent Gianni à Chypre pendant un moment mais il a disparu, et à la fin ils laissent ça à la police chypriote. Pas de preuve que Gianni a tué quelqu'un, pas d'argent de la drogue chez lui, alors tout le monde finit par oublier. Ils passent juste à autre chose.

— Vous avez cependant pris votre temps avec Curran, n'est-ce pas ?

— Toujours bien attendre le meilleur moment. Bien prévoir. Je voulais pas me faire attraper, vous voyez ?

— Je conçois sans problème que ce soit la dernière chose que vous auriez voulu, oui, dit Stephen.

— Bon, il y a deux mois j'ai fait l'installation de son système de surveillance, caméras, alarme, tout ça. Et j'ai réglé tout de travers. Rien n'enregistrait.

— Je vois.

— Et je me suis dit, bon, maintenant c'est le moment. Je peux entrer dans la maison, j'ai fait un double des clés, personne peut me voir.

Bogdan attaque le pion de Stephen, ouvrant un front que Stephen ne veut pas voir ouvert.

Stephen hoche la tête.

— Malin.

— Juste après que je le fais, j'entends un « ring, ring, ring » à la porte, mais je suis resté bien calme, pas de problème.

Stephen fait un nouveau signe de tête et déplace un pion dans un muet désespoir.

— Tant mieux pour vous. Et s'ils vous attrapent ?

Bogdan hausse les épaules.

— Je sais pas. Je crois pas que ça arrivera.

— Elizabeth découvrira ce qui s'est passé, mon ami. Si elle ne l'a pas déjà fait.

— Je sais, mais je crois qu'elle comprendra.

— Je le crois aussi, admet Stephen. Mais la police, ce sera une autre histoire. Ils sont moins faciles à charmer qu'Elizabeth.

Bogdan approuve d'un signe de tête.

— S'ils m'attrapent, ils m'attrapent. Mais j'ai fabriqué une fausse piste plutôt bonne, je crois.

— Une fausse piste ? Et comment avez-vous fait cela ?

— Eh bien, quand on est allés dans la maison de Gianni ce soir-là, une chose qu'on a prise était un appareil photo, alors…

Bogdan s'interrompt au moment où ils entendent une clé tourner dans la serrure.

Pour une raison quelconque, Elizabeth rentre tard. Bogdan plaque un doigt sur ses lèvres et Stephen lui répond en imitant son geste. Elle s'avance dans la pièce.

— Bonsoir, les garçons.

Elle dépose un baiser sur la joue de Bogdan puis vient serrer fort Stephen entre ses bras. Pendant ce temps, Bogdan déplace sa reine et referme son piège.

— Échec et mat.

Elizabeth libère Stephen, qui sourit en regardant l'échiquier et Bogdan. Il tend le bras et lui serre la main.

— C'est un petit malin, celui-là, Elizabeth. Un petit malin de première classe.

Elizabeth baisse les yeux vers l'échiquier.

— Bien joué, Bogdan.

— Merci, dit Bogdan, et il commence à remettre les pions en place pour une nouvelle partie.

— Eh bien, j'ai une sacrée histoire pour vous deux, dit Elizabeth. Puis-je vous préparer une tasse de thé, Bogdan ?

— Oui, s'il vous plaît, répond Bogdan. Avec du lait, et six sucres.

— Je prendrai un café, chérie, dit Stephen. Si cela ne te dérange pas ?

Elizabeth pénètre dans la cuisine. Elle songe à Penny, elle est sûrement morte à présent, n'est-ce pas ? C'était ainsi que les choses s'achevaient, par un acte d'amour. Puis elle songe à John, glissant vers un sommeil sans fin. Il avait pris soin de Penny mais à quel prix ? A-t-il trouvé la paix ? Laisse-t-il sa détresse derrière lui ? Elle pense à Annie Madeley et à tout ce qu'elle n'a pas connu. Tout le monde doit quitter la partie à un moment. Une fois qu'on est dedans, il n'y a pas d'autre issue que la sortie. Elle attrape les cachets de témazepam de Stephen, puis suspend son geste et les remet dans le placard.

Elizabeth retourne auprès de son époux. Elle prend sa main entre les siennes et dépose un baiser sur ses lèvres.

— Je crois qu'il est peut-être temps de réduire ta consommation de café, Stephen. Toute cette caféine, cela ne peut pas être bon pour toi.

— Entièrement d'accord, répond Stephen. Si tu crois que cela vaut mieux.

Stephen et Bogdan débutent une nouvelle partie. Elizabeth se retourne vers la cuisine et aucun des deux hommes n'aperçoit ses larmes.

115

Joyce

Désolée de ne pas avoir écrit pendant un moment. Nous avons été très occupés par ici. Mais comme j'ai un crumble aux groseilles à maquereaux dans le four, je me suis dit qu'il y aurait peut-être quelques petites choses que vous voudriez savoir.

Penny et John ont été enterrés, cela n'a pas eu lieu ce mardi, mais le précédent. Les choses se sont passées paisiblement et il a plu, ce qui s'accordait parfaitement au moment. Quelques anciens collègues de Penny étaient présents. En fait, plus qu'on ne l'aurait cru, étant donné les circonstances. Tout cela avait figuré dans les journaux, l'histoire de Penny et John. Ils n'avaient pas eu tous les détails du premier coup, mais ils n'étaient pas loin du compte. Les médias avaient eu vent du fait que Penny était une amie de Ron, également. Il a été interviewé dans l'émission « Kent Today » et cela a même été diffusé plus tard aux infos normales. Des gens du *Sun* sont venus jusqu'ici pour lui parler, mais Ron ne voulait rien de cela. Il leur a dit de se garer devant

Larkin Court puis s'est arrangé pour que leurs voitures se fassent poser des sabots.

Elizabeth n'a pas assisté aux obsèques. Nous n'en avons pas discuté, donc la question est réglée, je le crains. Peut-être avait-elle déjà fait ses adieux ? Ce devait être le cas, vous ne croyez pas ?

Je ne sais même pas si Elizabeth a pardonné à Penny. J'ai bien peur de me ranger à l'avis de l'Ancien Testament en pensant que ce qu'a fait Penny était une bonne chose. Ce n'est que mon opinion personnelle, et ce n'est pas quelque chose que je dirais à haute voix, mais je suis heureuse qu'elle ait agi comme elle l'a fait. J'espère que Peter Mercer a survécu assez longtemps pour comprendre ce qui lui arrivait.

Elizabeth est bien plus intelligente que moi, et elle aura pensé à tout cela davantage, mais je ne crois pas qu'elle pourrait réellement blâmer Penny pour ce qu'elle a fait. Elizabeth aurait-elle agi de la même façon ? Je le crois. Je pense cependant qu'Elizabeth aurait réussi à passer entre les mailles du filet.

Mais ce que je crois véritablement, c'est qu'Elizabeth doit être triste à cause du secret. Elles étaient là, les deux filles, Elizabeth et Penny, avec leurs mystères à résoudre, et pendant tout ce temps Penny représentait le plus grand de ces mystères. Cela doit blesser Elizabeth. Peut-être qu'un jour nous en parlerons.

Penny a tué Peter Mercer et elle l'a caché à John durant toute sa vie. Jusqu'à ce que la démence vienne la briser. Et lorsque John l'a su, il devait la protéger. C'est cela l'amour, n'est-ce pas ? C'est ce que Gerry aurait fait pour moi. Parce que Peter Mercer a assassiné

Annie Madeley, Penny a assassiné Peter Mercer. Parce que Penny a assassiné Peter Mercer, John a assassiné Ian Ventham. Ainsi vont les choses, j'imagine. Au moins, à présent, tout cela est terminé. Je souhaite à Penny et à John, et à la pauvre Annie Madeley, de reposer en paix. Pour ce qui est de Peter Mercer, et à cause de tout ce qu'il a causé, je ne lui souhaite rien d'autre que des tourments.

Au fait, la police n'a pas encore retrouvé Gianni le Turc, mais elle cherche. Chris et Donna sont venus faire un saut ici à quelques reprises. Chris a une nouvelle petite amie, mais il se montre très discret à ce sujet pour le moment et nous n'arrivons à obtenir aucune information de la part de Donna. Chris dit qu'ils finiront par retrouver Gianni, mais Bogdan était ici l'autre jour pour réparer ma douche à jets et il dit que Gianni est trop malin pour que cela arrive.

Si vous voulez vraiment connaître le fond de ma pensée, Gianni est un suspect bien trop idéal. Gianni serait venu et aurait tué Tony pour l'avoir dénoncé il y a tant d'années ? Pourquoi Tony l'aurait-il dénoncé ? Pour son rôle dans l'élucidation d'un meurtre que Tony avait commis ? Tout cela n'a pour moi aucun sens.

Non, la seule personne trop maligne pour se faire attraper par ici, c'est Bogdan.

Vous ne pensez pas que c'est lui qui a tué Tony Curran ? Moi si. Je suis certaine qu'il avait une bonne raison de le faire et j'ai hâte de lui demander. Mais pas avant qu'il ait fini de s'occuper de la fenêtre que je fais changer, parce que, que se passerait-il s'il le prenait mal ? Je me demande si Elizabeth le suspecte aussi.

Elle n'a pas parlé récemment de partir à la poursuite de Gianni, donc peut-être que c'est bien le cas.

Je vais bientôt devoir aller vérifier comment se porte mon crumble. Et si nous passions à des nouvelles plus plaisantes ?

Hillcrest est déjà sur les rails, il y a des grues et des pelleteuses en haut de la colline. On dit que Gordon Playfair a obtenu 4,2 millions de livres pour ses terres, et par « on » j'entends Elizabeth, vous pouvez donc prendre cela comme parole d'évangile. Il a dit au revoir à la maison dans laquelle il a vécu pendant soixante-dix ans, a entassé ses affaires dans un Land Rover et une remorque. Puis il a parcouru au volant les 400 mètres et quelques qui le séparaient du bas de la colline et il a tout déballé dans un joli appartement de deux chambres à Larkin Court.

Bramley Holdings lui a donné l'appartement, cela fait partie de leur accord. Ce qui nous amène à une autre nouvelle.

Bramley Holdings ? Rien à voir avec les pommes finalement. Je vous ai dit cependant que le nom me rappelait quelque chose, n'est-ce pas ? Eh bien, voici pourquoi.

Quand elle était toute jeune, Joanna avait pour jouet un petit éléphant. Il était rose avec des oreilles blanches et jamais elle ne me laissait le laver. Je ne peux même pas imaginer la quantité de microbes dont il était porteur, mais je crois que ce n'est pas nécessairement une mauvaise chose pour les enfants. Et quel nom portait cet éléphant ? Bramley. Je l'avais complètement oublié. Elle avait tellement de jouets et je suis une mère atroce.

Peut-être voyez-vous où cela nous mène ?

Vous vous souvenez que nous avions apporté les comptes de Ventham à Joanna, bien sûr, à l'époque où Elizabeth se demandait si Ian Ventham avait tué Tony Curran ?

Quoi qu'il en soit, Joanna et Cornelius avaient examiné les comptes pour nous, nous avaient fait leur rapport sur la question et les choses s'étaient arrêtées là.

Mais pour Joanna les choses ne s'étaient pas du tout arrêtées là.

Pas du tout.

Joanna et Cornelius avaient bien aimé ce qu'ils avaient vu dans les comptes. Et ils avaient bien aimé ce qu'ils avaient lu à propos de Hillcrest. Joanna a donc fait une présentation aux autres membres du conseil d'administration – dans ma tête, j'imagine cette scène se dérouler autour de la table en aile d'avion – et ils ont ensuite fait l'acquisition de la société. Elle prévoyait de l'acheter à Ian Ventham, mais, bien évidemment, elle l'a finalement achetée à Gemma Ventham. Alors, n'est-ce pas une surprise ?

Joanna possède tout l'endroit. Ou bien est-ce la société de Joanna qui est propriétaire ? Enfin, c'est la même chose, n'est-ce pas ?

Ce qui m'amène à présent à Bernard, et vous allez voir pourquoi.

Joanna et moi n'avions jamais parlé de Bernard, mais elle est venue aux obsèques pour être avec moi et je me suis donc demandé si, peut-être, Elizabeth lui en avait parlé. Ou alors le savait-elle, tout simplement ? Je crois que c'est plutôt cela. Elle est donc venue et m'a tenu la main ; dans un moment de faiblesse j'ai posé ma tête sur son épaule et cela a été agréable.

Après les obsèques, elle m'a parlé de Bramley Holdings. J'ai fait comme si j'avais été au courant depuis le début, parce que je me sentais coupable d'avoir oublié l'éléphant, mais Joanna voit clair en moi.

Mais nous avons parlé, et je lui ai dit que je ne pensais pas qu'il s'agissait du genre d'affaires qu'ils achetaient, et elle a reconnu que j'avais raison, mais elle a ajouté qu'il s'agissait d'un « secteur dans lequel ils étaient désireux de se lancer », mais je vois également clair en elle et elle a admis que c'était un mensonge. Elle a bien dit qu'il y avait beaucoup d'argent à gagner, mais elle a ajouté qu'elle avait aussi une autre raison. Que je vais à présent vous exposer.

Elle s'est assise sur la chaise longue qu'elle m'a achetée, qui aurait coûté dix fois moins cher chez IKEA, juste à côté de l'ordinateur portable qu'elle m'a offert et qui jamais ne sera déplacé nulle part, et voici ce qu'elle a dit.

— Tu te souviens quand tu t'es installée ici, quand je t'ai dit que tu commettais une erreur ? Quand je t'ai dit que cela signifierait ta fin ? Que tu resterais assise sur une chaise, entourée de personnes attendant leur dernier jour ? J'avais tort. C'était ton début, maman. Je croyais que je ne te verrais plus jamais heureuse après le décès de papa.

(Nous n'avions jamais abordé le sujet. La faute nous en revenait à toutes les deux.)

— Tes yeux pétillent de vie, tu ris de nouveau et c'est grâce à Coopers Chase, à Elizabeth, à Ron et à Ibrahim, et à Bernard, que Dieu ait son âme. Et j'ai donc acheté cet endroit, la société, les terres, tout le complexe. Je l'ai fait pour te dire merci, maman. Je sais cependant ce que tu vas dire maintenant, et je te promets que je vais aussi tirer des millions de cette affaire, alors, ne t'affole pas.

Eh bien, je ne m'affolais pas, mais elle avait bien deviné ce que j'allais dire ensuite.

Il y a encore d'autres choses que vous aurez envie de savoir. Le Jardin du repos éternel reste exactement là où il est. Joanna dit qu'ils gagneront suffisamment d'argent grâce à Hillcrest, donc le projet « Woodlands » a été discrètement abandonné. Le cimetière est à présent protégé, même au cas où Coopers Chase serait de nouveau vendu (Joanna dit qu'un jour ils revendront, c'est leur travail). Mais si jamais quelqu'un essaye de l'acquérir, il verra qu'il y a toutes sortes de clauses mises en place. Rien ne sera possible.

Au fait. À l'instant, lorsque j'ai dit que c'était de notre faute à toutes les deux si nous n'avions pas parlé de Gerry ? Ce n'était évidemment pas une faute partagée. Tous les torts me reviennent. Désolée, Joanna.

Nous avons organisé une cérémonie l'autre jour. Elizabeth a invité Matthew Mackie pour le déjeuner et il est venu, sans col romain cette fois-ci. Nous lui avons appris que Maggie était en sécurité et j'ai cru qu'il allait pleurer, mais il ne l'a pas fait, il a juste demandé à se rendre sur sa tombe. Nous avons gravi la colline avec lui, puis nous nous sommes assis sur le banc de Bernard et d'Asima pendant qu'il ouvrait les grilles en fer forgé et s'agenouillait auprès de la tombe. C'est là que les larmes sont venues. Nous savions qu'elles couleraient quand il verrait la pierre tombale.

J'avais regardé il y a quelques jours Bogdan passer le plus clair de la matinée à nettoyer avec délicatesse l'inscription « Margaret Farrell, 1948–1971 », avant de graver juste en dessous, « Patrick, 1971 ». Il n'existe vraiment aucune tâche dont Bogdan ne puisse s'acquitter.

Lorsque le père Mackie a craqué en voyant cela, nous avons envoyé Ron le serrer dans ses bras et tous les deux sont restés ainsi pendant un bon moment.

Elizabeth, Ibrahim et moi sommes demeurés sur le banc et nous avons profité de la vue. J'aime quand les hommes pleurent. Pas trop, mais c'était juste ce qu'il fallait. Il y a toujours beaucoup de fleurs sur la tombe de Maggie désormais. J'en ai moi-même ajouté, et je suis certaine que vous devinez où je les ai trouvées.

Vous voudrez également savoir pour le banc. Eh bien, Bogdan, qui ne manque jamais d'occupation, s'est attaqué au béton avec un marteau-piqueur, puis a creusé jusqu'à trouver la boîte à thé en forme de tigre, et il me l'a donnée.

Dans la dernière lettre de Bernard il y avait un post-scriptum assez touchant dans lequel il demandait que ses cendres soient dispersées depuis la jetée de Fairhaven. Je l'ai ici.

« Une partie de moi et une partie d'Asima seront toujours ensemble, ici même. Mais elle flotte librement sur les eaux saintes, alors laissez-moi dériver dans les vagues jusqu'à ce qu'un jour je la retrouve », avait-il dit. Très poétique, Bernard, sans aucun doute.

Trop poétique.

Vous et moi connaissons suffisamment bien Bernard pour savoir que cela n'était que des fadaises à l'eau de rose. Ce message m'était adressé et ce n'était pas tout à fait le code Enigma. Je me demande si Bernard a pu penser que j'étais un peu gourde, mais je suppose qu'il voulait exposer les choses de manière claire, par précaution. Quoi qu'il en soit, je savais que Bernard m'avait transmis les instructions à suivre.

Sufi et Majid avaient pris une chambre dans un hôtel de l'aéroport après les funérailles, car c'est leur manière de faire, et je leur avais proposé de prendre soin des cendres de Bernard jusqu'à ce qu'ils reviennent à Fairhaven. Quand ces deux-là retiendront-ils la moindre leçon ?

J'avais les cendres d'Asima dans la boîte à thé et les cendres de Bernard dans une simple urne de bois. J'ai sorti ma balance. Une véritable balance, car je n'ai aucune confiance dans les modèles électroniques.

Je me suis montrée très précautionneuse en vidant les cendres, parce que en dépit de mon affection pour Bernard, je ne voulais pas l'avoir partout sur mon plan de travail. En quelques minutes, et avec l'aide de deux boîtes Tupperware intermédiaires (je me suis sentie un peu coupable quant à cela), l'affaire était réglée.

Dans la boîte à thé en forme de tigre que chacun avait voulu offrir à l'autre pour Noël se trouvaient à moitié Bernard et à moitié Asima. Le jour suivant nous avons enterré la boîte à thé sous le banc, à la place qui lui revenait. Nous avons demandé à Matthew Mackie de bénir les lieux. Je pense qu'il a été touché par cette requête et il a très bien fait les choses.

Et dans l'urne, se trouvaient à moitié Asima et à moitié Bernard. Et, à leur insu, c'est ce que Sufi et Majid ont emmené à Fairhaven le lendemain, pour qu'Asima puisse enfin flotter librement, mais sans quitter l'étreinte de l'homme qu'elle aimait. Nous ne les avons pas accompagnés, car nous ne tenions pas vraiment à nous immiscer dans ce moment.

Honnêtement, je ne sais pas quoi faire des Tupperware que j'ai utilisés. Si vous avez pris deux boîtes Tupperware pour mélanger les cendres d'un ami cher et celles de la femme qu'il aimait, tout cela sans rien en dire à leurs enfants, est-il plus irrespectueux de les garder ou de les jeter à la poubelle ? Ce n'est franchement pas le genre de question dont j'avais à me soucier avant mon installation à Coopers Chase. Elizabeth saura quoi faire.

À propos d'Elizabeth, elle m'a téléphoné tout à l'heure pour me dire que quelqu'un avait glissé un petit mot très intéressant sous sa porte. Elle n'a pas voulu me dire de quoi il s'agissait, mais elle a indiqué qu'elle devrait rendre une petite visite à quelqu'un et qu'ensuite elle pourrait m'en parler. Si elle voulait éveiller mon intérêt, c'est réussi !

Eh bien, nous sommes jeudi, il faut donc que j'y aille. J'ai eu peur que, après la mort de Penny, nous arrêtions de nous réunir, ou que, peut-être, ce soit différent. Mais ce n'est pas vraiment ainsi que les choses fonctionnent par ici. La vie se poursuit, jusqu'à ce qu'elle prenne fin. Le Murder Club du jeudi continue à se réunir, de mystérieux messages sont glissés sous les portes et les meurtriers installent de nouvelles fenêtres. Puisse tout cela durer longtemps encore.

Après notre réunion, je ferai un saut chez Gordon Playfair pour voir si son installation se passe bien. Juste comme le ferait toute bonne voisine, pour répondre aux questions qui pourraient vous venir en tête.

Et pile à l'heure, voilà mon crumble qui m'appelle. Je vous raconterai comment les choses se passent.

REMERCIEMENTS

Merci beaucoup d'avoir lu le *Murder Club du jeudi.* À moins que vous ne l'ayez pas encore lu, et que vous soyez directement allé à la page des remerciements, ce qui, je l'admets, est une possibilité. Vous devez vivre votre vie comme bon vous semble.

J'ai eu pour la première fois l'idée du *Murder Club du jeudi* il y a quelques années, lorsque j'ai eu la chance de me rendre dans une communauté de retraités peuplée de personnes extraordinaires, aux histoires extraordinaires, et même dotée de son propre « restaurant haut de gamme contemporain ».

Les résidents de ce village de retraite savent qui ils sont, et je les remercie pour leur soutien. Que cela toutefois ne vous donne pas l'idée de commencer à vous assassiner mutuellement, s'il vous plaît.

Écrire un roman est un dur labeur. Je suppose que c'est le cas pour tout le monde, mais après tout, qui sait ? Peut-être que Salman Rushdie trouve cela facile ? Quoi qu'il en soit, de nombreuses personnes m'ont aidé volontairement ou involontairement, tout au long du chemin. C'est un plaisir de pouvoir ici les remercier publiquement.

Je tiens, avant tout, à remercier Mark Billingham. J'avais depuis longtemps l'envie d'écrire un roman et, au cours d'un très bon déjeuner chez Skewd, un restaurant turc de Barnet (délicieux, excellent rapport qualité-prix, essayez les ailes de poulet), Mark m'a prodigué exactement les encouragements dont j'avais besoin, exactement au bon moment. Il m'a aussi dit qu'il n'existait pas de règles pour l'écriture d'un roman policier, et il a ensuite entrepris de me donner deux grandes règles que j'ai gardées à l'esprit tout au long de la rédaction de ce roman. Quoi qu'il en soit, Mark, je te serai éternellement reconnaissant.

Je me suis secrètement retiré dans ma grotte pendant longtemps pour écrire le *Murder Club du jeudi* et je tiens à remercier un certain nombre de personnes de m'avoir encouragé à persévérer durant tout ce temps.

Merci à Ramita Navai, la meilleure amie que je puisse rêver d'avoir, à Sarah Pinborough de m'avoir dit que oui, c'est censé être aussi difficile que ça l'est, à Lucy Prebble de me rappeler sans cesse de « faire les choses jusqu'au bout, puis, de faire qu'elles soient bien faites », à Bruce Lloyd d'avoir gardé le train sur les rails et à Marian Keyes de sa gentillesse, et pour la bougie.

J'adresse également des remerciements particuliers à Sumudu Jayatilaka pour avoir été ma première lectrice. Cela aura toujours une valeur inestimable à mes yeux.

Il arrive un point où un livre est fini sans l'être complètement et c'est à ce moment-là qu'il vous faut être entouré de personnes avisées et brillantes pour le rendre meilleur. Parmi les rares personnes qui ont vu les premières ébauches de ce livre, et qui ont juré de garder éternellement le secret, figurent mon frère, le merveilleusement talentueux Mat Osman (auteur d'un remarquable roman, *The Ruins*, également disponible à présent) et mon amie Annabel Jones, qui a pris du temps sur son planning de visionnage de *Black Mirror*, pourtant incroyablement chargé, pour lire le livre et me fournir tant de réponses qui me manquaient. Mille merci, Annabel ; tu devrais en faire ton métier.

Je souhaite remercier l'exceptionnelle équipe chez Viking, plus particulièrement mon éditrice Katy Loftus, de m'avoir soutenu et encouragé, et d'avoir trouvé tant de manières différentes, et aimables, de dire « Je ne sais pas si cette partie fonctionne vraiment bien ». Et derrière toute éditrice formidable se trouve une formidable éditrice assistante, alors nous adressons tous deux nos remerciements à Vikki Moynes.

Merci également au reste de l'équipe chez Viking : à la responsable éditoriale, Natalie Wall, et à l'équipe de communication, Georgia Taylor, Ellie Hudson, Amelia Fairney et Olivia Mead, qui m'ont entendu dire « eh bien, peut-être » si souvent. Merci également à l'incroyable équipe de vente – Sam Fanaken, Tineke Mollemans, Ruth Johnstone, Kyla Dean, Rachel Myers et Natasha Lanigan – et à l'équipe online de DeadGood, et à Indira Birnie du site Internet de Penguin pour le Royaume-Uni. Un livre demande un important travail d'équipe, et je ne pouvais espérer meilleure équipe.

J'aimerais également remercier mon éditrice américaine, Pamela Dorman, et sa fantastique assistante, Jeramie Orton. Toutes mes excuses encore pour vous avoir fait chercher dans Google, Ryman, Holland & Barrett et la gamme « Goûtez la différence » de Sainsbury's. Je dois également beaucoup à la rigueur et à la créativité minutieuse de mon réviseur, Trevor Horwood, sans qui je n'aurais jamais su quels jours de la semaine tombaient certaines dates durant l'année 1971. Ou, comme Trevor le soulignerait instantanément, « sans lequel ».

Écrire un livre est une récompense en soi, et j'étais tout disposé à mettre ce projet au compte de l'expérience avant d'envoyer la toute première version à mon agente, Juliet Mushens. Dès sa toute première réponse, cependant, les choses ont changé et, grâce à Juliet, j'ai réalisé que le *Murder Club du jeudi* pourrait être un vrai livre, que de vraies personnes pourraient vraiment lire. Juliet a été une force de la nature dès le début – brillante, créative, drôle et plaisamment peu conventionnelle. Je n'aurais rien pu faire de tout cela sans elle. Mille mercis à toi, Juliet. Elle bénéficie du soutien efficace de la fantastique Liza DeBlock, qui, étant donné les contrats si importants dont elle est chargée, est, plaisamment, légèrement plus conventionnelle.

Je finirai, si vous le permettez, par les grosses pointures.

Merci à ma mère, Brenda Osman. J'ai l'espoir que le *Murder Club du jeudi* soit parcouru, entre autres choses, par un esprit de bonté et de justice, et cela vient de toi. Cela vient également, bien sûr, de tes parents, mes grands-parents, Fred et Jessie Wright, qui nous manquent beaucoup, mais qui sont, je l'espère, très présents dans ces pages. Merci également à ma formidable tatie, Jan Wright. Nous formons une petite famille, mais je crois que nous ne manquons pas de mordant.

Et merci, enfin, à mes enfants, Ruby et Sonny.

Je n'ai pas l'intention de trop vous embarrasser, alors je me contenterai de vous dire à quel point je vous aime.

PAPIER CERTIFIÉ

Le Livre de Poche s'engage pour l'environnement en réduisant l'empreinte carbone de ses livres. Celle de cet exemplaire est de :
250 g éq. CO_2
Rendez-vous sur
www.livredepoche-durable.fr

Composition réalisée par PCA

Achevé d'imprimer en mars 2025 en France par
MAURY IMPRIMEUR – 45330 Malesherbes
Dépôt légal 1re publication : avril 2022
Édition 09 – mars 2025
N° d'impression : 283666
LIBRAIRIE GÉNÉRALE FRANÇAISE
21, rue du Montparnasse – 75298 Paris Cedex 06

68/7657/6